Lindas Ankunft

••

Manuela Kuck, Jahrgang 1960, ist in Wolfsburg aufgewachsen und lebt heute als Autorin und Mutter zweier Söhne in Berlin. Sie ist Verfasserin einer Trilogie um lesbisches Leben und Lieben in der Provinz: *Lindas Entscheidung* (1997), *Neue Zeiten für Linda* (Neuauflage 2005) und *Lindas Ankunft* (Neuauflage 2005) sowie der Romane *Die Schattentänzerin* (2000), *Die Boxerin* (2002), *Hungrige Herzen* (2003) und dessen Fortsetzung, *Die Rivalin* (2005). Darüber hinaus sind zwei Erzählungen von ihr in den erotischen Anthologien *Verführungen* und *Augenblicke* enthalten.

Linda

Ich blickte hoch, als ich hörte, wie die Terrassentür geöffnet wurde. Einen Moment später kam Katharina über den Rasen auf mich zu. Sie ging langsam und bedächtig, als müßte sie sich jeden Schritt genau überlegen. Ich legte den Spaten beiseite und lächelte ihr entgegen. Obwohl sie seit vier Wochen wieder zu Hause war, machte mein Herz immer noch jedesmal einen Sprung, wenn ich sie sah. In der Rehaklinik hatte sie sich zwar gut erholt, aber sie war nach wie vor blaß und ungewöhnlich schmal, fast mager. Der schwere Autounfall im vergangenen Mai hatte sie nicht nur einen Teil ihres Magens gekostet, die Milz und ein Stück von der Leber, sie hatte auch gut zwei Wochen im künstlichen Koma gelegen und eine Lungenentzündung zu überstehen gehabt. Solche Verletzungen waren nicht in wenigen Monaten auszukurieren. Ich schluckte, als ich an die lange Narbe dachte, die sich über ihren Bauch zog. In der vergangenen Nacht hatte ich behutsam den Zeigefinger auf sie gelegt und war ihrem Lauf gefolgt. Katharina hatte mich nur stumm angesehen und plötzlich mein Gesicht mit ihren kräftigen Händen umfaßt. Ich hatte etwas fragen wollen, aber sie hatte den Kopf geschüttelt und mich geküßt.

Ich wischte meine erdigen Hände an der Jeans ab, und wir setzten uns auf die Gartenbank. Katharina zog einen Moment fröstelnd die Schultern zusammen, dann knöpfte sie ihre Strickjacke zu.

„Bist du gut vorangekommen?“ fragte ich.

Ihr Gesicht war mit winzigen roten und blauen Farbsprengseln übersät. Das Atelier, das ich ihr im Spätsommer unter dem Dach ausgebaut hatte, war ihr zweites Zuhause geworden, und manchmal befremdeten mich ihr leidenschaftlicher Arbeitseifer, ihre Versunkenheit und die Anspannung, wenn ihr etwas nicht so gelang, wie sie es sich vorgestellt hatte. Früher – vor dem Unfall –

war die Malerei ein liebevoll gepflegtes Hobby gewesen, das zwar durch die Ausstellung in einer ausgebauten Scheune in Mariental, einem Dörfchen in der Nähe von Helmstedt, und die Zusammenarbeit mit anderen Künstlerinnen zunehmend mehr Zeit in Anspruch genommen hatte, aber die angespannte Konzentration auf diesen Bereich ihres Lebens war neu. Obwohl Katharina seit ein paar Tagen wieder unterrichtete und die Umstellung auf den Schulalltag sie sichtlich anstrengte, saß sie unermüdlich vor der Staffelei.

Sie nickte langsam. „Ja."

Ich wartete auf eine Erläuterung, aber Katharina schwieg. Sie hob den Kopf und blickte über die im Nebel versunkenen Felder.

„Es ist schön, daß du wieder hier bist, Katharina", sagte ich, und meine Stimme vibrierte vor Freude.

Sie legte mir den Arm um die Schultern. Ihr Mund berührte mein Haar. „Das finde ich auch."

Es gab in diesen Wochen Augenblicke, da fühlte ich mich ihr so nah wie nie zuvor, dann wieder war ich verwirrt, weil sie sich so konsequent in ihre eigene Welt zurückzog. Mir war natürlich klar, daß sie ein Trauma zu verarbeiten hatte, und die Tatsache, daß sie nur wenig über den Unfall sprach, schien mir ein klarer Hinweis darauf, daß der Schock tief saß. Ich hatte mir mehrere Bücher zu diesem Thema besorgt, und wann immer mir die Arbeit in Annas Buchhandlung Zeit ließ, las ich darin. Ich sprach auch viel mit Anna darüber. Sie war die ältere Schwester meiner Mutter, und unser Verhältnis war seit meiner Kindheit freundschaftlich und vertrauensvoll. Vor einem Jahr hatte ich mich vom Schuldienst beurlauben lassen, um beruflich einen neuen Weg einzuschlagen, und es war Annas Idee gewesen, in ihrer Buchhandlung anzufangen. Auch meine Freundin Corinna, die mich in den letzten Monaten unterstützt hatte, wo sie nur konnte, und Tom, ein ehemaliger Lehrerkollege, der seit anderthalb Jahren wußte, daß er HIV-positiv war und Katharina wahrscheinlich besser verstehen konnte als sonst jemand von uns, waren immer offen für ein Gespräch.

Als Daniel seine und Katharinas Tochter Nadine und meinen Sohn Erik, mit denen er einen Ausflug unternommen hatte, an diesem Abend zurückbrachte, standen Katharina und ich am Herd und bereiteten einen Gemüseauflauf vor. Nadine, die inzwischen siebeneinhalb war, rannte sofort zu ihrer Mutter und umarmte sie stürmisch. Katharina beugte sich zu ihr hinunter und strich ihr beruhigend über die Wange. „Alles in Ordnung, Kleines."

Nadine ließ ihre Mutter noch immer ungern für längere Zeit allein – egal ob sie selbst oder Katharina unterwegs war –, und so manche Nacht mußte die Kleine aus einem Alptraum geweckt und getröstet werden. Auch sie braucht noch Zeit, dachte ich, als ich die beiden betrachtete, viel Zeit, bis alles wieder seinen normalen Gang geht. Und ich auch. Katharinas rasselnder Atem wie bei einem schweren Asthmaanfall, als Dr. Steffen den Rhythmus der Beatmungsmaschine verändert. Er steht neben mir, die Hand auf meiner Schulter, während ich Katharina betrachte und auf ihr langsam erwachendes Bewußtsein zu reagieren versuche. Ich flüstere, rufe sie, und meine Stimme ist heiser und belegt von tausend Ängsten ...

Nachdem wir die Kinder ins Bett gebracht hatten und die Kaffeemaschine leise vor sich hin zischte, streckte sich Katharina auf dem Sofa in dem kleinen Wohnzimmer aus, das sich direkt an die Küche anschloß. In dem fast bis zur Decke reichenden Regal, das als Raumteiler fungierte, standen, zur Küchenseite gewandt, Dutzende von Koch- und Gartenbüchern; auf der rückwärtigen Seite hatten wir neben zahllosen Büchern Zeitschriften und Pflanzen untergebracht. Und unsere Süßigkeiten versteckt. Katharina nickte eifrig, als ich mir einen Hocker nahm und nach dem großen Blumentopf hangelte, der auf dem obersten Regalbrett stand und, von unten betrachtet, ganz unauffällig wirkte. Niemand würde vermuten, davon war ich überzeugt, daß sich darin wahre Schätze an süßen Träumen verbargen, die Katharina und mir vorbehalten waren oder allenfalls noch Bettina, wenn sie mal wieder aus Frust über ihren Mann und seinen meist kaum befriedigenden häuslichen Einsatz einen Pralinenschub brauchte. Als ich den Topf auf den Tisch stellte und Katharina und ich mit gierigen Händen darin herumwühlten, begann ich zu zweifeln, ob das Versteck seit unserer letzten süßen Orgie tatsächlich unentdeckt geblieben war. Es fehlten jede Menge Nougatpralinen. Katharina brach in schallendes Gelächter aus, als ich meine Augen zu schmalen Schlitzen zusammenzog und lauthals über die Kinder zu schimpfen begann.

„Denk mal an deine Kindheit zurück“, forderte sie mich auf. „Ist es deiner Mutter je gelungen, über einen längeren Zeitraum Süßigkeiten vor dir und deiner Schwester zu verstecken?“

Ich hielt inne, schob mir gedankenverloren einen Champagnertrüffel in den Mund und fing dann an zu grinsen. „Nein, natürlich nicht. Vor uns war nichts sicher, egal, ob sie es auf dem Dachboden, im Keller oder in ihrem Schlafzimmer versteckt hatte. Einmal“, ich gluckste albern in mich hinein, während die Erinnerungen in mir lebendig wurden, „hat sie alles in eine Tüte gepackt und in der Waschmaschine verstaut. Darauf würden wir nie kommen, meinte sie, womit sie natürlich recht behielt. Allerdings war das Versteck so gut, daß selbst sie es vergaß – bis zum nächsten Waschtag.“

Katharina schaute mich mit großen Augen an, und ich nickte mit gespielt trübsinniger Miene. „Sechzig Grad Buntwäsche. Ich war dabei, als sie die Maschine öffnete und fassungslos auf die fleckige Wäsche starrte. Die Gummibärchen waren zu riesigen glitschigen Gebilden aufgequollen, überall klebten Papier- und Kekskrümel, Bonbons und Lutscher. Es war eine wahre Pracht.“

„Und dann?“

„Ich bin schreiend vor Lachen rausgerannt – und sie hinterher. Sie hat mich durch den ganzen Garten gejagt. Ich bin davon überzeugt, daß sie mich zum ersten Mal in meinem Leben verprügelt hätte, wenn es ihr gelungen wäre, mich einzufangen."

„Aber das ist nicht passiert?"

„Nein, ich bin bis in die Krone des Birnbaums geklettert, und dahin wollte sie mir dann doch nicht mehr folgen, obwohl sie es anfangs angedroht hatte. Ich saß da oben und hielt mir den Bauch vor Lachen, insbesondere als ich mir ausmalte, sie würde sich wirklich an den Aufstieg machen. Elisabeth – meine strenge, unterkühlte Mutter, die selbst bei der Hausarbeit so korrekt gekleidet ist, daß sie jederzeit Mandanten aus der Anwaltskanzlei meines Vaters empfangen kann – schwingt sich wie Jane von Ast zu Ast, um ihrer Tochter den Hosenboden zu versohlen."

„Das kann ich mir in der Tat nicht vorstellen", gab Katharina kichernd zu. „Und wie ist die Geschichte ausgegangen?"

„Mein Vater hat mich gerettet. Er kam eine halbe Stunde später nach Hause und holte mich vom Baum herunter, nachdem er meine Mutter beruhigt hatte. Ich höre noch heute sein Gelächter. Danach wurden keine Süßigkeiten mehr versteckt. Claudia und ich bekamen unsere wöchentlichen Rationen, und das war's."

Katharina zog mich so unvermittelt in ihre Arme, daß ich den zweiten Trüffel, den ich mir gerade in den Mund schieben wollte, fallen ließ.

„Du schmeckst ganz süß", murmelte sie, als sie mit ihrer Zunge über meine Lippen gefahren war.

„Du auch", gab ich zurück.

„Ich will mit dir schlafen."

„Es gibt Momente, da hast du einfach wundervolle Ideen", stellte ich fest und biß sie zart in den Nacken.

Wir waren albern und ausgelassen, verstreuten unsere Kleider im ganzen Wohnzimmer und liebten uns dann auf dem Fußboden. Vor langer Zeit hatte ich Katharina mal erzählt, daß mich die Vorstellung, unter einen Tisch zu kriechen und dort wie in einer engen Höhle auf ihr zu liegen, oder auch unter ihr, unwahrscheinlich erregte. Unser niedriger Wohnzimmertisch war aber gänzlich ungeeignet für das Ausleben solcher Phantasien, und nachdem ich mir zweimal heftig den Kopf gestoßen hatte, robbten wir kichernd auf den Teppich vor den Fernseher. Katharina war so leidenschaftlich wie lange nicht mehr. Die ersten Male, die wir uns nach dem Unfall geliebt hatten, waren sehr zärtlich und behutsam gewesen, geprägt von meinem Bemühen, ihr nicht weh zu tun. Die reine Lust war gedämpft gewesen. Diesmal spürte ich jedoch, wie unbändig unsere Körper sich nacheinander sehnten, und es knisterte, als wären wir vollkommen ausgehungert.

„Hast du Lust, morgen mit mir raus nach Mariental zu fahren?“ fragte Katharina, als wir später träge auf dem Sofa lagen und uns einen alten Film mit Doris Day und Rock Hudson anschauten. „Die Frauen haben die Scheune winterfest gemacht, und ich bin sehr gespannt auf das Ergebnis. Außerdem habe ich am nächsten Wochenende keine Zeit, weil ich nach Kassel fahren und meine Eltern und eine ehemalige Kollegin besuchen möchte.“

Ich hatte keine besonders große Lust, aber ich gab mir einen Ruck. „Ja, warum nicht?“

Ich hatte nicht vergessen, daß wir uns vor Katharinas Unfall ziemlich auseinandergelebt hatten – ich war nur noch mit meiner Arbeit in der Buchhandlung beschäftigt gewesen, Katharina hatte neben ihrem Job zunehmend Zeit mit Malen verbracht, und beide wünschten wir uns mehr Aufmerksamkeit von der anderen. Ich wollte verhindern, daß wir wieder in einen ähnlichen Trott verfielen, obwohl ich nicht leugnen konnte, daß mein Zugang zu ihrer Bilderwelt eingeschränkt war. Es gab da für uns beide keine Gemeinsamkeiten, die wir zusammen ausleben konnten. Sie malte, und ich stand außen und betrachtete das Ergebnis. Oftmals berührte mich ihre Ausdrucksstärke, dann wieder verstand ich nicht, was sie sagen wollte. Und die Gespräche mit den anderen Scheunenkünstlerinnen, die Fachsimpeleien, lagen mir nicht. Sie waren mir fremd. Aber dabei konnte und wollte ich es nicht einfach bewenden lassen – ich ging immer wieder auf Katharina zu und zeigte ihr mein Interesse. Die Malerei war wichtig für sie, wurde immer wichtiger, war ein Teil von ihr wie ihr schwarzes, von Grau durchzogenes Haar, wie ihr Lachen, ihre Stimme, ihre Art, die Gabel zu halten, oder der Blick, mit dem sie mich in Momenten innigster Verbundenheit anschaute.

Plötzlich war ich sehr glücklich. Und dankbar. Wir waren auf einem guten Weg.

Ich klemmte mir den Hörer zwischen Ohr und Schulter und nahm das Telefon mit in die Küche, wo ich gerade ein Blech mit Bratäpfeln vorbereitete. Meine Gartenarbeit und ein guter Sommer hatten uns in diesem Jahr eine reichliche Ernte beschert. Obwohl sich die Regale im Keller bereits unter Gläsern mit eingekochtem Obst und Gemüse bogen, hatten wir immer noch kistenweise Äpfel, Birnen und Pflaumen, die wir kaum verzehren konnten. Katharina machte sich inzwischen schon lustig über meine Vorratshaltung, aber da sie Kompott liebte und im Grunde froh war, daß ich im Gegensatz zu ihr so gern im Garten arbeitete, hielt sich ihr Spott in Grenzen. Ich streute Zimt über die mit Rosinen und Mandeln gefüllten Äpfel und lächelte in den Hörer. Katharina war am Abend zuvor mit Nadine nach Kassel gefahren und berichtete mir nun von ihren Einkäufen und den Besuchen, die sie bereits erledigt hatte. Da ich an diesem Samstag arbeiten mußte und Erik zu einer Geburtstagsfeier eingeladen war, hatten wir die beiden nicht begleiten können.

„Wann kommt Corinna?" wechselte Katharina jetzt das Thema.

Ich schaute auf die Küchenuhr. „Wenn sie pünktlich ist, in einer halben Stunde."

„Macht euch einen schönen Abend, und vergiß mich nicht", sagte sie mit weicher Stimme. „Wir kommen morgen so gegen sechs zurück."

Ich schluckte und wollte sie bitten, vorsichtig zu fahren, doch Katharina war schneller.

„Keine Sorge", sagte sie munter. „Mein Vater läßt die Strecke höchstpersönlich von allen verrückten BMW-Fahrern räumen."

Ich schob mein Unbehagen beiseite. „Dann kann ja nichts mehr schiefgehen. Bis morgen dann. Ich freue mich auf euch."

Corinna war pünktlich. Als sie eintraf, waren die Backäpfel so gut wie fertig, und auf dem Herd blubberte die Vanillesoße. Corinna schnupperte begierig, und ihre Nasenflügel bebten, als sie den köstlichen Duft tief einatmete.

„Ich wußte gar nicht, daß du eine solche Küchenfee bist", sagte sie staunend.

„Bin ich im allgemeinen auch gar nicht. Aber es macht mir Spaß, mein eigenes Obst und Gemüse zu verarbeiten."

Wir machten uns über die Bratäpfel her und plauderten. Wenig später kam Erik von seiner Geburtstagsfeier nach Hause, und ich hatte keinerlei Mühe, ihn rasch ins Bett zu bringen. Er war abgekämpft, und sein Gesicht zeigte deutliche Spuren von Schokolade und Erdbeerkuchen. Ihm fielen die Augen zu, noch bevor ich das Licht gelöscht und die Tür geschlossen hatte.

„Sag mal, kommt dein Ex-Mann jetzt nicht demnächst aus China zurück?" fragte Corinna, als ich mich wieder zu ihr setzte.

Ich nickte. „Ja, zu Weihnachten ist Jan wieder da. Dann hat er knapp drei Jahre China hinter sich und bekommt im Wolfsburger VW-Werk vermutlich den Job, den er schon immer haben wollte."

Corinna schob den Stuhl ein Stück vom Tisch zurück und schlug die Beine übereinander. „Erik freut sich bestimmt darüber, wenn er seinen Vater wieder in der Nähe hat."

„Natürlich, nur ..." Ich schaute sie einen Moment unschlüssig an, bevor ich fortfuhr. „Wahrscheinlich wird ihm erst dann so richtig bewußt werden, daß seine Eltern geschieden sind. Solange Jan Tausende von Kilometern entfernt arbeitet und lebt, ist es ja nicht weiter verwunderlich, daß er ihn höchstens zwei-, dreimal im Jahr sieht. Aber wenn sein Vater quasi um die Ecke wohnt, wahrscheinlich sogar mit einer anderen Frau zusammen, wird er über unsere Trennung nicht mehr hinwegsehen können."

„Redet er manchmal darüber?"

Ich schüttelte den Kopf. „Ich muß mich demnächst unbedingt mal zu einem längeren Gespräch mit ihm zusammensetzen."

Mir war nicht wohl bei dem Gedanken, denn es war unübersehbar, daß mein Sohn die Tatsachen verdrängte. Sein Vater war für ihn der große Held, der im fernen China Autos baute und deswegen nicht bei ihm sein konnte. Daß seine Eltern geschieden waren und sich kaum noch etwas zu sagen hatten, wollte er nicht wahrhaben.

Corinna legte mir eine Hand auf den Arm. „So schlimm wird es schon nicht werden. Vielleicht kann Jan es dem Jungen auch klarmachen – du hast doch immer gesagt, daß er als Vater ziemlich einfühlsam ist."

„Das stimmt", gab ich zurück. „Wir werden sehen."

Einen Moment schwiegen wir beide. Corinna war in den letzten Monaten meine engste Freundin geworden. Die Gespräche mit ihr waren nicht immer angenehm, denn obwohl Corinna in ihrer ganzen Art behutsam und rücksichtsvoll war, konnte sie, wenn nötig, auch sehr offene Worte sprechen, die nicht immer schmeichelhaft für mich waren.

„Du hast dich in den vergangenen Wochen ein wenig rar gemacht", stellte ich nun fest. „Hattest du viel zu tun?"

Corinna antwortete nicht sofort. Ein winziger Schatten flog über ihr Gesicht, aber sie schickte so rasch ein Lächeln hinterher, daß ich dem zunächst keine tiefere Bedeutung beimaß.

„Ziemlich viel, ja."

„Berufliche Probleme?"

Corinna war Sozialarbeiterin und hatte vorwiegend mit suchtkranken Jugendlichen zu tun. Es fiel ihr oft schwer, nach der Arbeit den Kopf wieder freizubekommen, und manchmal ließ sie Dampf bei mir ab.

„Eigentlich nicht", antwortete sie.

„Und uneigentlich?" Ich lächelte. Corinna schlich normalerweise nicht um den heißen Brei herum.

Sie warf mir einen langen nachdenklichen Blick aus ihren moosgrünen Augen zu und erhob sich. Sie ging zum Fenster und verschränkte die Arme vor der Brust. Das Lächeln war mir vergangen. Ich stand ebenfalls auf und stellte mich neben sie.

„Kann ich etwas für dich tun?" fragte ich leise, während ich darüber nachgrübelte, was sie belasten und warum es ihr auf einmal so schwerfallen mochte, freiweg mit mir darüber zu reden.

„Ja, du kannst etwas für mich tun." Sie drehte sich um und legte mir die Hände auf die Schultern. „Nimm es nicht so schwer."

Ich zog die Augenbrauen zusammen. „Du sprichst heute in Rätseln, Corinna. Was ist denn um Himmels willen los?"

„Ich habe einen neuen Job. Und zwar nicht in Wolfsburg."

Sie nahm die Hände von meinen Schultern, kehrte zum Tisch zurück und setzte sich wieder. Ich blieb, wo ich war. Hinter meinen Schläfen pochte es laut und eindringlich.

„Und wo?" fragte ich. Meine Stimme klang heiser.

„In Berlin."

Ich drehte mich abrupt um und öffnete einen der Hängeschränke, holte ein Glas heraus und goß mir Mineralwasser ein.

„Ich werde dort als Streetworkerin arbeiten. Sagt dir das was?"

Jetzt versucht sie, das Gespräch auf eine sachliche Ebene zu hieven, dachte ich, aber ich sprach es nicht aus.

„Möchtest du auch etwas trinken?" fragte ich statt dessen.

Sie bat um einen Saft, und ich setzte mich ihr gegenüber an den Tisch.

„So ungefähr schon“, nahm ich den Faden wieder auf. „Das sind Sozialarbeiter, die nicht in ihrem Amt sitzen, sondern unterwegs sind und sich vor Ort um Jugendliche, Obdachlose oder Drogenabhängige kümmern. Mehr weiß ich nicht.“

Corinna nickte, als wäre sie hocherfreut über meine Kenntnisse.

„Genau“, bestätigte sie. „Und ich möchte in einem Programm für Prostituierte mitarbeiten.“ Sie wartete auf eine Zwischenfrage, aber ich schwieg. „Wir verteilen Spritzen, Kondome, heißen Kaffee und beraten, wenn es gewünscht wird. Wer aussteigen will, bekommt jede nur erdenkliche Hilfe, aber wir sind nicht unterwegs, um die Frauen mit erhobenem Zeigefinger zu bekehren.“

Sie ist genau die Richtige für einen solchen Job, fuhr es mir durch den Kopf, doch das wäre sie in Wolfsburg auch.

„Und warum ausgerechnet Berlin?“ fragte ich. „Gibt es hier nicht auch genug zu tun?“

„Natürlich, aber ich habe die Chance, einen anderen Bereich der Sozialarbeit kennenzulernen, mit ganz anderen Voraussetzungen und neuen Aufgaben“, erwiderte sie. „Außerdem wird es mir guttun, mal aus dem kleinstädtischen Mief herauszukommen und richtige Großstadtluft zu schnuppern.“

„Wie hast du von dem Programm erfahren?“ fragte ich weiter, obwohl ich die Antwort längst wußte. „Von Tom?“

Tom engagierte sich seit einiger Zeit in Aids-Projekten, und zwar auch in Berlin, wo einige Freunde von ihm lebten.

Corinna trank ein paar Schlucke Saft und stellte das Glas bedächtig ab. „Ja. Eine Bekannte von ihm macht das seit zwei Jahren. Als Tom mir letztens davon erzählte, war ich sofort gefesselt.“ Sie blickte mich an. „Der Wunsch, auch so arbeiten zu können – ganz direkt, vor Ort, ohne telefonische Terminvereinbarung und ohne Schreibtisch, der sich unter Akten biegt, auf mich selbst gestellt –, war augenblicklich da. Kannst du das verstehen, ein bißchen wenigstens?“

Dem Elend direkt ins Gesicht schauen, dachte ich, ja, das paßt zu Corinna, und ich muß sie nicht darauf hinweisen, daß bei einem solchen Job romantische Vorstellungen vollkommen fehl am Platz sind. Sie weiß mit Sicherheit genau, wovon sie spricht und worauf sie sich da einläßt.

„Ich glaube schon“, gab ich unbeholfen zu.

Corinna erzählte, daß sie in der vergangenen Woche für einige Tage in Berlin gewesen war und sich für eine im kommenden Frühjahr freiwerdende Stelle beworben hatte, nachdem sie zwei Nächte als Streetworkerin unterwegs gewesen war. Als sie mir von diesem Erlebnis berichtete, klang ihre Stimme fast beschwörend.

„Ist es denn sicher, daß du die Stelle bekommst?“ fragte ich schließlich, nachdem sie geendet hatte.

„Ja. Zum einen habe ich eine Fürsprecherin in Doris – das ist die Bekannte von Tom –, und zum anderen bin ich von meinem bisherigen beruflichen Werdegang bestens qualifiziert, jedenfalls für einen solchen Job.“

„Wann geht es los?“ fragte ich.

„Am ersten März.“

„Das ist ja schon in wenigen Monaten“, sagte ich leise.

Corinna nickte. „Ja. Und da ist noch etwas.“

Ich blickte sie argwöhnisch an. „So?“

„Tom geht auch nach Berlin. Er macht bei einem neuen Aids-Projekt mit.“

Das überraschte mich um einiges weniger als ihr Plan, und Tom stand mir auch nicht so nah wie Corinna, aber Abschiede wurden auch nicht besser, wenn sie im Doppelpack daherkamen.

Wir schauten uns an, und nach einer Weile nickte ich langsam. Nimm es nicht so schwer, hatte sie mich vorhin gebeten, und mir war klar, was sie sich von mir wünschte. Aber es war alles andere als einfach, ihr freudestrahlend zu gratulieren und sie unbekümmert ziehen zu lassen. Mir saß ein dicker Kloß im Hals, der jedem Versuch, ihn herunterzuschlucken, hartnäckig widerstand.

„Wir werden trotzdem Freundinnen bleiben", sagte sie schließlich in fast zärtlichem Ton. „Manches wird sich zwischen uns verändern, aber es muß ja nicht zum Schlechten sein. Wir schreiben und besuchen uns regelmäßig, und Telefon gibt's ja auch noch."

Der Kloß wurde noch größer, aber ich zwang mich zu einem Lächeln.

„Berlin soll ja ziemlich toll sein", preßte ich schließlich hervor. „Zwei Gründe mehr, mal in die Hauptstadt zu fahren."

Corinna lächelte breit. „Das hoffe ich doch sehr."

Eine gute Stunde später verabschiedete sie sich, und ich schaute dem davonfahrenden Wagen eine ganze Weile hinterher, bevor ich in die Küche zurückging und mich ans Aufräumen machte. Corinna war dabei, eine neue Aufgabe in Angriff zu nehmen, und als gute Freundin sollte ich sie eigentlich unterstützen und mich mit ihr freuen. Vielleicht hatte sie ja recht, und die räumliche Distanz würde unserer Freundschaft gar nicht viel anhaben. Und wenn doch, sollte es wohl so sein. Ich stellte das Backblech, das ich gründlich gesäubert hatte, in den Ofen zurück und wischte energisch den Tisch ab. Es war inzwischen weit nach Mitternacht. Plötzlich fiel mir ein, wie Corinna mir beim Renovieren in der Buchhandlung zur Hand gegangen war und wie gut wir uns verstanden hatten. Damals waren Katharina und ich uns nicht sehr grün gewesen, und ich hatte Corinna und ihre unaufdringliche Art immer mehr schätzen gelernt. Vielleicht verliebt sie sich ja dann auch mal wieder, dachte ich, fern von Wolfsburg, fern von mir. Ich stutzte. Dann verließ ich eilig die Küche und ging nach oben ins Schlafzimmer.

Bettina warf mir einen langen Blick zu, bevor sie ihre neue blaue Hose glattstrich und ein forsches Lächeln aufsetzte.

„Das ist ja mal eine Neuigkeit", erklärte sie auf meine Mitteilung, daß Tom und Corinna vorhatten, nach Berlin umzusiedeln.

„Allerdings“, gab ich zurück.

Wir saßen vor dem Kamin in ihrem Wohnzimmer, während sechs Kinder durch den Keller tobten und ein Getöse veranstalteten, als gelte es, die Grundmauern zum Einsturz zu bringen. Bettina war so nett gewesen, am Nachmittag Erik und Nadine zu hüten, da Katharina einen wichtigen Termin in Braunschweig hatte und in der Buchhandlung so viel los gewesen war, daß ich die beiden zwischendurch nicht von der Schule hatte abholen können. Ich blickte in die hochzüngelnden Flammen, und plötzlich fiel mir auf, daß ich gar nicht wußte, was so Dringendes bei Katharina anlag. War sie mit Daniel, der an der Braunschweiger Uni lehrte, verabredet? Oder ging es um die neugeplante Ausstellung? Aber warum dann Braunschweig? Vielleicht hatte sie auch einen Termin mit ihrem Anwalt, der in der Schmerzensgeldangelegenheit mit der Versicherung des Unfallverursachers verhandelte. Ich wußte es nicht. Wir sollten uns doch um einen Hortplatz für die Kinder bemühen, überlegte ich, dann muß sich mittags keine mehr von uns abhetzen, um sie abzuholen, und Bettina hat wahrlich genug zu tun mit ihren vieren, der können wir sie nicht ständig aufhalsen, wenn irgendwas ansteht. Und gerade in letzter Zeit hatte häufig etwas angestanden. Außerdem hatte ich mich inzwischen ein weiteres Jahr vom Schuldienst freistellen lassen, um weiterhin in Annas Buchhandlung zu arbeiten, was bedeutete, daß ich auch künftig fast den ganzen Tag aus dem Hause war.

Bettina erhob sich, um den frischaufgebrühten Kaffee zu holen. Ich hatte nicht vorgehabt, mich länger bei ihr aufzuhalten, weil es ohnehin schon spät und ich rechtschaffen müde war. Doch Bettina hatte mich einfach ins Wohnzimmer gezogen und in ihrer resoluten Art genötigt, vor dem Kamin Platz zu nehmen. Und wer kann schon einem anheimelnd knisternden Feuer widerstehen? Als sie mit der Kaffeekanne zurückkam, bemerkte ich, daß der lange, blau-weiß gestreifte Pullover sehr gut zu ihrer Hose paßte und sie außerdem dezent geschminkt war. Da sie sonst meist im

Hausfrauen-Look herumlief – weite Sweatshirts und ausgewaschene Jeans –, war ich erstaunt.

„Hast du heute noch was vor?“ fragte ich und musterte sie aufmerksam.

Sie folgte meinen Blicken und machte eine wegwerfende Geste. „Ach, die neuen Klamotten meinst du. Sonderangebot aus der Zeltabteilung von Hertie. Nicht weiter wild.“ Sie grinste.

Ich musterte sie noch eindringlicher. „Du übertreibst schamlos, Bettina. Außerdem“, ich runzelte die Stirn, „ja, tatsächlich, du hast abgenommen!“

Sie blickte kritisch an sich herunter und setzte sich dann. „Unsinn, und wenn dann höchstens vierundsechzig Gramm.“

„Quatsch.“ Je länger ich sie betrachtete, desto mehr fiel mir ihr verändertes Aussehen auf. Frische Gesichtsfarbe, sorgfältig frisiertes Haar und mindestens drei bis vier Kilo leichter.

„Also“, hob sie an und lenkte eilig von sich ab, „Tom und Corinna verziehen sich in die Hauptstadt, dabei gibt es hier doch alles, was das Herz begehrt: eine große Fabrik, einen Fußballverein, der endlich in der ersten Bundesliga spielt, ein Krankenhaus, C & A, nicht zu vergessen ein weites Feld, auf dem man sich sozial engagieren kann. Na ja“, sie nickte verständnisvoll, „es sieht ganz so aus, als wäre bei den beiden die Zeit reif für einen Neubeginn.“

Ich streckte meine Füße in Richtung Kamin aus. „Den Eindruck habe ich auch.“

„Was hat denn Katharina zu den Neuigkeiten gesagt?“ fragte Bettina.

„Was Tom angeht, so hat sie begeistert reagiert, aber bei Corinna war sie ganz schön perplex.“

„Na, bei Tom war eher mit einem solchen Schritt zu rechnen, er reist ja andauernd zwischen Wolfsburg und Berlin hin und her. Was Corinna betrifft, so konnte man nicht unbedingt mit einer solchen Entscheidung rechnen“, stellte sie fest.

Ich nickte.

„Wie läuft es eigentlich mit den neuen Referendaren?" Diesmal wollte ich das Thema wechseln. Bettina konnte sich über die „Studis" genauso überschäumend ereifern wie über ihren Mann Markus oder seine Verwandtschaft, und in der Regel amüsierte ich mich köstlich über ihre Geschichten.

Sie winkte ab. „Du kennst das ja noch. Die Jungpädagogen haben die Weisheit mit Löffeln gefressen, und wir, die altgedienten Lehrerinnen und Lehrer, sind eigentlich nur noch dazu da, andächtig und mit offenem Mund ihren Erörterungen zu lauschen. Aber wenn es darum geht, eine Klasse mit knapp dreißig Neunjährigen zur Ruhe zu bringen, sind sie mit ihrem Latein ganz fix am Ende und starren dich hilfesuchend an. Aber immerhin", sie wiegte besonnen den Kopf, „ein recht begabter junger Mann ist diesmal unter den vier Frischlingen."

Ich rechnete mit einer bissigen Anekdote über ein besonders irregeleitetes Exemplar und beugte mich erwartungsvoll vor. Doch ich hatte mich getäuscht, Bettina hatte es nicht die Spur ironisch gemeint.

„Der Junge macht das wirklich gut", lobte sie. „Er hat ein Gespür für Kinder, und er ist nicht davon überzeugt, nach einigen Jahren an der Uni unfehlbar zu sein."

„Das muß ja ein wahrer Musterknabe sein", entgegnete ich verblüfft. „So lange wir uns kennen, habe ich dich noch nicht ein einziges Mal positiv über einen Referendar reden hören."

Bettina nahm den Schürhaken und stocherte im Kamin herum.

„Er macht seine Sache eben wirklich gut", gab sie ungerührt zurück. Dann fing sie an zu kichern. „Und er hat es nicht mal besonders leicht. Er kommt nämlich aus den neuen Bundesländern."

„Und?"

„Ich schwöre dir – allein schon beim tiefen Ein- und Ausatmen hört man seinen sächsischen Dialekt!"

Ich fing an zu lachen. „Und wie geht er damit um?"

„Er lacht mit und zieht damit alle auf seine Seite."

Ich hob die Augenbrauen und warf meiner Freundin einen süffisanten Blick zu. „Aha! Und dich offensichtlich ganz besonders."

Bettina schleuderte ihre Haare mit einer energischen Bewegung über die Schulter zurück. „Na und? Du müßtest ihn mal sehen – er ist eine leibhaftige Mischung aus Johnny Weissmüller, Tom Cruise und Björn Engholm. Meinst du, das läßt mich kalt, nur weil ich sechsunddreißig bin, einen Ehemann und vier Kinder habe und meine Figur unter die Rubrik 'Muttchen langt halt gerne zu' fällt?" Ihre Stimme klang verdrossen, und gleichzeitig bemühte sie sich, ihren Worten die Ernsthaftigkeit zu nehmen, indem sie rasch eine Grimasse zog.

„Bettina", entgegnete ich verblüfft. „Warum genau ereiferst du dich eigentlich so? Das hört sich in meinen Ohren aber sehr verdächtig an."

Sie stand auf und griente mich an. „Ich geh mal nach den Kindern gucken." An der Tür drehte sie sich noch mal um. „Denk, was du willst – aber es macht mir einen irren Spaß, von einem klugen und gutaussehenden Siebenundzwanzigjährigen angehimmelt zu werden, zumal ich überhaupt nicht weiß, womit ich das verdient habe. Vielleicht hat er einen Mutterkomplex." Damit verschwand sie im Keller.

„Ich denke, *du* himmelst *ihn* an?" rief ich ihr einen Moment später verdattert hinterher, aber sie antwortete nicht.

Kurz danach waren die Kinder oben und verhinderten jede Fortführung des Gesprächs, was Bettina offensichtlich ganz recht war. Meine fragenden Augen übersah sie geflissentlich, und erst als wir uns an der Haustür voneinander verabschiedeten, griff sie das Thema noch einmal auf.

„Es ist ein netter kleiner Flirt", sagte sie aufrichtig. „Und er tut mir so gut, daß mich das eigentlich nachdenklich stimmen sollte. Verstehst du?"

Eine nachdenklich gestimmte Bettina war ungewöhnlich. Und beunruhigend.

„Aber ..."

Sie legte mir den Finger auf den Mund. „Kein Aber, keine tiefschürfende Grübelei. Danach steht mir ganz und gar nicht der Sinn. Warum auch? Ich fühle mich wundervoll beschwingt, und du hast ganz recht – ich habe abgenommen. Zum ersten Mal seit ich weiß nicht wie vielen Jahren habe ich mehrere Kilo abgenommen, und zwar ohne Diätplan. Ist das vielleicht nichts?"

Sie setzte ihr gewohntes Grinsen auf, und ich beeilte mich, es zu erwidern.

„Er heißt übrigens Hardy", rief sie mir noch nach, als ich bereits im Auto saß und die Tür schließen wollte.

Als ich Katharina beim Zubettgehen von Hardy und Bettina erzählte, schüttelte sie den Kopf und lachte vergnügt.

„Das gönne ich ihr, das gönne ich ihr von ganzem Herzen", sagte sie und kuschelte sich ein. „Und ihr Geschmack ist nicht schlecht – Hardy versprüht jede Menge Charme und ist ein kluger Kopf. Jetzt weiß ich auch, warum sie in den Pausen neuerdings immer anderweitig beschäftigt ist."

Ich legte mich neben sie, machte das Licht aber nicht aus, sondern schaute sie aufmerksam an.

„Du meinst, ein bißchen Abwechslung von Markus tut ihr mal ganz gut?" fragte ich.

„Ja, natürlich. Sie wird es genießen, von Hardy beachtet zu werden, das Gefühl zu haben, attraktiv zu sein und erotisch anziehend – Gefühle, die Markus meist nicht gerade in ihr hervorruft, soweit ich das sehe. Das wird auch ihrer Ehe neuen Schwung geben."

„Bist du sicher?"

Katharina nickte. „Natürlich. Für Markus, den Pascha, ist es doch ganz selbstverständlich, daß sein Frauchen immer für ihn da ist, und er käme nicht im Traum darauf, daß Bettina sich in der Bewunderung eines jungen Mannes sonnt. Er wird ganz schön große Augen machen, wenn Bettina ihm mit neuem Selbstbewußtsein gegenübertritt."

„Aber so was kann auch schiefgehen", wandte ich vorsichtig ein.

„Was meinst du mit schiefgehen?" Katharina lächelte verträumt.

„Na, was ist, wenn mehr daraus wird?"

„Du meinst, wenn Bettina mit ihrem Referendar ins Bett geht?"

Ich bemühte mich um einen gleichmütigen Gesichtsausdruck. „Ja, zum Beispiel. Setzt sie damit nicht ihre Ehe aufs Spiel?"

„So absolut und dramatisch würde ich das nicht betrachten. Wenn sie tatsächlich mit dem Typen schlafen will, dann soll sie es tun. Ich denke nicht, daß sie am nächsten Tag ihre Klamotten packen und das Leben mit Markus aufgeben würde. Vielleicht müßte sich ihr Mann ein bißchen mehr um sie kümmern, und das kann ja nur gut für die beiden sein, oder etwa nicht? Vielleicht kapiert er dann endlich, daß Bettina nicht ausschließlich dazu da ist, ihm seinen Kram hinterherzuräumen und die gemeinsamen Kinder quasi allein großzuziehen."

Natürlich, dachte ich, das wäre ein wundervoller Effekt, aber wie wahrscheinlich ist das? Siegfried, mein Vater, hatte seit Jahren eine Affäre mit einer sehr viel jüngeren Frau, und ich hatte nicht den Eindruck, daß dadurch neuer Schwung in die Ehe meiner Eltern gekommen war, im Gegenteil – eher ein noch größeres Maß an Entfremdung. War es nicht ein sehr bequemer und egoistischer Weg, Beziehungsprobleme auf diese Weise zu ignorieren? Wenn es in der Partnerschaft nicht mehr klappte, suchte man sich die Bestätigung eben woanders – in der Hoffnung, damit einen Funken zu entzünden, der auch auf die nicht mehr so spritzige Beziehung übersprang. Und wenn das nicht funktionierte, hatte man immer noch sein Vergnügen gehabt.

„Mach doch nicht so ein ernstes Gesicht, Linda“, forderte Katharina mich mit sanfter Stimme auf und rückte näher zu mir heran. „Bettina flirtet ein bißchen, und es geht ihr sehr gut dabei.“

Ich gab ihr einen Kuß und seufzte leise. „Vielleicht hast du ja recht, und ich sehe Probleme, wo gar keine sind.“ Ich nahm eine Strähne ihrer langen schwarzen Haare und ließ sie durch meine Finger gleiten. „Was war das heute eigentlich für ein wichtiger Termin?“

Sie hob mit einer raschen Bewegung den Kopf und zog sich die Decke bis über die Schultern.

„Ich hatte in Braunschweig einiges zu erledigen“, antwortete sie ausweichend. „Machst du das Licht aus? Ich bin ziemlich müde.“

Ich streckte die Hand aus, zögerte aber, die Nachttischlampe auszumachen. Plötzlich hatte ich das kränkende Gefühl, Katharina könnte mir jegliches Weiterfragen als unangemessene Einmischung auslegen. Ich holte tief Luft und knipste das Licht aus.

„Schlaf gut“, sagte ich.

„Du auch.“ Sie tastete im Dunkeln nach meiner Hand, und ich überließ sie ihr zögernd. Mir war kalt.

Als ich in die Auffahrt einbog, stand ein roter Golf mit Helmstedter Kennzeichen auf meinem Parkplatz – Nicoles Wagen. Die Scheunenkünstlerinnen waren bereits eingetroffen. Ich seufzte, weil ich insgeheim gehofft hatte, mich nach einem anstrengenden Tag in der Buchhandlung noch eine Stunde hinlegen zu können, bevor Ilona, Ruth und Nicole eintrafen. Katharina hatte die drei eingeladen, um ein neues Projekt zu besprechen und ihre Genesung mit ihnen zu feiern.

In der Küche waren Ilona und Ruth in eine hitzige Diskussion über das ästhetisch korrekte Belegen des Pizzateigs vertieft. Ich blieb in der Tür stehen und betrachtete die beiden. Ilona trug ihren üblichen grünen Overall, und ich verstand einmal mehr ihren Spitznamen Pumuckl. Sie war klein und drahtig, die kurzen roten Haare standen ihr wirr vom Kopf, und sie konnte sich genauso temperamentvoll ereifern wie der kleine Kobold. Neben ihr wirkte Ruth wie ein Fels in der Brandung – groß, breit, ihren fülligen Körper unter einem buntgemusterten weiten Hemd verborgen und das Haar so kurz geschnitten, daß es wie eine Bürste wirkte.

Ich wandte mich um, als plötzlich jemand hinter mich trat.

„Wir dachten uns, wir kommen schon etwas eher und helfen beim Pizzabacken“, sagte Nicole zur Begrüßung. „Wenn die beiden allerdings so weitermachen, haben wir Weihnachten noch nichts im Magen“, fügte sie mißbilligend hinzu.

„Na, hör mal, du kannst doch nicht einfach die Zutaten auf den Teig knallen, und das war's dann. Wie heißt es so schön: Das Auge ißt mit. Als Künstlerin müßte dir das doch bewußt sein, oder bringst du es fertig, dir morgens einfach so ein Marmeladenbrot zu schmieren und herunterzuschlingen?“ erwiderte Ruth und blinzelte mir zu. Ruth liebte es, Nicole aufzuziehen. „Also, ich mache regelmäßig eine Performance daraus.“

Nicole winkte ab. „Das kann ich mir gut vorstellen“, gab sie frostig zurück und schob ihre Brille nach oben.

Ilona kicherte und verteilte die letzten Tomatenscheiben schwungvoll auf dem Blech, während Nicole sich umdrehte und im Wohnzimmer verschwand.

„Hat sie ein Problem?“ fragte ich Ruth und blickte mich skeptisch in der Küche um, die sich seit dem Morgen auf nahezu beängstigende Weise verändert hatte. Der Tisch und die Arbeitsplatten waren übersät von Mehl, Teigresten, winzigen Salami- und Schinkenstücken, Gewürzstaub, Peperoni, Ölflecken ... Ich würde ganz schön zu tun haben, um wieder Ordnung zu schaffen.

„Nicole hat immer ein Problem“, antwortete Ruth lakonisch und begann zu meiner großen Erleichterung mit dem Aufräumen. „Sie ist entweder unglücklich verliebt oder es ist gerade Schluß. Diesmal ist es eine verheiratete Frau – Finanzbeamtin wie sie. Nicole schmachtet sie seit drei Monaten an und versteht nicht, warum die Angebetete nicht zurückschmachtet. Ach, ich wünschte, sie würde endlich mal eine vernünftige Frau finden."

Ruth meinte das bitterernst. Nicole schien in Liebesdingen vom Pech verfolgt zu sein und ertränkte ihren Kummer dann häufig in Alkohol.

Pumuckl grinste sie herausfordernd an. „Vielleicht klappt es einfach nie, weil sie in Wirklichkeit gar nicht lesbisch ist, sondern sich nach einem handfesten Kerl sehnt."

Ruth stemmte die Hände in die Hüften und grinste zurück. „Damit du endlich nicht mehr die einzige Hetera unter uns bist?"

Ich schlängelte mich zwischen den beiden hindurch und angelte mir den Lappen aus der Spüle.

„Gib es endlich zu", fügte Ruth hinzu, „du bist doch heilfroh, wenn dein süßer kleiner Bernd sich ausgerechnet dann mit seinen Badminton-Freunden trifft, wenn ein *Tatort* mit Ulrike Folkerts läuft. Da kannst du ganz unbeobachtet deine heimlichen Sehnsüchte ausleben und die schnucklige Kommissarin mit den Augen verschlingen."

Pumuckl blies empört die Wangen auf und tippte sich an die Stirn. „Nur weil du noch nie ..."

„Hört auf", unterbrach Katharinas Stimme das Geplänkel. Sie betrat von der Gartentür aus die Küche und gab mir im Vorübergehen einen Kuß. „So kommen wir nie zu unserem Essen." In der Hand hielt sie einen Schraubenschlüssel und Flickzeug. Eines der Kinderfahrräder hatte offensichtlich mal wieder einen Platten gehabt.

Kurz darauf saßen wir in einer großen Runde um den Tisch. Pumuckl, die dreiundzwanzig war und seit einigen Monaten mit Corinnas Sohn Bernd zusammenlebte, kümmerte sich zu Katharinas und meiner Erleichterung eifrig um die Kinder. Sie übt schon mal ein wenig, dachte ich, als ich sah, wie sie Nadines Pizzastück in kleine Häppchen zerschnitt, während die Kleine sie mit einer

Mischung aus Ungläubigkeit und Mitleid anstarrte, aber kein Wort sagte. Leider reagierte mein Sohn nicht so zurückhaltend. Er drehte sich zu mir um und schlug sich mit der flachen Hand an die Stirn. Ich hob mahnend den Zeigefinger an den Mund. Pumuckl bekam den wortlosen Dialog jedoch mit.

„Habe ich was falsch gemacht?"

„Ja", antwortete Ruth trocken. „Du mußt die Pizza so zerkleinern, daß sie in ein Fläschchen paßt."

Pumuckl wurde rot bis über beide Ohren, fiel aber trotzdem in unser Gelächter ein. Nach dem Essen setzte ich Kaffee auf, und die Frauen begannen über ihre nächste Ausstellung zu sprechen, die zwischen Weihnachten und Neujahr eröffnet werden sollte. Sie diskutierten die Auswahl der einzelnen Arbeiten, und jede mußte sich die Kritik der anderen anhören. Als ich kurz ins Bad ging, entdeckte ich im Flur Katharinas neuestes Bild und blieb wie gebannt davor stehen. Es war eine Flußlandschaft, und die explodierenden Farben schrien mir förmlich entgegen. Aber ich verstand nicht, was sie sagten.

Eine Hand strich mir zärtlich über den Rücken. Ich schreckte auf und brauchte einen Augenblick, um mich zurechtzufinden. Neben mir schlief Erik. Sein Mund stand weit offen, und er schnarchte leise. Katharina saß auf der Bettkante und lächelte auf mich herunter.

„Du liegst im falschen Bett", flüsterte sie.

„Ach je." Ich richtete mich langsam und vorsichtig auf. Ich hatte die Kinder ins Bett gebracht und war einfach neben meinem Sohn eingeschlafen. „Wie spät ist es denn?"

„Gleich halb zwölf."

Wir gingen nach nebenan ins Schlafzimmer. Katharina umschlang meine Taille, als müßte sie mich stützen.

„Sind die Frauen schon lange weg?" fragte ich.

„Seit einer halben Stunde ungefähr."

Ich schlüpfte in meinen Schlafanzug und kroch unter die Decke. Eine perfekte Gastgeberin war ich sicherlich nicht gewesen.

„Tut mir leid, Katharina", murmelte ich, und die Augen fielen mir schon wieder zu. „Ich war plötzlich so müde und wollte nur ein paar Minuten vor mich hin träumen. Nimm es mir nicht übel."

„Nein", sagte Katharina mit ungewöhnlich klarer Stimme. „Wovon hast du denn geträumt?"

Ich schlug die Augen wieder auf. Katharina saß neben mir auf dem Bett und schaute mich an.

„Wie meinst du das?" fragte ich zögernd.

„So, wie ich es sage: Wovon träumst du, wenn du dich zurückziehst und nach innen schaust?" Sie strich über das Kissen und neigte den Kopf zur Seite. „Liegst du unter Palmen und hörst das Meer rauschen oder reitest du auf einem Elefanten durch den Dschungel? Wohin träumst du dich?"

Ich richtete mich auf. Der letzte Rest an Schläfrigkeit fiel von mir ab. Katharinas blaue Augen funkelten hellwach. Sie wollte eine konkrete Antwort auf ihre Frage, keine spielerische Erwiderung.

„Hm. So genau weiß ich das gar nicht. Dschungel? Nein, eher nicht. Ich habe Angst vor Schlangen. Palmen und Meer, das klingt schon besser." Plötzlich klopfte mein Herz unangenehm schnell, aber ich bemühte mich um ein gleichmütiges Lächeln. Katharina sollte meine kindische Aufregung nicht mitbekommen. Ja, so könnte mein Traum aussehen – mit ihr zusammen am Meer liegen, nackt, nach Sonnenöl duftend, weit und breit keine Menschenseele, die Wellen rollen mit lautem Getöse den Strand hinauf und hinterlassen weißen Schaum, wie Eischnee. Ausgesprochen kitschig, dachte ich, aber trotzdem schön.

„Und du?" fragte ich unvermittelt. „Möchtest du auf einem Elefanten durch den Dschungel reiten?"

Katharina verzog den Mund, aber es war nicht das amüsierte

Lächeln, das ich erwartet hatte. Ihre Unterlippe zitterte ein wenig.

„Nein“, sagte sie. „Ich habe einen anderen Traum. Aber laß uns morgen darüber reden, es ist schon spät.“

„Du hast das Thema angeschnitten“, entgegnete ich erstaunt. „Außerdem bin ich jetzt hellwach. Erzähl!“

„Wirklich?“

„Nun leg schon los“, erwiderte ich. „Mach es doch nicht so spannend.“

Katharina verschränkte die Beine im Schneidersitz und stützte die Ellenbogen auf die Oberschenkel.

„Ich träume von Paris“, antwortete sie schließlich. „Schon als junges Mädchen habe ich mich nach dieser Stadt gesehnt, obwohl ich nie dort war und gar nicht so recht wußte, was mich an ihr eigentlich faszinierte. Nach der Schule ist dieser Wunsch immer wieder in den Hintergrund getreten, und erst als ich mit Petra zusammen war, sind wir mal für eine Woche in Paris gewesen.“

„Und? Hat es dir gefallen?“

Katharina strich mit beiden Händen massierend über ihre Beine. Dann schaute sie mich wieder an. „Ja. Es war einfach wundervoll.“

Ich war auf eigentümliche Weise erleichtert. Was für ein harmloser Traum! Ich legte meine Hand auf ihr Knie und lachte sie leise an. „Möchtest du nach Paris?“

Sie hob den Kopf und starrte mich an.

„Vielleicht im nächsten Frühjahr, zu Ostern? Wenn wir Glück haben und es gut organisieren, können wir die Kinder bei ihren Vätern unterbringen und allein fahren. Was meinst du – wir beide in Paris, Champs-Elysées, Louvre, Seine-Rundfahrt bei Nacht, wär das nichts?“

Katharina schloß kurz die Augen, und als sie sie wieder öffnete, stahl sich meine Begeisterung wie ein unerwünschter Gast davon.

„Mein Traum sieht anders aus. Ganz anders. Aber laß uns lieber morgen weiterreden.“

Ich schüttelte den Kopf. „Nein, nun sag schon." Ich hätte jetzt sowieso nicht friedlich neben ihr einschlafen können, denn spätestens in diesem Augenblick war mir klar, daß unser anfänglich harmlos anmutendes Geplauder einen ernsten Hintergrund hatte.

Katharina streckte die Beine wieder aus.

„Ich möchte nach Paris", hob sie an. „Aber nicht als Touristin. Nicht für eine Woche oder zwei."

Meine Knöchel stachen weiß hervor, als ich die Hände zu Fäusten ballte.

„Ich möchte dort leben, arbeiten, malen, studieren, und zwar ungefähr für ein, anderthalb Jahre."

Es war so still, daß ich das leise Summen der Nachttischlampe hörte. Der Wecker zeigte kurz vor Mitternacht. Ich grub die Fingernägel in die Handballen und stand langsam auf.

„Wir sollten doch heute noch ausführlich miteinander reden", sagte ich mit hohler Stimme, bevor ich das Zimmer verließ und nach unten in die Küche ging.

Katharina kam kurz darauf nach und brachte mir meinen dicken Wollpullover und Socken mit. Erst da fiel mir auf, daß ich nur meinen dünnen Schlafanzug trug, und ich zog beides an, während Katharina die Heizung hochdrehte und die Kaffeemaschine in Gang setzte. Als wir einander schweigend gegenübersaßen und in unseren Tassen herumrührten, hätte ich am liebsten zynisch aufgelacht. Gemeinsam unter Palmen am Meer? Ha! Wir hockten mitten in der Nacht in unserer nur langsam warm werdenden Küche, und Katharina würde mir nun erklären, warum sie nach Paris wollte. Allein und für sehr lange Zeit.

Sie trank einen großen Schluck und sah mich an.

„Paris also", sagte ich.

„Ja, Paris." Sie griff über den Tisch nach meinen Händen und hielt sie fest. „Ich bitte dich, versuch, mich zu verstehen. Ich weiß, daß es schwer ist, aber versuch es." Ihre Stimme war dunkel und eindringlich.

Ich kniff die Augen zusammen und schluckte. „Was hast du vor?“ Die Frage nach dem Warum sparte ich mir an dieser Stelle. Ich entzog ihr meine Hände und legte sie in den Schoß.

„Ich möchte in Paris an einer Grundschule Deutsch unterrichten und mich gleichzeitig als Gasthörerin an einer Kunstakademie einschreiben.“

Mir fielen tausend Fragen gleichzeitig ein, aber ich stellte nicht eine einzige von ihnen, weil ich nicht wußte, wo ich anfangen sollte. Katharina klang, als wäre sie sehr gut vorbereitet. Die vielen Termine in letzter Zeit, fuhr es mir durch den Kopf. Sie hat längst alles in die Wege geleitet, und ich bekomme jetzt bloß noch das Ergebnis präsentiert. Bleib ruhig, forderte mich eine innere Stimme auf – denk dran, was sie hinter sich hat. Aber die Stimme war sehr schwach.

„Einfach so?“ entgegnete ich.

„Nein, nicht einfach so.“

Und dann hielt sie mir einen langen Vortrag über das Deutsch-Französische Jugendwerk und dessen Programm, deutsche Grundschullehrerinnen und -lehrer ein Jahr an französischen Schulen einzusetzen. Sie erzählte von Beate, ihrer ehemaligen Kollegin aus Kassel, die vor Jahren daran teilgenommen und bei einem Besuch in der Rehaklinik voller Begeisterung davon erzählt hatte. Katharina schwärmte von der Möglichkeit, neben ihrer Arbeit als Gasthörerin an der Ecole Nationale Supérieure des Beaux-Arts Vorlesungen und Seminare zu besuchen und somit ihre künstlerische Entwicklung voranzutreiben. Sie sprach schnell, als hätte sie Angst, von mir unterbrochen zu werden, und voller Eifer, und ich wurde das Gefühl nicht los, daß sie sich ihre Worte gut zurechtgelegt hatte, um mir auf diese Weise den ersten Wind aus den Segeln zu nehmen. Die Informationen flogen mir nur so um die Ohren, und gerade als ich bitter dachte, wie unterschiedlich unsere Träume doch waren, atmete sie einmal tief durch und schwieg. Ihre Augen flackerten unruhig.

„Ich weiß, daß ich dir weh tue", hob sie einen Moment später wieder an. „Aber glaub mir, ich kann nicht anders. Ich muß diesen Traum verwirklichen, und zwar jetzt und nicht in zehn Jahren. So melodramatisch es auch klingen mag – genau das hat mich dieser Unfall gelehrt."

Die Erkenntnis, daß ihr Traum nicht das geringste mit mir und unserer Beziehung zu tun hatte, fuhr blitzartig durch mich hindurch. Ich atmete langsam und horchte in mich hinein. Jeder Herzschlag tat mir weh.

„Willst du gar nichts dazu sagen?"

„Du hast ja schon alles bestens vorbereitet", erwiderte ich nach einem kurzen Blickwechsel und umfaßte meine Kaffeetasse. „Was soll ich noch sagen? Ach ja", ich hob den Kopf, „da wären noch Nadine, Erik und ich, unsere kleine Familie, das gemeinsame Leben. Nur so nebenbei."

Katharina nickte und überging meinen beißenden Tonfall. „Nadine kommt natürlich mit. Sie kann entweder in eine deutsche Schule gehen oder eine französische Grundschule besuchen. Ich möchte schon zum Halbjahreswechsel dort sein, dann können wir vor Ort ..."

Ich schüttelte heftig den Kopf. „Du reißt einfach alles auseinander", fuhr ich dazwischen. „Erik und Nadine wachsen als Geschwister auf, aber das interessiert dich scheinbar nur am Rande!"

„Geht es dir um die Kinder oder um dich selbst?" kam sofort ihre Gegenfrage.

„Um beides, wenn du es genau wissen willst", giftete ich sie an. „Wochen-, wahrscheinlich monatelang bereitest du klammheimlich alles auf den großen Umzug vor, organisierst, malst, schweigst dich aus, und eines Nachts konfrontierst du mich dann mit deinen fertigen Plänen. Hier, Linda, hör mal, was ich vorhabe zum Thema Wunschträume und Selbstverwirklichung! Paris – das ist es, was ich schon immer wollte. Kunst, französische Lebensart, neue Einsichten. Und gib dir ja Mühe, alles zu verstehen, denn was anderes bleibt dir ohnehin nicht übrig."

Ich spürte, daß ich kurz davor war, zu explodieren, und keine Kraft mehr hatte, dieser Mischung aus Verletztheit und Wut Einhalt zu gebieten. Ich sprang auf und begann hin- und herzulaufen. „Unser gemeinsames Leben spielt überhaupt keine Rolle mehr – warum kannst du nicht einen Kompromiß suchen und in Hildesheim oder Braunschweig nebenbei Kunst studieren? Warum ausgerechnet Paris?"

„Weil Paris mein Traum ist, und ..."

Ich blieb stehen. „Und meine Träume? Was ist mit mir? Mit unserer Beziehung?"

„Linda", beschwor sie mich. „Unsere Beziehung ist die Grundlage meines Lebens ..."

„Tatsächlich? Komisch, davon ist aber zur Zeit nicht viel zu spüren."

„Manchmal verschieben sich für einen gewissen Zeitraum die Prioritäten."

„So kann man es auch ausdrücken."

„Was sind denn ein oder anderthalb Jahre, wenn wir ein ganzes Leben zusammen haben?" Sie ließ sich nicht beirren, und obwohl ihr Ton energischer geworden war, wirkte sie beherrscht und klar, weit davon entfernt, meine Entgegnungen als Angriffe aufzufassen und es mir mit gleicher Münze heimzuzahlen. „Es wäre natürlich schöner, wenn wir gemeinsam für eine Weile nach Paris gehen könnten, aber ich weiß natürlich, daß das nicht geht."

Ich lehnte mich an die Spüle und verschränkte die Arme vor der Brust. „Ich bin erstaunt, daß du überhaupt an so was wie Gemeinsamkeiten gedacht hast."

Wir schwiegen. Unsere Blicke trafen sich, und ich erschrak über den Schmerz in ihren Augen.

„Versteh mich doch", appellierte sie behutsam. „Es hätte nicht viel gefehlt, und ich wäre gar nicht hier. Ich weiß, daß auch du viel durchgemacht hast und glücklich bist, mich wieder zu Hause zu haben. Aber ich kann nicht einfach da weitermachen, wo ich vor dem Unfall aufgehört habe. Vielleicht habe ich Angst, etwas zu verpassen, Angst, daß meine Chancen im Alltag verschüttgehen und ich am Ende meines Lebens dastehe und denke: Hätte ich doch bloß! Das könnte ich nicht ertragen." Sie stand auf und trat zu mir. „Ich liebe dich, Linda, und ich bin davon überzeugt, daß unsere Beziehung, gerade unsere, offen ist für ... ja, Selbstverwirklichung, so abgedroschen das auch klingen mag. Heute bin ich diejenige, die eine Chance ergreifen möchte – wer weiß, vielleicht kommt in einigen Jahren für dich der Zeitpunkt, Neues auszuprobieren, deinem Leben eine Wendung zu geben."

Ich spürte ihren Atem an meiner Wange, und ich wußte, daß dies der richtige Augenblick gewesen wäre, um meine Erschütterung abzustreifen und zumindest den Versuch zu unternehmen, auf ihre Sichtweise einzugehen. Oder ihr meine Enttäuschung und Ängste zu schildern. Ich blickte an ihr vorbei zum Fenster hinaus in die dunkle Nacht.

„Warum hast du nicht von Anfang an mit mir darüber gesprochen?" fragte ich mit spröder Stimme. „Warum hast du mich so konsequent von allem ausgeschlossen?"

„Weil ich am Anfang gar nicht wußte, ob alles so klappen würde, wie ich es mir vorstellte. Warum sollte ich über etwas reden und dich unnötig in Aufregung versetzen, wenn sich hinterher zeigen würde, daß es gar nicht zu realisieren ist? Und dann mußte ich mir auch erst einmal darüber klar werden, ob es mir tatsächlich ernst ist oder ich vielleicht einer Idee hinterherrenne, die sich bei näherer Betrachtung als Hirngespinst entpuppt. Es gab so vieles zu bedenken, verstehst du?"

Sie wollte mich sachte an sich ziehen, aber ich trat einen Schritt beiseite. Mein Hals war wie zugeschnürt. Ich ging zur Tür.

„Wo willst du hin?"

„Raus. Frische Luft schnappen. Allein sein. Um schon mal zu üben."

Dunkelheit umfing mich mit klammen Fingern, als ich aus dem Dorf herauskam und an den rabenschwarzen Feldern entlanglief. Tausend Gedanken durchbohrten mich wie Giftpfeile. Mein anfängliches Vorhaben, zu Corinna zu fahren, hatte ich rasch wieder verworfen. Ich konnte mir gut vorstellen, was sie sagen oder mir raten würde, und davon wollte ich nichts hören. Jedenfalls nicht in diesem Moment. Toleranz, Verständnis, Großherzigkeit – für die, die sich verabschiedeten, war es leicht, all dies einzufordern. Und wenn es egoistisch von mir war, Katharina eben nicht leichten Herzens ziehen lassen zu können, dann konnte ich es auch nicht ändern. Nach allem, was geschehen war, hatte ich mir eine Zeit des Glücks und des Friedens erhofft, gemeinsames Glück und gemeinsamen Frieden. Und was bekam ich stattdessen präsentiert? Katharinas Abschied. Sie ging fort und folgte ihrer Sehnsucht. Verwirklichte ihren Traum. War es so unverständlich, daß ich mich zur Seite geschoben fühlte? Tom, Corinna und nun auch noch Katharina.

Vor mir tauchte schemenhaft eine verrottete Bank auf, die ich nur sah, weil sie mir von zahlreichen Ausflügen vertraut war. Ich setzte mich, und der Geruch modernden Holzes stieg mir in die Nase. Die Kälte kroch an meinen Beinen hoch, doch ich erhob mich erst wieder, als ich das Gefühl hatte, von einem dünnen Film aus eisigem Rauhreif überzogen zu sein. Mit steifen, schweren Schritten machte ich mich auf den Rückweg.

Katharina

Als Linda aus dem Haus stürzte, konnte ich mich nur mit Mühe zurückhalten, ihr hinterherzulaufen. Ich hoffte, daß sie zu Corinna fahren würde, aber in der stillen Nacht war kein Motorgeräusch zu hören. Ich blieb in der Küche sitzen und wartete.

Wartete darauf, daß sich der Sturm in mir wieder legte; wartete darauf, daß Linda zurückkehrte und mir Gelegenheit gab, sie in die Arme zu nehmen und zu trösten. Oder mir noch einmal zuhören würde.

Das Gespräch war nicht gut verlaufen. Aber was hatte ich eigentlich erwartet? Was hatte ich erwarten dürfen? Linda konnte meine Sehnsucht nicht nachvollziehen und all das, was sich dahinter verbarg oder verbergen mochte, denn oftmals verstand ich sie ja selbst nicht: diese Gier nach Veränderung und die Angst, es könnte zu spät sein, wenn ich nicht jetzt und sofort handelte. Meine Erklärungen waren zu banal gewesen, zu oberflächlich, wie das oftmals mit Worten der Fall ist, und Linda sah in ihnen nur ihre eigene Ausgrenzung und weniger meinen Versuch, sie einzubeziehen. Vielleicht würde ich mich an ihrer Stelle ähnlich fühlen, nach all den Monaten, die sie nur für mich dagewesen war, mit all den Träumen und Wünschen, die sie bewegten. Sie fühlte sich von einem Verlust zum nächsten getrieben, hin- und hergehetzt zwischen zerstörten Illusionen und neuen Hoffnungen, und nun, wo sich endlich alles zum Besten zu fügen schien, breitete ich meine Pläne vor ihr aus. Pläne, die sie wie ein Blitz aus heiterem Himmel treffen mußten und mit denen sie alles andere als einverstanden war. Doch obwohl Lindas aufgewühlte Gefühle mir nahegingen und ich wußte, daß wir es nicht leicht haben würden, spürte ich sehr deutlich, daß meine Entscheidung feststand.

Ich goß mir Kaffee nach. Die Erinnerung an jenen Sonntagabend im vergangenen Mai war so lebendig, daß ich mich manchmal fragte, ob sie je verblassen würde. Sie bedrängte mich und führte ein Eigenleben in mir, ohne daß ich darüber hätte sprechen können. Nur wenn ich malte, ließ sich das Entsetzen bannen, umwandeln, besänftigen. Ich hatte in dem umgestürzten Auto gesessen, und das Leben war aus mir herausgeströmt wie tiefrote Farbe aus einem umgekippten Eimer. Ich sterbe, hatte ich gedacht, fast verwundert. Draußen rannte ein junger Mann hin und her und schrie wie von Sinnen, dann hörte ich, daß er sich übergab. Später ein Nebel von Schmerz, laute Stimmen, weiße Kittel, eine sanfte Hand, und dann glitt ich hinüber in diese andere Welt – leicht wie ein Vogel. Vögel können nicht malen, dachte ich traurig, aber sie fliegen, beruhigte ich mich, das ist genauso schön, nur anders. Und ich flog durch tausend Wirklichkeiten. Mal pfeilschnell und nur auf die Bewegung konzentriert, dann langsam, fast schwebend. Ich wußte, daß ich woanders war, und ich sog alles in mich auf – Farben, Klänge, Gerüche. Einmal ließ ich mich an einem Fluß nieder und beobachtete einen alten Mann, der vor seiner Staffelei saß und an einem großen Bild malte. Er summte leise vor sich hin, und der Geruch des Pinselreinigers stieg mir stechend in die Nase. Sein Bild war wüst – ein wildes Durcheinander von Menschen und bizarren Formen, aber es faszinierte mich. Es faszinierte mich so sehr, daß ich die Hand ausstrecken und nach einem Pinsel greifen wollte, um ebenfalls zu malen. Doch das ging nicht. Aus irgendeinem Grund ging das nicht. Ich fing an zu weinen, und der Mann drehte sich zu mir um. Er lächelte und schüttelte gleichzeitig den Kopf. Da flog ich weiter.

Als ich wieder zu mir kam, war Linda bei mir. Ihre dunklen Augen streichelten mich, und ich sehnte mich danach, sie in die Arme zu schließen und aus ihrem Mund zu hören, daß alles wieder gut werden würde. Kaum konnte ich aufrecht sitzen, fing ich an zu zeichnen und zu malen, getrieben von einem Hunger, der neu war, und von einer Intensität, die mich erbeben ließ. Aber je mehr sich die Skizzen und Bilder häuften, desto mehr wuchs mein Wunsch, nicht länger allein vor mich hin zu malen, sondern unter Anleitung zu lernen, mich auszutauschen, Neues zu erfahren. Und aus dem bloßen Wunsch entstand allmählich ein Verlangen, das ein unbezähmbares Eigenleben in mir zu führen begann.

Der Gedanke an Paris tauchte so unvermittelt in mir auf, als hätte er nur darauf gewartet, im richtigen Moment Besitz von mir zu ergreifen und mich nicht wieder loszulassen. Verena, meine Zimmerkollegin in der Rehaklinik, erhielt Besuch von einer jungen Französin, und ich war erstaunt, wieviel ich noch von meinem Schulfranzösisch behalten hatte. Schade, dachte ich später, daß ich als junges Mädchen keine Gelegenheit hatte, als Au-pair nach Paris zu gehen, wie ich es mir immer gewünscht hatte. Und warum holst du es nicht nach? schoß es mir durch den Sinn. Ich schüttelte mit leisem Lachen den Kopf, doch der Gedanke ließ sich nicht vertreiben. Und er nahm immer mehr Raum ein, ohne seinen zunächst spielerischen Charakter zu verlieren. Erst als ich davon überzeugt war, daß ich keinesfalls da weitermachen konnte, wo ich vor dem Unfall aufgehört hatte, begann ich, meine Fühler auszustrecken und mich eingehend zu informieren.

Beate besuchte mich mehrmals in den folgenden Wochen und erzählte mir ausführlich von ihrem Jahr in Paris und gab mir die Adressen der Freundinnen und Freunde, die sie dort immer noch hatte; nach meiner Entlassung aus der Rehaklinik sprach ich mit Franzi, der stellvertretenden Schulrektorin, erkundete die Möglichkeiten, an einem geeigneten Austauschprogramm teilzunehmen; ich telefonierte mit der Kunstakademie, deren Anschrift Beate mir besorgt hatte, und mit einigen Grundschulen in Paris. Und schließlich wurde es ernst: Ich stellte einen Antrag beim Kultusministerium. Meine anfängliche Wunschträumerei war handfester Planung gewichen, und einen Moment lang hielt ich die Luft an – verblüfft über mein zunehmend konsequentes Handeln und die Eigendynamik, die die ganze Sache entwickelt hatte. Als dann auch noch das Schmerzensgeld von der Versicherung eintraf, war die Möglichkeit in greifbare Nähe gerückt, daß ich mich gleich nach dem Winterhalbjahr beurlauben lassen und bereits Anfang des Jahres nach Paris gehen konnte, obwohl das Lehrer-Austauschprogramm erst nach den Sommerferien begann. Auf diese Weise hätten Nadine und ich genügend Zeit, um uns einzuleben. Ich hatte mich um alles gekümmert, nur eines stand noch aus: das Gespräch mit Linda.

Früher mit ihr zu sprechen schien mir unklug, denn warum sollte ich Aufregung verursachen, solange ich nicht wußte, ob meine Vorstellungen sich tatsächlich verwirklichen ließen? Aber das allein war es nicht. Wenn ich ehrlich war, mußte ich zugeben, daß ich Angst gehabt hatte. Angst vor Lindas Reaktion, ihrer Fassungslosigkeit und Verzweiflung, ihren Vorwürfen. Davor, daß ihre Erschütterung mich ins Wanken gebracht hätte. Jetzt hatte ich zwar Angst, daß ihr Drang, mich festzuhalten, unsere Beziehung erheblich belasten würde, aber noch größer war meine Befürchtung, mich zu verlieren in einem Leben, das ständig begleitet war von diesen Halbschatten aus verdrängten Wünschen und Sehnsüchten. Natürlich hatte ich auch Zweifel an der Richtigkeit meiner Entscheidung, doch sie waren nicht so übermächtig, um mich tatsächlich zur Umkehr bewegen zu können.

Der Schlüssel drehte sich im Schloß. Linda blieb in der Tür stehen, ihr Gesicht war zu einer weißen Maske erstarrt, aus der mir ihre dunklen Augen entgegenblickten. Sie sieht aus wie ein verwundetes Reh, dachte ich und erhob mich. Mein Herz flatterte, und ich streckte die Hände nach ihr aus. Sie wehrte mich nicht ab, aber ihr Rücken blieb stocksteif, als ich sie in meine Arme zog und ihren zitternden Körper an mich drückte, der von Erschöpfung und Kälte durchdrungen war.

„Bitte“, sagte ich leise. „Ich verlasse dich nicht. Ich komme zurück. Gib uns beiden diese Chance.“

Sie schwieg, protestierte aber nicht, als ich sie ins Bad brachte. Ich ließ Wasser in die Wanne laufen und half ihr beim Ausziehen. Später saß ich auf dem Toilettendeckel und schaute sie einfach nur an. Sie war unter Bergen aus Schaum begraben und atmete mit geschlossenen Augen und bebenden Nasenflügeln den herben Zitronengeruch ein, während uns der heiße Wasserdampf umhüllte. Gerade als ich dachte, sie wäre am Einschlafen, schlug sie die Augen auf.

„Edith Piaf", murmelte sie. „Ich habe dir eine Cassette mit Edith Piaf vorgespielt, als du im künstlichen Koma gelegen hast. Erinnerst du dich daran?"

Ich sann einen Moment nach. Da war ein Bild, aber bevor ich es beschreiben konnte, verschwand es wieder.

„Eine konkrete Erinnerung habe ich nicht", entgegnete ich. „Aber es gibt Bruchstücke aus dieser Zeit, die plötzlich da sind und ebenso plötzlich wieder verschwinden."

Sie nickte, und ihre Gesichtszüge entspannten sich. „Vielleicht habe ich ja ganz unbewußt meinen Teil zu deinem Traum beigetragen."

Ich hatte den Eindruck, daß diese Vorstellung sie beruhigte. Für den Moment zumindest. Sie erwiderte mein Lächeln mit abwesendem Blick, als suchte sie vergeblich nach den richtigen Worten. Dann erhob sie sich langsam, und ich hüllte sie in den dicken flauschigen Bademantel. Als wir im Bett lagen, war es halb vier. Ich streckte mich neben ihr aus, spürte ihr nasses Haar an meinem Gesicht und wartete, bis ihr Atem tief und gleichmäßig war. Als sie eingeschlafen war, löste ich den Gürtel des Bademantels und öffnete ihn behutsam. Ihr schlanker Körper schimmerte weiß in der Dunkelheit, und ich betrachtete ihn verzaubert, nahm jede Einzelheit begierig in mich auf. Ihr Bauch hob und senkte sich langsam. Die Brustwarzen waren steif und erinnerten an kleine Walderdbeeren. Ich beugte mich über sie und küßte sie zart. Schließlich deckte ich sie wieder zu und stand leise auf, um in mein Dachatelier zu gehen.

Der Himmel lag wie ein blaugraues Tuch über dem Fenster, und es war still. Ich zeichnete Linda, die nackte Linda. Meine Geliebte. Ihre Umrisse schwebten wie Rauchzeichen über dem Blatt, und ich fing sie behutsam ein. Die Frau auf dem Papier hatte ein zauberhaftes Lächeln auf den Lippen – es wirkte selbstbewußt und fröhlich. Ich wünschte, Linda würde häufiger so lächeln. Auch und gerade jetzt.

Linda rumorte schon im Haus herum, als ich am nächsten Morgen aufwachte. Sie kam mir am Fuße der Treppe entgegen und verkündete, daß sie zu Bettina fahren würde. Ihr Gesichtsausdruck war düster, und ich hielt es für eine gute Idee, wenn wir uns heute aus dem Weg gingen. Die Nacht an der Staffelei hatte mich auf eigentümliche Weise in meinem Entschluß bestärkt. Ich brannte darauf, Neues zu lernen, und ich konnte es nicht hier tun.

Ich verbrachte einen friedlichen Vormittag mit den Kindern. Als Stunde um Stunde verging, ohne daß Linda sich meldete, erstickte ich meine aufsteigende Sorge mit dem banalen, aber zutreffenden Gedanken, daß sie eine erwachsene Frau war, die selbst wissen mußte, was sie tat. Am frühen Nachmittag rief Corinna an.

„Linda ist hier“, sagte sie nach einer kurzen Begrüßung. „Sie schläft.“

„Sie schläft?“ wiederholte ich verblüfft.

„Ich habe sie im Frauencafé getroffen. Es ging ihr nicht besonders gut. Sie war hundemüde, und ich habe sie mit zu mir genommen.“

Nun war ich doch beunruhigt.

„Du gehst also nach Paris?“ fragte Corinna ohne Umschweife nach einer kurzen Pause. „Und es klappt alles so, wie du es dir vorstellst?“

„Ich hoffe, ja.“

„Das wird dein Leben verändern. Ich gratuliere dir zu deinem Mut.“

Ich war überrascht. Corinna war nach Beate die erste, die mich in dieser Weise ermunterte, was ich um so mehr zu schätzen wußte, da sie sehr eng mit Linda befreundet war.

„Danke“, gab ich zurück. „Allerdings sieht Linda das – verständlicherweise – ein bißchen anders. Und zu allem Überfluß bin ich ja nicht die einzige, die es in die große weite Welt zieht. Vielleicht hätten wir beide uns mit unseren Plänen vorher besser absprechen sollen.“ Das war nur halb im Scherz gesprochen.

Corinna seufzte leise. „Es ist in der Tat bitter für sie.“ Sie zögerte einen Moment. „Aber wer weiß, wozu es gut ist.“

Wir schwiegen beide einen Moment.

„Soll ich mich auf den Weg machen und Linda abholen?“ fragte ich schließlich. „Oder ist es besser, sie kommt irgendwann von selbst nach Hause?“

„Das halte ich für die bessere Idee“, entgegnete Corinna. „Vielleicht möchte sie ja von sich aus gar nicht über den Besuch im Frauencafé und bei mir sprechen.“

Vermutlich hatte sie recht. „Gut. Ich bleibe mit den Kindern hier. Du kannst dich ja noch mal melden, wenn ich sie doch abholen soll. Corinna?“

„Ja?“

„Vielen Dank.“

„Schon gut.“

Linda kam gegen abend nach Hause. Und sie erklärte nichts. Sie räumte die Küche auf, schwieg und wich mir aus. Ab und zu spiegelte ihr Gesicht den inneren Kampf wider, den sie ausfocht, und mein Bedürfnis, sie einfach an mich zu ziehen, verpuffte, wenn mich ihr abweisender Blick traf. Vielleicht sollte ich ihr das Bild zeigen, das ich letzte Nacht gezeichnet hatte. Und ihr dabei sagen, wie sehr ich sie liebte.

Der Falke stieß einen klagenden Laut aus und wandte mir seinen Kopf ein letztes Mal mit einer ruckartigen Bewegung zu, bevor er die Flügel ausbreitete und sich in die Lüfte schwang. Ich hob den Blick und folgte seinem eleganten Flug. Kolja war ein Wanderfalke. Er besuchte mich regelmäßig alle paar Monate, seitdem ich ihn vor Jahren gesundgepflegt hatte, als er mit angebrochenem Flügel auf dem Feldweg gelegen und mir mit furchterstarrten Augen entgegengeblickt hatte. Der Tierarzt war der Meinung gewesen, daß er nicht durchkommen würde, und falls doch, nie wieder würde fliegen können. Doch es kam anders. Und ich war froh darüber, denn sonst hätte Kolja sterben müssen.

Vera lachte manchmal darüber, daß Kolja, außer meinem Vater, der knapp zwei Jahre zuvor gestorben war, das einzige männliche Wesen war, das in meinem Leben eine Rolle spielte. Kolja kam nie, wenn Vera da war. Doch Vera war selten da. Wenn sie in Braunschweig zu tun hatte, trafen wir uns meist bei ihr. Sie mochte mein, wie sie es nannte, kleines verschrobenes Bauernhaus nicht besonders, und Grafhorst war für sie ein Dorf, in dem sie niemals leben könnte. Ich hatte das Haus von meiner Großmutter mütterlicherseits geerbt, und ich fühlte mich darin wohl. Im vorderen Teil des Erdgeschosses hatte ich mein Steuerberatungsbüro untergebracht, der hintere wurde von einem Wintergarten eingenommen, der auf die Terrasse und in den Garten führte; über eine unauffällige Treppe im Flur kam ich ins Obergeschoß und den ausgebauten Dachboden, wo ich meine privaten Räume hatte. Ich mochte Grafhorst, weil es still war und die Leute mich, meistens jedenfalls, in Ruhe ließen. Das Grundstück mit seinen hohen Hecken und Bäumen war von außen nicht einsehbar, was mir das Gefühl gab, abgeschottet und ganz für mich zu sein. Ich hatte hier meinen Frieden.

Ich ging zurück ins Haus. Veras letzte Nachricht war sechs

Wochen alt – eine ihrer üblichen Postkarten: knapp, frech, manchmal frivol. Diesmal hatte sie aus London geschrieben, wo es geschäftlich einiges zu erledigen gab. Vera feierte in Kürze ihren siebenundvierzigsten Geburtstag. Vierzehn Jahre zuvor hatte sie etliche Restaurants und Bars sowie Immobilien von ihrem Vater geerbt und sich mit ihrer agilen und forschen Art daran gemacht, diese geschäftlichen Unternehmungen auszubauen. Und sie war ausgesprochen erfolgreich. Ich arbeitete damals in dem Steuerbüro, das sich um die Finanzen kümmerte, und wir lernten uns kennen, kurz nachdem ihr Vater gestorben war. Vera war ständig unterwegs, und es war nicht selten, daß wir uns ein halbes Jahr oder länger nicht sahen. Sie war wild und schön, laut und provokant in ihrer ganzen Art. Sie trank mittags ihren ersten Wodka, liebte ausschweifenden Sex, und länger als ein paar Tage hintereinander konnte ich sie nicht ertragen, obwohl ich jede einzelne Minute mit allen Sinnen genoß. Immer wieder. Seit vielen Jahren.

In der ersten Zeit hatten wir durchaus den einen oder anderen Versuch unternommen, stärker am Leben der anderen teilzuhaben und einbezogen zu werden. Glücklicherweise hatten wir beide schnell gemerkt, daß eine konventionelle Beziehung für keine von uns lebbar war, und zwar nicht nur weil wir so unterschiedlich waren wie Tag und Nacht, sondern weil wir beide glückliche Einzelgängerinnen waren und jede ihren ganz eigenen Rhythmus hatte. Liebe war für mich in erster Linie Freiheit. Freiheit und Neugier. Und wir waren immer noch sehr neugierig aufeinander.

Ich schaute in meinen Terminkalender und stellte fest, daß für den Rest des Nachmittags nichts Besonderes mehr anlag. Meine beiden Mitarbeiterinnen, Monika und Tanja, waren in ihre Arbeit vertieft und kamen ohne mich zurecht, und da in wenigen Wochen Weihnachten war, beschloß ich, mich um das Geschenk für Vera zu kümmern. Außer ihr hatte ich nur noch einige wichtige Mandanten sowie Monika und Tanja und natürlich Judith mit einer Kleinigkeit zu beschenken. Judith kümmerte sich seit elf Jahren um Haus und Garten – sie putzte, ging einkaufen, jätete Unkraut und beschnitt die Hecken. Manchmal kochte sie auch für mich. Sie war klein und flink wie ein Wiesel, und sie war der einzige Mensch, der sich regelmäßig in meinen Privaträumen aufhielt. Judith sprach wenig und machte ihre Arbeit perfekt. Sie war mir vertraut, und ich mochte sie sehr. Wir konnten uns aufeinander verlassen.

Die Goldschmiede befand sich in einer Nebenstraße der Helmstedter Fußgängerzone. Ich war hier Stammkundin. Ruth begrüßte mich herzlich, als ich das Geschäft betrat.

„Suchst du ein Geschenk oder etwas für deine Arbeit?“ fragte sie und führte mich nach hinten. Ich mochte ihre direkte Art.

„Sowohl als auch.“

Ich packte die kleine Skulptur aus, die ich vor einiger Zeit gefertigt hatte – eine Tänzerin, die ihren Rücken in einem unnatürlichen Winkel verbogen hatte und einem imaginären Publikum schmerzverzerrt zulächelte –, und Ruth betrachtete sie versonnen. „Wundervolle Arbeit.“

„Ich brauche zwei Edelsteine“, erklärte ich. „Als Ohrringe.“

Ruth suchte einen Augenblick, dann zeigte sie mir zwei winzige Rubine und wies auf die Figur. „Die dürften passen.“

Ich nickte. Während ich mir eine Auswahl neuer Steine anschaute, wickelte Ruth die Rubine in Seidenpapier ein und legte sie sorgfältig in ein kleines Pappkästchen. Dabei erzählte sie von der nächsten Scheunenausstellung in Mariental. Ruth war eine von den vier Frauen, die dort Bilder, Skulpturen und Schmuck ausstellten und verkauften. Zwei Mandanten hatten mir erst kürzlich von der Gruppe erzählt – sie wurde als sehr exotisch beschrieben, hatte sich aber inzwischen in der Gegend einen Namen gemacht.

„Katharina, unsere Malerin, ist auch wieder dabei“, erläuterte Ruth. „Sie hatte ja vor einem halben Jahr diesen schweren Autounfall und lag zwei Wochen im künstlichen Koma. Nun malt sie wie besessen."

Ich horchte auf. „Und – haben sich ihre Bilder verändert?"

Ruth blickte mich nachdenklich an. „Doch, ja, ich denke schon. Sie sind ... nicht mehr so leicht einzuordnen. Ich glaube, sie würden dir gefallen. Schau doch mal vorbei. Wir eröffnen gleich nach Weihnachten."

Ich nahm mir vor, der Scheune einen Besuch abzustatten.

„Hast du eigentlich mal daran gedacht, deine Skulpturen auszustellen?" fragte Ruth unvermittelt, nachdem ich bezahlt hatte.

„Nein. Bisher nicht."

„Ist das ein Gedanke, mit dem du dich anfreunden könntest?" hakte sie nach.

Ich lächelte. Ruth bemühte sich um eine sehr behutsame Ausdrucksweise.

„Wollt ihr eure Angebotspalette erweitern?" fragte ich zurück.

Ruth wies auf meine Skulptur. „Ich bin überzeugt, daß die anderen Frauen aus der Scheune, und das Publikum natürlich auch, genauso begeistert sein würden wie ich. Wenn du Lust hast, bring doch mal ein paar deiner Arbeiten mit und zeig sie uns."

Ich zögerte mit der Antwort, denn alles, was auch nur im entferntesten nach Vereinsmeierei klang, erregte zunächst einmal mein Mißtrauen. Andererseits hatte Ruth mein Interesse geweckt. Und meine Neugier auf diese Scheunenkünstlerinnen.

„Wir sind eine ganz nette Gruppe vollkommen unterschiedlicher Frauen", ergänzte Ruth. „Wir sind ziemlich engagiert bei der Sache, aber wir hocken beileibe nicht dauernd zusammen." Sie lächelte aufmunternd.

„Ich denke darüber nach."

Als ich nach Hause zurückkam, fand ich ein Fax von Vera vor. Sie bat mich um die neuesten Zahlen ihrer beiden Restaurants in Hamburg. Ich schaltete den Computer ein und ließ mehrere Zahlenkolonnen ausdrucken, die ich ihr zurückfaxte. Ganz unten auf den Rand der letzten Seite notierte ich handschriftlich: „Was machst du über Weihnachten?“ Die Antwort kam eine Stunde später: „Arbeiten, eine Woche Barbados und zwischendurch Dich. Erster Weihnachtstag, einverstanden?“ Ich war einverstanden.

Fünf Minuten später verließ ich das Büro und ging in den Schuppen. Der kleine Anbau, der sich links an das Haus schmiegte, diente meinen Großeltern früher als bescheidener Viehstall und Geräteschuppen. Solange mein Großvater lebte, hatten sie ein paar Hühner, zwei Schweine und eine Kuh gehalten. Ich konnte mich noch gut an den leicht stechenden Geruch der Einstreu erinnern und an das unablässige Summen der dicken Fliegen im Hochsommer. Mittlerweile war all das einer Garage und meiner Werkstatt gewichen. Hier formte ich an einem massiven, ungehobelten Tisch meine Figuren, verlieh ihnen eine Art Leben und eine Geschichte, brannte, glasierte und schmückte sie. Die Luft war staubig und trocken, und die Zeit blieb stehen, wenn meine Hände den Ton oder den Gips umschlangen und eine Gestalt aus ihnen herauslockten. Ich verlor dabei jedes Gefühl für die Wirklichkeit um mich herum. Einmal hatte ich zwölf Stunden an einer Figur gearbeitet, ohne zu bemerken, wie der Tag verging.

„Was treibt eine künstlerisch so begabte Frau dazu, Steuerberaterin zu werden?“ hatte mich Vera einmal gefragt, kurz nachdem wir uns kennengelernt und ich ihr einige meiner Skulpturen gezeigt hatte.

„Meine Leidenschaft für Zahlen und wirtschaftliche Zusammenhänge und die Notwendigkeit, Geld zu verdienen.“

Vera nickte. „Auch wieder wahr.“ Eine so pragmatische und geschäftlich erfolgreiche Frau wie sie konnte das natürlich gut verstehen.

Ich nahm eine Handvoll Ton und machte ihn geschmeidig. Vera war auf der Sonnenseite des Lebens geboren worden, und sie wußte das sehr genau. Sie war vermögend, begabt und zielstrebig, und sie ließ keine Chance aus, noch reicher zu werden. Sie stürmte durchs Leben, und sie fühlte sich großartig dabei. Eine üppige Frauenfigur entstand. Ich gab ihr große Brüste und ein breites Becken. Ein gebärfreudiges Becken, hätte meine Großmutter gesagt. Was für ein merkwürdiger Ausdruck. Sie hatte auch ein breites Becken gehabt, aber zu ihrem großen Bedauern nur ein Kind geboren, meine Mutter, die ihr nichts als Sorgen bereitet hatte. So hatte sie jedenfalls immer wieder erzählt. Ich konnte nicht viel dazu sagen, denn meine Mutter war von einem Tag auf den anderen verschwunden, als ich fünf Jahre alt war.

Der Morgen, an dem ich sozusagen als Halbwaise aufwachte, unterschied sich durch nichts von anderen Tagen. Es war früh, ich hörte meinen Vater vorn im Laden herumpoltern, und ich wußte, daß er in Kürze den Kiosk aufschließen würde, um die Zeitungslieferung entgegenzunehmen. Die ersten Frühschichtler aus dem Wolfsburger VW-Werk würden hereinkommen, eine Zeitung kaufen und Zigaretten, oftmals einen Flachmann; sie wechselten ein paar Worte mit meinem Vater und strömten wieder hinaus in den bleigrauen Morgen. Ich stand auf, bückte mich und angelte nach meinen Pantoffeln, die unters Bett gerutscht waren. Dann zog ich meinen Pullover über und tapste in das kleine Zimmer, das sich an den Verkaufsraum anschloß. Hier lagerten Getränkekisten, aussortierte Zeitschriften und Pappkartons. Unter dem Fenster stand ein kleiner Tisch, an dem ich immer mit meinem Vater frühstückte. Mein Mutter war keine Frühaufsteherin. Ich konnte mich nicht erinnern, sie jemals morgens im Laden gesehen zu haben. Mein Vater blickte mir mit müden Augen entgegen.

„Guten Morgen, Püppchen“, sagte er – wie jeden Tag –, „magst du eine Kleinigkeit mit mir essen?“

Ich deckte den Tisch, putzte mir in dem winzigen Badezimmer eilig die Zähne und horchte auf das Gebimmel der Ladenglocke.

Ich wußte inzwischen, daß häufiges Gebimmel ein gutes Zeichen war. Später, als wir beide unser Brot mit Margarine und Marmelade bestrichen, schaute mein Vater mich nachdenklich an.

„Püppchen, wir sind alleine", meinte er leise.

Ich verstand nicht, warum er das sagte, nickte aber zustimmend und biß in mein Brot. Wir waren morgens doch meistens allein.

„Deine Mutter ist weggegangen."

„Wohin?" Ich war verwirrt. Wieso ging meine Mutter in aller Herrgottsfrühe aus dem Haus?

„An einen Ort, wo es ihr besser gefällt. Sie wird nicht zurückkommen."

„Nie wieder?"

„Nein, Püppchen, nie wieder." Er stand auf und stellte das Geschirr zusammen. „Die Leute werden reden. Kümmere dich nicht darum. Deine Mutter ist eine ganz besondere Frau. Sie kann hier nicht mehr leben. Verstehst du das?"

Er hatte sein Brot nicht angerührt. Ich nickte wieder. Meine Mutter war eine ungewöhnliche Frau, soviel hatte ich damals schon mitbekommen. Sie war selten zu Hause, manchmal kochte sie für uns und lief trällernd durch die Wohnung, doch meistens saß sie mit verträumtem Blick am Schlafzimmerfenster und schickte mich zu meinem Vater, wenn ich etwas wollte. Aber sie war diejenige gewesen, die mir eines Tages ein Paket Knete mitgebracht hatte – blaue, rote und grüne Knete. Niemals verlor mein Vater auch nur ein gehässiges Wort über sie.

Natürlich redeten die Leute. Die erste war unsere Nachbarin, die sich erboten hatte, mich morgens in den Kindergarten zu bringen. Sie war eine dicke, rotgesichtige Frau mit hungrigen Augen und einem Mund, der ständig in Bewegung zu sein schien. Manchmal stellte ich mir vor, daß ihre Lippen ein großes fettes Tier waren, das sich am liebsten über mich gestülpt hätte, um mich auszusaugen.

„Du bist jetzt ein mutterloses kleines Wesen“, sagte sie gleich am ersten Morgen zu mir, kaum daß die Tür des Kiosks hinter uns zugefallen war, und ihr Ton schwankte zwischen Bedauern und Neugierde. „Hoffen wir, daß die Ähnlichkeit mit deiner Mutter nur äußerlich ist.“

„Warum?“

„Das laß dir später mal von deinem Vater erklären.“

Ich fragte meinen Vater nicht danach, aber am nächsten Morgen bestand ich darauf, von da an allein in den Kindergarten zu gehen. Ich fand, ich war groß genug, um den zehnminütigen Fußweg allein zu schaffen, und mein Vater stimmte mir zu, nachdem wir die Route am Abend zuvor gemeinsam abgelaufen waren und ich ihm bewiesen hatte, daß ich aufmerksam nach links und nach rechts schaute, bevor ich die Straße überquerte.

Es klappte gut mit uns beiden, und viel hatte sich ohnehin nicht geändert. Ich stand wie gewöhnlich zeitig auf, frühstückte mit meinem Vater, ging in den Kindergarten, kehrte nachmittags zurück und fegte den Laden aus. Dann setzte ich mich an den Tisch im Hinterzimmer und knetete, während mein Vater aufräumte, die Kasse abrechnete und irgendeine Dosensuppe in einem kleinen Blechtopf auf dem Herd in der Küche heiß machte. Später, als ich bereits in die Schule ging, kümmerte ich mich abends um die Kasse. Es war jedesmal wie ein kleines Wunder für mich, wenn die addierte Summe mit dem Betrag in der Kasse übereinstimmte, und auch als ich längst hinter das Geheimnis gekommen war, erfüllte es mich immer wieder mit tiefer Befriedigung, wenn die Scheine und Münzen dem errechneten Ergebnis entsprachen. Mittwochs war Waschtag, samstags mittags gingen wir gemeinsam einkaufen und abends wurde gebadet. Wir lebten friedlich miteinander. Ohne viele Worte.

Einige Wochen nachdem meine Mutter uns verlassen hatte, wurde unser stilles Zusammenleben für kurze Zeit unterbrochen. Zwei Frauen von der Fürsorge standen vor der Tür. Sie durchforsteten unsere Wohnung, und ich bekam mit, wie die eine, ein blonder Lockenkopf mit einer riesigen Hakennase, verächtlich zu der anderen sagte: „Was für ein armseliger Ort! Hier kann man doch kein Kind großziehen. Und noch dazu ohne Mutter."

Die andere nickte mit einem grimmigen Lächeln auf den Lippen und tätschelte meinen Arm. „Natürlich nicht."

Sie nahmen mich mit, und ich schrie, weil ich meine Knetfiguren nicht einpacken durfte und mein Vater uns nicht begleitete. Später erzählte mir meine Großmutter, daß ich mich in dem Heim, in das sie mich gesteckt hatten, bei jeder Mahlzeit standhaft geweigert hätte, auch nur einen Bissen zu mir zu nehmen. Und die einzigen Worte, die ich gesprochen hätte, waren Papa und Knete. Schließlich schalteten sich meine Großeltern ein, die versichern mußten, regelmäßig ein Auge auf mich zu haben, und ich durfte zu meinem Vater zurückkehren. Ich war das glücklichste kleine Mädchen der Welt.

Von da an verbrachte ich viele Jahre lang zwei Wochenenden im Monat in Grafhorst. Früher war ich nur selten dort gewesen, denn meine Mutter hatte sich mit ihren Eltern nicht verstanden. Es hatte ständig Streit gegeben, und schließlich ging man sich aus dem Weg. Auch mein Vater mied das Haus seiner Schwiegereltern nach Möglichkeit. Er holte mich sonntags abends ab, und mehr als ein kurzer Gruß wurde nicht getauscht. Die frostige Kälte zwischen ihm und den Großeltern entging mir natürlich nicht, aber ich war damals zu jung, um sie mir erklären zu können.

Das Haus meiner Großeltern erschien mir riesig. Es gab viele große Räume voller dunkler schwerer Möbel, und dabei lebten hier doch nur zwei Menschen. Ich begriff voller Staunen, daß meine Großeltern reich waren und mein Vater und ich arm, obwohl er doch ein eigenes Geschäft hatte, während mein Großvater als Feuerwehrmann im VW-Werk arbeitete und nebenbei ein wenig Landwirtschaft betrieb. Es dauerte noch einige Zeit, bis ich zu verstehen begann, daß mein Vater kein guter Geschäftsmann, mein Großvater hingegen ein gewiefter Bursche war, der sich anzupassen wußte und immer auf seinen Vorteil bedacht war. Ich durchstöberte alle Zimmer und auch den Dachboden, streifte stundenlang durch jeden Winkel des Gartens, aß Streuselkuchen mit Sahne und Schweinebraten mit Kartoffelbrei und dunkler Soße und ging nur ein einziges Mal auf die Straße hinaus, wo einige andere Kinder spielten. Damals war ich neun Jahre alt. Kaum war ich zu ihnen getreten, verwandelte sich das fröhliche Geschrei und Getobe in angespannte Stille. Vier Augenpaare blickten mir entgegen. Das größte Kind, ein etwa elfjähriger Junge, trat vor und hob herausfordernd das Kinn.

„Bist du die Ricarda?" fragte er, und ich verstand nicht, wieso sein Ton so gemein war.

Ich nickte. „Ja."

Der Junge drehte sich zu den anderen um. „Seht ihr, ich hab's doch gleich gewußt." Er wandte sich wieder zu mir und grinste hämisch von einem Ohr zum anderen. „Deine Mutter ist eine Schlampe."

Das Gejohle der Kinder schmerzte in meinen Ohren. Ich wußte nicht genau, was er damit meinte, aber mir war klar, daß er meine Mutter beschimpfte.

„Hörst du, eine Schlampe", wiederholte er und stand plötzlich dicht vor mir.

Ich konnte seine Lust, mich zu schlagen, förmlich riechen. Sie stand ihm in kleinen Schweißperlen auf der Oberlippe. Er war einen ganzen Kopf größer als ich und kräftig gebaut. Ich dagegen war eher zierlich, aber dafür flink, und ich hatte keine Angst. Nicht in diesem Augenblick. Ich warf ihm einen scheinbar erstaunten Blick zu und schüttelte langsam den Kopf.

„Nein", sagte ich.

Seine Augen begannen wild zu funkeln. „Natürlich ist sie eine Schlampe, schon immer gewesen. Sie ist deinem Vater abgehauen und bumst mit anderen Männern rum. Und so was nennt man eine Schlampe. Oder willst du etwa behaupten, daß ich lüge?"

Er kam noch einen Schritt näher und stieß mich so plötzlich mit beiden Fäusten vor die Brust, daß ich zu Boden fiel. Die anderen bildeten einen Halbkreis um uns und sahen feixend auf mich herunter. Ich wußte ungefähr, was bumsen bedeutete. Mühsam rappelte ich mich auf und hob schützend die Arme vors Gesicht. Als der Junge zum nächsten Schlag ausholte, sprang ich rasch beiseite, und der Hieb ging ins Leere. Kaum hatte er sich zu mir umgedreht, trat ich ihm mit voller Wucht zwischen die Beine, und während die anderen verwirrt auf ihren hilflos brüllenden und sich krümmenden Anführer starrten, bahnte ich mir mit meinen kleinen, mageren Fäusten einen Weg ins Freie und rannte, was das Zeug hielt. Erst als ich wieder im Haus war, begann ich zu zittern, und die Genugtuung, gegen eine ganze Bande von Kindern siegreich bestanden zu haben, verblaßte vor dem Klang der Wörter Schlampe und bumsen. Meine Mutter war eine besondere Frau, sagte ich mir ein ums andere Mal, und ich fand Trost in der monotonen Wiederholung dieses Satzes. Gleichzeitig begriff ich plötzlich die wahre Größe meines Vaters und seine tiefe Liebe zu meiner Mutter.

Ein paar Wochen später durchbrach mein Vater eines Abends unser übliches Schweigen bei Tisch. Ich besuchte inzwischen die vierte Klasse, und obwohl ich eine Außenseiterin war, ging ich gern zur Schule. Das Lernen fiel mir leicht.

„Deine Klassenlehrerin war heute bei mir im Laden", sagte er und stützte das Gesicht in die Hände. Eine Mischung aus Stolz und Ratlosigkeit machte sich in seinen Zügen breit. „Du bist gut in der Schule, sagt sie. Sehr gut sogar."

Ich schaute ihn aufmerksam an.

„Sie meint, du sollst aufs ... Gymnasium ..." Das fremde Wort ging ihm nur schwer über die Zunge. „Abitur machen."

Meine Klassenlehrerin war eine engagierte junge Frau, die mich schon häufiger im Rechen- und Kunstunterricht gelobt hatte. Manchmal schien sie ein wenig besorgt zu sein, weil ich mich häufig von den anderen Kindern fernhielt.

„Ich könnte es schaffen“, erwiderte ich.

„Ich weiß, aber ...“ Er streckte die Arme aus und machte eine weiträumige Geste. „Schau dich um, Püppchen. Wir haben nicht viel Geld – ich kann dir keine hübschen Sachen kaufen, und die Bücher sind teuer, selbst wenn wir einen Zuschuß bekommen. Und wenn du älter bist, müßtest du in den Ferien arbeiten.“

„Das macht mir nichts aus“, antwortete ich.

Mein Vater brütete eine Weile vor sich hin. „Deine Mutter hätte es gut gefunden.“

Damit war die Entscheidung gefallen, und ich war die erste in unserer Familie, die eine weiterführende Schule besuchte.

In der fünften Klasse des Gymnasiums fand ich zum ersten Mal eine Freundin. Francesca. Eine Italienerin, wie sie im Buche stand: schwarzer Lockenkopf, braune Augen, sprühend vor Temperament. Sie glänzte mit hervorragenden Leistungen in Musik, Deutsch und Erdkunde, aber ihre Fähigkeiten in Mathematik waren mehr als schwach. Francesca wurde regelmäßig auf dem Heimweg von der Schule von mehreren Jungen verprügelt. Bis ich ihr eines Tages den überraschenden Tritt zwischen die Beine beibrachte. Von da an hatte sie ihre Ruhe, und wir waren Freundinnen. Wir halfen uns gegenseitig, und ich war gern mir ihr zusammen, obwohl sie wie ein Wasserfall redete und ständig in Bewegung war, was mir sehr fremd war und mich bei anderen Menschen sonst eher abstieß. Francesca war das erste Mädchen in der Klasse mit einem richtigen Busen, und sie hatte bereits ihre Regel. Ich fand es merkwürdig, wie begierig meine Mitschülerinnen darauf waren, endlich einen Büstenhalter tragen zu können und regelmäßig jeden Monat mit einem Paket Binden in die Schule zu kommen. Ihre „Tage“ befreiten sie vom Sportunterricht, und in den Pausen wurde über diesen tropfenden Beweis ihrer Weiblichkeit eifrig getuschelt. Den Rest des Monats ging es um Jungen, die neuesten Schallplatten, Klamotten – Themen, zu denen ich mich nicht äußern mochte, selbst wenn ich dazu in der Lage gewesen wäre. Ich interessierte mich nicht für Jungen, und für Platten und Klamotten hatte ich kein Geld. Ich war wieder eine Außenseiterin, aber diesmal stand ich nicht allein da. Es gab Francesca, die es als Italienerin schwer hatte, obwohl Zigtausende ihrer Landsleute in Wolfsburg lebten und dazu beitrugen, daß unablässig Autos von den Bändern im Werk rollten. Zwei Jahre später wurden wir beide hinter vorgehaltener Hand als lesbisches Pärchen bezeichnet, worüber wir einfach hinweghörten.

Mein Alltag war anstrengend, denn neben der Schule mußte ich jeden Nachmittag im Laden helfen. Meinem Vater ging es gesundheitlich nicht besonders gut, und wenn ich nicht aufpaßte, vergaß er, Getränke nachzubestellen, oder verschenkte so viele Süßigkeiten und Flachmänner, daß unser ohnehin mageres Einkommen erheblich geschmälert wurde. Ich kümmerte mich darum, daß die Steuererklärung pünktlich erledigt wurde, putzte, ging einkaufen und wusch unsere Wäsche. Abends machte ich Hausaufgaben. Wenn Francesca kam, lernten wir zusammen, und sie half mir beim Aufräumen. Inzwischen hatte ich die Knete gegen Ton eingetauscht, und jede Minute, die mir an freier Zeit blieb, nutzte ich zum Formen und Experimentieren. Meine Klassenlehrerin hatte mir erlaubt, meine Figuren auch außerhalb des Unterrichts im Ofen zu brennen.

Nach Grafhorst fuhr ich jetzt nicht mehr so häufig, verbrachte allerdings regelmäßig einen Teil meiner Ferien dort, weil mein Vater darauf bestand.

„Du mußt dich erholen“, sagte er immer wieder, und ich lenkte ein, obwohl mir die markigen Sprüche meines Großvaters und das ständige Gedudele seiner Marschmusik inzwischen auf die Nerven gingen. Francesca durfte mich nicht begleiten oder auch nur besuchen, weil mein Großvater Italiener nicht leiden konnte. Und hundert andere Nationalitäten auch nicht.

Nach der zehnten Klasse verließ Francesca die Schule, um nach Mailand zurückzukehren. Sie wollte in einem Hotel arbeiten. Ihre Augen waren voller Tränen, als sie sich von mir verabschiedete, und ich spürte, wie sich mein Herz schmerzlich zusammenzog und dann wieder weitete. Es war ein wehmütiger Abschied, und ich wußte, daß wir uns aller Wahrscheinlichkeit nach nie wiedersehen würden, aber wir versprachen einander hoch und heilig, uns regelmäßig zu schreiben. An diesem Abend unternahm ich einen langen Spaziergang. Francesca war ein Geschenk auf Zeit gewesen. Eine Gefährtin. Ich war dankbar für unsere Freundschaft.

Ich verschloß den Schuppen und ging zurück ins Haus. Oben im Schlafzimmer gab es auf einem Regal eine Figur, die Francesca darstellte. Eine Frau, die begeistert die Arme hochriß und mit funkelnden Augen um sich blickte. Damals hatte ich noch nicht gelernt, Vieldeutigkeit entstehen zu lassen. Das geschah erst später, als der neue Kunstlehrer an unsere Schule kam.

Linda

Am Sonntagmorgen wachte ich mit dem Gefühl auf, einem furchtbaren Alptraum nur mit Mühe entronnen zu sein. Dann blickte ich Katharina an. Sie schlief noch tief und fest und hatte dunkle Schatten unter den Augen. Kein Alptraum, dachte ich dumpf. Obwohl es erst sieben Uhr war und die Kinder sich nicht rührten, stand ich auf, klemmte mir meine Sachen unter den Arm und schlich nach unten. Das Gewicht der vergangenen Nacht lastete tonnenschwer auf mir, und während ich mich anzog, durchfuhr mich die brennende Hoffnung, daß Katharina gleich zum Frühstück kommen würde und nichts von all dem geschehen wäre, was mir mein Kopf jetzt als frische Erinnerung präsentierte. Ein schlechter Traum, eine aberwitzige Phantasterei, die sich in Katharinas strahlendem Lächeln auflösen würde.

Ich kochte mir einen Kaffee und fragte mich, warum ich von Menschen umgeben war, die es früher oder später in die große, weite Welt zog. Natürlich war es kindisch, Katharina aufhalten zu wollen, ihr Vorwürfe zu machen, und mir war auch klar, daß es ihr um wesentlich mehr ging als um eine beschauliche Zwischenstation in Paris. Ihre eindringliche Stimme klang noch in mir nach, und ich wußte, daß sie nicht wegging, um mir weh zu tun. Plötzlich schlug ich mit der Faust auf den Tisch, und der Schmerz fuhr mir bis in die Schulter hinauf. Ich wünschte, ich würde sie nicht jetzt schon vermissen und mich fühlen wie ein ausgesetztes Kind. Ich wünschte, daß ich sie wirklich und wahrhaftig verstehen könnte. Ich wünschte, wir hätten die gleichen Träume. Ich wünschte, dieser Unfall wäre nie passiert! Ich legte den Kopf auf die Arme, und allmählich beruhigte sich mein Atem.

Die Kinder kamen gegen acht nach unten, und ich machte uns schweigend Frühstück: Müsli und Orangensaft.

„Geht es Mama nicht gut?“ fragte Nadine vorsichtig, nachdem ich mich zu den beiden gesetzt hatte und lustlos in meiner Schüssel rührte, ohne mehr als zwei Bissen zu mir zu nehmen.

„Doch, es geht ihr gut“, gab ich zurück. „Sie ist nur noch sehr müde.“

Erik blickte mich unverwandt an. „Du auch?“

„Ein bißchen.“

„Dürfen wir fernsehen?“ schob er blitzschnell hinterher.

„Nein.“

„Nur eine halbe Stunde.“

„Nein, habe ich gesagt!"

„Mama!"

„Laß es!"

„Nie dürfen wir ..."

Ich stieß meinen Stuhl mit einem Ruck vom Tisch zurück, sprang auf und blitzte ihn an. „Untersteh dich, mir mit dieser Tour zu kommen, Erik!"

Beide starrten mich irritiert an, während ich mich langsam wieder setzte. Nadine stupste Erik schließlich in die Seite und blinzelte ihm zu. „Wir können ja auch die Eisenbahn aufbauen, nicht? Ist doch viel lustiger."

Mein Sohn schwankte einen Moment zwischen dem Bedürfnis, nicht so ohne weiteres das Feld zu räumen, und der Einsicht, daß es manchmal klüger ist, der oder dem anderen das letzte Wort zu überlassen, insbesondere wenn es sich um die eigene Mutter handelt. Dann schlürfte er geräuschvoll den Rest Milch aus seiner Schale und zuckte betont lässig die Schultern. „Na, wenn du meinst ..."

„Dicke Luft", flüsterte Nadine, als die beiden hastig die Küche verließen.

Eriks anschließenden Kommentar konnte ich nicht mehr verstehen, und das war vielleicht auch besser so. Ich räumte gerade den Tisch ab, als das Telefon klingelte.

Bettina gähnte mir geräuschvoll ins Ohr. „Ich vermute mal, daß ich dich nicht geweckt habe, oder?"

„Nein, hast du nicht."

„Oje, du hörst dich aber garstig an."

„Ich bin hundemüde."

Bettina seufzte. „Du warst auch schon mal spritziger. Ich dachte, wir könnten die Kinder gemeinsam eine Runde durch den Wald jagen, aber ich schätze, daß dich meine Idee nicht gerade vom Hocker reißt."

Ich wollte sie gerade kurz und bündig abfertigen, Kopfweh oder meine Tage vorschieben, als mir die Tränen so unvermutet in die Augen schossen, daß ich sie nicht mehr zurückhalten konnte.

„Hallo, bist du noch dran?"

„Es ... geht mir nicht so gut. Ich ..."

„Ja, das höre ich. Was ist denn los?"

Ich hielt die Muschel zu, damit sie mein Schniefen nicht mitbekam und nestelte nach einem Taschentuch.

„Ist irgendwas mit Katharina? Nun sag schon!"

„So einfach ist das nicht." Ich schwieg wieder.

Bettina stöhnte. „Na, dann ist es eben nicht einfach. Setz dich in den Wagen und komm. Ich koche den besten Kaffee im Umkreis von zwanzig Kilometern. Wenn du in einer halben Stunde nicht hier bist, packe ich meine vier Kinder ein, hole noch die Schwiegermutter ab und ein paar nette Tantchens und stehe dann breit grinsend vor deiner Tür. Na, ist das nicht eine herzliche Einladung? Bis gleich."

Bevor ich etwas erwidern konnte, legte sie auf. Ich kannte Bettina lange genug, um zu wissen, daß ich ihre Drohung durchaus ernst nehmen mußte. Ich war auf dem Weg zu den Kinderzimmern, als Katharina aus dem Bad kam. Sie sah übernächtigt aus.

„Guten Morgen", sagte sie. „Fährst du weg?"

Ich blieb unschlüssig am Treppenabsatz stehen und nickte. „Ja. Ich fahre zu Bettina. Können die Kinder hierbleiben?"

Katharina streckte die Hand aus und strich mir kurz über die Wange. „Natürlich. Laß dir Zeit."

Zwei Minuten später saß ich im Auto.

Bettina hatte das Kaminfeuer angezündet und ein kleines Frühstück vorbereitet, wie sie es nannte – ich hätte es eher als üppigen Brunch bezeichnet. Der niedrige Wohnzimmertisch bog sich unter den verschiedenen Brötchen-, Käse-, Wurst- und Salatsorten sowie einem halben Dutzend Marmeladengläsern. In der Mitte thronte eine riesige Kaffeekanne auf einer Warmhalteplatte.

Ich blickte mich suchend um. Es war ungewöhnlich still. „Wo sind denn die Kinder?"

Bettina sah mich feixend an und bedeutete mir mit einem Kopfnicken, Platz zu nehmen. „Ich habe Markus mit den lieben Kleinen zu seiner Mutter geschickt. Sie hat sich erst letztens darüber beklagt, daß sie ihre Enkelchen so selten zu sehen bekommt. Allerdings meinte sie damit wahrscheinlich nicht, daß die vier an einem Sonntagmorgen ihr Haus stürmen und das Unterste zuoberst kehren sollten. Sie stellt sich vermutlich eher vor, daß ich sie zur Kaffeezeit abhole, ihr drei bis sieben Sorten Feingebäck offeriere und die Kinder wie die Orgelpfeifen mit frisch gekämmten Haaren und sauberen Fingernägeln vor ihr aufgereiht stehen, um sich in die rosigen Wangen kneifen zu lassen. Tja", sie schüttelte bedauernd den Kopf, „den Gefallen kann ich ihr heute nicht tun. Zu schade aber auch."

Ein Anflug von Wärme durchströmte mich, als Bettina kichernd den Kaffee eingoß.

„Greif zu!" forderte sie mich auf, und ihr Ton duldete keinen Widerspruch. „Schon meine Großmutter sagte, daß die Welt nach einem guten Frühstück ganz anders aussieht. Wie recht sie hatte."

Ich bestrich ein Stück Baguette mit Frischkäse, während sie sich ein Croissant nahm und unter einem großen Löffel Heidelbeermarmelade begrub. Eine Weile aßen wir schweigend. Schließlich hob Bettina den Kopf und musterte mich eindringlich.

„Also?" fragte sie forsch. „Was liegt an?"

„Paris."

„Aha. Na ja, schöne Stadt. Und?"

„Katharina will nach Paris. Als Lehrerin für Deutsch im Austauschprogramm des Deutsch-Französischen Jugendwerks und um als Gasthörerin Kunst zu studieren. Für knapp anderthalb Jahre", erläuterte ich in sachlichem Tonfall.

Bettina hatte vergessen, den Mund zu schließen. Sie starrte

mich vollkommen perplex an, dann schluckte sie einmal kräftig.

„Ach du Scheiße“, kommentierte sie unverblümt, ohne sich für die deftige Wortwahl zu entschuldigen – es war schließlich kein Kind in der Nähe. „Das ist ja ein Ding. Wie kommt sie denn auf die Idee?“

Ich schob die Krümel zusammen, die sich um meinen Teller angesammelt hatten.

„Sie sagt, das sei schon immer ihr Wunsch gewesen, und jetzt, nach dem Unfall, möchte sie sich diesen Traum erfüllen. Ihr Antrag ist so gut wie durch – ab Sommer 98 kann sie unterrichten, und Nadine wird eine deutsche oder eine französische Schule besuchen, das ist noch nicht endgültig geklärt. Über eine ehemalige Kollegin, die vor ein paar Jahren in Paris war, hat sie einige Kontaktadressen bekommen, und finanziell ist es auch machbar: Das halbe Jahr Urlaub, das sie sich vorher zum Einleben gönnen möchte, finanziert sie mit dem Schmerzensgeld aus der Versicherung. Nach dem Halbjahreswechsel geht es los“, erklärte ich.

„Aha“, gab Bettina gedehnt zurück und schüttelte den Kopf. „Und seit wann weißt du davon?“

„Seit gestern nacht.“

„Hm.“ Sie schenkte uns beiden frischen Kaffee nach und schaute einen Moment schweigend ins Feuer. „Katharina ist keine Frau von voreiligen Entschlüssen. Sie hat sich das offenbar sehr genau überlegt.“ Bettina registrierte mit einem schnellen Seitenblick, daß ich die Zähne zusammenbiß, ließ sich aber nicht beirren. „Jan ist damals nach China gegangen.“

„Das war etwas anderes“, wandte ich ein.

„Findest du? Na ja, die Umstände waren vielleicht anders – ihr habt vorher schon mal darüber gesprochen und wart bereits viele Jahre verheiratet. Du warst sozusagen vorbereitet. Katharina geht es um ihre künstlerische Entwicklung, oder hast du das Gefühl, sie sucht nur einen Vorwand, um sich einen langen Single-Urlaub zu gönnen?“

„Nein, das Gefühl habe ich nicht. In erster Linie geht es ihr um die Malerei, um das Studium."

Und sie muß sich wiederfinden, fügte ich in Gedanken hinzu.

„Leicht ist das sicherlich nicht für dich", hob Bettina wieder an. „Wäre es für mich an deiner Stelle auch nicht, obwohl ich mir einbilde, im Alltag auch ohne Markus gut zurechtzukommen. Muß ich sowieso meistens. Aber das Leben besteht ja nicht nur aus Alltag. Und gerade jetzt ..." Sie atmete tief ein. „Aber Paris ist nicht China! Das eine oder andere Flugticket könnt ihr euch doch leisten. Und während Katharina eine berühmte Malerin wird, baust du Annas Buchhandlung zum kulturellen Mittelpunkt von Wolfsburg aus." Sie fuchtelte auf einmal begeistert mit den Händen herum. „Und aus deinem Garten entsteht eine weit über die Landesgrenzen hinaus bekannte biologisch-dynamische Obst- und Gemüseplantage. Du entwickelst einen Kompott, der *Lindas Früchtewunder* heißt und auf keinem Frühstückstisch fehlen darf. Na, was meinst du? Ich schätze, wenn Katharina wieder vor der Tür steht, wischst du dir den Schweiß von der Stirn, schaust verwundert auf den Kalender und weißt überhaupt nicht, wo die Zeit geblieben ist. Vielleicht schlägst du ihr sogar vor, noch ein Jahr Thailand dranzuhängen – weil du sowieso gerade kaum Zeit hast."

Es ging nicht anders, ich mußte lachen. Und gleich darauf heulte ich wie ein Schloßhund. Bettina wiegte mich in den Armen und erzählte eine komische Geschichte nach der anderen.

Gegen mittag fuhr ich ins Frauencafé und bestellte mir erst einen, dann gleich noch einen zweiten Cognac. Soweit ich mich erinnern konnte, hatte ich noch niemals zuvor an einem Sonntagmittag mit verquollenen Augen in einem Frauencafé gesessen und Cognac getrunken. Einmal war immer das erste Mal. Als ich den dritten Cognac bestellt hatte, stand auf einmal Corinna vor meinem Tisch. Ich war nicht überrascht, denn sie frühstückte am

Wochenende häufig hier. Ihr Blick streifte das leere Glas, und es wäre mir lieber gewesen, wenn ich ihr heute nicht begegnet wäre.

„Setz dich doch", sagte ich. „Magst du auch etwas trinken?"

Sie blieb stehen. „Was hältst du von einem Spaziergang?"

„Ich will nicht spazieren gehen, ich will hier sitzen und etwas trinken", gab ich verdrossen zurück und spürte, daß der Alkohol zu wirken begann. Ich trank selten und vertrug nicht viel.

Corinna bestellte bei der gerade vorbeieilenden Sandra, einer der beiden Betreiberinnen des Cafés, einen Orangensaft und setzte sich.

„Bettina hat mich angerufen", erklärte sie.

Ich verdrehte die Augen. Es war unklug gewesen, meinen beabsichtigen Cafébesuch anzukündigen.

„Na, dann weißt du ja jetzt auch gleich Bescheid", entgegnete ich und leerte mit einem Schluck mein Glas. „Katharina geht nach Paris und wird eine berühmte Malerin, und ich entwickle inzwischen *Lindas Früchtewunder!*" Ein albernes Kichern entfuhr mir, als Corinna mich verständnislos anstarrte. Ich sparte mir die Mühe, ihr den Scherz zu erklären.

Sandra brachte den Saft und wechselte einen bedeutungsvollen Blick mit Corinna, bevor sie sich dem nächsten Tisch zuwandte.

„Ist es dir peinlich, hier mit mir zu sitzen?" fragte ich gereizt.

„Nein, aber es wäre mir lieber, du würdest nichts mehr trinken. Komm mit zu mir und schlaf dich aus."

Ich schüttelte den Kopf, und ein leichter Schwindel erfaßte mich. Corinna stand auf und zog mich hoch.

„Gib mir deine Autoschlüssel", sagte sie knapp.

Eine Viertelstunde später waren wir bei ihr. Sie brachte mich ins Bett, und bevor ich einschlief, mußte ich an meine Mutter denken und daran, daß mir diese Situation später peinlich sein würde. Eine beschwipste Linda war fast so unvorstellbar und blamabel wie eine beschwipste Elisabeth.

Katharina nahm mit Nadine Sprachunterricht bei einer Studentin, sie plante, organisierte, malte, kümmerte sich nebenbei um die Scheunenausstellung und hatte schließlich auch noch ihren Job als Lehrerin, während ich mich ins vorweihnachtliche Buchgeschäft stürzte. Nur selten konnte ich meine drückende Abschiedsstimmung zur Seite schieben, obwohl ich immer wieder versuchte, mehr an Katharinas künstlerische Motivation zu denken und ihr verändertes Bewußtsein nach dem Unfall in den Vordergrund zu schieben. Bei allem Verständnis, das ich mir hart erkämpfen mußte, blieb das bittere Gefühl zurück, ausgeschlossen und in die zweite Reihe geschoben worden zu sein, wo ich nun anderthalb Jahre auf sie warten mußte. Eine Empfindung, die ich lieber heute als morgen getilgt hätte, um die letzten gemeinsamen Wochen nicht unnötig zu belasten, aber Gefühle lassen sich nicht einfach tilgen.

Die Kinder reagierten zunächst sehr unkompliziert. Nadine war nahezu närrisch vor lauter Aufregung und Vorfreude, und Erik verplante bereits ihr Zimmer, um dort seine Autorennbahn aufzubauen. Im übrigen war er ganz von der kurz bevorstehenden Rückkehr seines Vaters eingenommen.

„Wie wollen wir in diesem Jahr Weihnachten verbringen?" fragte mich Katharina eines Abends, als wir gemeinsam die Küche aufräumten.

Wenn es allein nach mir gegangen wäre, hätte ich das Fest einfach ausfallen lassen. Mir war weder nach besinnlicher Stimmung noch nach ausgelassener Fröhlichkeit zumute.

„Keine Ahnung. Hast du eine Idee?"

Katharina überlegte. „Wann ist Erik bei Jan?"

Ich seufzte. „Wenn er zu entscheiden hätte, ab Jans Ankunft rund um die Uhr. Aber da hat sein Vater ja auch noch ein Wörtchen mitzureden."

„Nadine ist am ersten Weihnachtstag bei Daniel eingeladen, und zwar einschließlich Übernachtung. Wenn wir es geschickt einfädeln, könnten wir zwei Tage ganz für uns haben."

Und was machen wir an den beiden Tagen? dachte ich bekümmert.

„Na, komm." Katharina stand vor mir. „Ein bißchen Zeit für große Gefühle, das sind wir uns beide schuldig, meinst du nicht?"

Sie schlang die Arme um meinen Hals, und plötzlich war ihr Mund so nah, daß ich ihr Begehren einatmen konnte. Sie küßte mich, und ihre Lippen waren weich und feucht. Ich öffnete den Mund, und ihre Zunge glitt hinein. Doch auf einmal riß ich mich heftig von ihr los.

„Ich will nicht mit dir schlafen!" fuhr ich sie an.

Katharina lachte. „Und ob du das willst!" Sie umfaßte meine Handgelenke. „Gleich hier in der Küche. Na, komm. Auf dem Tisch."

Ich schüttelte den Kopf, während es zwischen meinen Beinen warm zu pulsieren begann. „Laß mich los!"

Katharina hob mich auf den Tisch. „Wie wundervoll du dich zieren kannst." Sie stellte sich zwischen meine Beine und öffnete meine Hose. „Na?" Ihr Finger glitt in mich, und ich krallte meine Nägel in ihre Schultern. Sie würden tiefe Spuren hinterlassen. Während mein Atem immer schneller wurde, drückte sie mich auf den Tisch, zog mir die Hose aus und beugte sich hinab zu meinem Schoß. Mein Widerstand schmolz dahin, ich gierte nach einem Höhepunkt, und als er kam, konnte ich weder stöhnen noch schreien, weder lachen noch weinen. Einen zittrigen Moment lang vergaß ich alles.

Katharina strich über mein Haar und half mir hoch. Sie roch nach mir, und ich legte erschöpft die Arme um ihren Hals.

„So oder so ähnlich stelle ich mir die beiden Tage mit dir vor", sagte sie, und wir gingen engumschlungen ins Schlafzimmer.

Die Kundin, eine hagere Frau in den Fünfzigern, bedankte sich mit einem herzlichen Lächeln und wandte sich zum Gehen. Ich lächelte genauso herzlich – sie hatte drei dicke Wälzer gekauft, zwei davon aus der Frauenbuchabteilung –, und es hatte Spaß gemacht, sie zu beraten. Die Ladenglocke bimmelte, und während die Kundin in den naßkalten Vormittag entschwand, schlüpfte Claudia herein. Freudestrahlend baute sie sich vor mir auf und warf ihren langen dunklen Haare über die Schulter zurück.

„Hallo, Schwesterherz“, tönte sie. „Da staunst du, was?“

„Worüber sollte ich staunen? Daß es dich in eine Buchhandlung zieht?“ fragte ich belustigt.

Claudia winkte ab und öffnete die Knöpfe ihres langen beigefarbenen Wollmantels. Darunter kamen eine curryfarbene Seidenbluse mit passender Weste und eine dunkelbraune Hose zum Vorschein.

„Ich schätze, du kommst gerade aus dem Büro“, riet ich mit einem Blick auf ihre elegante Erscheinung. „Oder bist du zu einem Geschäftsessen verabredet?“

Sie schüttelte den Kopf. „Nichts dergleichen.“

„Du bist schon wieder befördert worden?“

„Nein, viel besser.“ Claudia ließ sich auf einem Hocker nieder, nachdem sie ihn kritisch beäugt und für sauber genug befunden hatte. „Ich habe mir gerade ein Haus angeschaut.“ Sie verschränkte die Hände im Nacken und strahlte wie ein Honigkuchenpferd.

„Ein Haus?“

„Ja, ein Haus. In Danndorf. Knapp zweihundert Quadratmeter Wohnfläche, voll unterkellert, tausend Quadratmeter Grundstück, Baujahr 90, riesige Terrasse“, sprudelte sie hervor und sprang wieder auf. „Heller Klinker, verkehrsberuhigte Nebenstraße. Und weißt du, was das beste ist?“

Ich schüttelte den Kopf.

„Wir können es sofort kaufen und die steuerliche Abschreibung fürs ganze Jahr in Anspruch nehmen. Die Eigentümer haben sich finanziell ein bißchen übernommen und wollen es jetzt so schnell wie möglich wieder loswerden. Das ist natürlich eine prima Verhandlungsbasis!“ Sie griente mich verschmitzt an. „Der Makler ist ein guter Freund eines Kollegen. Er wird versuchen, den Preis um dreißigtausend zu drücken, und dafür gehen wir gleich nächste Woche zum Notar. Was sagst du nun?“

Ich war sprachlos.

„Die Finanzierung dürfte kein Problem werden“, fügte sie hinzu und schaute mich mit blitzenden Augen an. „Ich verdiene gut, Papa und Mama geben was dazu, und Joachim hat auch ein paar Mark gespart.“

Ich lehnte mich an den Kassentresen. „Und deinem Liebsten gefällt es auch?“

„Er hat es noch gar nicht gesehen, aber wir fahren heute abend zusammen hin. Glaub mir, Joachim wird genauso begeistert sein wie ich. Wir schauen uns ja in aller Stille schon seit einiger Zeit nach einem geeigneten Objekt um. Und soll ich dir noch was erzählen?“ Sie reckte stolz ihr Kinn. „Wir haben das Aufgebot bestellt und werden am 28. Dezember heiraten!“

Wahrscheinlich läßt sich Joachim auch noch für das ganze Jahr steuerlich abschreiben, dachte ich bissig.

Claudia griff in ihre Manteltasche und holte ein Kuvert hervor. „Hier, eure Einladung.“

Ich nahm den Umschlag entgegen, und einen Moment lang wußte ich mit Claudias beobachtendem Blick nichts anzufangen. Dann fiel mir ihre Beförderungsfeier wieder ein, zu der Katharina und ich nicht eingeladen worden waren, weil Claudia ihre lesbische Schwester und deren Lebensgefährtin nicht ihren Kollegen und Vorgesetzten hatte vorstellen wollen. Obwohl sie sich wenig später entschuldigt hatte, war unser Verhältnis seitdem distanzierter und kühler als früher. Insofern war es nicht weiter verwunderlich, daß ich von den Hochzeitsplänen und den Absichten, bald ein dörfliches Eigenheim zu erwerben, so gut wie gar nichts mitbekommen hatte.

Ich entschloß mich, die Vergangenheit ruhen zu lassen und nicht nachzufragen, ob ich mich nun besonders geehrt fühlen sollte. „Danke. Das wird sicherlich ein rauschendes Fest."

Claudia nickte. Bevor wir unser Gespräch fortsetzen konnten, kamen zwei Kunden ins Geschäft, und während ich den beiden bei der Suche nach geeigneten Weihnachtsgeschenken behilflich war, kehrte Anna von ihrem Einkauf zurück und lud Claudia zu einer Tasse Kaffee ins Büro ein. Nachdem ich einen Abenteuerroman und eine Lyrikanthologie verkauft hatte, ging ich nach unten in die Frauenbuchabteilung und machte mich endlich daran, die morgens eingetroffenen Lieferungen auszupacken. Ein Erzählband aus einem Berliner Verlag interessierte mich besonders, und ich las gerade die ersten Zeilen einer Geschichte über eine ungewöhnliche Frauenbeziehung, als Claudia die Treppe herunterkam – um sich zu verabschieden, wie ich dachte.

„Apropos rauschendes Fest", nahm sie den Gesprächsfaden übergangslos wieder auf. „Was macht ihr eigentlich Weihnachten?"

Ich unterdrückte ein Stöhnen. Was für ein leidiges Thema! Ich hatte keine Lust, mich auf Familienfeste einschwören zu lassen, zumal Katharina und ich inzwischen darauf hinarbeiteten, zwei kinderfreie Tage für uns zu organisieren. Zwei Tage, denen ich zwar immer noch nicht euphorisch entgegensah, die wir uns aber, wie Katharina gemeint hatte, gönnen sollten. Plötzlich fiel mir ein, daß Claudia noch gar nichts von Katharinas Paris-Plänen wußte.

„Wir werden Heiligabend mit den Kindern verbringen, und am ersten und zweiten Weihnachtstag sind sie beide bei ihren Vätern. Erik ist außerdem bei den Großeltern. So sieht unsere Planung im Moment jedenfalls aus."

„Ach." Claudia stützte einen Arm in ihre Taille und schaute mich skeptisch an. „Und was macht ihr, Katharina und du?"

„Wir möchten allein sein", erklärte ich unumwunden. „Direkt nach den Festtagen ist die Eröffnung der neuen Scheunenausstellung, und gleich nach Neujahr fliegt Katharina für drei Tage nach Paris. Wir haben also nicht sehr viel Zeit füreinander."

„Katharina fliegt nach Paris?" Claudia machte große Augen.

„Ja, sie schaut sich nach einer Wohnung um."

Claudia starrte mich vollkommen entgeistert an. „Du machst Witze, oder?"

„Keineswegs. Katharina wird Anfang des Jahres nach Paris gehen, um Kunst zu studieren und an einer Grundschule Deutsch zu unterrichten. Übernächsten Sommer ist sie dann wieder hier", erklärte ich wie beiläufig, und einen Augenblick konnte ich mich über den verwirrten Gesichtsausdruck meiner Schwester sogar amüsieren.

Claudia ließ sich auf eine Treppenstufe sinken. „Und du? Und Nadine?"

„Ich bleibe natürlich hier, schließlich kann ich nicht einfach meinen Job hinschmeißen. Nadine geht mit."

„Na, das sind ja tolle Aussichten! Wie kommt sie denn plötzlich auf diese Idee? Gönnt man sich so was nicht eher als Schülerin oder Studentin?"

Ärger stieg langsam und seltsam wohltuend in mir hoch. Claudias Einschätzung klang eindeutig abwertend, und das stand ihr nicht zu.

„Sie gönnt es sich eben jetzt", entgegnete ich mit fester Stimme und schob eine der leeren Bücherkisten mit dem Fuß zur Seite.

Claudia schüttelte den Kopf. „So locker nimmst du das hin?"

Sie kannte mich anscheinend nicht mehr besonders gut.

„Ganz und gar nicht", antwortete ich ehrlich. „Mir ist alles andere als wohl bei diesem Gedanken. Doch ich kann sie ja nicht zwingen hierzubleiben, oder?"

Claudia stand langsam wieder auf. Ihrem Gesichtsausdruck konnte ich entnehmen, daß sie weder Katharina noch mich verstand, darüber aber nicht sonderlich niedergeschlagen war. Höchstens ein wenig verdrossen. Angesichts der einschneidenden

Ereignisse, die innerhalb der nächsten Wochen auf sie zukamen, hatte sie vermutlich keine Lust, sich mit irgendwelchen Problemen zu beschäftigen. Sie setzte kurzerhand ihr munterstes Zahnpasta-Lächeln auf und kam auf mich zu.

„Na, ihr werdet schon wissen, was ihr tut. Ich muß jetzt wieder los. Grüß deine Familie“, verabschiedete sie sich und eilte die Treppe hinauf.

Zwei Minuten später kam Anna, um mir einen Kaffee zu bringen.

„Alles in Ordnung hier unten?“ erkundigte sie sich, und ich wußte, daß sich ihre Frage nicht auf meine Arbeit bezog. Sie wollte nachschauen, ob ich den Ansturm der verschiedenen Steuersparmodelle unbeschadet überstanden hatte.

„Na klar“, antwortete ich betont unbekümmert, aber Anna warf mir einen prüfenden Blick zu, unter dem mir mein aufgesetztes Lächeln verging.

Meiner Tante konnte ich nichts vormachen. Als ich ihr von Paris erzählt hatte, war sie einen langen Moment ganz in sich gekehrt gewesen. Dann hatte sie tief durchgeatmet und mich an sich gedrückt. Keine gutgemeinten Ratschläge, keine überflüssigen Fragen, keine banalen Durchhalteparolen. Statt dessen ein Moment der Nähe, in dem sie mir signalisierte, daß sie um meine Gefühle wußte und sie respektierte. Und das bei einer Frau, die seit Jahren eine Beziehung lebte, die von räumlicher Distanz geprägt war.

„Claudia scheint es ja blendend zu gehen“, stellte ich fest. „Rasante Entwicklung, das muß ich schon sagen.“ Plötzlich fiel mir ein, daß ich mich fast zehn Jahre zuvor in einer ähnlichen Situation wie jetzt meine Schwester befunden hatte. Jan und ich wollten heiraten, und das Häuschen war auch schon in greifbare Nähe gerückt.

„In der Tat“, erwiderte Anna. „Hoffen wir, daß die beiden an einem Strang ziehen.“

Die Ladenglocke schlug an, und meine Tante verschwand nach oben.

Wir hatten ein kleines Bäumchen geschmückt, die Kinder waren aufkratzt wie immer, und ich war froh, daß ihre lautstarke Begeisterung mich ein wenig von meinen trüben Gedanken ablenkte. Im Jahr zuvor hatten wir den Heiligabend mit Tom, Corinna und Bettina samt ihren Kindern verbracht. Es war ein ungewöhnliches und fröhliches Fest gewesen, an das ich nun mit Wehmut zurückdachte, und ich fühlte mich zu kraftlos, um gegen meine Niedergeschlagenheit anzukämpfen.

Katharina hatte mir einen Füller geschenkt und das schönste Briefpapier, das ich je gesehen hatte. Jeden einzelnen Bogen hatte sie mit einer winzigen Aquarellzeichnung versehen, die ich staunend betrachtete. Ich hatte ihr, praktisch, wie ich nun mal war, einen Reiserucksack aus blauem Nappaleder geschenkt.

Als Erik und Nadine spät abends mit runden Bäuchen und voller Erwartung, was der nächste Tag an Geschenken und Leckereien mit sich bringen würde, in ihren Betten lagen, setzte ich mich zu Katharina aufs Sofa. Sie lehnte ihren Kopf an meine Schulter, und ich spürte, wie erschöpft wir beide waren. Eine halbe Stunde später gingen auch wir schlafen.

An den beiden Weihnachtstagen erfüllten sich weder meine Erwartungen, noch trafen meine Befürchtungen ein. Sie verstrichen gleichförmig und freudlos. Katharinas Bemühungen um eine harmonische und zärtliche Atmosphäre erschienen mir seltsam hohl und aufgesetzt, und ich verkroch mich am ersten Abend schließlich mit einem Buch ins Bett, während sie nach kurzem Zögern in ihr Dachatelier ging. Der unerwartete Besuch von Corinna und Tom hatte uns zwar für zwei Stunden aus unserer Lethargie gerissen, ohne daß wir jedoch in der Lage gewesen wären, den Stimmungswechsel in die Zweisamkeit hinüberzuretten.

„Warum kannst du es nicht einfach genießen, daß wir jetzt zusammen sind, sondern denkst ausschließlich daran, daß du mich in Zukunft vermissen wirst?“ fragte Katharina mich am späten Abend des zweiten Weihnachtstages, als wir im Bett lagen und gerade das Licht gelöscht hatten. Es lag kein Vorwurf in ihrer Stimme, eher Verwunderung, und dennoch machte sich fast augenblicklich ein brennendes Gefühl in mir breit.

„Erwartest du allen Ernstes von mir, daß ich die Zukunft aus meinen Gedanken und Gefühlen ausklammern kann, um heute ein paar nette Stunden mit dir zu verbringen?“ entgegnete ich gespielt ruhig. „Wie soll denn das funktionieren? Im übrigen warst du in den vergangenen Tagen auch alles andere als heiter.“

Katharina seufzte leise. „Heiter? Nein, das war ich wohl nicht. Aber ich habe es versucht.“

Ich wartete, doch sie fügte nichts mehr hinzu, obwohl ich spürte, daß sie noch mehr zu diesem Thema zu sagen hätte. Wenn doch der Abschied nur schon vorbei wäre, dachte ich und drehte mich auf die andere Seite.

Die Ausstellung war erstaunlich gut besucht. Bettina schärfte den Kindern ein, daß sie sich nicht auf einem Abenteuerspielplatz befanden, während ich schon vorging und in dem Gewühl nach den Scheunenkünstlerinnen Ausschau hielt. Katharina war bereits in aller Herrgottsfrühe aufgebrochen, als ich noch im Halbschlaf vor mich hin gedöst hatte. Auf dem Küchentisch hatte sie einen Zettel mit einem kurzen Gruß und dem Hinweis hinterlassen, daß die Kinder und ich ja am späteren Vormittag nachkommen könnten, wenn wir Lust hätten. Von Lust konnte bei mir nicht die Rede sein, und wenn Bettina sich nicht gemeldet hätte, wäre ich wahrscheinlich zu Hause geblieben.

Ich entdeckte Nicole und Pumuckl, die sich mit zwei Frauen unterhielten, und steuerte auf sie zu, als Ruth plötzlich neben mir auftauchte und mich anlächelte.

„Gib es zu, du kannst es kaum erwarten, mich an der Kaffeebar abzulösen!" begrüßte sie mich und legte mir den Arm um die Schultern.

„Stimmt, etwas Aufregenderes kann ich mir kaum vorstellen, als am Tag nach Weihnachten in einer Scheune zu stehen und kulturbeflissenen Menschen mit sanftem Lächeln Kaffee und Kuchen zu reichen", gab ich seufzend zurück.

„Höre ich da etwa einen Hauch von Zynismus heraus? Aber Linda!" Ruth hob den Zeigefinger. „Als Lebensgefährtin einer demnächst ins europäische Ausland vorstoßenden Künstlerin müßtest du aber etwas mehr Begeisterung an den Tag legen."

„Findest du?"

Ruth musterte mich einen Moment schweigend. Dann führte sie mich hinter die Kaffeebar.

„Kann es sein, daß dir das alles hier ganz schön auf die Nerven geht?" hob sie wieder an. „Oder bist du einfach, sagen wir, ein bißchen erschlagen von Katharinas Plänen?"

Ich öffnete ein neues Paket Kaffee und suchte nach Filtertüten, während Ruth einige Tassen abwusch und auf ein Tablett stellte. Sie setzte eine gleichmütige Miene auf, aber ich war ziemlich sicher, daß sie jede meiner Regungen genau registrierte.

„Von beidem ein bißchen", antwortete ich schließlich ehrlich und schaute sie nun direkt an. „Ich verstehe nicht viel von Kunst und von Kunstschaffenden offensichtlich noch weniger. Diese ganze Welt ist mir fremd."

Ruth nickte, als hätte sie keine andere Antwort erwartet. „Ja, mir geht es oftmals ganz ähnlich. Weißt du, ich mache meinen Schmuck und freue mich, wenn ihn jemand kauft. Gib mir ein bißchen Silber oder Gold, einige Steine, und ich mache dir eine wunderschöne Kette, die du zu dieser oder jener Gelegenheit tragen kannst. Da ist gar nichts Aufregendes oder Geheimnisvolles dabei, eher etwas sehr Handfestes. Als würde ich einen Korb flechten oder eine Hose nähen. Ich pfeife und singe dabei, bin ansprechbar und guter Dinge. Aber nimm dir eine Malerin, die vor einem Bild brütet, ihre Farben mischt und nie zufrieden ist – das ist doch etwas viel Dramatischeres, nicht wahr?"

Ich lächelte. „Na, das ist doch wohl auch eine Typfrage. Wenn du malen würdest, wärst du wahrscheinlich genauso fröhlich und offen wie bei der Arbeit an einem Schmuckstück."

„Meinst du?"

„Ich bin davon überzeugt."

„Na ja." Ruth fuhr sich mit beiden Händen über den kurzgeschorenen Kopf. „Katharina geht eben ganz anders an die Dinge heran als ich oder Nicole oder sonstwer. Sehr viel ernsthafter." Sie schaute über meine Schulter und winkte. „Da kommt sie ja gerade."

Ich drehte mich um. Katharina sah im Moment alles andere als ernsthaft aus. Sie strahlte vor Begeisterung und gab mir rasch einen Kuß. Die lange dunkelblaue Wollweste, die sie zu Jeans und weißer Bluse trug, stand ihr sehr gut, und ich roch das herbe Parfüm, das sie nur bei besonderen Anlässen benutzte. Die gedrückte Stimmung der letzten Tage schien keinerlei Spuren bei ihr hinterlassen zu haben, jedenfalls war ihr nichts anzumerken. „Seit wann bist du hier?"

„Seit einer Viertelstunde. Bettina und sechs Kinder toben hier auch noch irgendwo herum."

„Prima. Stellt euch vor, Nicole hat gerade zwei ihrer Zeichnungen verkauft, Ilona verhandelt mit einem Typen über ihre Adonis-Skulptur, und ich bin mein Clownsbild losgeworden." Sie schüttelte den Kopf und blickte Ruth an. „Vielleicht hätten wir doch vor Weihnachten eröffnen sollen, dann wäre die Scheune jetzt leer."

Ruth winkte ab. „Das glaube ich nicht. Die sind jetzt alle so unzufrieden über ihre Weihnachtsgeschenke, daß sie sich zum Jahresausklang noch was Gutes gönnen. Mein Schmuck ist auch weggegangen wie warme Semmeln."

Ich schaute zu Pumuckl hinüber, die auf und ab hüpfte wie ein Gummiball und dabei eifrig gestikulierend auf ihren Interessenten einredete. Ich bezweifelte, ob sie mit dieser Verhandlungsstrategie Erfolg haben würde, doch Pumuckl genoß offenbar so etwas wie Narrenfreiheit. Als sie zwei Minuten später zu uns an die Kaffeebar stürzte, waren ihre Wangen feuerrot, und sie konnte nicht einen Moment stillstehen.

„Ich habe den Adonis verkauft, stellt euch vor, ich habe ihn tatsächlich verkauft!“ trompetete sie in die Runde, und Ruth hielt sich die Ohren zu.

Adonis war ein lebensgroßer halbnackter Bodybuilder mit zahnlosem Mund und einem alles andere als intelligent wirkenden Gesichtsausdruck. Niemand hatte so recht daran geglaubt, daß er je den Besitzer wechseln würde.

„Und wer hat ihn gekauft?“ fragte Nicole, die sich gerade zu uns gesellt hatte.

„Ein echter Komiker“, grinste Pumuckl. „Er heißt Raimund und will ein Fitneßstudio eröffnen. Der Adonis soll im Eingangsbereich stehen.“

„Da kann man nur hoffen, daß seine Kundschaft genausoviel Humor hat wie er“, warf Katharina ein.

„Man kann es ja auch als Mahnmal auffassen“, grinste Pumuckl. „So im Sinne von: Nichts im Leben sollte übertrieben werden.“

„Welch weise Worte von so einem Küken“, spottete Ruth und hielt Pumuckl den Mund zu, bevor diese sich lauthals aufregen konnte. „Nur nicht sauer werden, Kleine. Ist schlecht für den Blutdruck und gibt einen unreinen Teint.“ Sie drückte ihr einen dicker Schmatzer auf die Stirn und grinste sie an. Dann lächelte sie in die Runde. „Spaß beiseite – ich find’s toll, daß Pumuckl den Adonis verkauft hat. Und wo wir gerade beim Geschäftlichen sind und außerdem so friedlich beieinander stehen – hab ich euch eigentlich schon von Ricarda erzählt?“

Ich stellte mich auf die Zehenspitzen und hielt nach Bettina Ausschau. Sie versorgte die Kinder gerade mit Saft und Plätzchen und bedeutete mir mit einem fröhlichen Winken, daß alles in bester Ordnung war. Ich winkte zurück. Plötzlich stand Katharina neben mir und legte den Arm um mich.

„Schön, daß du gekommen bist", flüsterte sie mir ins Ohr.

„Hm", gab ich zurück und lehnte mich an sie.

„Könnt ihr jetzt bitte auch mal zuhören?" warf Ruth dazwischen und stemmte die Hände in die Hüften.

„Klar", erwiderte Katharina. „Was gibt es denn so Wichtiges?"

„Ricarda."

„Aha. Deine neue Geliebte?"

Ruth seufzte und verdrehte die Augen. „Schön wär's. Nein, Ricarda ist eine, sagen wir mal, entfernte Bekannte. Sie kauft regelmäßig Schmuck und Steine in der Goldschmiede, in der ich arbeite. Nicole hat uns miteinander bekannt gemacht. Die beiden kennen sich übers Finanzamt." Ruth blickte Nicole auffordernd an. „Das ist schon ein paar Jahre her, oder?"

Nicole nickte. „Ricarda ist Steuerberaterin und betreut einige Mandanten, die in meinen Zuständigkeitsbereich fallen. Ich mag gar nicht zusammenrechnen, wie viele Stunden ich mit ihr schon debattiert habe. Wenn irgendwo auch nur eine müde Mark herauszuholen ist – Ricarda findet sie."

„Klasse", meinte Pumuckl. „Brauchen wir eine Steuerberaterin?"

Ruth schüttelte den Kopf. „Ricarda ist außerdem Bildhauerin. Aber im Gegensatz zu unserem Kobold hier macht sie winzige filigrane Skulpturen. Hin und wieder bringt sie einige mit ins Geschäft, weil sie Steine dafür braucht. Wunderschöne Arbeiten."

„Und du meinst, das wäre eine sinnvolle Ergänzung für unsere Gruppe?" fragte Katharina.

„Durchaus. Ich habe sie vor einigen Wochen auf unsere Ausstellung aufmerksam gemacht, und sie war sehr interessiert. Ich hab sie gefragt, ob sie nicht mal vorbeikommen und uns ihre Arbeiten zeigen will. Sie wollte darüber nachdenken. Und gerade jetzt, wo du nach Paris gehst, könnten wir gut und gerne noch tatkräftige Unterstützung gebrauchen. Ricarda kennt 'ne Menge Leute, wichtige Leute. Und sie macht wirklich tolle Sachen."

Nicole schenkte sich einen Kaffee ein und setzte eine zweifelnde Miene auf. „Ich kann mir nicht vorstellen, daß sie Lust hat, bei uns mitzumachen. Sie ist ausgesprochen eigenwillig, lebt sehr zurückgezogen und ist, soweit ich weiß, noch nie mit ihren Skulpturen an die Öffentlichkeit gegangen. Warum ausgerechnet jetzt?"

„Warum nicht?" erwiderte Ruth. „Einmal ist immer das erste Mal. Wir werden ja sehen, ob sie kommt und an einer Mitarbeit interessiert ist. Fragen kostet schließlich nichts."

Katharina hatte die Kinder ins Bett gebracht und kam mit grimmigem Gesichtsausdruck ins Wohnzimmer. Die zarte Annäherung, auf die wir uns während der Ausstellung eingelassen hatten, war auf der Heimfahrt sang- und klanglos wieder verpufft. Wir waren immer noch unschlüssig, was wir Claudia und Joachim zur Hochzeit schenken sollten, und ich hatte Katharinas Vorschlag, ihnen ein Bild für das neue Zuhause zu malen, vehement abgelehnt. Bevor die Diskussion in einen heftigen Streit ausarten konnte, hatten wir zähneknirschend beschlossen, abends, wenn die Kinder außer Sicht- und Hörweite waren, in aller Ruhe noch mal darüber zu sprechen. Doch ruhig waren wir beide nicht.

Katharina setzte sich in den Sessel und schlug die Beine übereinander.

„Okay, also noch mal von vorne", schnitt sie das Thema sofort an. „Was spricht dagegen, deiner Schwester und ihrem zukünftigen Mann zur Hochzeit ein Bild zu schenken, ein Bild fürs neue Heim?"

Ich hatte auf der Couch gelegen, nun warf ich die Decke beiseite und richtete mich auf. „Ich finde, es spricht jede Menge dagegen. Zum Beispiel die Kleinigkeit, daß es sich um ein Bild von dir handeln würde und somit kein gemeinsames Geschenk wäre. Oder soll ich vielleicht den Rahmen zusammenleimen?"

Katharina preßte ihren Mund zu einem dünnen Strich zusammen. Im Vergleich zu ihrer sonst eher gelassenen Art glühte sie jetzt fast vor Zorn.

„Ein schöner Rahmen ist in der Tat ein wichtiger Punkt bei einem Bild", erklärte sie provozierend sachlich. „Er kann entscheidende Akzente setzen."

„Tatsächlich? Soll ich mich jetzt geschmeichelt fühlen, daß ich dein Bild so richtig in Szene setzen darf?"

Einen Moment lang dachte ich, sie würde aufspringen. Ihre Augen wurden dunkel und blitzten mich wütend an. Dann glättete sich ihr Gesicht auf einmal wieder, und sie lächelte mich beunruhigend freundlich an. „Ich glaube, ich weiß jetzt, wo das Problem liegt. Wie würdest du denn reagieren, wenn das Bild von jemand anderem wäre oder gar von dir?"

Ich zuckte zusammen und hob kampflustig das Kinn, während sich meine Hände unwillkürlich zu Fäusten ballten.

„Ja, wie wäre das, Katharina, wenn ausnahmsweise einmal nicht du im Mittelpunkt stündest? Mit deiner Kunst, deiner Malerei?" gab ich eisig zurück.

Wir standen beide gleichzeitig auf.

„Hast du dir meine Bilder überhaupt schon einmal richtig angeschaut?" fragte Katharina leise. „Weißt du denn nicht, wieviel in jedem von dir, von uns steckt? Neidest du mir meinen Erfolg, meine Hingabe, meine Träume? Ist das der Grund für dein mangelndes Interesse und deine Ablehnung?"

Ich hatte das Gefühl, eine gläserne Wand hätte sich zwischen uns geschoben. Undurchdringlich wie Panzerglas.

„Vielleicht habe ich einfach nur Angst, daß du mich neben all dem vergißt", erwiderte ich einen Moment später. „Nicht mehr brauchst, nicht mehr liebst. Daß du nicht mehr zurückkehrst.

Hast du daran schon mal gedacht? Was bin ich denn inzwischen für dich? – wohl kaum deine Muse. Eher ein Hemmschuh bei deiner Entwicklung."

Katharinas Gesicht spiegelte Bestürzung wider. „Um Gottes willen, Linda, warum machst du dich selbst so klein? Ich liebe dich. Weißt du denn nicht, wie immens wichtig unsere Beziehung, unser gemeinsames Leben für mich ist?"

Ich ging um den Tisch herum und trat ans Fenster.

„Was ist denn übriggeblieben von unserer Beziehung?" fragte ich und drehte mich langsam zu ihr um. „Ich stehe den ganzen Tag in der Buchhandlung, kümmere mich um die Kinder, das Haus, den Garten. Du machst deinen Job, kümmerst dich auch um die Kinder, malst und planst dein Leben. Wo sind da noch Gemeinsamkeiten? Und wenn ich nicht wie wild darauf erpicht bin, jedes deiner Bilder in allen Details zu erforschen und jeden einzelnen Schritt deiner künstlerischen Entwicklung mitzuerleben, heißt es, ich hätte kein Interesse oder würde dir deinen Erfolg neiden."

Sie kam zwei Schritte näher. „Du hast recht – ich wünsche mir manchmal egoistischerweise deine ganze Aufmerksamkeit und habe die Hoffnung, dich begeistern zu können mit dem, was ich tue. Inzwischen weiß ich aber, daß wir in diesem Punkt nicht auf einer Wellenlänge liegen, und ich akzeptiere es. Nur", ihr Blick wurde ruhig, fast sanft, und sie strich sich nachdenklich eine Haarsträhne aus dem Gesicht, „deine Haltung ist oftmals ein einziger Vorwurf – oder kommt zumindest so bei mir an. Du tolerierst, daß ich mich zum Malen zurückziehe, du begleitest mich zu den Ausstellungen, du bemühst dich, meinen Traum von Paris irgendwie zu verstehen, aber im Grunde deines Herzens siehst du in all dem in erster Linie nur die verlorene Zeit für unsere Beziehung. Verluste. Nirgendwo ein Gewinn für dich. Du schaust mir zu, schaust uns zu, und vieles gefällt dir nicht. Du versuchst dich zu arrangieren, aber eigentlich bist du deprimiert, daß unsere

Träume in manchen Bereichen nicht übereinstimmen. Wenn der Unfall nicht gewesen wäre, hättest du allergrößte Mühe, mir auch nur ansatzweise Verständnis entgegenzubringen." Sie legte mir die Hände auf die Schultern. „Tu etwas, tu etwas für dich. Begreif die Situation als Herausforderung für dich ganz persönlich."

Ich blickte ihr in die Augen. „Das sagt sich so leicht, wenn man diejenige ist, die ihre Träume verwirklicht, und nicht diejenige, die sie aufgeben muß."

„Stimmt, das ist wesentlich leichter. Aber wer weiß, vielleicht ergeben sich Chancen für dich, an die du jetzt noch nicht mal im Traum denkst."

Sie stand jetzt direkt vor mir. Der Schmerz schnürte mir den Brustkorb zusammen. Katharina wagte ein kleines Lächeln. Ihre Unterlippe zitterte. Sie streichelte mein Gesicht, und ich legte die Arme um ihre Taille. Dann standen wir einfach engumschlungen da. Die Minuten verstrichen. Ich spürte ihr Atmen, ihr Herzklopfen, ich roch ihr Parfüm, und ich dachte, wie schön sie ist, wie wundervoll sie sich anfühlt, wie sehr ich sie begehre und liebe. Wie ich mich nach ihr sehnen werde. Wir lösten uns voneinander und schlüpften wortlos aus unseren Sachen. Katharina setzte sich auf den Sessel und zog mich auf ihren Schoß. Ich spürte ihr Schamhaar an meinem, und ihre Oberschenkel wurden feucht von meiner Nässe. Sie umfaßte meinen Po und preßte mich an sich, während wir uns zusammen bewegten und die Augen nicht voneinander lösten.

Später tranken wir ein Glas Sekt, und die Stille, die eingekehrt war, tat uns beiden gut. Als wir im Bett lagen, fiel mir Claudia wieder ein.

„Und was machen wir jetzt mit dem Hochzeitsgeschenk?" fragte ich.

„Hast du eine Idee?" Katharina rollte sich auf die Seite und schaute mich aufmerksam an.

„Schenk du ihnen ein Bild, und ich mache mich im Frühjahr oder Sommer als Gartenfee nützlich", schlug ich spontan vor. „So kann jede von uns eine ihrer Begabungen einbringen. Was meinst du?"

Katharina lächelte. „Ich finde, wir ergänzen uns bestens."

Ich kuschelte mich an sie, und sie schlang die Arme um mich.

Katharina

Die Hochzeit wurde ein riesiges Spektakel mit allem, was dazu gehört: ein schönes Brautpaar, festlich gekleidete Gäste, die von Stunde zu Stunde munterer wurden, alberne Spielchen, bei denen kein Auge trocken blieb, gerührte Eltern und Schwiegereltern, mehr oder weniger gelungene Festreden. Wein, Weib und Gesang. Ich amüsierte mich köstlich, nicht zuletzt deswegen, weil ich mich vollkommen unbefangen unter die Leute mischte und so etwas wie Berührungsängste gar nicht erst aufkommen ließ. Ich unterhielt mich angeregt mit Anna und Lindas Eltern, Siegfried und Elisabeth, und abgesehen davon, daß Lindas Mutter mir mit einer gewissen Verkrampftheit gegenübertrat, war sie auf ihre kühle Art durchaus freundlich. Ich machte mir keine Illusionen darüber, wie sie unsere Beziehung bewertete, aber sie hatte inzwischen zu einer Haltung gefunden, mit der alle Beteiligten recht gut leben konnten – oder besser gesagt könnten, denn Linda schien nur darauf zu warten, daß Elisabeth uns mit argwöhnischen Blicken verfolgte und dabei scharfzüngige Kommentare von sich gab.

Linda ließ sich zwar von meiner guten Laune anstecken, aber als ich sie zu vorgerückter Stunde auf die Tanzfläche zog, schaute sie sich erst verstohlen nach ihrer Mutter um, bevor sie die Hand auf meine Schulter legte und meinen Arm nahm.

„Die Hälfte der Schwofenden besteht aus Frauenpaaren. Männer sind nun mal Tanzmuffel", flüsterte ich ihr beruhigend ins Ohr. „Also mach dir keine Gedanken."

„Das stimmt", flüsterte Linda zurück und warf mir ein kleines Lächeln zu. „Aber meine Mutter wird das sicherlich anders sehen."

„Und wie?"

„Wahrscheinlich hat sie eine Heidenangst, daß wir uns unziemlich benehmen könnten – uns einen Kuß geben oder so was –, und erstarrt angesichts dieser grausigen Vorstellung schon jetzt innerlich zur Salzsäule."

Ich schüttelte den Kopf. „Sie weiß genau, daß du sie niemals derartig brüskieren würdest. Außerdem glaube ich, daß sie sich auf ihre Art damit abgefunden hat, daß wir beide ein Paar sind."

Linda setzte eine nachdenkliche Miene auf. Sie wirkte nicht überzeugt, doch wir vertieften das Thema nicht. Ich zog sie an mich, und wir schwebten übers Parkett.

Kurz nach Mitternacht, wir tranken gerade an der Bar am Rande der Tanzfläche ein Glas Sekt und unterhielten uns mit Anna und ihrem Lebensgefährten Robert, stieß Linda mich sachte in die Seite und wies kopfschüttelnd zur Tür. „Was ist denn jetzt los?"

Eine Frau hatte laut polternd den Raum betreten und schob einen Rollwagen, auf dem sich verschiedene Eimer, Lappen und Putzmittel befanden, zur Tanzfläche. Sie trug einen schmuddeligen, schreiend roten Kittel, ein lila getupftes Kopftuch und ausgetretene Latschen. Mit offenem Mund bearbeitete sie laut schmatzend ihr Kaugummi und schaute sich mit grimmigen Blicken um. In der Hand schwenkte sie angriffslustig einen Schrubber. Während die Umstehenden sie neugierig anstarrten und langsam zurückwichen, stellte sie einen Eimer auf den Boden und tauchte einen schmutzigen Lappen in das Wischwasser.

„Herrschaften, es geht los!" verkündete sie lauthals in die Runde und begann, die Tanzfläche zu wischen. Ein junger Mann im

Nadelstreifenanzug bekam eine Sprühflasche mit Fensterreiniger in die Hand gedrückt. „Hier, Kleiner, steh nicht wie angenagelt rum! Mach dich lieber mal nützlich. Die Bude muß in einer Stunde wieder glänzen. Und so, wie ihr hier rumgesaut habt, gibt es ganz schön was zu tun. Nur keine Scheu. Bei mir kannst du noch was lernen."

Einen Moment lang herrschte irritierte Stille, dann fing irgend jemand an zu kichern. Als die Putzfrau dem Bräutigam Messer und Gabel entriß und ihn zum Tellereinsammeln aufforderte, fielen andere in das Gelächter ein. Die Putzfrau drehte sich mit empörtem Schnauben um und marschierte direkt auf die Sektbar zu.

„Na, Madame", wandte sie sich betont näselnd an mich und schnaubte laut. „Voulez-vous auch mal ein bißchen putzen?"

Die Putzfrau war stark geschminkt und trug eine graue Lockenperücke, aber natürlich handelte es sich um niemand anderen als Bettina, die ihre kleine Showeinlage sichtlich genoß. Linda fiel vor Lachen fast von ihrem Barhocker, als die Putzfrau sich an Elisabeth wandte und ihre Meinung zum Thema „Zitronenreiniger oder Apfelessig – eine Streitfrage spaltet die deutsche Hausfrauennation" hören wollte und ihr einen völlig verdreckten Handfeger als Mikrofon unter die Nase hielt. Zehn Minuten später war der Putzspuk vorbei, und Bettina stärkte sich mit breitem Grinsen erst einmal am Buffet, bevor sie sich von Claudia ein Glas Sekt servieren ließ.

Kurz darauf war Linda müde, und ich bestellte uns ein Taxi. Meine leise Hoffnung, daß wir uns noch ein kleinen Schlummertrunk genehmigen würden, erfüllte sich nicht, denn Linda ging sofort nach oben. Ich entlohnte unsere Babysitterin, und als ich kurz darauf ins Schlafzimmer kam, war meine Geliebte bereits eingeschlafen. Ich legte mich leise neben sie. Der abrupte Wechsel von der fröhlich-ausgelassenen Partystimmung zu der beschaulichen, stillen Bettszene war so kraß, daß ich schmunzeln mußte.

In wenigen Tagen standen der Jahreswechsel und mein erster Paris-Ausflug an. Ich kostete meine Freude über den unmittelbar bevorstehenden neuen Lebensabschnitt still für mich aus und unterdrückte das manchmal heftig aufflammende Bedürfnis, Lindas trübsinnige Stimmungen schlichtweg zu ignorieren und meine Begeisterung offen auszuleben. Doch das war nur die eine Seite der Medaille, denn bei allem Optimismus – die Frage, ob meine Entscheidung richtig gewesen war, drängte sich mir natürlich auch immer wieder auf und dämpfte meine Hochstimmung. Zwischenzeitlich hätte ich Linda am liebsten bei den Schultern gepackt und geschüttelt, dann wieder quoll mein Herz über vor Mitgefühl und Liebe, und ich erschrak vor meinem eigenen Mut. Wagemut? Egoismus? Konnte ich Linda tatsächlich fast anderthalb Jahre allein lassen? Würde unsere Beziehung das überstehen?

Ich zweifelte keinen Augenblick daran, daß sie ihren Alltag spielend bewältigen würde. Linda war ein Organisationstalent und beneidenswert praktisch veranlagt. Undenkbar, daß an einem Sonntagmorgen keine Milch mehr im Kühlschrank wäre oder die Kaffeefilter ausgingen. Das waren Pannen, die anderen passierten, mir zum Beispiel, aber nicht Linda. Sie könnte es allerdings auch gar nicht ertragen, in einem Haushalt zu leben, in dem nicht alles seinen Platz hatte und sorgfältig geplant wurde. Sie brauchte dieses Gerüst. Ich hingegen würde mich in den nächsten Monaten erst wieder daran gewöhnen müssen, allein für Nadine und mich zu sorgen.

Was mir Kummer bereitete, waren Lindas tiefsitzende Verlustängste, das Gefühl, zu kurz zu kommen und ständig ein Opfer mißlicher Umstände zu sein, ohne das Geschehen beeinflussen zu können. Aber das waren Probleme, die uns früher oder später, Paris hin oder her, ohnehin beschäftigen würden – so sagte ich mir. Ich war betrübt, daß Tom und insbesondere Corinna zur gleichen Zeit wie ich Wolfsburg verließen, denn Linda wäre sicherlich froh gewesen, gerade in dieser Situation die Freundin an ihrer Seite zu wissen. Ich hoffte, daß die Freundschaft auch über die Entfernung erhalten blieb.

Irgendwo in der Ferne schrie ein Nachtvogel. Linda seufzte leise, als ich zart ihr Gesicht streichelte.

Als der Anflug auf Paris durchgesagt wurde, blickte ich gespannt nach draußen. Die Stadt lag unter einer dichten Wolkendecke. Nur wenige Minuten später war das Flugzeug gelandet, und ich wartete auf mein Gepäck. Mit dem Adreßbuch in der Hand verließ ich die Ankunftshalle. Beate hatte mir empfohlen, ein Taxi zu nehmen, um zu den Rogers zu fahren, ein Lehrerehepaar, mit dem sie noch heute befreundet war und das sich liebenswürdigerweise erboten hatte, mich für einige Tage aufzunehmen und mir bei der Wohnungssuche behilflich zu sein. Im nachhinein war ich froh, daß Linda und ich den Gedanken, gemeinsam mit den Kindern einen Ausflug nach Paris zu unternehmen, rasch wieder verworfen hatten. Die Reise wäre zu aufwendig gewesen, und das Ehepaar Roger hatte nur ein kleines Gästezimmer zur Verfügung.

Der Taxifahrer, ein gutaussehender Mann mit langen Rastalocken, grinste mich fröhlich an, als ich ihn in meinem besten Französisch bat, mich in die Rue Mandar zu bringen. Charmant und mit vollendeter Betonung antwortete er mir, daß es ihm ein Vergnügen sei, mich zu chauffieren. Ich lächelte verlegen zurück und nickte, als er mich fragte, ob ich Deutsche wäre. Offensichtlich hatte mein Sprachunterricht weniger gefruchtet, als ich gehofft hatte, aber immerhin verstand ich ihn sehr gut. Wir fuhren im dichtesten Verkehr durch die Stadt, als plötzlich das in mir aufwallte, was ich das Paris-Gefühl nannte. Ich drückte meine Nase an die Scheibe und wollte nichts verpassen von diesem ersten Eindruck – dichte Häuserreihen, Geschäfte, Kirchen, die Seine, ein lärmendes Getümmel von Autos und Menschen. Ich empfand tiefste Zufriedenheit. Und Dankbarkeit. Ich lebte, und ich war in Paris.

Das vierstöckige Haus in der Rue Mandar war um die Jahrhundertwende gebaut worden und befand sich in einer für Großstadtverhältnisse ruhigen Nebenstraße unweit eines großen Parks. Eine kleine, füllige Frau von Ende Vierzig öffnete mir nach dem zweiten Klingeln und streckte mir ihren roten Lockenkopf neugierig entgegen. Sie trug einen buntgemusterten Kittel über ihrem schlichten Wollkleid und zierliche rote Pantoffeln. Bevor ich meine zurechtgelegten Begrüßungsworte loswerden konnte, hatte sie mich auch schon lebhaft plaudernd und gestikulierend in die Wohnung gezogen und mir meine Reisetasche und meinen Mantel abgenommen, wobei ich ihrem französischen Redeschwall hingerissen lauschte. Sie führte mich in die Küche, einen großen Raum, in dessen Mitte sich der Herd befand und Töpfe und Pfannen an Haken von der Decke herabhingen, und ließ mich an dem runden Eßtisch unter dem Fenster Platz nehmen. Madame Roger war am Kochen, und eine köstliche Duftmischung aus Kräutern, gedünstetem Gemüse und vor sich hinschmorendem Fleisch hing in der Luft. Sie schenkte mir einen Milchkaffee ein und stellte eine Frage nach der anderen, ohne die Antworten abzuwarten. Dabei hackte sie in beeindruckendem Tempo Zwiebeln, rührte Salatsauce an und gab eine Handvoll getrockneter Gewürze in einen großen Topf. Ich blickte sie aufmerksam an und stellte befriedigt fest, daß ich sie recht gut verstehen konnte, obwohl sie ohne Punkt und Komma sprach. So schien es mir jedenfalls. Schließlich fragte sie mich nach Nadine und war nahezu erschüttert, daß ich nur ein einziges Foto von meiner Tochter dabei hatte. Beate hatte erzählt, daß die Ehe der Rogers kinderlos geblieben war, die beiden aber ständig junge Menschen um sich geschart hatten.

„Und wer ist das?“ fragte sie und wies auf ein Foto mit Linda und Erik, das ich auch immer bei mir trug.

Zum ersten Mal unterbrach sie ihren Erzählstrom, und ich war fast verwirrt über die plötzlich eintretende Stille.

„Das ist Linda, meine Lebensgefährtin, und Erik, ihr Sohn“, antwortete ich und freute mich am Klang der französischen Sprache.

„*Bien*“, gab Madame nickend zurück. „Möchten Sie kurz anrufen und Bescheid sagen, daß Sie gut angekommen sind?“

„Gerne, danke“, entgegnete ich erfreut. Doch es war niemand zu Hause, und so hinterließ ich eine kurze Nachricht auf dem Anrufbeantworter.

Eine halbe Stunde später erschien Monsieur Roger – ein schlanker und im Gegensatz zu seiner Frau ruhiger und besonnener Mann, der mich mit einem freundlichen Lächeln willkommen hieß. Kurz nach ihm trafen vier junge Leute ein, zwei Studentinnen und ein Kollege der Rogers mit seiner Frau, die schlicht als Freunde des Hauses vorgestellt wurden. Die Frauen waren mit wenig Aufwand schick gekleidet – ein Ohrring, ein interessant gemustertes Halstuch, ein raffinierter Gürtel, und schon sahen sie so peppig aus, daß ich mir daneben fast ein bißchen bieder vorkam. Während des gut dreistündigen Essens hatte ich mehr als einmal das merkwürdige Gefühl, am Beginn eines aufregenden Abenteuers zu stehen und dennoch einzelne Facetten, wie bei einem Déjà-vu-Erlebnis, schon zu kennen – Stimmengemurmel, ein lautes Lachen, Gerüche, eine Melodie, ein Scherz.

Als der lange Tag allmählich seinen Tribut zu fordern begann und meine Augenlider schwer wurden, hob Monsieur Roger die Tafel auf, und ich dachte sehnsüchtig an das Bett im Gästezimmer. Doch bevor ich Anstalten machen konnte, mich zurückzuziehen, holte Monsieur meine Jacke und kündigte an, daß wir nun zwei Wohnungen besichtigen würden. Andere Länder, andere Sitten, dachte ich. Es war fast zehn Uhr abends, aber außer mir schien das niemanden zu kümmern.

„Die erste Wohnung ist hier ganz in der Nähe“, erläuterte Monsieur, als wir in seinem Auto saßen. „Sie gehört einem Bekannten von mir, dem sie zu klein geworden ist.“

Die Wohnung „ganz in der Nähe" war ungefähr eine halbe Stunde Fahrzeit von den Rogers entfernt und lag in einer Gegend, die ganz und gar nichts von dem Pariser Flair hatte, nach dem ich mich sehnte. Es war ein altes sechsstöckiges Haus, das dringend hätte renoviert werden müssen. Aus einem der Fenster beobachtete ein Mann mit knurrigem Gesichtsausdruck, wie Monsieur im Dunkeln die Namensschilder zu entziffern versuchte. Es war zugig, kalt und laut, und ich war hundemüde.

Der jetzige Mieter war ein Mann in meinem Alter, der einen Teil seines Hausrates bereits in Kisten verstaut hatte. Die Wohnung selbst war schöner, als ich zu hoffen gewagt hatte. Zwei kleine Zimmer, eine winzige Küche und ein großer Wohnraum mit Balkon. Die Miete war erschwinglich. Renovierungsarbeiten würden vom Vermieter übernommen werden. Ich entschied mich noch am gleichen Abend, hier, in der Avenue Jeuneurs, meine Zelte aufzuschlagen, denn die zweite Wohnung, die wir uns wenig später anschauten, gefiel mir überhaupt nicht. Sie war kleiner, hatte keinen Balkon, und bis zur nächsten Metrostation war es ein zwanzigminütiger Fußmarsch, wie Monsieur mir sagte.

Es war schon weit nach Mitternacht, als ich in meinem Zimmer saß, ein Glas Rotwein trank und mich über den Stadtplan beugte, um die Entfernungen zwischen Wohnung, Schule, Kunstakademie und der Innenstadt zu studieren. Nadine und ich würden morgens sehr früh aus den Federn kriechen müssen, um beide rechtzeitig an Ort und Stelle zu sein. Die Schule, die ich für Nadine vorgesehen hatte, lag ein ganzes Stück von der entfernt, an der ich als Deutschlehrerin beschäftigt sein würde, aber da ich meine Tochter dort ganztägig unterbringen konnte, würde ich nach meinem Unterricht genügend Zeit haben, um Vorlesungen an der Akademie zu besuchen.

Ich schob den Stadtplan beiseite und zog mich gähnend aus. Mein letzter Gedanke, bevor ich einschlief, galt Linda. Jetzt hätte ich sie gern bei mir gehabt. An mich gekuschelt, ihr Lachen im

Ohr. Wir würden zärtlich miteinander sein und herumalbern. Oder sehr laut sein. Ich würde mich auf sie legen, den Druck ihres Venushügels spüren und in ihre weitgeöffneten Augen blicken.

An den beiden verbleibenden Tagen war ich fast rund um die Uhr auf den Beinen. Die Rogers hatten es sich zur Aufgabe gemacht, mir innerhalb von achtundvierzig Stunden die schönsten und beeindruckendsten Sehenswürdigkeiten vorzuführen, und ich war erstaunt, mit welcher Ausdauer und Begeisterung sie mir ihre Stadt zeigten. Wir liefen über die Champs-Elysées, schauten uns Notre-Dame, den Louvre und die Sacré-Cœur an, schlenderten über verschiedene Trödelmärkte und durch die Rue des Rosiers, das jüdische Viertel, und machten nur kurze Zwischenstops in kleinen Cafés. Trotz des unfreundlich kalten Wetters fror ich nicht eine Minute. Nebenbei erhielt ich diese und jene Einweisung in die Pariser Lebensart: Madame erklärte mir, worauf ich beim Einkaufen achten müßte, Monsieur weihte mich in die Geheimnisse des Metrofahrens ein, und ich probierte ungefähr zwei Dutzend der besten Käsesorten.

Vor meinem Aufbruch am Sonntagnachmittag überreichte ich Madame einen riesigen Blumenstrauß. Sie bedankte sich überschwenglich, und ich mußte mich hinabbeugen, damit sie mir einen dicken Kuß auf die Stirn drücken konnte. Ich freute mich schon jetzt darauf, sie wiederzusehen. Monsieur gab mir die Hand und zwinkerte mir zu, als ich ihm eine Dose edlen Pfeifentabak schenkte. Wenig später befand ich mich auf dem Weg zum Flughafen – vollkommen erschöpft, aber glücklich und zufrieden wie schon lange nicht mehr.

Linda kam mir in der Ankunftshalle langsam entgegen.

„Du siehst aus, als hättest du drei Tage durchgemacht“, sagte sie und nahm mir meine Reisetasche ab.

„So ungefähr fühle ich mich auch“, erwiderte ich und hängte mich bei ihr ein, als wir zum Auto gingen.

„Und sonst? Hat es geklappt mit der Wohnung?“

Ich nickte. „Sie sieht eher aus wie eine Hinterhofwohnung im Berliner Wedding oder das, was ich mir darunter vorstelle, denn ich war noch nie in einer Hinterhofwohnung im Berliner Wedding. Aber sie ist groß genug und recht preiswert. Außerdem kann ich bereits Ende Februar einziehen.“

Ich legte Linda eine Hand auf den Schenkel, als sie auf die Autobahn einbog.

„Geht es dir gut?“ fragte ich sanft. „Alles in Ordnung mit den Kindern?“

„Natürlich. Daniel ist da und hat mir angeboten, dich allein abzuholen, damit wir ein paar ruhige Minuten haben.“

Die hatten wir. Wir sprachen nicht viel, und ich akzeptierte die Stille mit einer Gelassenheit, die mich selbst verblüffte.

Linda

Katharina hatte am Samstagmorgen vorgeschlagen, gemeinsam mit den Kindern nach Mariental zu fahren, um kurz ein paar organisatorische Dinge mit den Scheunenkünstlerinnen zu besprechen und anschließend einen langen Spaziergang zu machen. Die Ausstellung war zwischen Weihnachten und Neujahr so gut besucht gewesen, daß die Frauen sich entschlossen hatten, die Scheune auch an den nachfolgenden Wochenenden zu öffnen.

Seit einigen Tagen sah es in Velstove aus, als hätte der Blitz eingeschlagen. Katharina bereitete ihren Umzug vor und hinterließ dabei eine ziemliche Spur der Verwüstung. Es gab kein Zimmer, in dem nicht Tüten, Taschen und Kisten herumstanden. Insofern war ich ganz froh über eine kleine Abwechslung. Meine Stimmung schwankte zwischen tiefschwarzer Deprimiertheit und vorsichtiger Einfühlung in die bevorstehende Lebenssituation. Ich war zurückhaltend und oft in mich gekehrt, bemühte mich aber, Katharina mit meiner abrupt wechselnden Gemütslage nicht zu nahe zu treten. Schließlich mußte ich in Kürze auch allein damit klarkommen.

Nicole und Pumuckl waren am Aufräumen, als wir in die Scheune traten, Ruth überprüfte gerade den Bestand an Getränken und Knabberzeug und schaltete die Kaffeemaschine ein, als sie uns sah. Eine Weile diskutierten die Frauen über die erfreuliche Entwicklung der Scheunenausstellungen, besprachen die zukünftigen Aufgaben und stellten einen Arbeitsplan auf.

„Können wir dich denn im Notfall mal anrufen?" fragte Ruth mich geradeheraus, als es um die Wochenenddienste ging. „Wenn zum Beispiel eine von uns mit einem dicken Schnupfen im Bett liegt oder irgendein wichtiger Termin ansteht? Würdest du dann einspringen?"

„Na ja", gab ich zögernd zurück und spürte die gespannten Blicke der anderen auf mir. „Ich habe einen langen Arbeitstag und muß häufig auch samstags in die Buchhandlung, und Erik ..."

„Den kannst du jederzeit mitbringen", warf Ruth schnell ein. „Es geht ja zunächst auch nur darum, ob wir uns überhaupt an dich wenden können, wenn es brennen sollte. Falls du dann keine Zeit hast, müssen wir uns eben was anderes überlegen."

Darauf konnte ich mich einlassen. Ich nickte, und Ruth strahlte mich so breit an, als hätte ich ihr versprochen, jedes Wochenende zehn Stunden hinter der Kaffeebar zu verbringen, und zwar voller Begeisterung.

„Okay, das hätten wir", resümierte Nicole lapidar. „Und was ist jetzt mit dem Katalog, über den wir schon vor Wochen gesprochen haben?"

Pumuckl seufzte und stützte die Arme auf den Tresen. „Meine

Güte, übertreibt ihr es nicht ein bißchen? Wir haben ein paar hübsche Verkaufserfolge erzielt, die Ausstellungen werden gut besucht, und hier in der Gegend sind wir wohl so was wie eine exotische Besonderheit, aber einen Katalog? Wir sind doch kein Museum."

„Nein", gab Katharina zu. „Das sind wir nicht. Aber wir können uns einen Namen machen, und dazu gehört schon ein bißchen Werbung und Professionalität, sonst besteht nämlich die Gefahr, daß die ganze Geschichte, nachdem die erste Neugierde befriedigt ist, in einigen Monaten im Sande verläuft. Und das dürfte auch nicht in deinem Sinne sein, oder?"

Pumuckl richtete sich auf und blickte Katharina skeptisch an. „Und das soll ein Katalog verhindern? Irgend so eine zusammengeschusterte Broschüre von schlechter Druckqualität würde uns doch wohl eher schaden."

Nicole rückte ihr Brille zurecht. „Da stimme ich dir ganz entschieden zu. Deswegen darf sie nicht zusammengeschustert sein. Sie muß schon ein bißchen was hermachen, und die Leute müssen sich ohne großen Aufwand über uns und unsere Arbeit informieren können. Dazu gehören auch ein paar einleitende Worte und Erläuterungen zu den einzelnen Künstlerinnen und ihren Werken. Wir sollten uns um jemanden bemühen, der halbwegs mit der deutschen Sprache vertraut ist."

„Und wie finanzieren wir das Ganze?" Pumuckl wirkte immer noch nicht überzeugt. Anscheinend befürchtete sie, daß sich jeglicher zusätzlicher Aufwand spaßmindernd auswirken würde.

„So wie wir den Kaffee, den Kuchen, die Miete und den Strom finanzieren", antwortete Ruth. „Es kommt einfach ein zusätzlicher Teil der Verkaufserlöse in die große Kasse. Wieviel genau läßt sich erst sagen, wenn wir einen Kostenvoranschlag haben."

Ich tippte Katharina auf die Schulter. „Anna könnte Fotos machen, nach dem Motto: Gruppenbild mit Damen. Außerdem müßte eine detaillierte Liste der bisher ausgestellten Arbeiten hinein. Die Kataloge könnten zum Beispiel in der Buchhandlung und im Frauencafé ausgelegt werden. Eine von euch Helmstedterinnen müßte hier vor Ort die entsprechenden Läden abklappern."

Katharina hatte ein leichtes Schmunzeln in den Mundwinkeln, als sie mir ihr Gesicht zuwandte. „Hört sich ganz durchdacht an."

„Und was ist mit Braunschweig?" hakte Nicole nach. „Wer kennt sich da ein bißchen aus?"

„Ich", erklang eine Stimme von der Tür, und unsere Köpfe flogen gleichzeitig herum.

Eine Frau hatte die Scheune betreten und stand nun ruhig in der Mitte des Raumes und schaute sich aufmerksam um. Sie war vielleicht einen halben Kopf größer als ich und hatte eine schlanke, fast drahtige Figur, die durch die enganliegenden beigefarbenen Jeans und die hellbraune sportliche Lederjacke betont wurde. Das dunkle, volle Haar fiel ihr knapp bis auf die Schultern und glänzte in dem matten Sonnenlicht, das durch die Tür hereinströmte.

„Hallo, Ricarda", sagten Nicole und Ruth fast gleichzeitig und unterbrachen damit die plötzlich eingetretene Stille.

Ricarda kam langsam auf uns zu und gab jeder Frau die Hand. Ihr Griff war so fest, daß ich fast zusammengezuckt wäre. Sie war nicht im herkömmlichen Sinne schön, dazu war ihr Gesicht zu schmal, zu energisch, die Nase zu spitz, aber sie hatte beeindruckend große, graugrüne Augen, hohe Wangenknochen und fein geschwungene Brauen. Ihr Alter war schwer zu schätzen – zwischen Mitte Dreißig und Mitte Vierzig schien mir alles vorstellbar. Später erfuhr ich, daß sie im Sommer vierzig wurde. Ihre Ausstrahlung war bemerkenswert. Während Katharina und Ruth sie herumführten, hörte ich sie nur selten etwas kommentieren oder fragen, aber sie wirkte konzentriert und ermunterte ihre Begleiterinnen ohne viele Worte zu ausführlichen Beschreibungen. Ich bekam mit, daß Katharina sie siezte und mußte unwillkürlich lächeln. Ricarda war in der Tat keine Frau, die man zehn Minuten nach dem Kennenlernen duzte. Sie hielt Abstand.

Nicole und Pumuckl waren bei mir stehengeblieben. Ich hörte mit halbem Ohr nach draußen, wo Erik und Nadine nach der zweiunddreißigsten Runde allmählich die Lust verloren, um die Scheune herumzurennen, und darüber beratschlagten, was sie als nächstes anstellen könnten.

„Na, habe ich zuviel versprochen?“ flüsterte Nicole mir zu. „Sie hat was Besonderes an sich, oder?“

„So kann man es ausdrücken“, antwortete ich leise.

„Ich bin verwundert, daß sie überhaupt gekommen ist.“ Nicole kicherte plötzlich unterdrückt. „Vor ungefähr acht oder zehn Jahren gab es mal einen richtigen Skandal. Da ist sie mit ihrer Geliebten auf einem Wohltätigkeitsball gewesen – Vera als Grande Dame aus den Dreißigern, sie als Charlie Chaplin. Und zwar so perfekt verkleidet, daß die meisten erst am Schluß gemerkt haben, daß Charlie eine Frau ist – als nämlich Vera Ricarda mit den Zähnen den Schnurrbart heruntergezogen und sie vor aller Augen abgeknutscht hat. Kannst du dir das vorstellen?“

Nein, das konnte ich nicht.

„Na ja“, Nicole winkte ab. „Ricarda kannst du in keine Schublade packen. Sie ist immer für eine Überraschung gut.“

Pumuckl rührte gelangweilt in dem kalten Rest ihres Kaffees herum, als Katharina und Ruth mit Ricarda zu uns zurückkehrten.

„Nun, was meinst du?“ fragte Ruth. „Kannst du mit den Arbeiten was anfangen?“

„Ja, das kann ich.“ Ricarda schob ein unbestimmtes Lächeln hinterher. „Als ich vorhin eintrat, war von einem Katalog die Rede, und zwar von einem vernünftig gemachten. Ich halte das für eine sehr gute Idee. An irgendwelchen halbherzigen Frauenprojekten bin ich nämlich nicht interessiert.“

Ruth stieß Pumuckl in die Seite. „Na, Pumuckl, bist du immer noch als einzige dagegen?“

Ricarda zog eine Augenbraue hoch und blickte verblüfft von Ruth zu Pumuckl. „Ist das Ihr Name? Heißen Sie wirklich Pumuckl?"

Nicole lächelte selbstgefällig, sie hatte diesen Spitznamen nie gemocht, während Pumuckl ihren Rücken straffte und ein unbekümmertes Grinsen aufsetzte.

„Nein, ich heiße Ilona. Aber alle nennen mich Pumuckl – das ist der Name eines rothaarigen, frechen Kobolds aus einer beliebten Kindersendung."

Ich ging jede Wette ein, daß Ricarda nie von ihm gehört hatte.

„Möchten Sie denn so genannt werden – nach einem Kobold aus einer Kindersendung?"

Pumuckl öffnete den Mund zu einer schnellen Erwiderung, dann blickte sie in Ricardas Augen und schloß ihn wieder. Eine verlegene Röte überzog ihre Wangen.

„Na ja, es ist doch irgendwie lustig", bemerkte sie ungewöhnlich kleinlaut.

„Ich finde den Namen Ilona viel schöner", stellte Ricarda in sachlichem Ton fest. „Als Künstlerin mit dem Namen Pumuckl werden Sie auf Dauer schwerlich überzeugen, und wenn Sie noch so gut sind."

Katharina warf mir ein vergnügtes Lächeln zu, dann wandte sie sich an Ricarda und wechselte das Thema.

„Ruth hat uns erzählt, daß Sie Skulpturen machen. Bekommen wir Ihre Arbeiten auch zu sehen?"

Ricarda nickte. „Natürlich. Ich habe einige Stücke dabei. Sie sind noch im Auto."

Sie ging nach draußen und kehrte mit einer Kiste zurück, aus der sie ein halbes Dutzend Figuren herausnahm und auf den Tresen stellte. Katharina nahm meine Hand, während wir uns vorbeugten und die Arbeiten staunend betrachteten. Es handelte sich um minuziöse Darstellungen von Menschen bei verschiedenen Tätigkeiten: eine betende und eine nackte, friedlich schlafende

Frau, ein magerer Langstreckenläufer am Ende seiner Kräfte, zwei miteinander raufende Kinder, die einander frech anfeixten, ein über ein Buch gebeugter Mönch. Alle Figuren waren aus Ton oder Gips gefertigt und höchstens dreißig Zentimeter groß. Einige waren bunt lackiert und mit winzigen Edelsteinen verziert, andere ganz und gar schmucklos. Sie wirkten auf den ersten Blick sehr wirklichkeitsgetreu, doch bei näherer Betrachtung waren bewußte Brüche zu erkennen – unstimmige Proportionen und irritierende Bewegungen. Und auf einmal veränderten sich die ursprünglich wie gemeißelt wirkenden Gesichtszüge: das freche Grinsen der Kinder schien immer brutaler zu werden, je länger man hinschaute; die schlafende Frau schlummerte ganz und gar nicht friedlich und entspannt, sondern hatte wohl eher einen erotischen Traum; der Mönch schien in höchstem Maße gelangweilt, und der Langstreckenläufer hatte heftige Seitenstiche. Nur bei der betenden Frau war keine Vieldeutigkeit zu erkennen.

„Wo haben Sie das gelernt?“ fragte Katharina schließlich.

Bitte nicht in Paris, dachte ich irrwitzigerweise. Ricarda warf mir einen eigentümlichen Blick zu, und ein Schreck durchfuhr mich, denn einen Moment lang befürchtete ich, meinen Gedanken laut ausgesprochen zu haben.

„Wo? Ich kann Ihnen keinen Ort, keine Schule nennen. Ich lerne durchs Hinschauen und Zuhören“, antwortete Ricarda nach einer kleiner Pause, in der ich tief ausatmete.

„Imponierend.“

„Und Sie haben nie ausgestellt?“ wandte ich mich zum ersten Mal an Ricarda.

„Nein, bisher nicht. Manchmal verschenke ich eine Figur.“

Die Frage, warum sie ihre Arbeiten nun doch ausstellen wollte, brannte mir auf der Zunge, aber ich stellte sie nicht. Ricarda machte von einem Moment zum nächsten den Eindruck eines Menschen, der stundenlang geredet und diskutiert hatte und nun dringend Ruhe suchte. Aber nicht etwa aus Erschöpfung, sondern weil es ihrer Ansicht nach nun genug war. Genug der Worte und Erklärungen.

Sie nickte kurz in die Runde, verstaute ihre Figuren wieder in der Kiste und verabschiedete sich. Pumuckl blickte ihr ebenso hinterher wie wir anderen. Dann schüttelte sie den Kopf. „Macht sie nun mit oder nicht?"

Ruth lachte sie an. „Dir wäre es wohl lieber, sie würde auf Nimmerwiedersehen verschwinden, stimmt's, *Ilona*?"

„Na ja, ein bißchen komisch ist sie schon", gab Pumuckl zu und ging nicht auf Ruths übertriebene Betonung ihres Namens ein. „Aber die Skulpturen sind toll."

„Ich glaube, sie wird mitmachen", vermutete ich. „Sonst hätte sie die Figuren gar nicht erst gezeigt."

Nicole nickte. „Da könnte was dran sein." Sie stupste mich in die Seite. „Was ist denn nun mit dir? Kümmerst du dich darum, daß die Fotos gemacht werden?"

„Ich werde mit Anna sprechen."

„Wunderbar", kommentierte Ruth. „Und hast du in der Vergangenheit nicht mal Deutsch unterrichtet?" Sie schob ein unschuldiges Grinsen hinterher.

Ich seufzte. „Es ist lange her, aber ein paar vernünftige Sätze werde ich wohl noch auf die Reihe bekommen."

Katharina gab mir einen dicken Kuß. „Jetzt kann nicht mehr viel schiefgehen."

Die Wochen verstrichen unaufhaltsam und waren von einem Rhythmus bestimmt, auf den ich keinerlei Einfluß hatte. Tom und Corinna verabschiedeten sich als erste. Tom hatte ein Zimmer in einer Wohngemeinschaft in Berlin-Kreuzberg gefunden, Corinnas neue Bleibe befand sich im Bezirk Schöneberg. Innerhalb einer Woche waren beide verschwunden, und ich begann, wann immer ich Zeit dazu fand, lange Briefe an Corinna zu schreiben. Briefe, die ich nur in den seltensten Fällen abschickte.

Die Erinnerung an Corinnas letzten Tag in Wolfsburg lag mir noch bleischwer im Magen. Nachdem der Umzugswagen losgefahren und ihr Auto voll beladen war, hatte sie plötzlich mit einer Rose vor mir gestanden und mich mit verdächtig glänzenden Augen angeschaut.

„Bis bald, Linda." Dann hatte sie mir die Rose in die Hand gedrückt. „Das hoffe ich jedenfalls." Sie hatte mich auf den Mund geküßt und war dann ohne ein weiteres Wort schnell zu ihrem Auto gelaufen, während ich ihr nachschaute und erst zu winken begann, als sie hupend vom Parkplatz fuhr.

Für Erik hatte ich glücklicherweise kurzfristig einen freien Hortplatz ergattern können, denn es war auf die Dauer undenkbar, ihn ab mittags mit in die Buchhandlung zu nehmen oder ihn regelmäßig bei Bettina unterzubringen. Anna und ich verständigten uns darauf, daß ich künftig von halb neun bis vier Uhr arbeitete, während sie gegen mittag kam und bis Ladenschluß blieb. Bei großem Andrang mußten wir natürlich umdisponieren, und wenn Anna verreiste, sprang die Aushilfe ein. Ich war erleichtert, daß sich wenigstens der äußere Rahmen meines Lebens so reibungslos den neuen Bedingungen anpassen ließ. Den zwischendurch einmal kurz auftauchenden Gedanken, doch wieder in den Schuldienst zurückzukehren, verwarf ich rasch wieder. Ich wollte nicht mehr als Lehrerin arbeiten, selbst wenn es gerade jetzt in mancherlei Hinsicht bequemer und nicht so zeitaufwendig gewesen wäre. Außerdem wollte ich meine berufliche Entwicklung nicht von Katharinas Plänen abhängig machen.

Auf einmal war er da – der letzte gemeinsame Tag, die letzte gemeinsame Nacht. Katharina hatte ihre Sachen tags zuvor mit der Spedition vorausgeschickt. An Möbeln nahm sie außer einem Regal nur ihre Staffelei und Nadines Schreibtisch mit, denn es war sinnvoller, sich vor Ort nach gebrauchtem Mobiliar umzuschauen und die Sachen nach anderthalb Jahren wieder zu verkaufen, als viel Geld für einen großen Umzug auszugeben.

Dennoch hatte ich das Gefühl, es hätte ein großer Kahlschlag im Haus stattgefunden, und ich fühlte mich ausgehöhlt und leer.

Wir aßen zu viert Abendbrot, und die hektische Fröhlichkeit der Kinder zerrte an meinen Nerven. Nadine rannte ein ums andere Mal in ihr Zimmer, um den Inhalt ihres Rucksacks zu überprüfen, und Erik wurde nicht müde, sie jedesmal laut johlend zu begleiten. Zwischendurch klingelte immer wieder das Telefon – Freundinnen, Bekannte, Kolleginnen, Familie, alle wollten noch mal ihre Grüße und guten Wünsche loswerden. Und ich saß mitten in diesem Trubel und stocherte lustlos in meinem Gyros herum.

„Morgen haben wir einen langen und anstrengenden Tag vor uns", wandte sich Katharina schließlich an Erik und Nadine. „Und früh aufstehen müssen wir auch. Also – ab ins Bett."

Sie unterband alle Widerworte, indem sie aufstand und den Tisch abzuräumen begann. Ich erhob mich ebenfalls und steckte die Kinder in die Badewanne. Eine halbe Stunde später lagen beide mit rosigen Wangen und noch feuchten Haaren im Bett und warteten auf den Gutenachtkuß. Ich nahm Nadine besonders fest in die Arme.

„Ostern besuchen wir euch", flüsterte sie mir ins Ohr. „Soll ich dir was mitbringen?"

„Hm, ja."

„Und was?"

„Denk dir was aus."

Sie nickte ernsthaft. „Das mache ich. Und im Sommer fahren wir alle zusammen ans Meer, hat Mama gesagt."

„Stimmt, wenn alles klappt, fahren wir gemeinsam an den Atlantik."

Bis dahin würden noch viele Monate vergehen, dachte ich und machte das Licht aus.

Als ich wieder nach unten kam, hatte Katharina eine Kerze angezündet und eine Flasche Wein geöffnet. Französischen Rotwein. Ich setzte mich neben sie.

„Woran denkst du?“ fragte ich, als wir beide einen Schluck getrunken und unsere Gläser wieder abgesetzt hatten.

„An hundert Sachen gleichzeitig“, antwortete Katharina und nahm meine Hand. „Ob ich die ganze Arbeit schaffe, die allein in den nächsten Wochen auf mich wartet – Wohnung einrichten, der ganze bürokratische Kram, wie Nadine zurechtkommen wird. Ob ich nichts Wichtiges vergessen habe, wie es an der Akademie laufen wird.“ Sie lächelte plötzlich. „Wie ungewohnt es sein wird, nachts nicht neben dir zu liegen.“

Ich lehnte mich zurück, und sie beugte sich über mich und gab mir einen zarten Kuß auf den Mund. „Ich werde dich vermissen, Linda.“

„Ja.“ Ich schlang die Arme um sie und zog sie an mich. „Paß auf dich auf.“

„Das werde ich.“

Sie küßte meinen Hals, meinen Nacken, strich mit einer Hand über meinen Bauch, aber das gewohnte Kribbeln stellte sich nicht ein. Katharina merkte es sofort und setzte sich wieder auf.

„Ich finde es wirklich toll, daß du dich an der Arbeit für den Scheunenkatalog beteiligst“, sagte sie einen Moment später und trank von ihrem Wein.

Anna hatte mir die Aufnahmen von den Scheunenkünstlerinnen mitgegeben, die sie einige Tage zuvor fotografiert hatte, und ich war dabei, eine Liste der Ausstellungsstücke vorzubereiten und eine Einleitung zu formulieren.

„Mach ich doch gern“, wiegelte ich ab, aber ihr Lob tat mir gut.

„Ricarda ist eine wirkliche Bereicherung für die Gruppe“, stellte sie fest und schaute mich an. „Was hältst du von ihr?“

„Ich finde sie sehr interessant.“

Wie schwiegen, dann stand Katharina plötzlich auf. „Komm, laß uns ins Bett gehen und schlafen. Romantische Gefühle und

Abschiedsszenen lassen sich nun mal nicht erzwingen."

Mitten in der Nacht wurde ich wach. Die Nachttischlampe war an, Katharina lag nackt neben mir, den Kopf in die Hand gestützt und schaute mich an. Ihre Augen waren groß und nachdenklich, und ich erwiderte ihren Blick, ohne ihn deuten zu können.

„Schlaf mit mir", sagte sie unvermittelt. „Bitte."

Sie setzte sich auf und zog mich zwischen ihre Beine. Ihr Schoß war weit und schien meine Finger in sich saugen zu wollen. Ich führte sie langsam immer tiefer hinein und hörte, wie Katharinas Atem schneller und lauter wurde. Ich preßte mein Gesicht auf ihren Bauch, und als sie aufschrie, krallten sich ihre Hände in meine Haare und ihre Beine schlangen sich um meine Schultern. Einen Moment später zog sie mich auf ihren Bauch, und da blieb ich erschöpft und zitternd liegen, als hätte ich mehrere Höhepunkte genossen. Katharina küßte mein Haar, meine Ohren, meinen Hals, sie murmelte Zärtlichkeiten und lachte leise. Ich hätte sehr glücklich sein können.

Erik ruderte wild mit den Armen herum. „Da ist es!" schrie er und zeigte auf das Flugzeug, das langsam an Höhe gewann und dann schnell immer kleiner wurde. „Jetzt sind sie weg."

Ich legte den Arm um meinen Sohn, während wir zum Wagen zurückschlenderten. Wie groß er geworden ist, dachte ich überrascht.

„Fahren wir bei McDonald's vorbei, Mama?" Er grinste mich schelmisch an, wohl wissend, daß ich in einer nachgiebigen Stimmung war und höchstwahrscheinlich keine Lust haben würde, über ernährungsphysiologische Zusammenhänge zu diskutieren.

„Um zehn Uhr morgens?" gab ich zweifelnd zurück.

„Warum nicht? Ich finde, einen Big Mac kann man immer essen."

Das fand ich zwar nicht, aber Erik bekam trotzdem seinen Burger und Pommes obendrein.

Am späten Abend setzte ich mich an meinen Schreibtisch und griff zu dem Füller, den Katharina mir zu Weihnachten geschenkt hatte. *Liebe Corinna,* schrieb ich, *Katharina hat gerade angerufen. Sie und Nadine sind wohlbehalten bei den Rogers eingetroffen und werden auch übers Wochenende dortbleiben, da ihre Sachen erst am Montag geliefert werden. Nadine nutzt jede Gelegenheit, französisch zu sprechen, und Madame Roger ist ganz hingerissen von ihr.*

Ich bin müde, mag aber noch nicht ins Bett gehen. Das ist nämlich plötzlich zu groß geworden. Ich habe den ganzen Tag geputzt und geräumt und neue Vorhänge angebracht. Ich weiß sehr wohl, daß ich Angst habe, zur Ruhe zu kommen und gleichzeitig das Haus verändern will, um Spuren zu tilgen. Spuren, die gar nicht getilgt werden können. Aber ich muß etwas verändern, mag es noch so zwanghaft aussehen, denn dann bin ich in Bewegung, und das tut mir gut.

Hast Du Dich schon ein wenig eingelebt? Nach Deiner Karte zu urteilen, die Du mir letzte Woche geschrieben hast, bist Du rund um die Uhr beschäftigt, klingst aber ausgesprochen fröhlich. Ich werde Dich sicher bald mal besuchen.

Ich legte den Brief beiseite. Irgendwie klang er hölzern; ich hatte Mühe, die richtigen Worte zu finden. Statt dessen griff ich nach der Mappe mit den Fotos von den Scheunenkünstlerinnen. Es gab Porträts von jeder einzelnen Frau und Fotos, auf denen sie alle zusammen abgelichtet waren. Es würde nicht einfach werden, eine Auswahl zu treffen, denn mir gefiel fast jede einzelne Aufnahme, weil die Kamera die jeweiligen Eigenheiten der Frauen hervorgehoben hatte. So wirkte Pumuckl meist etwas verlegen und Nicole ein wenig schwermütig. Ruth war der Fels in der Brandung. Sie lächelte offen und sah aus wie eine Frau, die nichts so schnell aus der Bahn werfen konnte. Katharina war gealtert. Ich entdeckte Linien in ihrem Gesicht, die neu waren. Diese Kraft in ihren Augen. Ich nahm die nächsten Aufnahmen.

Ricarda. Ein starkes Gesicht. Lebendig und verschlossen zugleich. Ich war gespannt, wie die anderen mit ihr zurechtkommen würden. Umgekehrt stellte sich die Frage erst gar nicht.

Es war weit nach Mitternacht, als ich zu Bett ging. Ich legte Katharinas Kopfkissen auf meines und starrte zur Decke hinauf, bis meine Augen brannten.

Ricarda

Ich bin zweimal in der Scheune in Mariental gewesen. Beim ersten Mal hatte ich anonym bleiben wollen und mich als langhaarige Spätachtundsechzigerin verkleidet. Immer wenn ich mich verkleidete, war ich erstaunt, daß mich selbst Menschen, die mir seit Jahren regelmäßig über den Weg liefen, nicht erkannten. Es genügten einige prägnante Veränderungen, um als Fremde eingeordnet zu werden – eine Perücke, ein anderer Kleidungsstil, eine Brille, ein Hut, ein gutes Make-up. Weder Ruth noch Nicole wurden stutzig, obwohl ich beide begrüßte und mir einen Kaffee spendieren ließ, ehe ich meine Runde begann und mir die einzelnen Ausstellungsstücke anschaute.

Sie waren ohne Zweifel alle vier begabt, aber vor allem die Bilder jener Katharina, die Ruth so besonders hervorgehoben hatte, faszinierten mich sofort. Ruth hatte recht gehabt. Der Bruch in ihren Arbeiten war sehr deutlich und wirkte fast wie ein Signal. Vor dem Unfall war sie leichthändig und sorglos mit Form und Farbe umgegangen, danach schlichen sich Ängste ein und eine bemerkenswerte Ausdruckskraft. Wie ich inzwischen gehört hatte, wollte sie eine Weile in Paris studieren. Das würde ihr sicherlich guttun, und ihre Erfahrungen würden gewiß auch der Gruppe zugute kommen. Alle Bilder, auf denen es weibliche Figuren gab, wurden von einem ganz bestimmten Frauentypus dominiert, manchmal offen, dann wieder eher versteckt. Ich kaufte eine Aktzeichnung, die mich wegen ihrer Zartheit und stillen Hoffnung rührte.

Als ich Mitte Januar zum zweiten Mal zur Scheune fuhr, diesmal unverkleidet, und mich mit den Frauen unterhielt, erkannte ich die zentrale Figur auf Katharinas Bildern sofort wieder: Linda. Eine zierliche Person mit dunklen Augen, in denen vor lauter Unsicherheit und Verletzbarkeit kaum etwas anderes Raum hatte, obwohl sie sich Mühe gab, beides zu verbergen, um als forsche und selbstbewußte Frau aufzutreten. Wenn Katharina sie berührte, schmiegte sie sich an und streifte sie gleichzeitig mit einem Blick, der schwer zu deuten war. Als hätte sie Angst vor allzuviel Nähe. Die Bindung zwischen den beiden schien stark, aber während Katharinas Augen vor Neugierde leuchteten, blieb Linda reserviert.

Meine Entscheidung, mich der Gruppe anzuschließen, fiel endgültig in dem Augenblick, wo ich neben Begeisterung und Talent ein zielstrebiges professionelles Bemühen verspürte. Nicole und Ilona betrachteten mich zwar mit Skepsis, aber eine solche Reaktion war nicht neu für mich, Ruth war zufrieden, mich hinzugewonnen zu haben, und Katharina schien sich schlichtweg zu freuen. Linda beobachtete mich abwartend.

Nach dem Fototermin mit Lindas Tante fragte ich Ruth, ob Linda auch künstlerisch tätig sei.

„Ich glaube, sie schreibt“, antwortete Ruth. „Das hat Katharina jedenfalls mal erwähnt. Aber nur zum Spaß und für sich selbst. Ich glaube, sie geht nicht so gerne nach außen mit ihren Ideen.“

„Und was macht sie sonst so?“

„Sie war Lehrerin und arbeitet seit gut einem Jahr in der Buchhandlung ihrer Tante.“

Das erstaunte mich. „Sie hat ihre Stelle als Lehrerin aufgegeben?“

Ruth nickte. „Ja, da hat sie so richtig der Veränderungsdrang gepackt. Und geschieden ist sie auch erst seit einem Jahr. Katharina und sie ziehen gemeinsam ihre beiden Kinder auf. Keine leichte Aufgabe, schätze ich." Sie lächelte. „Obwohl ich nicht beurteilen kann, wie das Leben mit Kindern ist. Ich hatte niemals den Wunsch, welche in die Welt zu setzen."

Das war bei mir ganz ähnlich.

„Na ja, und zur Zeit ist sie ziemlich niedergeschlagen", fügte Ruth einen Moment später hinzu. „Katharinas Paris-Pläne schlagen ihr ganz schön auf den Magen."

„Warum?"

Ruth war nur einen Augenblick verblüfft, dann zog sie die Nase kraus, als wäre ihr eingefallen, daß mein Leben ganz anders verlief. „Sie ist wohl nicht so gerne allein – das heißt ohne Katharina. Paris ist ja auch nicht gerade um die Ecke, und anderthalb Jahre sind kein Pappenstiel."

Das beantwortete meine Frage nicht hinreichend, sondern warf eher neue auf, aber jetzt verstand ich Lindas diffuse Ausstrahlung. Ich seufzte innerlich. Es würde mir ein Leben lang ein Rätsel bleiben, was Paare aus dem Zusammenleben gewannen oder zu gewinnen meinten und warum es sie erschütterte, wenn Veränderungen eintraten. Allein die Vorstellung, Abend für Abend neben derselben Frau einzuschlafen und morgens wieder neben ihr aufzuwachen, ihren Atem zu hören, sie zu riechen und zu fühlen, war mir unerträglich. Wenn Vera für längere Zeit in Braunschweig war, verbrachten wir höchstens zwei, drei Nächte miteinander, und gemeinsame Urlaubsreisen waren selten und stets kurz. Abgesehen davon, daß mir ständige Nähe, auch zwischen uns, unangenehm war, sorgte schon allein unser unterschiedlicher Lebensrhythmus für eine klare Trennung. Sie schlief gern lange, ich stand grundsätzlich um fünf Uhr auf. Aber wenn ich mich umschaute, mußte ich zugeben, daß ich, genauer gesagt Vera und ich, eher die Ausnahme bildeten. Wo ich hinschaute, lebten zwei Menschen zusammen oder sehnten sich danach. Nur: die wenigsten schienen mir glücklich.

Später hatte ich Gelegenheit, mit Katharina zu sprechen, die einige ihrer Bilder einpackte, um sie mit nach Paris zu nehmen.

„Ich denke, der Katalog wird sehr gut werden, wenn Sie und Linda die Sache in die Hand nehmen“, sagte sie und stellte nach kurzem Überlegen eine Kohlezeichnung wieder beiseite. „Linda kann gut organisieren, und außerdem hat sie eine flotte Schreibe“, versicherte sie, und ihr Gesicht wurde einen Moment weich vor Zärtlichkeit.

Wie sehr sie sich bemüht, ihre Freundin einzubeziehen, dachte ich, und ihr eine Aufgabe zu hinterlassen.

„Das glaube ich gern“, erwiderte ich. Dann wies ich auf das gerade aussortierte Bild. „Ich finde das sehr schön. Sie sollten es mitnehmen“, schlug ich ihr vor.

Sie blickte erstaunt hoch. „Warum?“

„Es zeigt sehr deutlich, wie Sie Ihre Linien führen. Oder sich führen lassen.“

Katharina zögerte. Dann nahm sie das Bild und legte es zu den anderen. „Vielleicht haben Sie recht.“

Als ich knapp zwei Wochen später abends in meinem Schuppen an einer Figur arbeitete, bemerkte ich, daß ich von neuem Schwung erfüllt war. Seit meiner Kindheit formte ich meine kleinen Skulpturen und Plastiken, und es gab immer wieder Menschen, die mit Lob und Bewunderung nicht sparten oder sich freuten, wenn ich ihnen eine Figur schenkte. Doch so oft auch der Vorschlag gekommen war, mehr aus meiner Kunst zu machen, was auch immer darunter verstanden wurde, ich hatte stets mit einem entschlossenen Kopfschütteln reagiert – bis auf eine entscheidende Ausnahme während meiner Schulzeit. Niemand sollte in meine Welt eindringen können, wenn ich es nicht wollte, und meine Kunst vorzuzeigen hieß, mich zu öffnen und zuzulassen, daß ein Stück von mir betrachtet und begutachtet wurde.

Und genau das hatte ich nicht gewollt, unter anderem weil mich die Meinung anderer, ob sie nun positiv oder negativ war, meistens gar nicht interessierte. Letztlich schuf ich nur für mich selbst.

Und plötzlich war das anders. Woher kam dieser Sinneswandel? Vielleicht begriff ich auf einmal, daß ich einen weiteren Schritt nur dann machen konnte, wenn ich wieder bereit war, in diesem Punkt meine Zurückgezogenheit aufzugeben – genau wie damals, als Rolf Trossmann, der neue Kunstlehrer, ans Gymnasium gekommen war. Die Zeit schien mir reif für Veränderungen. Neuerdings kam mir häufiger der Gedanke, mich an Holz oder Stein zu wagen und andere Techniken auszuprobieren, und auch mein tiefes Interesse an dem Werk einer Künstlerin, die nach einem schweren Unfall so auffallend anders malte, war ein bedeutsames Zeichen.

Als ich sechzehn wurde, änderte sich mein bisheriger Lebensrhythmus. Meine kleine Welt, die aus Schule, der Arbeit im Kiosk, meinem Vater, den Großeltern und meinen kleinen Skulpturen bestand, vergrößerte sich innerhalb weniger Monate, gewann neue, tiefere Dimensionen. So schien es mir jedenfalls. Plötzlich begriff ich, daß mein Großvater immer noch ein Nazi war, und in mein Erschrecken mischte sich die verblüffende Erkenntnis, daß ich ihn trotzdem mochte. Ich erkannte auch, daß ich intelligenter, gebildeter und um ein Vielfaches ehrgeiziger war als mein Vater, der mich nach wie vor Püppchen nannte und mich meinen Weg gehen ließ, weil er davon überzeugt war, daß ich wußte, was ich tat. Ich verstand, warum er kaum über meine Mutter sprach, und ich spürte, daß ich mich zu einer Frau entwickelte. Nachts überfluteten mich heiße erotische Träume, und meine Figuren erzählten davon.

Rolf Trossmann kam nach den Sommerferien an die Schule. Er unterrichtete Kunst, Musik und Sport, und ich nahm an seiner

Arbeitsgemeinschaft teil, die schlicht „Freies Gestalten" hieß. Rolf war langhaarig und schnauzbärtig und gab sich ausgesprochen locker. Er kam aus der Apo-Bewegung und duzte sich mit den älteren Schülerinnen und Schülern. Er hatte dunkelgrüne Augen, und die verwaschenen Jeans betonten seinen knackigen Po. Bereits nach wenigen Wochen kursierten die ersten Gerüchte, daß Rolf eine Affäre mit einer Schülerin aus der Oberstufe hätte. Später erzählte er mir, daß die Geschichte der Phantasie eben jenes Mädchens entsprungen wäre, und ich hatte keinerlei Anlaß, ihm nicht zu glauben.

Rolf war der erste, der meinen Gips- und Tonfiguren kritisch begegnete, was eine völlig neue Situation für mich war. Ich hatte bisher entweder Desinteresse oder aber Bewunderung geerntet.

„Du hast eine gute Technik entwickelt", sagte er eines Nachmittags während der Arbeitsgemeinschaft zu mir. „Aber warum drängst du dem Betrachter eine festgelegte Sichtweise auf?"

Ich schaute hoch und sah, daß seine Bemerkung vollkommen ernst gemeint war. Mein Blick wanderte zurück zu der vollbusigen Frau, die vor mir auf dem Tisch stand. Sie hatte die Arme ausgestreckt und schien auf jemanden zuzulaufen, um ihn freudig zu begrüßen. Es hatte mich große Mühe gekostet, dieses fröhliche, erwartungsvolle Lächeln in ihr Gesicht zu meißeln.

„Es gibt nur eine Sichtweise", antwortete ich. „Diese Frau freut sich auf jemanden, den sie lange nicht gesehen hat."

Rolf lächelte. „Es gibt nie nur eine Sichtweise."

Er ließ mich verwirrt zurück. Sein letzter Satz nagte an mir. Ich wußte zwar nicht, was er meinte, aber ich begann zu ahnen, daß sein Hinweis wichtig war – für mich und die Arbeit an meinen Figuren. Eines Tages legte Rolf mir kommentarlos eine Zeichnung auf den Tisch, die einen kleinen Jungen zeigte, der versunken im Sand spielte. Schnodder lief ihm aus der Nase, sein Haar war zerzaust, die Wangen rosig. Eine friedliche Szene – auf den ersten Blick. Plötzlich entdeckte ich, daß das Kind nicht mit

Förmchen und Schaufel spielte, sondern einen kleinen leblosen Vogel zwischen den Händen zerdrückte. Ich erschrak so sehr, daß ich das Blatt abrupt fallen ließ. Auf einmal spürte ich, daß Rolf hinter mir stand. Seine Hand berührte kurz meinen Rücken. Ich blickte hoch, drehte mich um und sah direkt in seine ernsten Augen.

„Das ist doch im Grunde auch nur eine Sichtweise", stellte ich nach einem Moment leise fest.

„Kommt drauf an, wo du wie hinschaust und was du sehen willst", gab er ebenso leise zurück. „Es gibt viele Betrachter, die den Vogel gar nicht entdecken oder nicht entdecken wollen."

Als er zum nächsten Tisch weiterging, schaute ich ihm betroffen nach.

Wir schlossen Freundschaft. Zunächst fast unmerklich, dann mit großen Schritten. Er gab mir Bücher, die ich verschlang – Hermann Hesse, Oscar Wilde, Biographien über Tizian und Michelangelo –, und er zeigte mir seine Zeichnungen. Wir redeten stundenlang über Kunst und die Möglichkeiten, Vieldeutigkeit zu erzeugen. Ich übte mich in neuen Formen und griff wie ausgehungert jede Anregung auf.

Obwohl uns klar war, daß über unsere Beziehung in der Schule nichts bekannt werden sollte, weil sie dort nur süffisante Kommentare oder gar ernste Folgen für Rolf nach sich gezogen hätte, waren wir unbekümmert, wenn wir uns außerhalb des Unterrichts trafen. Er beeindruckte mich mit seinem Wissen und seinem künstlerischen Können, und sein Interesse an mir, an meinem Leben, meinen Gedanken und Gefühlen, war ehrlich und verspielt zugleich. Ich dachte sehr früh daran, mit ihm zu schlafen, doch meine Lust war von einer seltsamen Nüchternheit begleitet. Vielleicht lag es an meiner Unerfahrenheit. Rolf sah gut aus, er wirkte männlich und zärtlich, und je enger unser Verhältnis wurde, desto natürlicher schien es, daß wir einander auch körperlich näherkamen und erotische Spannung entstand. Ich hätte aus dem Stand zehn, zwölf Mädchen aus der Schule nennen können, die sonstwas dafür gegeben hätten, mit Rolf ins Bett zu gehen.

An einem Samstagabend kurz vor Weihnachten war es soweit. Wir lagen auf Rolfs Couch. Er hatte seinen Arm um mich gelegt, und wir lauschten dem eindringlichen Gesang von Joan Baez.

„Bist du eigentlich noch Jungfrau?" fragte Rolf plötzlich.

Ich stützte meinen Kopf in die Hand und schaute auf seinen weichen Mund. „Ja."

Er nickte. Dann eine Weile später: „Möchtest du mit mir schlafen?"

Ich lächelte ihn an – später sagte er mir, daß es ein unergründliches Lächeln gewesen sei, das ihn mehr erregt hätte als die Vorstellung, mich nackt zu sehen. Er küßte mich, und es war schön, wie seine Zunge meinen Mund ertastete. Dann zogen wir uns aus, und er streichelte jede Stelle meines Körpers. Ein angenehmes Kribbeln überzog meine Haut, aber ich war erstaunt, wie sehr es ihn erregte, meinen Schoß zu berühren und an meinen Brüsten zu saugen. Doch die heftigen Gefühle, die ich aus meinen nächtlichen Träumen kannte, wollten sich auch nicht einstellen, als er in mich eindrang und der erwartete Schmerz, flüchtig und kaum erschreckend, vorüber war. Er bewegte sich langsam und behutsam und stöhnte dabei laut und leidenschaftlich. Ich paßte mich seinem Rhythmus an, und es war warm und feucht, als er kam und mich danach minutenlang umschlungen hielt. Das ist also das große Ereignis, von dem so viel erzählt wird, dachte ich verblüfft. Entweder handelte es sich um die Übertreibung des Jahrhunderts, oder es lag an mir. Vielleicht mußte auch Leidenschaft zunächst erlernt werden.

Wir schliefen noch einige Male miteinander, doch über ein angenehmes Lustempfinden kam ich nie hinaus. Rolf gehörte nicht zu den Männern, die Angst hatten, ihre Qualitäten als Liebhaber in Frage zu stellen, obwohl es ihn sichtlich betrübte, mich nicht leidenschaftlicher zu erleben.

„Wahrscheinlich bin ich einfach nicht der Richtige für dich", sagte er ein paar Wochen später. „Der Funke springt eben nicht über. So was soll es geben." Er schaute mich liebevoll an. „Ich möchte nichts tun, was dich erschreckt oder verletzt, hörst du?"

„Ich weiß", entgegnete ich. „Vielleicht ist es auch einfach nicht so wichtig für mich."

„Vielleicht."

Wir ließen es sein, doch unsere Freundschaft litt nicht darunter, auch später nicht, als Rolf eine Geliebte hatte. Er gab mir immer zu verstehen, daß unsere Beziehung etwas Besonderes für ihn war. Ein Jahr später ging er nach Berlin, und seine Stimme war verdächtig rauh, als wir uns voneinander verabschiedeten.

Ein durchdringender Laut riß mich aus meinen Erinnerungen. Kolja. In der Dunkelheit konnte ich nur seinen Schatten ausmachen. Ich ging mit leisem Summen auf ihn zu, und er hob stolz den Kopf. Sein Gefieder war samtweich. Ich strich vorsichtig über seine Brust, und kurz darauf flog er wieder davon.

Als ich ins Haus zurückkehrte, blinkte der Anrufbeantworter. Ein Mandant erklärte mit aufgeregter Stimme, daß er mich dringend sprechen müßte. Ich notierte mir seine Telefonnummer für den folgenden Tag im Terminplaner. Die Unterlagen, die er mir eingereicht hatte, waren unvollständig und zum Teil widersprüchlich gewesen. Ich schätzte, daß er einiges zu verbergen hatte und dabei meine Kenntnisse nutzen wollte. Ich war jederzeit bereit, mich mit dem Finanzamt auseinanderzusetzen – wenn ein triftiger und vor allen Dingen legaler Grund vorlag. Für krumme Geschäfte ließ ich mich jedoch nicht einspannen.

„Rücksprache mit Linda" war für die Woche darauf neben verschiedenen anderen Terminen und Notizen eingetragen. Es ging um die Fotos und den Katalog. Ich war gespannt, wie unsere Zusammenarbeit klappen würde.

Katharina

Paris brach über uns herein – mit einer Wucht, die mich bei aller Aufregung und Freude anfänglich manchmal betäubte und völlig erschöpfte. Ich war froh und erleichtert, als die Wohnung mit emsiger Unterstützung der Rogers fertig eingerichtet war, Nadine die Schule besuchte, die letzten bürokratischen Hürden genommen waren und ich gut eine Woche nach unserer Ankunft regelmäßig zur Akademie aufbrach. Ich belegte verschiedene Seminare und Vorlesungen und mußte stundenlang lesen und nacharbeiten, um den Ausführungen folgen zu können. Die Rogers meldeten sich regelmäßig bei uns und waren ganz versessen darauf, Nadine zu einer waschechten Französin zu machen. Ich stellte erstaunt fest, daß meine Tochter weitaus unbefangener mit ihren Sprachproblemen umging als ich.

Die Telefonate mit Linda waren oftmals anstrengend. Selbstverständlich vermißten wir einander, aber ich war nicht unglücklich, natürlich nicht. Ich war froh, in Paris zu sein, und genau das wollte sie nicht hören.

Die Studentinnen und Studenten an der Akademie waren zu einem großen Teil jünger als ich, und anfangs ergaben sich kaum Gelegenheiten, Kontakte zu knüpfen, die über ein paar nette Grußworte oder den Austausch von Belanglosigkeiten hinausgingen. Doch von einem Tag auf den anderen gehörte ich dazu, und das hatte ich Pierre zu verdanken. Er sprach mich an, als ich an einem ungewöhnlich warmen Märzmorgen das schwarze Brett studierte und seufzend feststellte, daß meine Vorlesung über Rodin ausfiel.

„Suchst du eine Wohnung?“

Ich drehte mich um und sah dem schönsten Mann ins Gesicht, der mir seit langem über den Weg gelaufen war. Schwarzer Lockenkopf, dunkler Teint, dichte Wimpern über tiefbraunen Augen, markante Gesichtszüge und ein unbekümmertes Lächeln.

Ich schätzte ihn auf Mitte bis Ende Zwanzig, und abgesehen von diesen abgerissenen Jeans hätte er direkt einem Modejournal entsprungen sein können.

„Nein, glücklicherweise nicht. Ich habe gerade festgestellt, daß die Rodin-Vorlesung ausfällt“, antwortete ich, während er die Notiz am schwarzen Brett las.

Die beiden Sätze gingen mir flüssig über die Lippen. Meist mußte ich noch sehr bedächtig formulieren und überlegte dann häufig, wie lehrreich es doch war, in einer fremden Sprache nach den richtigen Worten zu suchen. Unbedachtes Herausplappern war nahezu unmöglich.

„Macht nichts“, entgegnete er schließlich und wandte sich wieder zu mir um. „Bringt sowieso nichts Neues.“

„Ich finde es recht interessant.“

„Aha. Welche Übung besuchst du eigentlich?“ Er lehnte sich an die Wand und musterte mich aufmerksam. „Bei Jacqueline habe ich dich jedenfalls noch nicht gesehen.“ Plötzlich stieß er sich wieder von der Wand ab und deutete eine leichte Verbeugung an. „Ich bin übrigens Pierre. Maler und Lebenskünstler, achtundzwanzig Jahre, Arbeiterkind, ungefähr zwanzig Prozent algerisches Blut, schwul.“ Er grinste verschmitzt.

Ich lachte über seine freimütige Selbstdarstellung. Wahrscheinlich fühlten sich so viele Frauen von seinem guten Aussehen angezogen, daß es ihm sicherer schien, sofort klare Verhältnisse zu schaffen.

„Ich bin Katharina“, erklärte ich. „Achtunddreißig, Malerin, Deutsche, Mutter einer demnächst siebenjährigen Tochter, lesbisch. Ich bin hier nur Gasthörerin und kann nicht an den Übungen teilnehmen.“

Pierre nahm meinen Arm und wies auf den Ausgang. „Hast du Lust auf einen *café au lait?*“

Ich hatte Lust. Zehn Minuten später saßen wir in einem kleinen Bistro, das hauptsächlich von Studentinnen und Studenten besucht wurde, vor unseren Tassen, und ich erzählte ihm von meinen Plänen und Erwartungen.

„Du mußt unbedingt zu Jacqueline“, wies er zum zweiten Mal auf seine Dozentin hin. „Sie ist ein echtes *enfant terrible*, nimmt kein Blatt vor den Mund und sieht sofort, wenn jemand wirklich begabt ist. Was sie nicht ausstehen kann, sind Mittelmäßigkeit und fehlender Ehrgeiz. Außerdem“, er grinste schelmisch, „ist sie lesbisch.“

„Das hört sich sehr vielversprechend an“, gab ich in leicht spöttischem Ton zurück. „Aber was soll ich machen – ich bin nur berechtigt ...“

Pierre winkte ab. „So was interessiert Jacqueline überhaupt nicht. Wenn ihr deine Arbeiten gefallen, nimmt sie dich in ihre Gruppe auf. So einfach ist das.“

„Hm. Und wie genau stelle ich das an?“

„Du nimmst deine Mappe und setzt dich in ihren Unterricht. Irgendwann steht sie dann neben dir und fragt, was du hier willst. Dann zeigst du ihr ein paar Bilder – und es sollten die besten sein – und sagst, daß du etwas lernen willst, und zwar von ihr. Verstanden? Und laß dich bloß nicht von ihrer ruppigen Art einschüchtern!“

Pierre machte einen sehr vergnügten Eindruck, während er mir diese Spielregeln vortrug.

„Hast du eigentlich eine Freundin?“ fragte er, als wir eine halbe Stunde später aufbrachen.

„Ja. Sie ist in Deutschland geblieben.“

„Okay.“

Ich lächelte. Das klang, als hatte er nur klären wollen, ob es noch einen Lebensbereich gab, um den er sich kümmern müßte. Wir tranken unseren *café au lait* aus, dann stand Pierre langsam auf.

„Ich muß los. Mein Freund wartet“, erklärte er. „Und er wartet ungern.“

Ich erhob mich ebenfalls, wir zahlten und gingen gemeinsam nach draußen.

„Also – bis morgen dann“, sagte er.

„Morgen schon?“ fragte ich konsterniert.

„Ja – morgen um zehn. Raum 1123. Sei pünktlich.“ Damit drehte er sich um und ging davon.

Ich blickte ihm einen Moment nach und machte mich dann rasch auf den Heimweg. Es gab viel zu tun.

Ich war überpünktlich, aber als ich den Raum 1123 betrat, saßen bereits ein Dutzend junger Leute an ihren Tischen, Blätter, Stifte, Pinsel und Notizen vor sich ausgebreitet. Einige blickten neugierig auf, als ich eintrat, und Pierre winkte mir fröhlich zu, aber die meisten waren in ihre Arbeit vertieft und beachteten mich kaum. Ich suchte mir einen freien Tisch in der zweiten Reihe, und mein Herz klopfte, als wäre ich zehn und müßte einen wichtigen Aufsatz schreiben. Die Auswahl meiner Bilder hatte mich die halbe Nacht gekostet. Immer wieder hatte ich die Blätter hervorgeholt und anders zusammengestellt, ohne endgültig zufrieden zu sein. Nun war es zu spät, noch irgendwas zu ändern.

Zehn Minuten später erschien Jacqueline. Mit einer großen Mappe unter dem Arm durchquerte sie forsch den Raum und grüßte kurz in die Runde. Sie war ungefähr fünfzig, trug das dunkle Haar kurz und hatte einen mageren, schlaksigen Körper. Die schwarzen Jeans und das ebenfalls schwarze Hemd waren weit und bequem geschnitten. Ihr Gesicht sah nicht so aus, als würde sie häufig lachen. Ich beugte mich tiefer über meinen Tisch und mußte lächeln über diesen kindlichen Versuch, mich kleiner und unauffälliger zu machen.

Eine ganze Stunde lang passierte überhaupt nichts. Jacqueline forderte die Studentinnen und Studenten auf, ihre Arbeit vom letzten Mal fortzusetzen, ab und an bat jemand sie zu sich, und zweimal verließ sie den Raum, um eine Zigarette zu rauchen, ansonsten herrschte geschäftige Ruhe. Gerade als ich mir eine Zeichnung vorgenommen hatte, an der ich schon seit einiger Zeit saß, ohne so recht voranzukommen, und die neue Umgebung zu vergessen begann, spürte ich Jacqueline neben mir. Besser gesagt: Der Zigarettengeruch stieg mir in die Nase.

„Was tun Sie hier?“ Das klang nicht unbedingt einladend.

Ich öffnete meine Mappe. „Ich möchte malen lernen. Würden Sie einen Blick auf meine Arbeiten werfen?“

Sie fixierte mich mit scharfem Blick. „Woher kommen Sie?“

„Aus Deutschland.“

„Gasthörerin?“

„Ja.“

Mit knappen Bewegungen breitete sie die Blätter auf meinem Tisch aus und betrachtete sie wortlos.

„Sie haben spät angefangen?“ fragte sie endlose Minuten später.

„Ja, es war jahrelang lediglich ein Hobby.“

Wieder dieser scharfe Blick. „Vergessen Sie vorerst die Farben. Kümmern Sie sich ums Zeichnen.“ Sie hob eine Kohlezeichnung hoch und nickte fast unmerklich.

„Würden Sie mich in Ihrer Übung aufnehmen?“

„Können Sie Kritik vertragen?“

„Ja.“

„Gut – Sie haben viel zu lernen. Fangen Sie an und zeichnen Sie einen Tisch, um den drei Stühle stehen. Bleistift. Keine Schnörkel. Nur wiedergeben. Wenn Sie meinen, sich dafür zu schade zu sein, können Sie gleich wieder gehen.“

Ich nahm ein Blatt Papier und einen Bleistift. „Danke“, sagte ich, und zum ersten Mal war ihr Blick ein wenig milder.

Die Kohlezeichnung, die offenbar Gnade vor ihren Augen gefunden hatte, war die gewesen, die Ricarda mir geraten hatte mit nach Paris zu nehmen.

Pierre gebärdete sich, als hätte ich soeben mit seiner Hilfe den entscheidenden Karrieresprung gemacht, und er beschloß darüber hinaus, daß mein trübseliges Einsiedlerleben, wie er es bezeichnete, rasch ein Ende haben müsse.

„Ich bin weder trübselig noch einsam", erwiderte ich. „Außerdem habe ich eine Tochter, um die ich mich kümmern muß."

Er lächelte vergnügt. „Ich besorge dir einen Babysitter. Du kannst schließlich nicht in Paris leben und Künstlerin sein wollen, ohne die einschlägigen Bars, Cafés und Galerien kennengelernt zu haben. Was willst du denn erzählen, wenn du nach Deutschland zurückkehrst?" Er zog eine dramatisch ernste Miene. „Ich war sehr fleißig, habe viel studiert und abends still in meinem Kämmerlein gesessen. Das wird dir ohnehin kein Mensch abnehmen! Außerdem fangen wir besser gleich damit an, denn wenn du nach dem Sommer auch noch unterrichten mußt, ist deine Zeit sowieso begrenzt."

Von da an führte Pierre mich zweimal in der Woche aus, einmal davon am Wochenende, so daß Nadine mitkommen konnte. Wir besuchten Ausstellungen, besichtigten Kirchen und bummelten über Märkte. Er zeigte mir Frauencafés, führte mich in Jazzkeller und erzählte mir von bekannten und weniger bekannten Künstlerinnen und Künstlern. Aber ich erfuhr auch vieles über die soziale und politische Situation in Frankreich, über arbeitslose Jugendliche und die zunehmende Ausländerfeindlichkeit. Wir besuchten die Kneipen des linken und rechten Seine-Ufers und stöberten stundenlang in kleinen Buchhandlungen und Antiquariaten abseits der Touristenläden. Ich lernte einige Leute aus Pierres Freundeskreis kennen, aber seinen Liebhaber bekam ich nicht zu Gesicht. Obwohl ich das Gefühl hatte, daß sich trotz der erst wenige Wochen währenden Bekanntschaft eine ernste Freundschaft zu entwickeln begann, in der auch über sehr Persönliches gesprochen werden konnte, war Pierre in diesem Punkt sehr zurückhaltend, und ich drängte ihn nicht.

Bevor Jacqueline meine Lehrerin wurde, war ich davon ausgegangen, daß ich zwar sehr viel lernen mußte, aber nicht gänzlich unerfahren war und durchaus meine Stärken hatte. Nach wenigen Tagen Unterricht bei ihr wußte ich, daß ich ganz unten anfangen mußte, denn sie fegte meine Selbsteinschätzung einfach vom Tisch. Wenn ihr etwas mißfiel, machte sie sich nicht die Mühe, nach vorsichtigen Umschreibungen zu suchen. Sie schüttelte den Kopf und blaffte ihre Kritik knapp und ruppig heraus. Ich war nicht die einzige, die manches Mal wie betäubt auf ihrem Stuhl saß und mühsam schluckte, doch ich wußte fast immer, was sie meinte, und ich hatte weder Zeit noch Lust, mich hinter gekränkter Eitelkeit zu verschanzen. Das war nämlich mit großer Wahrscheinlichkeit der sicherste Ort der Welt, wenn man nichts dazulernen wollte. Also zeichnete ich Tische, Stühle, Äpfel, Türen, Häuser, und als ich mich erneut an Gesichter und Körper heranwagte, konnte ich die ersten Veränderungen feststellen. Die Konturen waren flüssiger und kraftvoller geworden. Die Körper, die ich zeichnete, lagen förmlich in meiner Hand. Jacqueline war zufrieden. Zum ersten Mal.

Außer Pierre lernte ich von den Teilnehmerinnen und Teilnehmern der Übung noch Monique und Brigitte näher kennen. Monique war Mitte Zwanzig – eine heitere Frau, die mir ungewöhnlich begabt schien. Sie lachte viel und gern, und sie verliebte sich ein wenig in mich. Brigitte war alleinerziehende Mutter eines vierjährigen Sohnes, knapp dreißig und sehr zurückhaltend. Mit dem Kunststudium erfüllte sie sich einen Jugendtraum, und sie nahm ihre Arbeit ausgesprochen ernst. Wenn sie lächelte, leuchteten ihre Augen sanft. Ich mochte sie auf Anhieb.

Plötzlich war Frühling. Paris bereitete sich emsig auf die Fußballweltmeisterschaft vor, meine Tochter sang französische Kinderlieder und brachte ihre erste Freundin mit nach Hause. Ich bekam zu wenig Schlaf, aber ich wurde nicht müde, jede Stunde des Tages zu genießen. Als Nadine mich an einem Sonntagabend auf

Ostern ansprach, schaute ich überrascht auf den Kalender. Wir waren erst seit anderthalb Monaten hier. Oder schon?

„Wir müssen noch Geschenke besorgen", erklärte mir Nadine ernsthaft und in bestem Französisch. „Ich habe es Linda versprochen."

„Das tun wir natürlich", versicherte ich eilig.

Später am Abend rief ich Linda an. Sie klang müde.

„Freust du dich?" fragte sie. „In einer Woche sehen wir uns."

„Natürlich freue ich mich", entgegnete ich. Komm du doch nach Paris, wollte ich hinzufügen, es ist so schön hier, du lernst meine neuen Freunde kennen und siehst mal ein paar Tage etwas anderes. Doch ich zögerte. Irgendwie hatte ich das Gefühl, daß Linda keine Lust verspüren würde, mein Leben hier kennenzulernen, und ich war nicht geneigt, sie zu überreden. Einen Augenblick später hatte ich den Gedanken bereits verworfen. Linda berichtete von dem Katalog der Scheunenkünstlerinnen und bestellte Grüße von Anna und Bettina. Kurz darauf verabschiedeten wir uns. Ich legte auf, und mein Blick schweifte nachdenklich durch das Wohnzimmer. Auf zwei billigen Holzstühlen türmten sich Kleidungsstücke, der Schreibtisch ächzte unter einem kunterbunten Durcheinander, auf dem Boden stapelten sich Bücher und Zeitschriften, und in der Küche und im Schlafzimmer sah es ähnlich aus. Linda würde die Hände über dem Kopf zusammenschlagen.

Linda

Die Räder standen nicht still. Ganz im Gegenteil, sie drehten sich sehr schnell. Aber ich kam entweder gar nicht oder nur mühsam von der Stelle und fühlte mich oftmals wie ein Hamster in seinem Laufrad.

In den ersten Wochen nach Katharinas Abreise hatte ich dauernd das beklemmende Gefühl, auf etwas zu warten oder aber die Zeit mit Hektik und Arbeitswut totzuschlagen, und je mehr ich dagegen ankämpfte, um so schlimmer schien es zu werden. Ich wollte mich nicht wie die einsam Zurückgebliebene oder gar Verlassene fühlen, aber der Wille allein genügte nicht, also klammerte ich mich an Durchhalteparolen, um äußerlich relativ gelassen zu wirken, doch in meinem Inneren sah es meist ganz anders aus.

Anna übertrug mir immer mehr Verantwortung, und ich war stolz, inzwischen als gleichwertige Partnerin angesehen zu werden, obwohl ich mit meinen mageren anderthalb Jahren als Buchhändlerin meiner Tante natürlich nicht das Wasser reichen konnte. Ab und an lud sie mich ins Theater oder ins Kino ein, oder wir aßen abends gemeinsam in Velstove. Auch Bettina war unermüdlich in ihrem Eifer, mich abzulenken und aufzumuntern. Regelmäßig kam sie vorbei oder rief an, erzählte ihre vielen Geschichten und überredete mich, gemeinsam dieses oder jenes mit ihr und den Kindern zu unternehmen. Und sogar Ruth fand häufig einen Vorwand, sich bei mir zu melden.

Ein-, zweimal in der Woche telefonierten Katharina und ich einige Minuten miteinander, und diese Gespräche liefen immer nach dem gleichen Muster ab. Wir berichteten einander von den Geschehnissen der zurückliegenden Tage, wobei sie natürlich mehr zu erzählen hatte, wir versicherten uns gegenseitig, wie schön es wäre, wenn wir jetzt beisammensein könnten, und hauchten zum Abschied ein paar Küsse in den Hörer. Und jedesmal erwähnte eine von uns, meistens ich, daß Ostern nicht mehr fern war. Doch im Gegensatz zu mir hakte Katharina innerlich nicht die Tage bis zu ihrem Besuch ab, und sie dachte anscheinend auch nicht daran, daß wir nur wenig Zeit füreinander haben würden – gemessen an den vielen Monaten bis zum nächsten Wiedersehen. Sie wirkte energiegeladen und genoß ihre Zeit, obwohl die Umstellung ihr viel abverlangte.

Und dann fingen von einem Tag auf den anderen die Probleme mit Erik an. Jedenfalls schien es mir so. Mein Sohn war schon immer ein wildes und durchsetzungsfähiges Kind gewesen, doch plötzlich gab es Prügeleien in der Schule und im Hort, die den Rahmen harmloser Raufereien deutlich sprengten. Seine Lehrerin berichtete mir, daß er ungewöhnlich aggressiv wäre und dem Unterricht nur noch selten aufmerksam folgte. Ich war völlig ratlos, und meine Bemühungen, ihn zum Reden zu ermuntern, scheiterten meist schon nach den ersten Sätzen. Kaum spürte er, daß es um ihn und sein Verhalten ging, schob er die Unterlippe vor, verschränkte die Arme demonstrativ vor der Brust und schwieg.

An einem späten Sonntagmorgen stand Jan unangemeldet vor der Tür. Seit seiner Rückkehr aus China knapp drei Monate zuvor hatten wir bloß einige Male kurz miteinander telefoniert, wenn er etwas mit seinem Sohn unternehmen wollte. Inzwischen wohnte er mit seiner Freundin zusammen, und ich setzte Erik nur vor der Haustür ab und brauste gleich wieder davon, oder Jan fuhr in Velstove vor, und der Junge kletterte zu ihm ins Auto, während ich nur flüchtig winkte und ins Haus zurückging.

Um so überraschter war ich jetzt. Einen Moment lang überlegte ich, ob ich ein Treffen mit Erik vergessen hatte, aber Jan kam mir zuvor und schüttelte den Kopf.

„Ich habe mir erlaubt, einfach vorbeizukommen", sagte er und stützte einen Arm an den Türrahmen. „Hast du ein paar Minuten Zeit?"

Er machte einen selbstbewußten Eindruck. Die ausgewaschenen Jeans und der dunkelblaue Pullover betonten seine sportliche Figur. Sein Blick war offen und freundlich.

Ich war verwirrt. Seit unserer Scheidung waren wir beide nicht mehr gemeinsam in einem Raum gewesen, und mein Zuhause kannte er überhaupt nur von außen. Was mir sehr lieb war.

„Es geht um Erik", griff er mein Zögern auf.

Als hätte er nur auf sein Stichwort gewartet, kam unser Sohn so schnell die Treppe heruntergerast, daß ich kurz den Atem anhielt und mich erst wieder entspannte, als er unverletzt unten angelangt war und sich in Jans Arme stürzte. „Papa, holst du mich ab?"

Jan schüttelte den Kopf. „Nein, heute nicht. Ich möchte mit deiner Mutter sprechen."

Erik schob in altbekannter Manier die Unterlippe vor und warf mir einen skeptischen Blick zu. „Ja?"

Jan schaute mich fragend an. „Darf ich hereinkommen?"

Ich nickte und ging voraus in die Wohnküche, während er Eriks Wunsch nachkam und sich zunächst einmal dessen Zimmer anschaute. Wenige Minuten später saß Jan am Küchentisch und blickte sich mit kaum verhohlener Neugierde um.

„Wie hast du es geschafft, daß Erik oben geblieben ist?" fragte ich. Ich stand mit dem Rücken zur Spüle und wies kurz auf die Kaffeemaschine. „Magst du einen Kaffee trinken? Oder etwas anderes?"

„Einen Kaffee, bitte." Er stützte die Ellenbogen auf den Tisch. „Ich habe ihm einen Hubschrauber zum Zusammenbauen mitgebracht. Das wird ihn eine Weile beschäftigen."

Jan trank seinen Kaffee immer noch mit viel Milch. Ich schenkte ihm ein und setzte mich dann ebenfalls.

„Hast du irgendwelche besonderen Pläne mit Erik?" hob ich an. Ich wollte das Gespräch so schnell wie möglich auf den Punkt bringen.

„Nein, darum geht es nicht. Er hat sich ziemlich verändert", stellte Jan fest. „Ich mache mir Sorgen um ihn."

Mein Herzschlag beschleunigte sich, während ich eine gleichmütige Miene aufsetzte. „Sorgen? Nun, er ist inzwischen gut sechseinhalb Jahre alt und befindet sich in einer seiner zahlreichen Trotzphasen."

Jan schüttelte den Kopf.

„Das ist es nicht. Ich habe den Eindruck, daß er ziemlich verwirrt ist und die ständigen Lebensumstellungen nicht verkraftet."

Aha, dachte ich, na, mal sehen, was da noch so alles kommt. „Was genau meinst du damit?"

Jan runzelte die Stirn. „Ich denke, du weißt, wovon ich spreche. Erst unsere Trennung, der Umzug nach Velstove, dann die neue Familie, jetzt wieder eine Trennung ..."

„Trennung?" nahm ich den Ausdruck schnell auf.

Er umfaßte die Tasse mit beiden Händen und blickte mich ruhig an. „So hat Erik es mir jedenfalls erzählt. Deine ... Freundin lebt jetzt mit ihrer Tochter in Paris." Sein Ton klang eindeutig herablassend.

Eine eisige Wut stieg in mir hoch, aber ich schaffte es, ein Lächeln auf mein Gesicht zu zaubern. „Meine Freundin macht in Paris eine zusätzliche Ausbildung. In ungefähr fünfzehn Monaten kehrt sie zurück."

Jan blieb ungerührt. „Wie dem auch sei – Erik tut das offensichtlich nicht besonders gut. Das wird dir auch schon aufgefallen sein."

„Mir fällt so einiges auf", sagte ich leise. „Und Erik muß in der Tat mit einigen Veränderungen fertig werden. Auch was dich angeht."

„Was willst du mir denn jetzt in die Schuhe schieben?" fuhr Jan mich an, und plötzlich war von seiner gleichmütigen Haltung nichts mehr zu spüren.

„Ich will dir überhaupt nichts in die Schuhe schieben. Aber wenn du schon dabei bist, nach den Ursachen für Eriks Verhaltensauffälligkeiten zu suchen, dann solltest du alle Möglichkeiten in Betracht ziehen. Oder liege ich vollkommen falsch mit der Vermutung, daß unser Sohn mit deiner ... Freundin", ich sprach das Wort ebenso spitz aus wie Jan einige Minuten zuvor, „Schwierigkeiten hat?" Das war ein Schuß ins Blaue, aber er traf. Erik hatte nie viel von Barbara erzählt, aber ich spürte, daß er sie, warum auch immer, nicht sonderlich mochte.

Jan zuckte zusammen und atmete zweimal tief durch. Dann verschränkte er die Hände ineinander.

„Ich glaube, du mißt dem zuviel Bedeutung bei. Erik ist eifersüchtig und scheint erst jetzt zu verstehen, daß seine Eltern geschieden sind", erklärte er frostig.

„Ganz recht", stimmte ich ihm zu. „Und außerdem vermißt er Nadine und Katharina, und alles zusammen macht ihm eben zur Zeit ganz schön zu schaffen. Können wir uns darauf einigen?"

Seiner Miene nach zu urteilen, gefiel ihm das Resümee ganz und gar nicht. Es wäre ihm lieber gewesen, mir meine Lebensweise vorzuwerfen und damit Betroffenheit oder gar Wut hervorzurufen. Oder besser noch: ein schlechtes Gewissen und Reue. Darin hätte er dann genußvoll gebadet.

„Und was machen wir nun damit?" antwortete er nur indirekt auf meine Frage.

„Ich denke, er braucht Zeit und viel Aufmerksamkeit."

„Tolles Rezept", knurrte Jan und leerte seine Tasse.

„Hast du ein besseres?"

Er schob seinen Stuhl zurück und stand auf. „Im Moment nicht. Aber ich denke darüber nach. Vielleicht braucht er irgendwas, das ihn ablenkt und ihm Auftrieb gibt. Ein Hobby, Reitunterricht oder so was."

Ich schloß kurz die Augen und entspannte mich. Das hörte sich vernünftig an.

Jan ging zur Tür. „Ich verabschiede mich von Erik. Wir sollten die Tage noch mal telefonieren." Er blieb stehen und drehte sich noch einmal um. „Das scheint dich ja irgendwie zu verfolgen, daß es deine Lebensgefährten ins Ausland zieht – China, Frankreich. Komisch, nicht?"

Mein Lächeln war eine einzige Maske, aber Jan merkte es nicht. „Vielleicht wirke ich so motivierend", gab ich lakonisch zurück. „Und ein bißchen Freiheit zwischendurch kann ja durchaus sehr anregend sein."

Diese kleine Stichelei konnte ich mir einfach nicht verkneifen, denn allmählich hatte ich die Nase voll von einem Ex-Ehemann, der es trotz seiner neuen Beziehung immer noch nicht geschafft hatte, das Ende unserer Partnerschaft mit all seinen Konsequenzen zu akzeptieren. Sollte er doch glauben, ich hätte damals nur auf seine Abreise nach China gewartet, um ihn bedenkenlos und mit größtem Vergnügen zu hintergehen – es war mir vollkommen egal.

Jan fixierte mich mit starrem Blick, und ich stand langsam auf.

„Du wolltest dich von Erik verabschieden", sagte ich ruhig. „Holst du ihn am nächsten Wochenende? Oder soll ich ihn dir bringen?"

Er nickte langsam. „Ja, ich hole ihn." Er wollte noch etwas hinzufügen, entschied sich dann aber dagegen und wandte sich ab. „Bis dann."

Fünf Minuten später klappte die Tür, und der Motor seines Wagens heulte auf.

„Mistkerl", sagte ich leise und brachte seine Tasse zur Spüle. Ich bearbeitete sie so fest und so lange mit der Spülbürste, daß ich erstaunt war, sie hinterher trotzdem unversehrt in den Händen zu halten.

Jan kümmerte sich darum, daß Erik Reitunterricht bekam, und er bezahlte ihn auch. Unser Verhältnis wurde noch kühler, als es ohnehin schon war, doch ich rechnete es ihm hoch an, daß er sich regelmäßig um unseren Sohn kümmerte. Erik war ganz hingerissen von seiner neuen Freizeitbeschäftigung – er schwärmte stundenlang von seinem Lieblingspferd und lernte neue Kinder kennen. Allmählich wurde er auch mir gegenüber wieder zugänglicher, und ich atmete auf. Die dunklen Wolken schienen sich ein wenig zu lichten.

Eines Tages erschien Ricarda in der Buchhandlung. Sie drehte sich langsam zu mir um, als ich aus dem Büro kam. In der Hand hielt sie ein Buch über moderne Plastik.

„Hallo", sagte sie. „Das ist also Ihr Arbeitsplatz."

Ich nickte. „Ja, seit mittlerweile anderthalb Jahren. Es gefällt mir sehr gut hier."

Ihre Augen wanderten einen Moment über die Regale, dann wies sie mit einer knappen Bewegung auf den Umschlag, den sie unter dem Arm trug, und kam ohne Umschweife auf den Grund ihres Besuches zu sprechen. Zwei Wochen zuvor hatte sie mich angerufen und um die Unterlagen für den Katalog gebeten. Sie wollte sich an einen befreundeten Drucker wenden, um Preise einzuholen. „Vielen Dank, daß Sie mir die Fotos und die Texte zugeschickt haben."

„Keine Ursache", entgegnete ich und lehnte mich an den Kassentresen.

Ihr Blick lag prüfend auf meinem Gesicht. „Die Einleitung und die anderen Texte gefallen mir gut. Zu einigen Abschnitten habe ich Notizen an den Rand gemacht. Vielleicht schauen Sie sich das Ganze daraufhin noch einmal an."

Ich verschränkte die Arme vor der Brust. Unbehagen beschlich mich. Ich zuckte die Schultern. „Meine Formulierungen sollten nur Vorschläge darstellen – korrigieren Sie einfach, was Ihnen nicht gefällt", gab ich zurück.

Ein kleines amüsiertes Lächeln huschte über ihr schmales Gesicht. Sie schüttelte den Kopf. „So war das nicht gemeint. Es sind Ihre Texte. Ich werde darin keine Veränderungen vornehmen." Sie griff in den Umschlag, entnahm ihm einen Schnellhefter und hielt ihn mir hin.

Ich zögerte einen Augenblick und streckte dann die Hand aus. „Ich kann es mir ja noch mal anschauen."

Sie nickte. „Das wäre schön. Wie geht es Katharina? Hat sie sich gut eingelebt?"

„Ja, das hat sie. Ihre Dozentin ist eine unerbittliche Lehrmeisterin."

„Etwas Besseres kann ihr gar nicht passieren", erwiderte Ricarda mit Nachdruck. „Grüßen Sie sie bitte von mir."

„Ostern kommt sie übrigens für einige Tage nach Hause."

Wieder traf mich dieser prüfende Blick, und ich bemühte mich um ein unbefangenes Lächeln. Was für ein merkwürdiges Gespräch, dachte ich. Und was für eine merkwürdige Frau. Ricarda schüttelte mir kurz die Hand und verließ das Geschäft, nachdem wir vereinbart hatten, uns wegen der endgültigen Kostenkalkulation für den Katalog noch einmal zu treffen. Allerdings war mir schleierhaft, wozu sie dabei meine Unterstützung brauchte oder wünschte.

Bevor ich Gelegenheit fand, eingehender über diese Frage nachzudenken, klingelte das Telefon, und Bettina meldete sich von ihrer Fortbildung zurück. Eine ganze Woche hatte sie fern von Heim, Mann und Kindern ein Seminar besucht, und ich war immer noch verblüfft, daß sie es tatsächlich geschafft hatte, ihre Familie endlich einmal allein zu lassen. Seit zwei Tagen war sie wieder zu Hause.

„Na, wie war's? Erzähl!" forderte ich sie auf. „Hast du deine Lieben sehr vermißt?"

„Geht so", kam es gedehnt zurück. „Ich hatte kaum Zeit dazu – den ganzen Tag die Schulbank zu drücken kann ziemlich anstrengend sein." Ihre Stimme klang ungewohnt gedämpft.

„Nun sag bloß, es hat dir nicht gefallen?" fragte ich mit gespielter Empörung. „Da kommst du nach Jahren endlich mal wieder raus, und alles, was ich zu hören bekomme, ist, daß es anstrengend war. Also, Bettina, ich bitte dich!" Erleichtert stellte ich fest, daß die Stimmung, die Ricardas Besuch bei mir ausgelöst hatte, langsam verblaßte.

Bettina lachte. „Doch, es war schön. Sehr schön sogar. Und obwohl es nur ein paar Tage waren, muß ich mich erst wieder an den Alltagstrott hier gewöhnen. Und wie sieht es bei dir aus?"

Ich berichtete ihr kurz von den glücklicherweise wieder abflauenden Schwierigkeiten mit Erik, dann unterbrach uns das Klingeln der Türglocke, und wir verabredeten uns für den frühen Abend in Velstove. Ich legte den Hörer auf und schob den Schnellhefter ans andere Ende des Schreibtisches, bevor ich nach vorn ging und meine Kundin mit einem freundlichen Lächeln begrüßte.

Das frühlingshafte Wetter brachte die Kinder auf Hochtouren – sie tobten laut schreiend durch den Garten, während Bettina und ich uns in die Küche zurückgezogen hatten, um das Abendbrot vorzubereiten. Bettina stellte den mitgebrachten Kartoffelsalat und einen Teller mit Würstchen auf den Küchentisch. Ich reichte ihr Geschirr und Besteck und konnte kaum den Blick von ihr abwenden. Sie sah einfach blendend aus! Die schwarze Jeans und die olivgrüne Bluse paßten sehr gut zusammen, außerdem trug sie Schmuck und eine kecke Mütze, unter der einige blonde Strähnen hervorkringelten.

„Sag mal, wie war das Seminarthema noch gleich?" fragte ich perplex. „Typ- und Farbberatung für die jugendliche Frau ab dreißig?"

Bettina lächelte spitzbübisch und wurde etwas verlegen. „Hör schon auf – ich habe ein paar alte Klamotten aus dem Kleiderschrank geholt und festgestellt, daß ich wieder hineinpasse. Das ist alles." Sie setzte sich an den Tisch und stützte das Kinn in die Hände. „Und die Luftveränderung hat mir auch gutgetan."

Sie hatte noch ein paar Kilo abgenommen. Ich setzte mich zu ihr, und auf einmal stieg ein Verdacht in mir auf.

„Wer war denn von der Schule noch auf der Fortbildung?" fragte ich in harmlosem Ton, ließ sie aber nicht eine Sekunde aus den Augen.

Bettina winkte lässig ab. „Ach, nur noch Gregor und Carola." Sie schürzte die Lippen. „Und … äh … Hardy war auch dabei."

Ich schnappte kurz nach Luft. „Aha, Hardy", wiederholte ich ein wenig dümmlich.

„Ja", gab sie zurück. „Hardy."

Einen Moment schwiegen wir beide, und die plötzliche Stille sagte mehr als viele Worte. Sie hat's also getan, dachte ich, und was soll ich jetzt dazu sagen? Sie kann sich denken, was ich von solchen Geschichten halte. Kaum hatte ich diesen Gedanken zu Ende gedacht, schämte ich mich auch schon dafür. Bettina scheute keine Mühe, mir zur Seite zu stehen, wann immer ich sie brauchte. Es war ja wohl das mindeste, jetzt mit ihr zu reden.

„Und nun?" fragte ich leise.

Bettina zog die Augenbrauen hoch. „Wie – und nun?"

Ich hob die Hände. „Laß dir doch nicht jedes Wort aus der Nase ziehen! Wie geht es dir? Was willst du tun? Was soll nun geschehen?"

Sie betrachtete mich eine Weile mit großen Augen. „Meine Güte, Linda, ich plane nicht das Ende meiner Ehe. Hardy ist ein Seitensprung, nicht mehr und nicht weniger, und das wissen wir beide. Wir mögen uns. Er tut mir gut, wie du siehst. Ich gönne mir ein paar nette Stunden mit ihm. So was gibt es. Punktum."

„Punktum. Und Markus?"

Bettina sprang so plötzlich auf, daß ich zusammenzuckte. Auf einmal standen ihr die Tränen in den Augen, und Wut und Verletztheit stürzten mir entgegen.

„Markus", sie spie den Namen förmlich aus, „wird in Kürze davon erfahren." Sie setzte sich wieder, riß sich die Mütze vom Kopf und atmete heftig ein und aus.

Ich hatte Mühe, dem abrupten Stimmungswechsel zu folgen, und blickte irritiert in ihre sprühenden Augen. „Kannst du das mal näher erläutern? Ich verstehe nämlich kein Wort. Warum bist du plötzlich so aufgebracht?"

„Ich werde dir das gerne erläutern – wenn du dich endlich entschließen könntest, mich nicht länger mit deinem vorwurfsvollen Blick zu bombardieren!“ entgegnete sie. „Ich bin nicht hier, um ein Geständnis abzulegen und mir Absolution erteilen zu lassen. Dazu sind Freundinnen nämlich nicht da, kapierst du?“

Ich öffnete den Mund – und schloß ihn wieder. Langsam nickte ich. „Ja, du hast recht.“

Bettina runzelte die Stirn. „Na, schön“, begann sie mit ruhigerer Stimme. „Markus ist gestern abend nach Hause gekommen und verkündete mir mit breitem Grinsen, daß er unbedingt mit mir reden müsse. Gleichzeitig drohte er mir mit dem erhobenen Zeigefinger, um im nächsten Moment laut loszukichern. Seine Worte und diese merkwürdige Heiterkeit schienen mir irgendwie nicht zusammenzupassen. Ich vermutete sofort, daß er von der Sache mit Hardy Wind bekommen hatte, verstand allerdings nicht, was daran so komisch sein sollte.“ Sie machte eine kleine Kunstpause. „Nun, als wir dann später zusammensaßen, wurde dieser Zusammenhang ziemlich schnell klar. Ein Kollege von Markus hat mich vorgestern mit Hardy in der Stadt gesehen und meinen Gatten gefragt, ob er schon von meinem jugendlichen Liebhaber wüßte.“

„Bitte?“ Ich starrte Bettina entsetzt an. „Und was gibt es da zu lachen?“

„Markus fand es so komisch, daß er sich vor Lachen fast in die Hosen gemacht hat. Weißt du, was er sagte?“ Sie beugte sich über den Tisch zu mir vor, und ihre Lippen wurden schmal wie ein Bindfaden.

Ich schüttelte hastig den Kopf.

„Er hat gesagt beziehungsweise geprustet: ‘Bettina-Mäuschen, das ist der beste Witz, den ich seit Jahren gehört habe. Meine Frau und ein Liebhaber, noch dazu ein jugendlicher – ist das nicht wahnsinnig komisch?’“

„Wahnsinnig komisch“, wiederholte ich ihre Worte.

Bettina schüttelte langsam den Kopf. „Er kann sich so ziemlich alles vorstellen, nur nicht daß sich irgendein anderer Mann für mich interessiert. Für sein kleines, naives Pummelchen. Mutter, Hausfrau und preisgekrönte Toilettenputzerin."

Mir saß ein dicker Kloß im Hals.

„Heute morgen beim Frühstück hat er immer noch gelacht", fuhr Bettina fort. „Und ich schwöre dir – heute abend wird es ihm vergehen."

„Du willst es ihm doch nicht etwa sagen?"

Bettina schaute mich grimmig an. „Und ob."

Ich schüttelte den Kopf, aber sie winkte ab, bevor ich etwas entgegnen konnte.

„Versuch bloß nicht, mich davon abzubringen. Ich werde einen Auftritt hinlegen, der sich gewaschen hat."

„Und wie soll es dann weitergehen?" wandte ich ein. „Meinst du nicht, daß es einen ziemlichen Krach geben wird?"

Bettina lachte rauh. „Markus werden die Augen aufgehen – darauf kannst du Gift nehmen!"

„Das kann ich mir lebhaft vorstellen, nur ..."

„Nur was? Hast du einen anderen Vorschlag?"

Ich schwieg irritiert. Sie hatte recht – allzu viele Möglichkeiten, mit dieser Situation umzugehen, gab es ohnehin nicht, und Bettina war so wütend, daß die Geschichte über kurz oder lang ohnehin zur Sprache kommen würde. Ich mußte zugeben, daß ich bei dieser Unterredung nur zu gern Mäuschen gespielt hätte.

„Gibt es jetzt endlich was zu essen? Ich habe einen Riesenhunger", erklärte Bettina und stand auf, um die Kinder hereinzurufen.

Wenig später machten wir uns mit großem Appetit über den Salat und die Würstchen her, und ich warf Bettina immer wieder einen prüfenden Blick zu, den sie jedoch nur mit ihrem üblichen frechen Grinsen beantwortete. Ihr Entschluß stand fest. Felsenfest.

„Rufst du mich an?“ fragte ich sie, als sie ihre Kinder eingesammelt und im Auto verstaut hatte.

„Na klar.“

Der Gedanke an Bettina und ihre abendliche Aussprache mit Markus beschäftigte mich den ganzen Morgen. Ich war froh, allein im Geschäft zu sein, denn Anna wäre meine Nervosität sicherlich nicht entgangen, und ich hatte keine Lust, von Bettinas Seitensprung zu erzählen. Um elf klingelte das Telefon, aber es war meine Schwester, die ein paar Tage frei hatte und die Zeit nutzte, um ihr Haus fertig einzurichten. Ein paar Minuten lang schwärmte sie mir von ihrer Einbauküche, dem neuen Teppich im Schlafzimmer und der runden Badewanne vor, dann spürte sie, daß ich nur mit halbem Ohr zuhörte, und unterbrach ihren Redeschwall.

„Du freust dich sicherlich schon auf nächste Woche, wenn Katharina kommt“, wechselte sie das Thema.

Mein Herz machte einen übermütigen Sprung. „Na klar.“

„Habt ihr nicht Lust, an einem der Feiertage bei uns vorbeizuschauen?“

Ich unterdrückte ein lautes Seufzen. „Das kann ich jetzt wirklich noch nicht sagen. Wir haben nur ein paar gemeinsame Tage.“

„Hm. Na ja, wenn du es dir anders überlegen solltest – ruf an, ja?“

Kurz darauf beendeten wir das Gespräch. Kaum hatte ich den Hörer aufgelegt, klingelte das Telefon erneut, und Bettina war am Apparat.

„Endlich“, begrüßte ich sie mit heller Stimme. „Was ist los?“

Bettina kicherte leise. „Du kannst es wohl kaum abwarten. Das ist spannender als *girl friends*, nicht wahr?“

Ich verdrehte die Augen. „Natürlich. Nun rede schon.“

„Viel gibt es gar nicht zu erzählen“, begann sie. „Als ich gestern abend nach Hause kam und die Kinder in ihren Betten lagen, habe ich mir meinen Gatten geschnappt und ihn darüber aufgeklärt, daß er offensichtlich ein ziemlich schiefes Bild von mir hat. Und daß es in der Tat einen jugendlichen Liebhaber gibt."

„Und?" drängte ich.

„Er hat mich angeschaut wie der Benz beim Elchtest, wollte dann wie über einen besonders gelungenen Witz losprusten, blickte mir in die Augen und bekam den Mund nicht mehr zu. Tja, und dann haben wir die halbe Nacht geredet, womit das Thema natürlich noch lange nicht beendet ist. Ich kann dir sagen, ich habe Markus noch nie so verwirrt gesehen."

„Aha", erwiderte ich unschlüssig. „Ein bißchen Aufregung und dann Friede, Freude, Eierkuchen?"

„Was hast du denn erwartet? Daß er seine Koffer packt und sich auf und davon macht? Oder mich vor die Tür setzt? Oder den Ausbruch des Rosenkrieges auf Wolfsburger Art?"

Ich wußte nicht, was ich erwartet hatte, aber sicherlich nicht eine so knappe, glatte Geschichte, wie ich sie jetzt zu hören bekam. Oder war sie gar nicht so glatt, wie es dem ersten Eindruck nach schien? Bettina neigte in der Regel nicht dazu, ihre Erlebnisse kurz und prägnant zu schildern, sondern war eine Meisterin im spannungsreichen Erzählen und Ausschmücken von Details – ob sie nun wichtig waren oder nicht.

„Linda – so was kommt in den besten Familien vor", sagte Bettina plötzlich leise. „Das weißt du doch selbst."

Sie spielte auf meinen Vater an, doch obwohl der Zusammenhang nahe lag, hatte ich in diesem Fall nicht an ihn gedacht.

„Mag sein", erwiderte ich nach einer kleinen Pause zögernd. „Aber ..."

„Aber was?"

„Schon gut. Ich hoffe, ihr bekommt alles wieder auf die Reihe."

Meine Stimme klang holprig und unsicher, und ich war froh, daß Bettina sich kurz darauf verabschiedete.

Drei Tage vor Ostern kaufte ich ein, als befürchtete ich, daß wir eingeschneit werden könnten. Ich brachte das Haus auf Hochglanz, schmückte alle Räume mit Ostersträußen und fieberte Katharinas und Nadines Ankunft entgegen, als wäre ich fünf und wartete aufs Christkind. Bereits eine Stunde vor dem planmäßigen Eintreffen der Maschine stiefelten Erik und ich durch das Hannoveraner Flughafengebäude, und meine Bluse war schon dreimal durchgeschwitzt, bevor der Flieger überhaupt gelandet war.

Nadine war die erste, die auf uns zurannte, und im dichten Gewühl hinter ihr erkannte ich kurz darauf Katharinas hohe, schlanke Gestalt. Ich hatte das Gefühl, daß ich in Zeitlupe auf sie zuging. Ihre Augen leuchteten freudig auf, und sie ließ ihre Taschen fallen, um mich in die Arme zu schließen.

„Da bist du endlich", sagte ich und vergrub mein Gesicht an ihrem Hals.

„Ich habe dem Piloten gesagt, er soll sich beeilen, aber irgendwie wollte der sich nicht von mir hetzen lassen."

Wir blieben minutenlang engumschlungen stehen, während Nadine Erik mit ihren Französischkenntnissen zu beeindrucken suchte, woraufhin mein Sohn sofort mit seinem Reitunterricht prahlte. Die gute französische Küche schien bei Katharina nicht anzuschlagen – sie war genauso schmal wie vor ihrer Abreise. Während der Heimfahrt überschütteten die Kinder sich gegenseitig mit all ihren wichtigen Neuigkeiten, während Katharina und ich schwiegen und uns hin und wieder einen langen Blick zuwarfen. Ich war so aufgewühlt vor Wiedersehensfreude, daß mir immer noch die Hände zitterten.

Katharina seufzte leise, als wir in Velstove ankamen. Sie ging durchs Haus, als müßte sie jeden Raum einzeln begrüßen, während ich den Kaffeetisch deckte. Plötzlich stand sie hinter mir und schmiegte sich an mich. Ihre Hände strichen über meine Hüften und meinen Bauch.

„Ich komme um vor Sehnsucht", flüsterte sie und küßte mich auf den Hals.

„Meinst du, wir können die Kinder heute ganz besonders früh ins Bett stecken?" fragte ich.

„Ich fürchte, daraus wird nichts." Sie packte mich bei den Schultern und lächelte amüsiert. „Da werden wir wohl noch ein wenig Geduld aufbringen müssen. Schließlich haben sich die beiden auch viel zu erzählen."

Damit hatte sie natürlich recht, dennoch war ich heilfroh, als wir Erik und Nadine endlich ins Bett verfrachten konnten. Zehn Minuten später standen wir gemeinsam unter der Dusche. Das Wasser glitt mit tausend Zungen an unseren Körpern entlang. Wir seiften uns gegenseitig ein, und das monotone Plätschern übertönte jeden Seufzer, jedes Stöhnen. Es duftete nach blumiger Duschlotion und gieriger Lust. Katharinas Haut war weich, und sie zitterte, als ich ihren Po mit festem Griff umfaßte und ihre Brüste liebkoste. Ihre Zunge schlüpfte in mein Ohr, und ich warf den Kopf nach hinten, als ihre Hand meinen Schoß erkundete.

Später lagen wir im Bett und schauten uns still an. Katharina streichelte mein Gesicht, und ich konnte mich nicht satt sehen an ihren Augen. In der Nacht wachte ich mehrmals auf und tastete nach ihr.

In den vergangenen Jahren hatte ich mehr als einmal erlebt, daß sich Erwartungen, insbesondere hochgesteckte, selten erfüllten. Dennoch war ich auch diesmal wieder überrascht, wie groß die Kluft zwischen meinen Vorstellungen und der banalen Wirklichkeit war, und die Enttäuschung, die wie ein sanftes Ziehen begann, drängte sich immer mehr in den Vordergrund.

Katharina war ohne Zweifel glücklich über unser Wiedersehen, sie war zärtlich und leidenschaftlich und rundherum guter Dinge. Was also störte mich? Was stimmte nicht? Es waren die berühmtberüchtigten Kleinigkeiten, die mir einen Stich nach dem anderen versetzten und mir immer deutlicher signalisierten, daß der kurze Urlaub für Katharina eine andere Bedeutung hatte als für mich. Ihr Leben spielte sich in Paris ab, Velstove war eine Episode für sie. Sie sprühte vor Energie und Begeisterung, während sie von ihrem Studium erzählte, von ihrer Lehrerin Jacqueline und von Pierre, Monique und Brigitte, den gemeinsamen Ausflügen und Erlebnissen. Sie hatte sich bereits eine eigene Welt geschaffen, und ich stand am Rande und hatte Angst, bald gar nicht mehr in Sichtweite zu sein. Andere Menschen waren in den Mittelpunkt ihres Lebens gerückt, und ich bekam die Rolle der passiven Zuhörerin zugewiesen. Immer wenn ich kurz davor war, meine Gefühle in Worte zu fassen, entstand scheinbar aus dem Nichts heraus plötzlich eine Nähe zwischen uns, in der meine Bedenken bedeutungslos oder zumindest übertrieben schienen – für Augenblicke, die ich nicht zerstören wollte, die sich aber gleichwohl nicht festhalten ließen.

Von unserer kostbaren gemeinsamen Zeit verbrachte Katharina einen halben Tag in der Scheune, um sich mit Ruth, Nicole und Pumuckl zu treffen. Ricarda war verreist. Ich blieb mit Erik und Nadine zu Hause, die fröhlich miteinander spielten, ohne sich ein einziges Mal zu streiten, kümmerte mich ums Essen und spürte auf einmal eine Bitterkeit in mir brodeln, die ich glaubte in den vergangenen Wochen erfolgreich niedergefochten zu haben. Wie neubelebt stieg sie in mir auf, begleitet von einer kämpferischen Stimmung, die mir fremd war. Na schön, dachte ich, du hast deine Welt, und ich werde nicht länger andächtig oder ängstlich daneben stehen, sondern mich um mein eigenes Leben kümmern.

Als Katharina zurückkam, blickte sie mich stumm an. Dann küßte sie mich, bis ich keine Luft mehr bekam.

„Im Sommer fahren wir gemeinsam ans Meer“, sagte sie, als wir uns am Flughafen voneinander verabschiedeten. „Und vielleicht schaffst du es ja, zwischendurch mal für ein Wochenende nach Paris zu kommen." Sie schaute mich fragend an. „Hättest du Lust dazu?"

Ich wandte den Kopf zur Seite. Hatte ich Lust dazu? Ja und nein.

„Na, mal sehen", fügte sie rasch hinzu und legte den Arm um mich. „Vergiß mich nicht."

„Natürlich nicht."

Katharina rief nach den Kindern, die am Abfertigungsschalter standen und dort offenbar angeregt mit einer jungen Frau plauderten. Die beiden kamen angerannt und verabschiedeten sich voneinander. Erik drehte verlegen den Kopf zur Seite, als Nadine ihm einen Kuß auf die Wange drückte, unterließ es aber immerhin, ihn mit dem Ärmel wieder abzuwischen. Ich umarmte die Kleine, und kurz darauf verschwanden Katharina und Nadine hinter der gläsernen Tür. Ich biß die Zähne zusammen und wandte mich langsam ab. Ich habe keine Lust mehr zu leiden, dachte ich. Schluß damit.

Ricarda

Lindas Konzeption für den Katalog war gut durchdacht. Sie schrieb schwungvoll, wenn auch an manchen Stellen etwas umständlich. Ich war nicht verwundert, daß sie auf meinen Vorschlag, die Texte noch mal durchzusehen, verhalten reagierte. Sie reagierte insgesamt reserviert auf mich, obwohl sie sich Mühe gab, meinem Blick nicht auszuweichen. Ihre ganze Körperhaltung signalisierte vorsichtiges Abwarten. Aber worauf wartete sie?

Die Jahresabschlußarbeiten nahmen mehr Zeit in Anspruch, als mir lieb war. Alle Mandanten hatten es natürlich besonders eilig, und ich saß oft bis in die späten Abendstunden an meinem

Schreibtisch, um mir zu Ostern einige freie Tage gönnen zu können. Vera hatte angerufen und erzählt, daß sie einen Kurzurlaub in Spanien plane. Sie wollte nach Barcelona fliegen, um sich mit Freunden zu treffen, aber ihr Angebot, sie zu begleiten, schlug ich aus. Nach hektischem Trubel stand mir nicht der Sinn.

„Du behauptest immer, daß dir nicht der Sinn nach hektischem Trubel steht", hatte sie lachend geantwortet. „Aber hin und wieder macht's dir doch auch Spaß, oder nicht?"

„Ja – alle zehn Jahre mal."

Und dann hatten wir beide gelacht, und Vera nahm mir das Versprechen ab, Ende Juni mit ihr nach Berlin zu fahren – zum diesjährigen Christopher-Street-Day. Vera liebte Parties und Straßenfeste, und ich wußte schon im voraus, daß mir ein anstrengendes Wochenende bevorstand. Alles, was Vera in Angriff nahm, geschah mit hundertprozentigem Engagement: Wenn sie feierte, trank und tanzte sie bis zum Umfallen, und das konnte durchaus zwölf Stunden dauern; wenn sie ein geschäftliches Ziel anstrebte, arbeitete sie so lange, bis sie es erreicht hatte; wenn sie Lust auf ausschweifenden Sex hatte, war jede Nacht zu kurz, um ihren Hunger zu stillen; wenn ihr der Sinn nach ordinären Redensarten stand, kam den ganzen Tag kein jugendfreies Wort über ihre Lippen. Wenn sie traurig war, verkroch sie sich in ihr kleines Haus in den Bergen, und es konnte durchaus eine Woche dauern, bis sie ihr persönliches schwarzes Loch durchlebt hatte. Außer ihr hatte ich nur noch eine einzige Frau mit einem ähnlich unbändigen Lebenshunger kennengelernt. Meine erste Liebhaberin: Hanna.

Hanna war zweiundzwanzig und ich gerade mal siebzehn, als ich sie kennenlernte. Sie war Sportstudentin und leitete den Judo- und Selbstverteidigungskurs, für den ich mich angemeldet hatte. Ich gehörte zu den wenigen jungen Frauen, die sich für diesen Kurs interessierten, und Hanna wollte wissen, warum.

„Ich möchte mich zur Wehr setzen können", antwortete ich wahrheitsgemäß.

Sie nickte. „Bist du schon mal angegriffen worden?"

Ich zögerte, und ihr Blick hielt mich fest. Dunkle, neugierige Augen.

„Vor ein paar Wochen haben mich zwei Typen in dem Kiosk meines Vaters angepöbelt. Ich hätte mich kaum wehren können, wenn sie mich angegriffen hätten."

„Aber sie haben dich nicht angegriffen?"

„Mein Vater kam plötzlich hinzu, und da haben sie den Rückzug angetreten."

Ich dachte ungern an die Situation zurück, denn gegen die siebzehn-, achtzehnjährigen Kerle hätte ich kaum eine Chance gehabt. Mein Vater hatte darauf bestanden, daß ich mich nach einem Selbstverteidigungskurs erkundigte, obwohl wir uns die zusätzliche Geldausgabe kaum leisten konnten, und da er sonst kaum jemals auf etwas bestand, hatte ich eingewilligt. So stand ich nun vor Hanna und hoffte, daß sie mir helfen würde, kräftiger und wehrhafter zu werden. Ich war ein dünnes, schlaksiges Kind gewesen, und obwohl ich inzwischen weibliche Rundungen hatte, war ich immer noch mager.

Hannas Augen glitten über meinen Körper, und wieder nickte sie. „Na, mal sehen, was wir damit machen."

Wir machten eine ganze Menge damit. Wochenlang absolvierte ich ein hartes Gymnastik- und Ausdauerprogramm, das nach und nach um Fall- und Reaktionsübungen ergänzt wurde. Zwei Monate später hatte ich jeden Muskel meines Körpers genauestens kennengelernt – hauptsächlich durch Muskelkater. Die Gruppe war auf drei Frauen und sieben junge Männer zusammengeschrumpft, als wir mit den ersten richtigen Kampftechniken begannen. Es übte eine seltsame Faszination auf mich aus, meine Kampfpartnerin oder meinen Kampfpartner auf die Matte zu werfen, ohne daß sie mir auch nur ein Haar hatten krümmen können. Und Hanna faszinierte mich noch stärker. Sie hatte ein apartes Gesicht, lange schwarze Locken und einen durchtrainierten Körper. Ihre Augen sprühten vor Lebenslust. Ich stellte mich ihr nur zu gern als Partnerin zur Verfügung, wenn sie neue Griffe und Bewegungsabfolgen vorführen wollte.

Eines Abends klopfte ich nach dem Training an die Tür ihres Umkleideraumes und öffnete sie, noch bevor Hanna mich aufgefordert hatte, einzutreten. Sie hatte ein Handtuch um ihre Hüften geschlungen, und ihr Haar war noch naß vom Duschen. Einzelne Wassertropfen rollten über ihre Brüste. Ich folgte ihrem Lauf, bevor ich Hanna ins Gesicht blickte.

„Es zieht. Komm rein und mach die Tür zu", sagte sie.

Ich kam ihrer Aufforderung nach und lehnte mich mit dem Rücken an die Tür. Meine Knie waren plötzlich weich, ich schien fünf Herzen zu haben, und jedes trommelte in einem anderen Rhythmus.

„Was willst du?" fragte sie.

Ich schaute sie an und schwieg. Sie hob die Augenbrauen, und ein leises Lachen flog mir entgegen. „Bist du sicher?"

Ich war mir sogar sehr sicher. Als sie vor mir stand, atmete ich den frischen Duft ihrer Haut ein, und ich sehnte mich danach, in ihre Lippen zu beißen und ihre Schenkel um mich zu spüren. Ihre Hände legten sich auf meine Schultern, dann schloß sie die Tür ab und schob mich auf die Liege, die die gegenüberliegende Wand des Raumes einnahm. „Jetzt – gleich hier?"

Es war eine rein rhetorische Frage, denn sie zog mir bereits den Pullover über den Kopf und öffnete meine Jeans. Ich war hingerissen von dem Zusammenspiel unserer Körper, von ihrem hemmungslosen Stöhnen und der Art, wie sie mich anpackte und benutzte, um zu ihrem Höhepunkt zu gelangen, und wie sie mich aufforderte, alles zu tun, wonach es mich gelüstete. Keine von uns wollte verträumte Zärtlichkeit – wir waren wild und begierig aufeinander, wechselten ständig die Rollen und hielten erst inne, als wir beide vollkommen erschöpft und befriedigt waren.

Wochenlang schlich ich von da an nach jedem Trainingsabend in Hannas Umkleideraum und lebte mit ihr die Lust aus, die meine Phantasie schon so lange beherrscht hatte. Die Schlußfolgerung, daß ich lesbisch war, erschreckte mich nicht. Ich war ohnehin eine Außenseiterin, und nun wußte ich wenigstens, warum ich mit Rolf so wenig Spaß im Bett gehabt hatte und auf die Annäherungsversuche junger Männer so zurückhaltend reagierte. Vielleicht lag es auch an Hanna, die schon seit zwei Jahren mit ihrer Freundin zusammenlebte und aus ihrer Leidenschaft für Frauen nie einen Hehl gemacht hatte, obwohl ihre Familie naserümpfend darauf reagierte und sie schlichtweg für krank hielt. Sie amüsierte sich über das Verhalten dieser Spießbürger, wie sie sie nannte, und erzählte manchmal glucksend vor Lachen, wie sie ihre Eltern immer wieder schockierte. Obwohl ich ihr diese Unbekümmertheit nicht hundertprozentig abnahm, war Hanna mir doch ein Vorbild: Sie hatte sich selbst ohne Wenn und Aber akzeptiert, „und der Rest findet sich dann von allein", wie sie immer wieder gern betonte.

Nach der ersten stürmischen Zeit wurde unsere Beziehung problematischer. Wir trafen uns nun manchmal auch außerhalb der Sporthalle, und Hanna hatte gegenüber ihrer Freundin ein zunehmend schlechtes Gewissen. Doch es fiel ihr schwer, mich aufzugeben, mehr noch – sie wollte eine Entscheidung und erwartete, daß ich meinen Teil dazu beitrug. An einem langen gemeinsamen Wochenende, das ich bei ihr verbrachte, während mein Vater annahm, ich wäre bei einer Schulkollegin, und Hannas Freundin verreist war, weckte sie mich am Sonntagmorgen mit einem langen zärtlichen Kuß. Wir hatten in der Nacht nur wenig geschlafen, und ich brauchte ein paar Augenblicke, um richtig wach zu werden.

„Sag mal, macht es dir eigentlich überhaupt nichts aus, daß wir uns immer heimlich treffen?" fragte sie und strich über meine nackte Hüfte. Ihr Haar war zerzaust, und auf ihrer Schulter sah ich den Abdruck meiner Zähne.

Ich horchte in mich hinein. „Nein. Ich finde es nicht schlimm."

Sie blickte mich neugierig an. „Es macht dir nichts aus, daß ich mit Inge zusammenlebe, auch mit ihr schlafe und wir beide uns nur heimlich treffen können?"

Ich schüttelte den Kopf. „Nein. Das war doch von Anfang an so."

Sie setzte sich auf. „Du bist wirklich merkwürdig. Wünschst du dir denn nicht, die einzige Frau in meinem Leben zu sein statt die heimliche Geliebte? Bist du nie eifersüchtig?"

„Eifersüchtig? Wieso?"

Plötzlich sprang sie auf. „Stellst du dich jetzt mit Absicht dumm?" Sie tigerte nackt vor dem Bett auf und ab, und ich betrachtete die Muskeln an ihren Oberschenkeln. „Oder bedeute ich dir gar nichts? Es reicht dir, mit mir zu schlafen, und ansonsten geht jede ihrer Wege – das genügt dir?"

„Dir nicht?"

Sie blieb stehen. „Genügen ist der falsche Ausdruck. Es wird mir zuviel. Die Situation erfordert viel Kraft, zu viel Kraft habe ich allmählich das Gefühl. Abgesehen davon, daß ich Inge betrüge und gar nicht daran denken darf, was geschieht, wenn sie dahinterkommen sollte."

Ich richtete mich langsam auf. „Möchtest du, daß ich gehe?"

Hanna ballte die Hände zu Fäusten und preßte die Lippen aufeinander. Ihre Augen funkelten mich wütend an. „Nein, ich will nicht, daß du gehst."

Ich verstand. Sie wollte, daß ich um sie kämpfte, sie aufforderte, die Beziehung mit Inge zu beenden, damit ich deren Stelle einnehmen konnte. Ich sollte eine Entscheidung in die Wege leiten, indem ich Besitzansprüche anmeldete.

„Liebst du Inge denn nicht mehr?" fragte ich.

Hanna setzte sich auf die Bettkante. „Schwierige Frage. Aber ich denke – doch, ich liebe sie immer noch. Nur – mit dir ist es auch sehr schön, und ich habe das Gefühl, für Klarheit sorgen zu müssen."

„Die Verhältnisse sind klar. Ich setze dich nicht unter Druck."

Hanna war irritiert, daß ich nicht mit Eifersucht reagierte und ihr damit, ihrer Ansicht nach, meine Liebe bewies. Nach diesem Gespräch kühlte unsere Beziehung merklich ab, was ich bedauerte, aber nicht ändern konnte. Ich wußte zwar nicht genau, wie ich mir meine Zukunft vorstellte, aber ein eheähnliches Zusammenleben mit Hanna schloß ich aus. Ich wollte auf eigenen Füßen stehen.

Nach dem Abitur arbeitete ich zwei Monate bei VW am Band, um mir das Startkapital für mein Wirtschaftsstudium zu verdienen. Ich schrieb mich an der Universität in Braunschweig ein, beantragte Bafög und suchte mir eine kleine, billige, um nicht zu sagen schäbige Wohnung und einen regelmäßigen Job in einem Supermarkt, wo ich zweimal in der Woche morgens von sechs bis neun die Regale auffüllte und putzte. Nur so konnte ich mir die eigene Bleibe leisten. Obwohl mein Vater keinerlei Einwände gegen meinen Umzug erhoben hatte, spürte ich, daß es ihm schwerfiel, mich gehen zu lassen. Und mir fiel es schwer, ihn allein in seinem kleinen Kiosk zurückzulassen. Ich nahm mir zwar vor, ihn mindestens zweimal im Monat zu besuchen und nach dem Rechten zu schauen, aber ich wußte, daß er Mühe hatte, ohne mich zurechtzukommen. Und während die Terroristenwelle über die Bundesrepublik hinwegfegte, das John-Travolta-Discofieber ausbrach und die Frauenbewegung ihre ersten Schritte machte, nahm ich mein Leben als Studentin in Angriff und genoß es, zum ersten Mal ganz allein zu leben. Ich trainierte weiterhin Selbstverteidigung, wenn auch nicht mehr bei Hanna, und arbeitete an meinen Tonfiguren, so oft ich Zeit dazu fand. Mein Leben verlief in streng geordneten Bahnen, und wann immer ich die Wahl hatte, zog ich mich allein in meine vier Wände zurück.

Es gab nicht viele junge Frauen, die in den späten siebziger Jahren Betriebswirtschaft studierten, und noch weniger, die aus so ärmlichen Verhältnissen stammten wie ich. Astrid war eine von ihnen. Sie mußte ebenfalls neben dem Studium arbeiten und konnte sich nur ein kleines Zimmer zur Untermiete leisten. Wir saßen in den Einführungsveranstaltungen und in den Vorlesungen nebeneinander, und ich mußte manchmal über ihre spitzen, halblauten Bemerkungen lachen. Als die ersten Klausuren anstanden, hatten wir beide keine Lust, in den zur Auswahl stehenden Arbeitsgruppen zu büffeln. Eine bestand nur aus Männern, die andere nur aus Frauen.

„Kommt beides nicht in Frage“, entschied Astrid, als wir nach einem Seminar zur Cafeteria schlenderten. „Die Männer wollen sich die ganze Zeit profilieren, wenn Frauen dabei sind, und die Frauen brauchen ewig lange, um sich für ein Lernkonzept zu entscheiden. Und wenn endlich eins gefunden ist, erhebt sich garantiert die entrüstete Stimme von Ellen und klopft das Ganze auf seine patriarchalischen Strukturen ab.“

Astrid warf mir ein schiefes Lächeln zu. „Schon gut, ich höre auf zu lästern. Sie ist ja ganz in Ordnung, aber manchmal vergißt sie einfach, daß es solche Studentinnen gibt wie uns – die nicht aus sogenanntem guten Hause stammen und arbeiten müssen, um halbwegs über die Runden zu kommen. Da bleibt einfach keine Zeit mehr, um sich mit gesellschaftspolitischen Themen auseinanderzusetzen.“

Ich gab ihr recht, und trotzdem bewunderte ich Ellen mit ihrem hartnäckigen und oftmals zornigen Eifer.

Während wir den dünnen Mensakaffee tranken, verabredeten Astrid und ich, zu zweit für die Klausuren zu lernen und uns dafür bei mir zu treffen. Außer meinem Vater hatte noch niemand meine Wohnung betreten, und als Astrid ein paar Tage später kam, mußte ich mich erst an ihre Anwesenheit gewöhnen. Sie schaute sich mit interessierten Augen um und nickte dann zustimmend.

„Die Luxusausführung ist es nicht gerade, aber ich würde sofort mit dir tauschen", stellte sie fest und ließ sich auf einen der beiden alten Holzstühle vor dem Schreibtisch fallen, der schlicht aus einer Holzplatte auf zwei Böcken bestand.

Ansonsten gab es in dem Zimmer noch eine Matratze, einen schmalen Kleiderschrank, zwei Regale, die mit meinen Figuren und Büchern beladen waren, und eine alte Holztruhe für meine Wäsche. Auf der Fensterbank befanden sich ein kleines Radio und eine Topfpflanze. Die Kücheneinrichtung bestand aus einem Hänge- und einem Unterschrank, zwei Herdplatten und einem winzigen Eßtisch mit Hocker. Eine niedrige Tür führte in die Toilette.

„Hattest du wieder Ärger mit deiner Vermieterin?" fragte ich und setzte mich neben sie.

Astrid schnaubte. „Sie ist wirklich noch von der ganz verstaubten Sorte – nach zweiundzwanzig Uhr keinen Herrenbesuch mehr. Als ob ich nicht auch morgens um zehn oder nachmittags um drei heißen Sex haben könnte!" Sie blickte sich wieder um. „Also, wenn du zufällig mal was von einer billigen Wohnung hörst, sag mir sofort Bescheid."

Das gemeinsame Lernen war für beide Seiten fruchtbar. Wir kamen fast immer sofort zur Sache, fragten uns gegenseitig ab und tauschten Notizen aus. Es blieb nicht viel Raum für Privates. Manchmal musterte Astrid mich verstohlen, und ich wußte, daß sie überlegte, wie sie mich ein wenig aus der Reserve locken könnte, um mich besser kennenzulernen. Doch glücklicherweise hielt sie ihre Neugierde im Zaum und stellte keine Fragen, auf die ich nicht hätte antworten wollen.

Eines Tages wurde ich aus meiner gewohnten Routine gerissen. Der neue Filialleiter des Supermarktes, in dem ich seit nunmehr fast zwei Jahren jobbte, hatte mich zu einer frühmorgendlichen Besprechung gebeten. Ich hatte ihn einige Tage zuvor gefragt, ob ich in den Semesterferien ganztags arbeiten könnte, und ging davon aus, daß er die Einzelheiten mit mir bereden wollte. Aus dem kleinen Büro, in dem Herr Behrens mich erwartete, quoll mir eine dichte Rauchwolke entgegen. Auf meine Begrüßung hin nickte er mir breit lächelnd entgegen und wies auf den Stuhl vor seinem Schreibtisch.

„Setzen Sie sich, Ricarda. Sie sind pünktlich, das schätze ich sehr", bemerkte er in jovialem Tonfall.

Ich war noch nie unpünktlich gewesen und nahm die Bemerkung unkommentiert hin.

„Mein Vorgänger riet mir, Sie als Aushilfskraft zu behalten, und nachdem ich Sie nun einige Wochen kenne, muß ich ihm recht geben", fuhr Herr Behrens fort, während er immer wieder an seiner Zigarette zog und mich unablässig mit seinen wasserblauen Augen taxierte. „Auf Studenten kann man sich nicht immer verlassen."

„Freut mich, daß Sie zufrieden sind", entgegnete ich schließlich. Sein eindringlicher Blick ließ mich vermuten, daß ich auf sein Lob eingehen sollte.

Er grinste und schlug dann seinen Kalender auf, um eine Weile über ihm zu brüten. „Hm, wir sind ganz gut besetzt in diesem Sommer." Er schaute hoch, schob seinen Stuhl ein Stück zurück und schlug die Beine übereinander. „Aber ich könnte natürlich trotzdem etwas arrangieren. Oder es zumindest versuchen."

Sein Ton löste Unbehagen in mir aus. Ich versteifte mich.

„Das wäre schön", erwiderte ich ruhig und schaute ihm direkt in die Augen.

„Gute Ferienjobs sind begehrt." Er stand langsam auf und rieb sich die Hände. „Außer Ihnen gibt es noch eine Interessentin."

Ich setzte ein unverbindliches Lächeln auf, während er um den Tisch herumkam und die Hände in die Hosentaschen steckte. Er blieb neben mir stehen und lehnte sich mit seinem breiten Hinterteil an den Schreibtisch.

„Sie könnten Ihren Teil zu meiner Entscheidung beitragen." Seine Nasenflügel bebten, und die Pupillen schienen mit jedem Atemzug größer zu werden, während er sich zu mir vorbeugte. Er zog eine Augenbraue hoch und fuhr sich mit der Zunge über die Unterlippe.

„Ah ja. Und was genau verstehen Sie darunter?" fragte ich lächelnd.

Wut und Ekel schnürten mir fast die Kehle zu, aber ich mußte Zeit zum Denken gewinnen und unterdrückte beides. Ich blickte ihn an, wie ich mir vorstellte, daß eine Frau ihn anblicken würde, die neckisch tat, als würde sie ihn nicht verstehen, aber hoffen, daß es sich bei seinem Geplänkel um den langersehnten Annäherungsversuch handelte. Was mir Sicherheit verlieh, waren meine langjährigen Selbstverteidigungskenntnisse und seine widerwärtig arrogante Zuversicht, ich wäre ganz wild darauf, mir meinen Job zu erkaufen.

Er grinste breit, nahm die Hände aus den Hosentaschen und warf einen bedeutungsvollen Blick auf seinen Reißverschluß. „Kümmere dich ein bißchen um meinen Partner hier, dann sehen wir weiter." Er öffnete seine Hose und nickte mir auffordernd zu.

Ich stand langsam auf. Plötzlich griff er nach meinem Arm und riß mich brutal zu sich heran. Ich hatte Mühe, ruhig zu bleiben, und den Impuls zu unterdrücken, im Affekt nach ihm zu schlagen. Unüberlegte Handlungen sind in solchen Situationen immer ein Fehler.

„Mach schon", knurrte er und drückte mich mit beiden Händen auf die Knie herunter.

Dann ging alles sehr schnell. Ich atmete eiskalte Luft aus und konzentrierte mich auf die Stärke, die meinen ganzen Körper durchströmte. Mit einer Hand packte ich blitzschnell seine Hoden und drückte so fest zu, wie ich konnte, mit der anderen schlug ich ihm direkt auf den Solarplexus. Er krümmte sich luftschnappend, und ich riß ihn von den Füßen, während ich mich zur Seite wegrollte und ihm gleichzeitig mit voller Wucht ins Gesicht trat.

„Du widerwärtige Schlampe, das wirst du bereuen!" brüllte er – eine Hand auf seiner blutenden Nase, die andere zwischen den Beinen.

Ich war inzwischen aufgesprungen, hatte die Tür aufgerissen und blickte einen Moment auf ihn herunter. Dann wandte ich mich ab und ging mit erhobenem Kopf durch den Laden zum Ausgang. Doch die Genugtuung währte nicht lange – ich war meinen Job los, und ich wußte, daß ich von meinem noch ausstehenden Lohn, immerhin hundertzwanzig Mark, nicht einen Pfennig sehen würde.

Als ich drei Tage später gegen Mittag von der wieder einmal erfolglosen Jobsuche heimkam, stand meine Nachbarin vor der Tür. Mirjam war selten zu Hause, und ich begegnete ihr höchstens ab und zu im Flur, wenn sie die Post hochholte. Sie war Ende Zwanzig, stets stark geschminkt, trug vorzugsweise Miniröcke und Stöckelschuhe und kaute fortwährend Kaugummi. Meistens sah sie etwas übernächtigt aus, lächelte aber immer freundlich und hatte stets eine nette Bemerkung parat.

„Mir ist der Kaffee ausgegangen", begrüßte sie mich und hielt mir eine Tasse entgegen. „Hast du vielleicht mal zwei, drei Löffel voll für mich? Kriegst du natürlich gleich morgen wieder."

Zufälligerweise hatte ich noch ein knappes halbes Pfund, und ich gab die Hälfte davon in ihre Tasse, während sie sich ohne Scheu in meiner Wohnung umblickte. Es war ihr an der Nasenspitze abzulesen, daß sie meine Einrichtung für mehr als karg hielt und Mühe hatte, eine dementsprechende Bemerkung zu unterdrücken.

Mirjam lehnte sich an den Rahmen der Küchentür. „Studierst du? Oder hast du gerade keinen Job?" Sie blies ihr Kaugummi zu einer großen Blase auf und ließ sie laut platzen.

„Ich bin Studentin", antwortete ich und gab ihr die Tasse. „Und meinen Job bin ich vor drei Tagen losgeworden."

Sie nickte und machte keine Anstalten, sich zu verabschieden. „Was war denn das für ein Job?"

Ich erzählte ihr kurz von dem Supermarkt, rechnete aber nicht damit, daß sie weiter darauf einging.

„Und warum bist du geflogen?"

Sie blickte mich forschend an, als ich schwieg, dann faßte sie sich kurz in ihre dunkelblonden Locken und grinste. „Hey, ich will dich nicht ausfragen. Mir ist nur gerade eine Idee gekommen – vielleicht hab ich was für dich. Aber wenn sie dich gefeuert haben, weil du geklaut oder ständig verschlafen hast, kann ich kein gutes Wort für dich einlegen, klar?"

„Klar." Ich entspannte mich. „Nun, ich habe dem Filialleiter die Hoden gequetscht und die Nase blutig gehauen."

Sie vergaß ihr Kaugummi und starrte mich an. „Ach ja? Und warum? Hat er dich zu lange vollgequatscht?"

Nun mußte ich lächeln. „So könnte man es auch formulieren. Er war der Meinung, daß ich mir den Job dort mit einer kleinen Nebenleistung verdienen sollte."

Mirjam war beeindruckt. „Wow! Und da hast du ihn einfach verprügelt?" Ihre Augen glitten über meine Figur, und bevor ihr Zweifel an meinen körperlichen Fähigkeiten kommen konnten, erklärte ich ihr, daß ich seit Jahren regelmäßig Selbstverteidigung trainierte.

„Klasse", kommentierte sie. „Sollte ich vielleicht auch mal lernen."

Mirjam erzählte, daß sie als Bedienung in einer Kneipe mit einem etwas zweifelhaften Ruf arbeitete. „Aber wir sind ein tolles Team, und wir brauchen noch jemanden, der in der Küche mithilft oder sich auch mal aushilfsweise hinter die Theke stellt."

„Ich habe noch nie ein Bier gezapft", wandte ich zögernd ein.

„Na und? Das lernst du ganz schnell, und wie ein Schnitzel mit

Pommes und Gemüse in zehn Minuten auf den Tisch kommt auch." Plötzlich kicherte sie. „Wenn du dem Chef erzählst, daß du diesem Filialleiter an die Eier gegangen bist, kriegt der sich nicht wieder ein vor Lachen!"

Ich zögerte immer noch. „Und wie wäre die Arbeitszeit?"

„Na, ich schätze mal, so von abends acht bis eins."

„Wenn das Semester im Herbst wieder beginnt ..."

Sie winkte ab. „Bis dahin ist noch viel Zeit – verdien dir doch erst mal ein paar Mark. Na, was ist? Willst du dir den Laden nicht wenigstens anschauen?"

Doch, das wollte ich. Ich konnte es mir nicht leisten, ein Jobangebot unbesehen auszuschlagen. Am nächsten Tag nahm Mirjam mich mit, und ich konnte noch am selben Abend anfangen. Aus irgendeinem Grund mochte Karsten, der Chef, meine zurückhaltende Art, und er schien der Ansicht zu sein, daß ich genau die Mitarbeiterin war, die in seinem Team noch gefehlt hatte. Die Kneipe lief gut, und je später der Abend, desto bunter wurde die Mischung der Gäste. Ich arbeitete meist in der Küche, wo ich auf das Kommando einer fülligen Köchin namens Frauke zu hören hatte. Frauke war oft barsch und ungeduldig, aber ich achtete kaum darauf und tat einfach meine Arbeit. Als der Herbst nahte, hatte ich gut verdient und konnte außerdem weiterhin am Wochenende aushelfen.

Knapp ein Jahr später lernte ich Freddy, Karstens Steuerberater, kennen, denn zu diesem Zeitpunkt hatte er mich zusätzlich mit Buchführungsaufgaben betraut. Als ich mein Studium abschloß, konnte ich mir zum ersten Mal in meinem Leben einen Urlaub leisten, den ich in der Bretagne verbrachte, und nach meiner Rückkehr bekam ich eine Anstellung in Freddys Steuerberatungsbüro. Ich mußte häufig daran zurückdenken, daß der Kaffee für Mirjam mein Leben entscheidend verändert hatte.

Wenige Tage nach Ostern erhielt ich Post von Linda. Sie hatte die Texte hier und da überarbeitet und hoffte, wie sie schrieb, daß sie nun stimmiger waren und der Katalog in Druck gehen konnte. Ruth meldete sich und erzählte, daß weitere Bilder und zwei meiner Skulpturen verkauft worden waren. Eine davon war die Venusfigur, die ich wegen ihrer Weiblichkeit sehr liebte. Kaum jemand bemerkte, daß ihr Lächeln nicht nur als sinnlich, sondern auch als sehr angriffslustig gedeutet werden konnte.

„War es eine Käuferin oder ein Käufer?“ fragte ich.

„Ein Käufer“, antwortete Ruth.

Ich lächelte.

Katharina

Ich brauchte einige Tage, um wieder meinen gewohnten Rhythmus zu finden, während Paris immer grüner wurde und Linda durch meine Träume schlich. Die Straßencafés waren voller Menschen, und wann immer ich Zeit dazu fand, saß ich draußen oder am offenen Fenster und zeichnete oder war mit Nadine unterwegs. Doch obwohl ich mich mit allen Kräften auf meinen Alltag konzentrierte, spürte ich sehr genau, daß etwas nicht stimmte. Die übersprudelnde, frühlingshafte Heiterkeit um mich herum fühlte sich fremd an – so als gehörte ich nicht dazu. Plötzlich befand ich mich in tiefschwarzen Stimmungslöchern, und genauso abrupt und unvermutet wurde es wieder hell und friedlich. Aber es war ein trügerischer Frieden. Ich war noch nie ein depressiver oder von starken Stimmungsschwankungen beherrschter Mensch gewesen, und diese angstauslösenden Gefühle erschreckten und befremdeten mich.

An einem warmen Nachmittag Anfang Mai begleitete mich Pierre nach Hause. Wir hatten eine anstrengende Übung bei

Jacqueline hinter uns und diskutierten eifrig, als uns ein lautes Krachen unterbrach. An einer vielbefahrenen Kreuzung hatte ein Autofahrer die Vorfahrt mißachtet und war einem anderen Fahrzeug in die Seite gefahren. Ein ohrenbetäubendes Hupkonzert begann, und innerhalb weniger Augenblicke war die Straße verstopft, eine Menschentraube bildete sich um die Unfallstelle, und ich stand wie angewurzelt da, unfähig, mich zu rühren. Mein Herz stolperte, und ich hatte das Gefühl, daß sich meine Ohren mit Blut füllten. Die Erinnerungen an meinen Unfall vor knapp einem Jahr tauchten immer mal wieder auf und lösten Unruhe und Beklemmung aus, auf die ich mit bewußter Entspannung und Ablenkung reagierte. Doch das hier hatte eine völlig andere Dimension. Ich war wie versteinert und konnte mich erst wieder bewegen, als Pierres Schreien wie durch einen dichten Nebel zu mir vordrang.

„Katharina!" brüllte er in mein Ohr und schüttelte mich. „Was ist los mit dir?" Er zog mich von der Kreuzung fort und nahm mein Gesicht in beide Hände. „Du bist bleich wie ein Laken."

„Der Unfall", sagte ich leise. „Ich habe schreckliche Angst."

Pierre wußte, was im letzten Mai geschehen war. Er legte mir den Arm um die Schultern. „Komm, wir gehen was trinken."

Ich konzentrierte mich auf meinen Atem, und als wir ein paar Minuten später in einer Bar vor unserem Pastis saßen, hatte sich mein Puls beruhigt, und das Händezittern ließ allmählich nach. Ich mochte keinen Schnaps, dennoch trank ich gehorsam einen Schluck, als Pierre mich dazu aufforderte.

„Ist dir so was schon mal passiert?" fragte er. Seine Miene verriet tiefe Besorgnis.

„In dieser Form nicht, nein. Aber in letzter Zeit geht es mir nicht so gut. Ich fühle mich oftmals gedrückt und schwermütig und konnte mir das bisher nicht so recht erklären."

„Und nun meinst du, das könnte auch mit deinem Unfall zu tun haben?"

„Ich fürchte ja."

„Na, immerhin weißt du dann wenigstens, wo es herkommt."

Pierre nippte an seinem Pastis und war offensichtlich erleichtert, daß die Farbe in mein Gesicht zurückkehrte. Ich lächelte ihn an, und er grinste ein wenig verlegen. „Mach bloß keinen Mist. Ich mag dich nämlich ziemlich gern."

„Ich dich auch, Pierre."

„He, vergiß nicht, daß ich schwul bin!"

„Nein, das vergesse ich nicht." Ich lachte leise. Pierres fürsorgliche und aufheiternde Art tat mir gut.

Die Reaktion auf den Unfall ließ mich nicht mehr los. Ich wußte, daß so etwas wieder passieren würde, wenn ich nichts dagegen unternahm. Ich war so davon überzeugt, daß meine Angst vor der nächsten Schockwelle stündlich anzuschwellen schien und wie ein lebendiger Fremdkörper ihr Unwesen in mir trieb.

Ein paar Tage später sprach ich nach dem Unterricht kurzerhand Jacqueline an. Mir war selbst nicht ganz klar, warum ich mir von einer Kunstdozentin, und noch dazu von einer, die auf den ersten Blick alles andere als gesprächsbereit und offen wirkte, in dieser Situation kompetenten Rat erhoffte, aber als mich der Gedanke durchfuhr, wollte ich ihn sofort in die Tat umsetzen.

„Haben Sie ein paar Minuten Zeit?" fragte ich höflich und blieb vor ihrem Tisch stehen.

Sie packte ihre Notizen ein und blickte hoch. „Was gibt's?"

„Ich habe ein Problem, und aus irgendeinem Grund denke ich, daß Sie mir vielleicht weiterhelfen können."

„Soso. Na schön, machen wir einen kleinen Spaziergang?"

Wir gingen durch den Park in der Nähe der Kunstakademie, und auf einmal erfaßte mich die aberwitzige Vorstellung, daß ich all das vielleicht gar nicht wirklich erlebte, sondern immer noch im Koma lag. Oder längst tot war. Ich schluckte. Jacqueline warf mir einen kurzen Blick zu, und bevor sie mir eine Frage stellte, begann ich zu erzählen. Von dem Schmerz, dem Blut, der Gewißheit zu sterben, dem Aufwachen und dem Malen, den belastenden Erinnerungen und der plötzlichen Wucht der Gefühle, die mich kürzlich wie im Schock gefangengehalten hatten. Als ich geendet hatte, sagte sie zunächst gar nichts. Schließlich trafen wir auf eine Bank und setzten uns. Jacqueline holte einen Apfel aus ihrer Tasche und brach ihn mit ihren kräftigen Fingern entzwei. Das saftige Fruchtfleisch glitzerte in der Sonne. Sie reichte mir eine Hälfte.

„Mir ist vor vielen Jahren etwas ähnlich Schockierendes passiert – allerdings ist mir selbst nichts geschehen, nichts Körperliches zumindest", begann sie, als sie ihre Apfelhälfte aufgegessen und sich eine Zigarette angezündet hatte. „Ein guter Freund von mir ist beim Schwimmen ertrunken, und ich mußte hilflos zusehen. Ein paar Monate später hatte ich das Gefühl, die Geschichte überwunden zu haben, doch das war ein Irrtum. Scheinbar aus dem Nichts heraus, genau wie Sie es beschreiben, tauchten Angstgefühle auf, die immer stärker wurden und mir schließlich, ja, den Atem nahmen." Sie wandte sich mir zu, und in ihren Augenwinkeln erschien plötzlich ein winziges Lächeln. Sie nahm einen tiefen Zug von ihrer Zigarette und streifte die Asche ab. „Vielleicht haben Sie gespürt, daß wir eine ähnliche Erfahrung gemacht haben."

„Vielleicht", gab ich zu und blickte sie gespannt an. „Was haben Sie getan?"

„Ich habe gemalt wie eine Besessene und getrunken. Besser gesagt, beides gleichzeitig. Und ich habe nur ansatzweise verstanden, was in mir vorging. Irgendwann war ich ziemlich fertig. Eines Tages wachte ich auf und stellte fest, daß meine Lebensgefährtin mich verlassen hatte und ich pleite war. Ich war an meinem Tiefpunkt angelangt." Ihre Stimme wurde hart. „Ein paar Tage später hatte ich die verrückteste und wichtigste Begegnung meines Lebens. Ich ging auf den Jahrmarkt und fand mich auf einmal vor der Bude einer Wahrsagerin wieder. Mein Leben war ohnehin verpfuscht, warum also sollte ich nicht meine letzten *centimes* für irgendeinen Hokuspokus ausgeben?“ Sie warf mir einen schrägen Blick zu. „Und wissen Sie, was passierte? Kaum saß ich auf dem Kissen vor dieser alten, runzligen Frau, da heulte ich auch schon los. Sie schaute mich nur aus ihren fast grell wirkenden Augen an und nahm meine Hände, und ich verwandelte mich in ein schluchzendes Kleinkind.“

Ich schaute sie fasziniert an. Vor meinem inneren Auge entstand plötzlich das Bild einer hilflosen und zutiefst verstörten Jacqueline, und ich sah die alten Hände der Wahrsagerin und das bunte Kopftuch, das ihr Haar bedeckte.

„Es roch nach Jasmin, und viele Kerzen waren angezündet. Ein paar Bilder hingen an den Wänden, und auf dem Tisch lagen Karten und Steine, und natürlich gab es auch eine Glaskugel“, erzählte Jacqueline weiter. „Wie man es sich immer so vorstellt. ‚Was willst du von mir?‘ fragte die Alte. Ich erklärte ihr, daß ich nicht mehr weiter wüßte. Das war alles. Daraufhin lehnte sie sich zurück, schloß die Augen und sagte minutenlang kein einziges Wort. Als ich schon dachte, daß sie eingeschlafen war, öffnete sie die Augen plötzlich wieder und verkündete: ‘Ich habe eine Botschaft bekommen, die dir weiterhelfen wird, wenn du willst und bereit dazu bist. Spanne eine große Leinwand auf, die größte, mit der du je gearbeitet hast. Laß die Welle der Dunkelheit über dich rollen, und dann erst beginne zu malen, was du siehst und fühlst. Und nur das. Geh nicht dagegen an. Gestalte die Gefühle. So lange, bis du erschöpft und leer bist und die Leinwand gefüllt ist mit deinen Ängsten. Trinke dabei keinen Alkohol. Laß die Farbe trocknen. Dann zünde das Bild an. Verbrenne es vollständig. Sammle die Asche in einem Krug und streue sie über dem Fluß aus. Dann reinige dich, trinke viel Wasser, schlafe, iß und spanne eine neue Leinwand auf. Nun male ein Bild, das Hoffnung, Liebe und Frieden ausdrückt. Laß dir Zeit. Und wenn es fertig ist, hänge es so auf, daß dein Blick morgens, wenn du aufwachst, als erstes auf dieses Bild fällt.'" Jacqueline machte eine Pause und beobachtete zwei Spatzen, die sich um einen Brotkrumen stritten. „Wenn die Wahrsagerin mir geraten hätte, über glühende Kohlen zu laufen, hätte ich das damals wahrscheinlich auch getan. Vielleicht noch lieber, denn die Vorstellung, mich in diesen schwarzen Strudel fallen zu lassen, um ihn dann auch noch auf der Leinwand festzuhalten, statt vor ihm zu flüchten, wie ich es vorher getan hatte, war nicht sehr angenehm. Aber die Idee, das Ganze anschließend anzuzünden und die Asche über dem Fluß zu verstreuen, übte eine nachhaltige Faszination auf mich aus."

„Und – haben Sie es getan?" fragte ich, obwohl mir längst klar war, daß Jacqueline den Rat der Wahrsagerin befolgt hatte. Sonst hätte sie mir die Geschichte kaum erzählt.

„Ja. Nicht sofort, aber ein paar Tage später war es soweit. Ich habe mich genau an ihre Anweisungen gehalten. Es dauerte fast zwei Tage, bis das Ritual vollständig abgeschlossen war. Und wissen Sie, was das Erstaunlichste war? Der Badeunfall meines Freundes und die Furcht, die mich seitdem beherrschte, war nur die Spitze des Eisberges."

„Haben Sie die Wahrsagerin noch einmal wiedergesehen?"

„Ja. Als ich ein Jahr später wieder auf diesen Jahrmarkt ging, saß sie wie damals in ihrer Bude. Ich trat ein, dankte ihr und übergab ihr einen Blumenstrauß. Sie lächelte und sagte nichts." Jacqueline streckte die Beine und stand auf. „Verrückte Geschichte, nicht wahr?"

„Sie hat Ihr Leben verändert?"

„Natürlich."

Wir kehrten zur Akademie zurück. Jacqueline hatte noch zu tun, ich mußte nach Hause. An der Tür gab ich ihr die Hand und drückte sie fest. Ich fragte sie nicht, ob sie mir empfahl, das Ritual durchzuführen. Das war überflüssig.

Nadines Augen waren groß und glänzten, und sie war ganz aus dem Häuschen vor Aufregung, während ich den Zettel, den sie aus der Schule mitgebracht hatte, ein zweites Mal las.

„Für fünf Tage mit der ganzen Klasse nach Le Havre, Mama!" schwärmte meine Tochter. „Ich darf doch mit, oder?" Ihr Gesichtsausdruck verriet, daß sie felsenfest mit meinem Einverständnis rechnete.

Ich lächelte, denn Nadine sprach neuerdings auch mit mir immer häufiger Französisch. „Nun, warum solltest du nicht mitfahren? Allerdings wundere ich mich, daß du diesen Zettel erst jetzt mit nach Hause bringst – wo es doch schon Ende nächster Woche losgehen soll."

Sie schüttelte energisch den Kopf. „Das ist nicht meine Schuld. Ich bin doch neu in der Klasse, und die Lehrerin hat vergessen, daß wir noch nichts von der Fahrt wußten."

„Aha."

„Sie meint, du kannst mich ruhig mitfahren lassen – ich komme schon klar."

„Davon bin ich überzeugt."

Nadine strahlte und hüpfte trällernd in ihr Zimmer. Ich schaute ihr einen Moment nachdenklich hinterher. Was für ein denkwürdiger Zufall, dachte ich, daß ausgerechnet jetzt eine Klassenfahrt ansteht und Nadine für einige Tage nicht da sein wird. Kurz darauf machten wir uns zu einem ausgedehnten Einkaufsbummel auf den Weg. Nadine brauchte neue T-Shirts und Hosen, ich benötigte einige Malutensilien, und schließlich genehmigten wir uns ein Eis in unserem Lieblingscafé.

„Es ist schön hier, Mama, nicht wahr?" fragte Nadine.

„Meinst du das Café?"

„Nein, alles – die Schule und mit Pierre und den Rogers und überhaupt."

„Und überhaupt", wiederholte ich amüsiert. „Freut mich, daß du dich wohl fühlst. Hast du denn manchmal auch Heimweh?"

Nadine nickte ernst. „Mit Linda und Erik wäre es bestimmt noch schöner. Aber so ist es auch toll."

Ich war froh, daß meine Tochter sich problemlos eingelebt hatte. Unser Leben in Paris gefiel ihr, obwohl sie den Rest der Familie manchmal vermißte. Ich dachte an Linda und unser letztes Telefonat, das ich als eigentümlich zäh und angespannt empfunden hatte. Vielleicht war es aber auch meine eigene Stimmung gewesen, die das Gespräch unterschwellig bestimmt hatte, denn Linda hatte nicht ein einziges Mal davon gesprochen, daß sie mich vermißte oder traurig war, ganz im Gegenteil – sie hatte ausgesprochen munter geklungen. Während ich die vorbeiströmenden Menschen beobachtete und mir Gesichter und Gesten einzuprägen versuchte, dachte ich nicht zum ersten Mal darüber nach, ob ich ihr von meinem Gespräch mit Jacqueline erzählen sollte. Ich hatte Zweifel daran, ob Linda die Geschichte verstehen würde, und gleichzeitig waren mir meine Vorbehalte unangenehm.

Als ich mit Nadine nach Hause ging, wußte ich plötzlich, daß das Ritual nur mich allein etwas anging. Und genauso sicher war ich, daß Jacqueline außer mit mir noch mit niemandem über diese Erfahrung gesprochen hatte.

Es war dunkel, als ich aufwachte. Halb vier. Ich rieb mir erstaunt die Augen und setzte mich langsam auf. Bohrende Schmerzen umspannten meinen Kopf, und mein Gaumen wurde trocken, als ich spürte, wie etwas auf mich zu raste, das ich nicht benennen konnte. Als hätte jemand mein Herz entzündet, loderte ein wilder Schmerz in mir hoch, und gleichzeitig schwoll die Panik in mir an wie eine Preßwehe. Ich taumelte hoch, und die Bilder und Gesichter, die auf mich einstürmten, waren bizarr und schienen aus einer anderen Welt zu stammen. Leinwand und Farben lagen auf dem Fußboden bereit. Meine Hände zitterten, als ich die Tuben öffnete und nach einem Pinsel griff. Es gab nur noch das dunkle Rot, das alle Farben beherrschte. Selbst im schwärzesten

Schwarz glühte es mir entgegen. Ich malte, was vor mein inneres Auge trat, als würden die Verletzungen meiner Seele auf das Papier fließen. Der Unfall in Zeitlupe. Von meinen Fingern tropfte die Farbe, und ich zitterte, mal vor Hitze, mal vor Kälte. Der Schock, dachte ich und konnte meine Hände kaum ruhig halten. Die Angst. Mama, rief ich, so hilf mir doch! Geräusche, wie können Geräusche gemalt werden? Ein Gewitter. Ich bin ein kleines Kind und sitze zitternd im Bett. Der alte Mann am Fluß. Mein Vater weint, und ich weiß nicht, warum. Ich werde zerrissen. Nadine. Laßt mich nicht allein. Linda, wo bist du? Mir wurde übel, aber in dem Augenblick, in dem ich nach einer schier endlosen Zeitspanne dachte, mich würden die Kräfte verlassen, wich der Schmerz im Kopf mit gemächlichen Schritten zurück, bis er fast verblaßt war, während ich ihm nachfühlte. Im gleichen Rhythmus entspannten sich meine Hände. Ich kniete vor der Leinwand und spürte, daß meine Beine eingeschlafen waren. Farbgeruch erfüllte das ganze Zimmer. Es war hell. Nur mit großer Kraftanstrengung gelang es mir, aufzustehen und die Balkontür zu öffnen. Ich klammerte mich an sie und sog mit gierigen Zügen die frische Luft ein. Ich fühlte mich taub und leer. Die Geräusche der Straße drangen nur allmählich zu mir durch. Zehn Uhr.

Stück für Stück verbrannte ich die Leinwand und füllte einen Krug mit der Asche. Dann ging ich nach unten, setzte mich aufs Fahrrad, ein altes klappriges Gefährt, das ich auf dem Flohmarkt erstanden hatte, und fuhr in Richtung Seine. Ich hatte mich nicht gewaschen und nur einen alten Trainingsanzug übergezogen, und hin und wieder trafen mich erstaunte Blicke von Passanten und Autofahrern. Der Fluß war trübe. Er nahm die Asche auf und saugte sie in seine Strömung. Nach meiner Rückkehr öffnete ich alle Fenster, reinigte die Pinsel, putzte das Wohnzimmer und stellte mich unter die heiße Dusche. Dann trank ich mehrere Gläser Wasser und legte mich ins Bett. Der Schlaf kam über mich wie eine tiefe Bewußtlosigkeit.

Als ich aufwachte, war es neun Uhr abends. Ich war körperlich erschöpft, aber mein Kopf fühlte sich leicht an, und mein Herz klopfte ruhig und gleichmäßig. Es war schön, nicht sprechen zu müssen. Ich aß mit großem Genuß. Dann spannte ich eine neue Leinwand auf, die ich diesmal auf die Staffelei stellte. Ich malte ohne jegliches Konzept. Die Pinselstriche fügten sich aneinander, und etwas nahm Gestalt an, während ich staunend zusah und mich an ihrer Leichtigkeit erfreute – eine nackte Frau, die sich lachend im Gras wälzt. Ihr Schamhaar kringelt sich übermütig. Ein junger Baum, hinter dem eine zweite Frau steht und sich auszieht. Sie ist braungebrannt, und ihre Schenkel sind kräftig. Ein Korb mit Früchten und Käse, der appetitlich glänzt. Im Hintergrund das Meer, auf dem zwei Fischerboote schaukeln. Ein Felsen, auf dem eine alte Frau sitzt und ihr Gesicht mit geschlossenen Augen in die Sonne hält. Kinder tollen ausgelassen herum.

Ich arbeitete langsam und ruhig, machte Pausen, um zu trinken und zu essen und meine Muskeln zu entspannen. Als ich fertig war, ging die Sonne auf. Ich hängte das Bild ins Schlafzimmer. Dann setzte ich mich aufs Bett, schaute es an und weinte. Frieden.

Eine Woche später fragte mich Jacqueline nach dem Unterricht, ob ich Lust hätte, an einer Ausstellung mitzuwirken, die sie regelmäßig mit einigen Studentinnen und Studenten organisierte – sofern genügend begabte darunter waren, wie sie etwas barsch, aber augenzwinkernd hinzufügte.

„Aber natürlich“, gab ich hocherfreut zurück. „Für wann ist die Ausstellung denn geplant?“

„Von Mitte Juli bis Ende September im Café Beaux Arts. Vielleicht auch länger. Wenn Sie Glück haben, verkaufen Sie sogar etwas. Allerdings müssen alle Beteiligten kräftig mit Hand anlegen.“

Ich nickte. „Gestaltung der Räume, zu festen Zeiten anwesend sein, Werbung, Smalltalk und so weiter.“

„Genau." Sie blickte mich prüfend an. „Haben Sie Erfahrung in dem Bereich?"

„Zu Hause gehöre ich einer Künstlerinnengruppe an." Ich lächelte verlegen. Das klang sehr großspurig, obwohl es den Kern der Sache durchaus traf. „Wir sind mittlerweile fünf Frauen, die regelmäßig ihre Arbeiten ausstellen – in einer alten Scheune auf dem Land."

„Dann wissen Sie ja ungefähr, was auf uns zukommt", entgegnete Jacqueline.

Plötzlich fiel mir ein, daß ab Anfang August das Einführungsseminar des Grundschullehrerprogramms begann und mit dem neuen Schuljahr meine freie Zeit erheblich beschnitten sein würde. Ich erzählte Jacqueline davon, aber sie winkte sofort ab.

„Das läßt sich alles organisieren", erwiderte sie. „Fürs erste treffen wir uns regelmäßig, besprechen unsere Arbeiten und verteilen Aufgaben."

Wir schwiegen einen Moment, dann sah sie auf und blickte mir direkt in die Augen. „Wie geht es Ihnen?"

Ich wußte sofort, was sie meinte. Obwohl erst wenige Tage seit jener Nacht vergangen waren, hatte ich manchmal das Gefühl, sie würde Monate zurückliegen. Dann wieder war die Erinnerung frisch und lebendig wie eben Erlebtes, ohne mich jedoch zu ängstigen. Ich war eher verwundert.

„Danke, sehr gut", antwortete ich und suchte erfolglos nach den Worten, die ich mir für diesen Augenblick zurechtgelegt hatte. „Es war ein tiefgreifendes Erlebnis", sagte ich schließlich unsicher. „Und ich ..."

„Natürlich", unterbrach sie mich freundlich. „Belassen wir es dabei."

Ich blickte ihr stumm nach, als sie den Raum verließ. Draußen wartete Pierre auf mich, der schließlich den Kopf zur Tür hereinsteckte.

„Wie lange willst du da noch ergriffen herumstehen?" frotzelte er. „Hast du vergessen, daß wir mit Monique und Brigitte verabredet sind und die beiden im Café auf uns warten?"

Nein, das hatte ich nicht vergessen. Ich packte meine Sachen zusammen.

„Du findest sie ziemlich toll, was?" fragte Pierre, als wir die Treppe hinuntergingen.

„Und ob."

„Und was macht dein Herzblatt im fernen Deutschland?"

Ich schüttelte lachend den Kopf. „Ich glaube, du mißverstehst hier was."

„Bist du sicher?"

„Ganz sicher. Und wenn wir schon dabei sind – was macht denn dein Herzblatt so? Warum bekomme ich ihn nie zu Gesicht?"

Pierre blieb abrupt stehen, und ich bereute meine vorwitzige Bemerkung augenblicklich. Das Lachen auf seinem schönen Gesicht war verschwunden.

„Er ist ein angesehener Geschäftsmann. Verheiratet, zwei Kinder", sagte Pierre leise. „Hin und wieder hat er Phantasien, die er mit mir auslebt. Wenn du es genau wissen willst – er bezahlt mich für meine Dienste. Und er bezahlt mich gut, verstehst du? Ansonsten könnte ich mir nämlich dieses Studium gar nicht leisten."

Damit drehte er sich um und ging weiter. Ein paar Sekunden später war ich wieder an seiner Seite. „Es tut mir leid. Ich wollte nicht ..."

„Schon gut, vergiß es. Ich bin ganz froh, daß du es jetzt weißt." Er setzte ein Grinsen auf, das aber eher bekümmert wirkte. „Ich hoffe nur, es ändert sich nichts zwischen uns."

Ich nahm seine Hand und drückte sie fest. „Natürlich nicht. Was sollte sich denn ändern?"

„Na ja, nicht jeder oder jede kommt mit einer Hure als Freund klar."

„Hältst du dich selbst für eine Hure?" fragte ich.

„Ja“, antwortete er knapp. Er schaute mich an, und ich wich seinem Blick nicht aus.

Den Rest des Weges legten wir Hand in Hand und schweigend zurück.

Linda

Bettina zog die Nase kraus und seufzte tief, während ich ihr ein zweites Stück Kuchen auf den Teller legte.

„Na ja“, brummte sie und spießte zwei dicke Streusel auf ihre Gabel. „Die Idee, ein verlängertes Wochenende auf dem Bauernhof zu verbringen, mag sich wundervoll romantisch und naturverbunden anhören, gerade für Kinder. Aber ich erinnere mich noch düster an unsere Herbstferien vor vielen Jahren, da waren die Zwillinge noch nicht geboren, und wir meinten, Julia und Kevin mal so ganz nah mit dem bäuerlichen Leben vertraut machen zu müssen. Das war ein ziemlicher Reinfall, kann ich dir sagen.“

„Warum?“ fragte ich. Wie ich Bettina kannte, würde sie den ländlichen Urlaub in der Rückschau zu einer unvergeßlichen Katastrophe ausbauen.

„Warum?“ gab sie entrüstet zurück. „Du kannst vielleicht Fragen stellen! Direkt vor den Schlafzimmerfenstern krähte jeden Morgen um fünf Uhr der Hahn, und die Kinder waren ab diesem Moment hellwach. Krähte er mal nicht, waren sie auch wach – um uns oder vielmehr mir mitzuteilen, daß der Hahn verschlafen hätte. Die Frühstückseier mußtest du dir selbst zusammensuchen. Hast du schon mal versucht, eine Henne von ihren frischgelegten Eiern zu vertreiben? Also, ich kann dir sagen, ich hatte ständig das Gefühl, ihr die langersehnten Wunschkinder wegzunehmen.“

Ich kicherte. „Und sonst?“

„Und sonst lief Kevin mit Gummistiefeln durch die Gegend, an denen ständig drei Kilo getrockneter Kuhfladen klebten, Julia schleppte tote Mäuse an, die ihr die Katze zu Füßen gelegt hatte, ich mußte an einem Brotbackkurs teilnehmen, der meine persönliche Entwicklung nicht entscheidend vorantreiben konnte, und Markus verzog sich mit drei Zeitungen und seinen geliebten Asterixheften auf den Dachboden. Noch Fragen?"

„Allerdings", erwiderte ich vergnügt. „Wieso kommt ihr dann überhaupt wieder auf den Gedanken, auf einen Bauernhof zu fahren?"

„Ganz einfach – weil sich im Rückblick die Realität doch beträchtlich verschleiert, jedenfalls bei meinem Gatten. Markus tut gerade so, als hätten wir damals zweite Flitterwochen verbracht, dabei haben wir in den vierzehn Tagen lediglich zweimal miteinander geschlafen. An das eine Mal erinnere ich mich überhaupt nicht mehr, und das zweite Mal löst noch nachträglich einen Schauer des Grauens aus."

„Wie schade. Und wieso?"

„Wir haben uns spät in der Nacht ins Heu geschlichen – Markus muß irgendeinen bescheuerten Film mit so einer Szene gesehen haben, denn er war ganz wild darauf. Ich hingegen hatte einen langen und anstrengenden Tag hinter mir, war die Nacht zuvor dreimal aufgestanden, weil die Kinder Durst hatten, aufs Klo mußten oder von überdimensionalen Biomastkühen geträumt hatten. Aber was tut frau nicht alles, um den Gatten bei Laune zu halten? Ich bin also mit ihm über den nächtlichen Hof gestolpert, durch undefinierbare Pfützen gewatet, während ich von duftenden Seidenkissen träumte, und dann eine steile Leiter hinaufgeklettert, auf der ich mir fast den Hals gebrochen hätte. Endlich lagen wir dann im Heu. Hast du schon mal im Heu gelegen?"

Ich konnte mich nicht erinnern, aber das war auch nicht weiter wichtig.

„Tu es nicht!“ beschwor mich Bettina, bevor ich antworten konnte. „Es ist alles, nur nicht romantisch. Überall piekt und sticht es. Und wenn ich überall sage, dann meine ich auch überall! Außerdem leben dort unzählige Tierarten, und ich hatte die ganze Zeit das ausgesprochen unangenehme Gefühl, sie würden mir in jede meiner Körperöffnungen krabbeln. Nun“, sie schüttelte den Kopf, „Markus schien das weniger zu interessieren. Er kam so richtig in Fahrt, fummelte in der Dunkelheit nach seinem Kondom, und dann passierten zwei Dinge gleichzeitig.“

Ich blickte sie gespannt an, während meine Mundwinkel unkontrolliert zu zucken begannen.

„Erstens bekam ich mit, daß wir nicht das einzige Paar im Heu waren, denn ungefähr drei Meter weiter hörte ich leise, aber deutlich vernehmbar eine Frau, die offensichtlich ähnliche Probleme hatte wie ich. Sie wies ihren Liebhaber darauf hin, daß sie es ganz und gar nicht erotisch fände, daß ihr Rücken wahlweise entweder auf dem Holzboden aufgeschürft oder aber von tausend Nadeln durchbohrt wurde.“

„Und zum zweiten?“ gluckste ich.

„Das Kondom war kaputt“, gab Bettina ungerührt zurück. „Wahrscheinlich von Strohhalmen durchlöchert. Auf diese Weise sind die Zwillinge entstanden. Vielleicht kannst du mich jetzt besser verstehen.“

Ich brach in schallendes Gelächter aus.

„Aber immerhin ist Markus' guter Wille deutlich zu erkennen“, gab ich eine Weile später zu bedenken. „Ein kleiner Urlaub kann euch beiden sicherlich nicht schaden, und so einen Vorschlag hat er doch schon eine halbe Ewigkeit nicht mehr gemacht.“

„Stimmt. Aber mich kriegen keine zehn Pferde mehr auf einen Bauernhof! Da muß er sich schon was anderes ausdenken.“

Bettina sah höchst zufrieden aus. Markus' Interesse an ihr war um ein Vielfaches gestiegen, seitdem sie ihm von ihrer Affäre mit

Hardy erzählt hatte. Wir schauten fast gleichzeitig nach den Kindern, die durch meinen Garten stürmten, sich um Schaufeln und Fahrräder stritten und sich immer genau in dem Augenblick wieder vertrugen, wenn eine von uns aufstand und Anstalten machte, energisch einzugreifen.

Der Mai war bereits sommerlich warm. Unwillkürlich dachte ich an Katharina und daran, daß ich mir vorgenommen hatte, meine Gedanken nicht mehr so häufig von ihr bestimmen zu lassen. Manchmal verspürte ich den dringenden Wunsch, laut aufzuschreien und irgendeinen Gegenstand an die Wand zu werfen, doch meistens gelang es mir, dieses Gefühl zu unterdrücken und mich abzulenken. Seit kurzem joggte ich wieder regelmäßig, und die körperliche Herausforderung tat mir gut. Dreimal in der Woche lief ich morgens um sechs an den dunstverhangenen Feldern entlang, hörte nur mein angestrengtes Schnaufen und die spärlichen Geräusche des erwachenden Tages. Es bereitete mir tiefe Genugtuung, gegen die schmerzenden Waden und die stechende Lunge anzulaufen und schweißtriefend zurückzukehren, um dann in aller Ruhe zu duschen und mit Erik zu frühstücken.

„Und wie läuft's sonst so zwischen euch?" wandte ich mich wieder an Bettina.

Sie grinste mich an. „Nun, er beobachtet mich mit Argusaugen, ruft zweimal am Tag an und will abends immer sehr früh ins Bett – mit mir. Darüber hinaus geht er mal wieder freiwillig einkaufen und läßt neuerdings seine schmutzige Wäsche nicht einfach herumliegen. Es sieht fast so aus, als hätte er begriffen, daß die große Plastikbox im Badezimmer als Behälter für Schmutzwäsche dient. Das ist doch schon was, oder?" Sie schlug mit der Gabel an den Tellerrand. „Gestern abend hat er mir sogar vorgeschlagen, doch mal ein Jahr mit dem Unterrichten auszusetzen und zu Hause zu bleiben – weil die Kinder mich ganz schön schlauchen würden."

Ich blickte sie argwöhnisch an. „Das wirst du doch nicht machen?"

Bettina schüttelte den Kopf. „Um Gottes willen. Außerdem geht es ihm wohl nicht nur darum, daß ich plötzlich meine Kräfte schone."

„Hardy und andere nette junge Männer?"

„Natürlich. Es fände es wohl beruhigender, mich zu Hause zu wissen, und ich genieße natürlich seine besondere Fürsorge. Aber der Vorschlag ist vollkommen indiskutabel."

Ich verschränkte die Arme vor der Brust. „Und was ist nun mit Hardy?"

Sie tat es mir nach und grinste verschmitzt. „Wir mögen uns immer noch."

Ich ließ die Arme langsam wieder sinken. „Wie meinst du das?"

„So, wie ich es sage. Wir flirten nach wie vor miteinander."

„Aha."

„Aber das ist es dann auch schon."

Bettina vertiefte das Thema nicht, und ich verkniff mir weitere Fragen. Wenig später rief sie nach den Kindern, und ich begleitete sie zum Auto. Bettina gab mir einen Kuß und setzte sich hinters Steuer.

„Grüß Katharina, wenn ihr miteinander telefoniert", sagte sie noch, schlug die Tür zu und fuhr winkend davon.

Ich ging zurück ins Haus und fand meinen Sohn auf dem Fußboden ausgestreckt vor dem Fernseher, in dem zwei Comicfiguren einander offensichtlich nach dem Leben trachteten. Ich schaltete auf die Nachrichten um, ließ Eriks wütenden Protest ungerührt über mich ergehen und kümmerte mich nebenbei ums Abendbrot. Fünf Minuten später hatte er sich wieder beruhigt, und wir aßen friedlich zusammen. Mein Sohn und ich kamen wieder zunehmend besser miteinander klar, obwohl er nach wie vor ungeduldiger und aggressiver war als früher. Ich hatte festgestellt, daß seine Wut um so schneller verrauchte, je gelassener und konsequenter ich auf ihn reagierte, aber das gelang mir natürlich auch nicht immer.

Als der Junge im Bett war, rief ich Katharina an. Sie erzählte von einer geplanten Ausstellung und meinte dann plötzlich unvermittelt, daß es ihr inzwischen wieder viel besser ginge.

„Ging es dir denn schlecht?“ fragte ich verblüfft nach. Ich konnte mich nicht daran erinnern, daß sie bei unserem letzten Telefonat von Problemen, welcher Art auch immer, erzählt hatte.

Einen Moment war es still in der Leitung. Dann räusperte sich Katharina, und ich sah sie auf einmal vor mir, wie sie den Hörer in der rechten Hand hielt und mit der linken ihr Haar über die Schulter zurückstrich, wie sie den Mund spitzte und die Augen auf einen imaginären Punkt richtete, um sich zu konzentrieren und die richtigen Worte zu finden.

„Schlecht ist vielleicht der falsche Ausdruck“, hob sie dann wieder an, um sofort erneut zu verstummen.

Sie will gar nicht mit mir reden, dachte ich. Vielleicht habe ich beim letzten Gespräch nicht richtig zugehört, und es ist ihr zu aufwendig, nun weiter auszuholen. Ich schluckte. „Na, dann sag mir doch den richtigen Ausdruck.“ Ich hatte das untrügliche Gefühl, daß sich die tausend Kilometer zwischen uns immer weiter ausdehnten.

„Es ist mir vieles durch den Kopf gegangen in den letzten Wochen. Auch noch mal der Unfall. Dabei hatte ich gedacht, daß ich ihn längst verarbeitet hätte, aber das war ein Trugschluß“, sagte sie schließlich langsam.

„Ein so einschneidendes Erlebnis ist nicht mal eben so zu den Akten zu legen“, erwiderte ich nachdenklich. Natürlich nicht. Warum zögerte sie so geheimnisvoll?

„Nein, wirklich nicht“, bekräftigte sie auf einmal munter. „Vielleicht ist es genau das gewesen, was ich lernen mußte. Und wie sieht es bei euch aus?“

Der abrupte Themenwechsel versetzte mir einen Stich, doch ich ging nicht darauf ein. Keine fünf Minuten später beendeten wir das Gespräch, und mir fiel erst im nachhinein ein, daß wir den geplanten Urlaub immer noch nicht besprochen hatten. Eriks Sommerferien begannen erst Ende Juli, und soweit ich wußte, war Katharina ab der zweiten Augustwoche mit dem Einführungsseminar für ihren Unterricht beschäftigt. Es wurde also höchste Zeit, konkrete Termine festzulegen. Nächstes Mal, dachte ich, brachte das Telefon in den Flur und meine Kaffeetasse in die Küche. An der Pinnwand blieb ich stehen und riß einen Zettel ab, auf dem ich mir *Ricarda/Katalog* notiert hatte. Die Texte hatte ich überarbeitet und Ricarda längst zugeschickt. Offensichtlich waren sie in Ordnung gewesen, denn sie hatte sich nicht mehr gemeldet. Dafür hatte Ruth angerufen und gefragt, ob ich nicht am Wochenende in Mariental vorbeischauen wollte. Ricarda brächte die druckfrischen Kataloge mit.

Die Kundin lächelte zustimmend und entschloß sich schließlich, von dem Dutzend Romane und Anthologien, die ich ihr im Verlauf einer guten Dreiviertelstunde vorgeschlagen hatte, ein dünnes Prosabändchen zu kaufen. Die Entscheidung fiel ihr offensichtlich nicht leicht, denn während ich ihr eine Quittung ausstellte, nahm sie es immer wieder in die Hand und musterte es kritisch. Ich unterdrückte ein genervtes Seufzen und beeilte mich mit dem Kassieren.

„Damit können Sie wirklich nichts falsch machen“, betonte ich und gab ihr das Wechselgeld. „Ihre Schwester wird sicherlich Freude daran haben.“

Sie wiegte nachdenklich den Kopf, und ich atmete erleichtert auf, als sie endlich den Laden verlassen hatte.

„Meine Güte, war das eine schwierige Geburt“, sagte ich zu Anna, die gerade aus dem Büro trat. „Nächstes Mal bist du wieder dran.“

Anna lachte. „Das geht jetzt seit zehn Jahren so. Ich vermute, daß sie gar kein Buch kaufen, sondern sich einfach nur ein bißchen unterhalten will. Du kannst froh sein, daß sie überhaupt eine Entscheidung getroffen hat. Nimm es mit Humor."

Bevor ich etwas erwidern konnte, klingelte das Telefon. Anna ging an den Apparat und rief dann nach mir. „Kommst du mal, Linda? Es ist Corinna. Sie ruft aus Berlin an."

Ich ging rasch ins Büro und nahm den Hörer entgegen. „Corinna?"

„Ja, stell dir vor, ich bin es. Hast du zwei Minuten Zeit?"

„Auch fünf Minuten. Alles in Ordnung bei dir?" Ich schrieb ihr hin und wieder einige Zeilen, und alle paar Wochen telefonierten wir länger miteinander, doch um mich vormittags in der Buchhandlung anzurufen, mußte sie schon einen triftigen Grund haben.

„Aber ja doch", antwortete sie. „Alles bestens. Was hältst du davon, wenn ich am Wochenende nach Wolfsburg komme? Ich habe ein paar Tage frei."

„Da halte ich jede Menge von", gab ich aufgekratzt zurück. „Wann genau kommst du? Und nimmst du den Wagen?"

„Ja. Ich fahre am späten Freitagabend los."

„Ich freue mich."

„Ja, ich mich auch."

Seit Corinna vor drei Monaten nach Berlin gegangen war, hatten wir uns nicht mehr gesehen, und auf einmal spürte ich, wie sehr ich sie vermißte und daß ich Angst hatte, unsere Freundschaft würde oberflächlich werden und schließlich im Sande verlaufen. Im Grunde war Corinna genauso weit weg wie Katharina, und unsere Leben berührten sich kaum noch.

Auf den ersten Blick hatte sie sich kaum verändert. Ihr Gesicht war so schmal wie immer, und die grünen Augen leuchteten mir freudig entgegen. Sie trug dunkelblaue Jeans, ein weißes Leinenhemd und Ledersandalen. Ihre Umarmung war herzlich, und ich roch, daß sie ein neues, blumigeres Parfüm benutzte. Ich hatte im Wohnzimmer einen Salat, Brot und Käse bereitgestellt, und als sich Corinna behaglich auf dem Sofa zurücklehnte, bot ich ihr etwas zu trinken an. Sie schaute mir ruhig zu, während ich ihr ein Glas Saft einschenkte, und ich fragte mich, ob sie die Befangenheit zwischen uns genauso wahrnahm wie ich. Fast hatte ich vergessen, wie eindringlich ihr Blick sein konnte, und ich war erleichtert, daß sie schließlich anfing, von ihrem Job zu erzählen, von der anstrengenden, zum großen Teil nächtlichen Arbeit, den jungen Prostituierten, die fast noch Kinder waren und bei denen es ihr oft schwerfiel, ihre persönlichen Gefühle herauszuhalten.

„Ist es das, was du dir vorgestellt hast, als du nach Berlin gegangen bist?“ fragte ich, als eine Pause eintrat und Corinna Tomaten und Mozzarella auf ihren Teller tat.

Sie schlug die Beine übereinander und nickte. „Ungefähr, ja. Es ist ein harter Job, aber mein Leben besteht nicht nur aus der Arbeit. Ich besuche Konzerte und Lesungen und lerne neue Leute kennen.“ Sie lächelte auf einmal verlegen. „Und frisch verliebt bin ich auch.“

„Ach?“ Das neue Parfüm, dachte ich und blickte sie neugierig an.

„Sie heißt Meike, ist Anfang Dreißig, schreibt gerade ihre Doktorarbeit in Soziologie und arbeitet in einem Café, in dem du auch morgens um vier noch knackig frischen Salat bekommst. Da haben wir uns kennengelernt. Sie ist ein wahres Energiebündel.“

„Wie sieht sie aus?“

Corinna lachte. „Toll, natürlich. Dunkelblond, blaue Augen, zierlich. Ungefähr deine Figur.“

Ich ging jede Wette ein, daß ihr die letzte Bemerkung unbedacht herausgeschlüpft war, aber wahrscheinlich hätte ich gar nicht gestutzt, wenn Corinna nicht so abrupt verstummt wäre. Also doch, dachte ich, während sie die Tomaten von einer Seite des Tellers auf die andere schob. Ihre Gefühle für mich waren nicht nur freundschaftlicher Natur gewesen. Ich fing ihren Blick ein und lächelte sie herzlich an. „Und – bist du glücklich?"

Sie nickte rasch und legte die Gabel beiseite. „O ja, sehr."

„Das freut mich. Was ist eigentlich mit Tom? Siehst du ihn manchmal?" wechselte ich das Thema, und Corinna griff es freudig auf.

„Im Grunde macht er das gleiche wie ich", erwiderte sie. „Hat sich in die Arbeit gestürzt und tigert durch die Großstadt. Das Projekt, an dem er mitwirkt, nimmt langsam Gestalt an. Nur eines stört ihn: daß er ständig erstaunte Blicke erntet, wenn klar wird, daß er eben nicht schwul, ja noch nicht mal bi ist."

Ich grinste. „Verkehrte Welt, was?"

Corinna nickte.

„Und wie geht es ihm gesundheitlich?"

„Nach wie vor gut. Er läßt sich regelmäßig untersuchen, schluckt brav seine Medikamente und hält sich fit. Außerdem liest er so ziemlich alles, was der Markt zum Thema Aids und HIV-positiv zu bieten hat."

Einen Moment hingen wir beide unseren Gedanken nach, dann lehnte Corinna sich zurück.

„Und du?" fragte sie. „Was geht so in dir vor?"

Du liebe Güte, dachte ich, auf diese Frage kann ich entweder mit einem ganzen Roman oder aber gar nicht antworten. Ich zuckte die Achseln, obwohl mir klar war, daß sie mich damit nicht davonkommen lassen würde.

„Schwer zu sagen", antwortete ich dann.

Sie lächelte. „Und wenn du dir ein bißchen Mühe gibst?"

Ich lächelte gezwungen zurück. „Na schön. Achtzig Prozent meines Lebens bestehen aus Arbeit. Zehn Prozent verwende ich darauf, Katharina aus meinen Gedanken zu vertreiben, und die restlichen zehn verbringe ich damit, mir einzureden, wie phantastisch ich die Situation doch bewältige. Das klappt meistens ganz gut." Ich hörte selbst, daß meine Stimme gepreßt klang, doch ich machte eine wegwerfende Handbewegung und schaute Corinna in die Augen. „So ungefähr sieht es bei mir aus."

Sie nickte langsam. „Also – wenn ich dich richtig verstanden habe, verschwendest du derzeit zwanzig Prozent deines Lebens?"

Ich hätte mit einer solchen Erwiderung rechnen müssen, doch nun war es zu spät, dem Gespräch eine unverfängliche Wendung zu geben.

„Wenn du es so betrachten willst", gab ich kühl zurück. „Mir hilft es jedenfalls, einigermaßen klarzukommen."

„Bist du sicher? Ich habe eher den Eindruck, daß du dich ziemlich quälst. Warum meinst du, Katharina aus deinen Gedanken vertreiben zu müssen?"

„Na, warum wohl?" antwortete ich heftig. „Ich brauche ein bißchen Abstand, inneren Abstand. Katharina und ich leben in völlig unterschiedlichen Welten. Sie macht ihr Ding, ich versuche, meins zu machen. Das ist doch ganz logisch."

„Im Grunde schon."

„Aber?

Corinna beugte sich vor. „Du klingst so bitter und verloren. Und so abweisend."

„Ach?" Mein Ton war jetzt sehr ironisch. „Und dagegen kann man deiner Meinung nach sicherlich auch was tun, nicht wahr?"

„Natürlich – möchtest du auch hören, was?"

„Nur zu."

„Akzeptiere ihre Entscheidung endlich und fang an, etwas für dich zu tun. Und zwar ohne dich von Katharina abzuwenden."

Der erhobene Zeigefinger schien das halbe Wohnzimmer auszufüllen. Ich wischte ihn beiseite und zog die Augenbrauen hoch. „Na klar, vielleicht sollte ich mit Ikebana anfangen. Oder mit Klöppeln. Das wäre doch mal was. Und Katharina bekommt die ersten Ergebnisse zugeschickt."

Corinna nahm meine sarkastische Bemerkung ungerührt hin. „Wenn es dir Spaß macht."

Ich stand rasch auf und begann den Tisch abzuräumen. Corinna half mir. In der Küche legte sie mir eine Hand auf die Schulter, doch bevor sie etwas sagen konnte, schüttelte ich den Kopf. „Laß gut sein, Corinna. Ich weiß ungefähr, was du mir sagen willst, aber Moralpredigten und kluge Ratschläge vertrage ich im Augenblick nicht so gut. Nach Katharinas Besuch zu Ostern habe ich mir vorgenommen, ein wenig Abstand zu gewinnen und mich nicht länger vor Sehnsucht zu verzehren. Das klappt, wie gesagt, ganz gut, selbst wenn es für dich nach Bitterkeit klingen mag." Ich kehrte ihr den Rücken zu und holte Kaffeetassen aus dem Schrank.

„Du bist so unglaublich hart zu dir selbst", sagte Corinna einen Moment später leise, nahm mir die Tassen ab und ging wieder hinüber ins Wohnzimmer.

Ich starrte ihr schweigend hinterher.

Am Samstagvormittag brachten wir Erik zunächst bei Jan vorbei und fuhren dann nach Helmstedt, wo Corinna mit ihrem Sohn Bernd verabredet war. Ich hatte mich entschlossen, in der Scheune vorbeizuschauen. Als ich ankam, standen Ruth, Nicole und Ilona dicht beieinander und blätterten mit gespannten Mienen den druckfrischen Katalog durch. Ricarda lehnte etwas abseits an der Kaffeebar und schaute den Frauen gleichmütig zu. Sie trug enge, ausgewaschene Jeans und eine kurze weiße Bluse. Gesicht und Arme waren zart gebräunt. Sie wandte den Kopf, als ich eintrat, und ein kaum wahrnehmbares Lächeln zeigte sich in ihren Augen. Eine feine goldene Kette blitzte an ihrem Hals auf.

„Hallo, Linda", sagte sie und streckte zur Begrüßung die Hand aus. „Sie kommen gerade rechtzeitig."

Ruth drückte mir ein Exemplar des Katalogs in die Hand, und ich schlug ihn neugierig auf, während ich mich fragte, ob es irgend etwas gab, was Ricarda aus ihrer Ruhe und Gelassenheit aufscheuchen konnte. Ich spürte, daß ihr Blick auf mir lag, und als ich den Kopf hob, zog sie fragend eine Augenbraue hoch. „Gefällt er Ihnen?"

Ja, er gefiel mir. Ich entdeckte zwei Kommafehler, verkniff es mir aber, darauf hinzuweisen.

„Damit können wir einiges hermachen", warf Ruth beeindruckt ein. Nicole und Ilona nickten gleichzeitig.

„Der Meinung bin ich auch", kommentierte Ricarda. „Wie geht es nun weiter?"

„Ein großer Stapel muß natürlich hier in der Scheune ausliegen", sagte Nicole. „Die Adressen der meisten Kunden haben wir – sie sollten ein Exemplar geschickt bekommen. Tja, und dann müssen wir uns wohl die Mühe machen und Helmstedt, Wolfsburg und Braunschweig samt Umland abklappern. Buchhandlungen, Volkshochschulen, Cafés und so weiter." Sie schaute uns der Reihe nach an. „Oder wie seht ihr das?"

Ilona gähnte demonstrativ, räusperte sich aber schnell, als sie Ricardas prüfenden Seitenblick bemerkte. „Na schön, ich kümmere mich um Helmstedt."

Ruth und Nicole wollten Königslutter, Schöningen und Wolfenbüttel übernehmen. Braunschweig und Wolfsburg gingen an Ricarda und mich.

„Und was macht ihr, wenn eure Arbeiten innerhalb der nächsten Wochen samt und sonders verkauft werden?" fragte ich zum Schluß halb im Scherz.

„Wir bemühen uns, für Nachschub zu sorgen", erwiderte Ricarda. „Vielleicht haben Sie ja auch ein paar nette Ideen."

„Ich bin keine Künstlerin", gab ich ruhig zurück. „Noch nicht mal Lebenskünstlerin." Ich biß mir auf die Zunge, aber es war zu spät – und ich hätte mich dafür ohrfeigen können.

Nicole und Ilona grinsten verhalten, Ruth zuckte mit den Achseln, und Ricarda schaute mich nur an. Still und aufmerksam und eine winzige, aber unverkennbare Spur ironisch. Ich fühlte mich unbehaglich, und dann stieg Wut in mir hoch.

„Schickst du Katharina einen Katalog zu?“ fragte Ruth in die unangenehme Stille hinein, und ich nickte, packte mir eilig ein paar Dutzend Exemplare ein und verabschiedete mich.

Als ich im Auto saß und den Motor anließ, sah ich, daß Ricarda vor die Scheune trat. Sie winkte nicht, sie sagte nichts, sie stand einfach nur da und blickte mir nach, während ich auf die Straße bog und viel zuviel Gas gab. Ich holte Corinna ab, und wir gingen Eis essen. Hinterher hätte ich nicht mehr sagen können, ob ich Erdbeer-, Vanille- oder Schokoladeneis gegessen hatte.

„Ende Juni kommst du nach Berlin“, sagte Corinna noch einmal und verstaute ihre Reisetasche auf dem Rücksitz. „Ich rechne fest mit dir.“

„Ja, versprochen.“

„Und dann gehen wir gemeinsam auf den CSD.“ Sie lächelte vergnügt.

„CSD?“

„Christopher-Street-Day. Sag jetzt bitte nicht, du wüßtest nicht, was das ist.“

Ich hatte, ehrlich gesagt, nur eine verschwommene Vorstellung.

„Die größte Lesben- und Schwulendemo, die du dir nur vorstellen kannst. In diesem Jahr findet sie zum zwanzigsten Mal statt, und es wird unheimlich viel los sein“, erklärte Corinna.

„Soso“, gab ich widerstrebend zurück. „Und du meinst, das müßte ich mal mitgemacht haben?“

„Allerdings.“

Ich seufzte, aber Corinna lachte leise auf, als sie in mein alles andere als begeistertes Gesicht schaute, und nahm mich in die Arme. „Es wird dir bestimmt gefallen. Und noch was – laß den Kopf nicht hängen, Linda.“

„Nein, nein. Fahr vorsichtig."

„Das werde ich. Bis bald."

Ich ging zurück ins Haus und setzte mich an den Schreibtisch. CSD, dachte ich, na, warum eigentlich nicht? Ich trug den Termin in meinen Kalender ein und versah ihn sicherheitshalber mit einem Ausrufezeichen. Ich mußte rechtzeitig mit Jan sprechen, damit Erik an diesem Wochenende zu ihm konnte. Dann begann ich mit der Katalog-Verteiler-Liste, und mein Stift glitt eilig und entschlossen über das Papier.

Als am späten Abend das Telefon klingelte, wußte ich sofort, daß es Katharina war. Ihre Stimme war merkwürdig dünn, und wenige Augenblicke später wußte ich auch, warum. Sie erzählte von der geplanten Ausstellung, aber ich hörte nur noch mit halbem Ohr zu, als mir klar wurde, worum es eigentlich ging: Sie rief an, um den Urlaub abzusagen. Mein Herz schlug schmerzhaft schnell, und nachdem ich den Hörer aufgelegt hatte, hastete ich in die Küche, griff nach der erstbesten Kaffeetasse und schleuderte sie wutentbrannt an die Wand. Sie landete mitten in einem Bild von Katharina und hinterließ einen häßlichen Riß.

Katharina

Jacqueline hatte eine bunte Schar junger und älterer Studentinnen und Studenten für ihr Ausstellungsprojekt ausgewählt, und ich war sehr stolz, dazuzugehören. Pierre und Monique waren ebenfalls dabei, und während Pierre so tat, als hätte er gar nichts anderes erwartet, wußte Monique nicht, worüber sie sich mehr freuen sollte – über Jacquelines Anerkennung oder aber über die Tatsache, daß sie mich nun noch häufiger zu Gesicht bekommen würde. Ihre Verliebtheit war mittlerweile unübersehbar, doch da Monique unkompliziert und fröhlich war und längst verstanden hatte, daß mein Interesse an ihr rein freundschaftlicher Natur war, gab es deswegen keine Probleme. Wir neckten uns gegenseitig, und manchmal bedachte sie mich mit einem langen schmachtenden Blick, der jedoch so übertrieben war, daß wir beide darüber lachen konnten.

Pierre wuchs mir immer mehr ans Herz. Seit er mir von seinem Freund Paul erzählt hatte, entdeckte ich immer häufiger, daß sein unbekümmerter Charme oftmals nur eine perfekt sitzende Maske war, hinter der er Kummer und Scham verbarg. Er besuchte mich oft, und dann malten wir gemeinsam, oder er kochte für uns. Hin und wieder saß er still am Fenster und blickte stumm auf die Straße hinaus, und dann wußte ich, daß es besser war, ihn nicht anzusprechen.

Nach zwei Arbeitsbesprechungen mit der Gruppe war dreierlei klar: Es gab jede Menge zu tun, wir würden alle sehr viel lernen, und ich würde keine Zeit haben, in den Urlaub zu fahren. Ich schluckte. Ein paar Tage am Meer hätten Linda und mir und natürlich auch den Kindern sehr gut getan, doch wenn ich ernsthaft an der Ausstellung mitarbeiten wollte, konnte ich mir keine Auszeit erlauben. Hinzu kam, daß ich ab Anfang August rund um die Uhr beschäftigt sein würde. Linda wird mir den Kopf abreißen, dachte ich, dabei würde ich sie so gern in den Arm nehmen, streicheln, küssen, mit ihr reden, sie verführen ...

„Was guckst du denn so trübsinnig?“ fragte Pierre.

Es war Sonntagabend, wir hatten mit Nadine eine Fahrradtour unternommen und gerade eine Schinken-Curry-Ananas-Pizza verspeist. So gesehen, gab es natürlich überhaupt keinen Grund, verstimmt zu sein.

„Ich mußte gerade an Linda denken“, erklärte ich. „Wenn ich ihr sage, daß der Urlaub am Meer ausfällt, wird sie Feuer spucken. Sie freut sich seit Monaten darauf.“

„Du nicht?“

Ich blickte ihn erstaunt an, dann lächelte ich. „Doch, ich hatte mich auch gefreut. Es ist nur so, daß sie ... nicht so gut mit unserer Trennung klarkommt – verständlicherweise."

Pierre nickte und drehte sein Weinglas in den Händen. „Und wenn du ihr das mit der Ausstellung erklärst? Ich meine, es ist eine tolle Auszeichnung, in Jacquelines Gruppe eingeladen zu werden. Da kannst du in der entscheidenden Phase nun wirklich nicht mit deiner Liebsten zum nächsten Strand aufbrechen. Und für dich gibt es diese Chance nur einmal, denn nächstes Jahr um diese Zeit ist dein Paris-Aufenthalt ja schon fast wieder um."

Ich seufzte. „Ich befürchte, daß sie das nicht sonderlich beeindrucken wird. Selbst wenn sie mich verstehen möchte – ich glaube, diese Enttäuschung läßt sich nicht wegdiskutieren. Verstehst du?"

„Klar. Warum lädst du sie nicht hierher ein? Dann seht ihr euch wenigstens", erwiderte Pierre unbekümmert.

Genau daran hatte ich auch schon gedacht, aber Linda riß sich nicht gerade darum, mich in Paris zu besuchen. Sie würde höchstwahrscheinlich ein ganzes Dutzend Argumente finden, die dagegen sprachen – und einige davon wären sicherlich nicht von der Hand zu weisen.

„Paris im Hochsommer, Fußballweltmeisterschaft, eine Freundin, die von einem Termin zum nächsten hetzt, und dazwischen zwei Kinder, die auch beschäftigt werden wollen", zählte ich düster auf. „Ich glaube, das wiegt ziemlich schwer. Da ist es wahrscheinlich sinnvoller, ich fahre Anfang Juli, bevor der große Rummel beginnt, für ein paar Tage nach Hause."

Pierre kratzte sich am Hinterkopf. „Hört sich kompliziert an, was sich da zwischen dir und Linda abspielt. Oder eben nicht abspielt. Schnapp dir das Telefon und ruf sie an. Dann ersparen wir uns das Herumspekulieren." Er stand auf und strich sich die Hosen glatt. „Ich mache mich jetzt auf den Weg. Wenn du nachher noch mal mit mir reden willst, ruf an – ich bin zu Hause." Er gab mir einen Kuß, schaute bei Nadine ins Zimmer, um sich zu verabschieden, und schlüpfte dann zur Wohnungstür hinaus.

Keine drei Minuten später hatte ich Linda am Apparat. Sie spürte sofort, daß ich bedrückt war.

„Was ist los?“ fragte sie, und ich hörte die Anspannung in ihrer Stimme.

„Ich habe ein Problem“, gab ich gedämpft zurück. „Das heißt, es könnte ein Problem geben.“

Sie atmete tief aus. „Ist etwas passiert?“

„Ja, das könnte man sagen. Jacqueline hat mich eingeladen, mit einer Gruppe ausgewählter Studentinnen und Studenten eine Ausstellung zu machen. Das ist eine große Auszeichnung und eine einmalige Chance.“

„Freut mich für dich. Und wo ist das Problem?“

„Nun, das Problem liegt darin, daß ich nicht, wie geplant, Ende Juli wegfahren kann. Ich schaffe es einfach nicht.“

Es knisterte in der Leitung.

„Unser Urlaub“, stellte Linda dann fest.

„Ja.“

„Der Urlaub am Meer fällt ins Wasser – hört sich fast witzig an, oder?“ Einen Moment lang klang ihre Stimme so, als hätte sie ohnehin nichts anderes erwartet. „Ist das wirklich dein Ernst?“ schob sie dann schroff hinterher.

„Es geht nicht anders, Linda. Glaub mir, ich bedauere das genauso, aber ...“

„Aber es ist eben eine einmalige Chance, und da muß natürlich die Freundin mal wieder zurückstehen. Wer auch sonst?“

Ich hätte viel dafür gegeben, jetzt bei ihr zu sein, um ihr in die Augen zu sehen und ihre Hände zu ergreifen, das empörte Beben zu spüren und vielleicht abmildern zu können. Vielleicht.

„Es gibt zwei Möglichkeiten, wie wir dennoch ein paar Tage miteinander verbringen können“, wandte ich schnell ein. „Du kommst mit Erik nach Paris ...“

Sie lachte frostig auf. „Na klar, in der größten Sommerhitze sitzen wir in der Großstadt und warten darauf, daß du auf dem Weg von einer Ausstellung zur nächsten ein paar Minuten Zeit hast. Das ist wirklich verlockend!"

„Kannst du mal aufhören, so bissig zu sein!" fuhr ich sie an. Ich verlor allmählich die Geduld. „Glaubst du, ich mache das extra – nur um dich zu ärgern oder zu verletzen? Kannst du dir vielleicht vorstellen, daß ich mich auch auf den gemeinsamen Urlaub gefreut habe, daß ich dich vermisse und in einer ziemlichen Zwickmühle stecke? Nur: Einen Urlaub kann man verschieben, aber dieses Ausstellungsprojekt nicht."

Ich hörte, wie sie tief durchatmete. „Ich denke, ich habe sehr gut verstanden, Katharina. Wie lautet die zweite Möglichkeit?"

„Anfang Juli, bevor es so richtig losgeht, könnte ich für ein paar Tage, eine gute Woche nach Hause kommen."

Linda schwieg einen Moment. „Ich arbeite, und Annas Urlaub ist längst geplant. Da läßt sich nichts mehr verschieben, und Erik hat noch Schule", sagte sie schließlich. „Tolle Ferien!"

„Das ist besser als gar nichts", stellte ich fest. „Wir würden uns sehen."

„Wir würden uns sehen", wiederholte sie lakonisch. „Und mit deinen Gedanken wärst du wahrscheinlich in Paris und würdest am liebsten den ganzen Tag malen."

Ich schüttelte den Kopf und biß mir auf die Unterlippe. „Du gibst uns von vornherein überhaupt keine Chance. Es liegt doch auch an dir, was ich mir wünsche und worauf ich Lust habe."

„Ja, das merke ich jeden Tag."

Ich spürte, daß es besser war, das Gespräch zu beenden, aber als ich vorschlagen wollte, ein andermal weiterzureden, hatte sie bereits aufgelegt. Kurz darauf klingelte es erneut. Ich hob rasch ab, doch es war Pierre.

„Na, wie ist es gelaufen?" fragte er.

„Sie hat aufgelegt."

„Oje. Und nun?"

„Ich werde Anfang Juli nach Hause fliegen und hoffe, daß sie sich bis dahin beruhigt hat."

„Da kann ich dir nur die Daumen drücken", gab er zurück. „Du liebst sie ziemlich, was?"

„Ja."

„Warum eigentlich?"

Ich überlegte einen Moment. „Wir gehören zusammen. So einfach ist das. Oder so einfach könnte es sein."

Er seufzte. „Manchmal habe ich das Gefühl, daß einzig und allein der Konjunktiv Beziehungen aufrechterhält – könnte, sollte, würde. Wenn das Wörtchen *wenn* nicht wär'..."

Ich lächelte. „Da ist schon was dran. Trotzdem gebe ich nicht so schnell auf."

„Das spricht unbedingt für dich."

Nach dem Telefonat setzte ich mich an den Schreibtisch und schlug meinen Skizzenblock auf. Immer wieder zeichnete ich Linda – wütend, fröhlich, verbissen, niedergeschlagen, lachend, erregt, sehnsüchtig, verletzt, neugierig. Als meine Hand schmerzte, legte ich den Stift beiseite und lauschte in die stille Nacht. Wenn es mir gelingt, eines Tages all die Bilder und Stimmungen zu einem einzigen zu verschmelzen, in dem dennoch jeder einzelne Aspekt seine Spuren hinterläßt, habe ich einen großen Schritt nach vorn gemacht, dachte ich. Und Linda auch.

Zwei Tage später rief sie mich an, doch obwohl sie ruhiger wirkte, hatte ich das Gefühl, daß ihre Entrüstung kaum abgeklungen war. Sie hatte sie lediglich unter Kontrolle. Ich blickte meinem Besuch in Velstove mit gemischten Gefühlen entgegen.

Jacqueline lud mich zu ihrem fünfzigsten Geburtstag ein. Obwohl unser Verhältnis enger und vertrauensvoller geworden war, verblüffte mich ihre Einladung, denn natürlich war und blieb sie in erster Linie meine strenge und distanzierte Lehrerin – eine eindrucksvolle Frau und Künstlerin mit einem bewegten Leben, neben der ich mir bei allem Selbstbewußtsein manchmal sehr jung vorkam. Pierre hob bedeutungsvoll die Augenbrauen, als ich ihm davon erzählte, Monique stöhnte entnervt und meinte, daß sie neben ihr natürlich überhaupt keine Chance hätte. Ich lachte sie aus und gab ihr einen Kuß auf die Nasenspitze.

„Such dir endlich eine vernünftige Freundin, dann mußt du mich nicht mehr anmachen", riet ich ihr.

„Haha", gab Monique zurück. „Du hast gut reden. Die meisten tollen Frauen sind längst vergeben, und was der Markt noch zu bieten hat, haut mich nicht gerade vom Stuhl. Komm doch mal mit auf eine nächtliche Erkundungstour, dann weißt du, was ich meine."

„Vielen Dank", wehrte ich ab. „Kein Bedarf."

„Was willst du Jacqueline denn schenken?" fragte Pierre.

Wir saßen auf der Wiese hinter der Akademie und warteten auf den Beginn einer Vorlesung über Architektur im Mittelalter. Monique hatte Kaffee spendiert, und ich gab eine Runde Croissants aus, die wir genüßlich verzehrten, während wir uns von der Sonne verwöhnen ließen.

„Gute Frage", antwortete ich. „Ich kann sie wohl kaum mit einem meiner Werke beglücken. Die sieht sie ja zur Genüge im Unterricht – ohne in Begeisterungsschreie auszubrechen. Da muß ich mir wohl was anderes überlegen."

„Wenn ich nicht weiß, was ich schenken soll, gehe ich über den Trödelmarkt", erklärte Monique. „Meist kommt mir dann die eine oder andere Idee."

Bevor ich Nadine aus der Schule abholte, beherzigte ich Moniques Ratschlag und schlenderte über einen der vielen Pariser Trödelmärkte. Nach kurzem Überlegen erstand ich einen gußeisernen Kerzenständer mit dazu passendem Aschenbecher. Im dichten Gedränge zwischen den Ständen und Buden entdeckte ich anschließend plötzlich eine Frau, die sofort meine Aufmerksamkeit fesselte. Eine kleine, schlanke Frau. Sie stand mit dem

Rücken zu mir und verhandelte mit einem alten Mann über den Preis für ein Schmuckstück. Das schloß ich jedenfalls aus den lebhaften Gesten der beiden, denn ich war zu weit entfernt, um ihr Gespräch hören zu können. Ihr dunkelbraunes Haar war kurz und lockig. Sie trug kornblumenblaue Leggins, die ihre Waden freiließen, und ein buntes T-Shirt: Sie sah aus wie Linda, sie bewegte sich wie Linda, und einen irrwitzig glücklichen Augenblick lang war ich fest davon überzeugt, sie wäre tatsächlich in Paris. Dann schüttelte ich verwundert den Kopf. Linda arbeitet um diese Zeit, es ist absurd, sie hier zu vermuten. Trotzdem ging ich langsam näher an den Stand heran, und als hätte die Frau meine Aufregung mitbekommen, drehte sie sich auf einmal um und blickte mir mit großen dunklen Augen entgegen. Die Ähnlichkeit war frappierend, mit einem Unterschied: Die Frau, die vor mir stand, war schätzungsweise zwanzig Jahre älter. Ich blieb abrupt stehen, und meine Augen tasteten sich über das schmale, von feinen Linien und Lachfältchen durchzogene Gesicht. Ich schüttelte wie betäubt den Kopf – das war Linda, in vielen Jahren würde sie genauso aussehen.

Die Frau schaute mich erwartungsvoll an. „Ja? Kann ich Ihnen irgendwie helfen?“

Ich lächelte. Sogar die Stimmen ähnelten sich.

„Entschuldigen Sie, daß ich Sie so anstarre“, sagte ich rasch. „Sie haben unwahrscheinliche Ähnlichkeit mit meiner Freundin, nur daß sie um einiges jünger ist. Ich bin ganz verwirrt.“

Die Frau lächelte amüsiert. „Meine Name ist Charlotte.“ Sie streckte mir die Hand entgegen.

„Katharina“, stellte ich mich vor und ergriff ihre Hand.

Sie trat einen Schritt näher und drehte sich dann wieder um, als der Händler laut und ärgerlich nachfragte, ob sie noch an dem Schmuckstück interessiert sei. Sie schüttelte den Kopf. „Viel zu teuer, Monsieur. So etwas bekomme ich drei Stände weiter für die Hälfte.“

Der Mann blies empört die Backen auf, und fünf Minuten später hatte Charlotte ein gutes Geschäft gemacht.

„Darf ich Sie zu einem *café au lait* einladen?“ fragte sie vergnügt, als sie wieder zu mir trat. „Ich bin Ihnen etwas schuldig, denn Sie haben die Verhandlung ganz entscheidend zu meinen Gunsten beeinflußt.“

Ich hatte noch eine gute halbe Stunde Zeit, bis ich zu Nadines Schule aufbrechen mußte, und nahm ihre Einladung gern an. Wir setzten uns in ein Straßencafé, und offensichtlich gefiel es Charlotte, so eingehend von mir betrachtet zu werden. Linda hätte Mühe, die eindringlichen Blicke einer fremden Frau zu ertragen, dachte ich plötzlich, es würde sie verunsichern. Aber wer weiß, was die Zukunft noch so alles an Veränderungen mit sich bringt.

Charlotte erzählte freimütig, daß sie verheiratet wäre, eine erwachsene Tochter hätte und ein kleines Reisebüro leitete.

„Sie sind nicht von hier, nicht wahr?“ fragte sie schließlich.

„Nein, ich bin Deutsche und werde demnächst für ein Jahr an einer Grundschule unterrichten. Außerdem studiere ich Kunst.“ Ich lächelte sie an. „Und Mutter bin ich auch noch – meine Tochter und ich fühlen uns sehr wohl in Paris.“

„Aber Ihre Freundin ist nicht hier?“

„Nein.“

„Sie vermissen Sie?“

Ich nickte. „Sie ist meine Lebensgefährtin.“

Charlotte lehnte sich in ihrem Stuhl zurück. „Verstehe.“

Wir schwiegen eine Weile und beobachteten die vorbeiströmenden Menschen. Die Situation hatte etwas Unwirkliches und Traumbefangenes, nicht zuletzt weil Charlotte so unbekümmert mit mir zusammensaß, als wären wir gute Bekannte. Wir tranken in aller Ruhe unseren *café au lait*, dann verabschiedete ich mich und stand auf.

„Vielen Dank“, sagte ich. „Sie sind sehr freundlich.“

Sie lächelte. „Grüßen Sie Ihre Lebensgefährtin."

Ich ging langsam davon, und im Rücken spürte ich Charlottes Blick wie eine tröstende Berührung.

Die Feier fand in einem Lokal im Quartier Latin statt. Ich blieb einen Moment am Eingang stehen und bestaunte das farbenprächtige Menschengewühl, das mir förmlich entgegenquoll. Jegliches Alter und jeglicher Kleidungsstil schienen vertreten zu sein, so daß ich mit meiner schwarzen Hose und der türkisfarbenen Bluse nichts falsch gemacht hatte. Ich entdeckte Jacqueline in einer Gruppe von jungen Leuten, die ihr gerade ein Geschenk überreichten, und steuerte langsam auf sie zu. Sie blickte hoch, als ich wenige Schritte vor ihr stehenblieb, und lächelte.

„*Bon soir*, Katharina", sagte sie mit ihrer rauhen Stimme, und ich gratulierte ihr.

Sie nahm mein Geschenk entgegen, bedankte sich und wünschte mir einen vergnüglichen Abend. Dann wandte sie sich an die Frau, die direkt neben mir stand und die mich ungeniert von oben bis unten musterte. „Babette, kümmerst du dich ein bißchen um Katharina? Sie ist eine meiner Studentinnen und kennt wahrscheinlich kaum jemand von den Gästen."

Babette war ungefähr vierzig, wirkte recht sportlich und zeigte beim Lächeln eine Reihe strahlend weißer Zähne. „Natürlich, gerne." Ihre Haare waren dunkelblond und sehr kurz, und in den hellgrünen Augen blitzte der Schalk, als sie meinem Blick begegnete. „Es sei denn, Sie haben bereits jemand anderen im Visier." Ihr Ton ließ keinen Zweifel daran aufkommen, daß sie erwartete, ich würde mich ohne zu zögern selbstverständlich für sie entscheiden.

Babette war Journalistin und stammte aus Toulouse. Sie liebte Parties, Frauen, Geflügelsalat mit Ananas, herben Weißwein und lateinamerikanische Musik; sie fuhr leidenschaftlich gern Motorrad, joggte regelmäßig und schrieb an ihrem ersten Roman –

einer verworrenen Beziehungsgeschichte, in der die Erotik im Vordergrund stand. All das erzählte sie mir fröhlich, während sie meinen Arm nahm, mich zum Buffet führte, zwischendurch einigen Leuten vorstellte und mir diese und jene Köstlichkeit zu probieren empfahl. Ich hörte amüsiert zu, aß, schaute mich um und war verblüfft, daß Babette mir so ungezwungen auf den Pelz rückte, als hätten wir längst vereinbart, dem gemeinsamen Abend eine gemeinsame Nacht folgen zu lassen. Übergangslos duzte sie mich, besorgte in Windeseile zwei neue Gläser Wein und prostete mir zwinkernd zu. Als der Erzählstrom schließlich für einen Moment versiegte, atmete ich tief aus. Vielleicht sollte ich mal so nebenbei einfließen lassen, daß ich nicht an einem Abenteuer interessiert bin, dachte ich und wollte gerade von Linda und den Kindern erzählen, als Babette laut aufseufzte und die Nase kraus zog. Übrigens eine ausgesprochen hübsche Nase.

„Okay, okay, ich weiß, was jetzt kommt", sagte sie und hob die Hände. „Gleich wirst du mir von deiner glücklichen Beziehung erzählen."

„Wie hast du das erraten?" fragte ich verblüfft.

„Es ist immer der gleiche Ausdruck, der dann über die Gesichter der Frauen huscht – eine Mischung aus Verlegenheit, Amüsement und Erleichterung", erwiderte sie und strahlte schon wieder unbekümmert. „Gut, erzähl mir von ihr. Sie ist wahrscheinlich jung, schön, begehrenswert, ihr seid seit vielen Jahren glücklich miteinander, und du bist die Treue in Person, stimmt's?"

Ich warf den Kopf zurück und lachte laut auf. „Nicht ganz, aber so in etwa."

Babette nahm meine Hand und zog mich zur Tanzfläche. „Wie dem auch sei, sie ist nicht hier, und ich möchte einen netten Abend mit dir verbringen. Ich verspreche, daß ich mich benehmen werde."

Was immer auch Babette unter „benehmen" verstand – ihr Elan und ihr Charme waren betörend, und sie ließ keinen Zweifel daran aufkommen, daß sie gern mit mir im Bett landen würde. Wir tanzten die halbe Nacht, ich trank mindestens zwei Gläser Wein zuviel, und gegen zwei Uhr morgens schlich ich direkt von der Toilette nach draußen, um mit dem Taxi heimzufahren. Babette hätte zumindest einen herzlichen Abschiedsgruß verdient, aber ich befürchtete, daß sie mich nur ungern würde gehen lassen, und ich war zu beschwipst, um mich noch auf eine Diskussion mit ihr einzulassen.

Pierre hatte den Babysitter gespielt und war noch wach, als ich kam. Er blickte mich von oben bis unten an und grinste dann breit. „Hast dich wohl gut amüsiert?"

„Ziemlich gut." Ich ließ mich auf das alte Sofa fallen und massierte meine schmerzenden Füße. „So lange habe ich schon ewig nicht mehr getanzt."

Pierre stand auf und reckte sich. „Dein Herzblatt hat übrigens angerufen. Sie war recht verblüfft, mich am Apparat zu haben."

„Ach, und was hast du ihr gesagt?"

Er zuckte mit den Achseln. „Nicht viel. Sie spricht ja nicht sonderlich gut Französisch."

„Ich rufe morgen zurück", überlegte ich laut.

Pierre kicherte. „Na, jetzt bestimmt nicht mehr. Du mußt dringend schlafen."

„Ich hoffe nur, Nadine will nicht um sieben Uhr aufstehen", gab ich seufzend zurück.

Aber ich hatte Glück. Meine Tochter war zwar so früh wach wie immer, ließ mich jedoch gnädigerweise bis zehn Uhr schlafen. Dann kam sie mit dem Telefon am Ohr ins Schlafzimmer und rüttelte mich recht unsanft wach.

„Mama, du hast jetzt genug geschlafen", stellte sie erbarmungslos fest, während ich mir meinen pochenden Kopf hielt. „Linda ist am Apparat."

Ich setzte mich vorsichtig auf und nahm den Hörer. Lindas Begrüßung dröhnte unangenehm laut in mein Ohr.

„Ich kann es kaum glauben – du schläfst noch?" rief sie verwundert. „Ich habe gestern abend schon mal angerufen, aber da war nur Pierre dran, und ich habe ihn nicht richtig verstanden."

„Ich weiß", entgegnete ich leise. „Ich war zum Geburtstag meiner Dozentin eingeladen, und es ist ziemlich spät geworden – oder besser gesagt früh. Pierre hat Nadine gehütet."

In der eintretenden Pause bat ich Nadine per Handzeichen, mir ein Glas Wasser zu bringen, das ich in einem Zug herunterstürzte.

„Na ja", sagte Linda dann. „Ich wollte nur mal hören, ob alles in Ordnung ist."

„Ja, es ist alles in Ordnung, abgesehen davon, daß ich einen kleinen Kater habe."

„Ach ja? Das überrascht mich. Du trinkst doch sonst immer nur ein, zwei Gläser Wein."

Ich entschloß mich, den spitzen Unterton in Lindas Stimme zu überhören. „Ja, nur diesmal war es eben anders. Aber hör mal, ich muß dir etwas erzählen: Mir ist vor einigen Tagen eine Frau über den Weg gelaufen, die dir so ähnlich sieht, daß ich vollkommen fassungslos war. Einen Moment lang dachte ich, du wärst in Paris, aber ... Also, du hättest sie sehen müssen. Ihr könntet Zwillinge sein, wenn sie nicht zwanzig Jahre älter wäre. Sie ist sozusagen eine zeitversetzte Doppelgängerin."

„Und? Hast du sie angesprochen?"

„Ja, sie heißt Charlotte, und als ich ihr sagte, daß sie aussehen würde wie meine Lebensgefährtin, war sie ganz schön amüsiert."

„Hm." Lindas Stimme wurde weicher.

„Wir haben einen Kaffee zusammen getrunken, und dabei habe ich sie die ganze Zeit angestarrt und an dich gedacht."

Wir schwiegen, dann räusperte sie sich. „Hast du den Katalog schon bekommen?"

„Ja, vor zwei Tagen, vielen Dank. Er ist toll geworden."

„Katharina?"

„Ja?"

„Die Sache mit dem Urlaub ist endgültig?“

„Ich fürchte ja, aber ich komme nach Hause – Anfang Juli, also in wenigen Wochen. Bist du sehr traurig?“ schob ich vorsichtig hinterher.

„Traurig? Ja, das auch.“

„Laß uns über alles sprechen, wenn ich da bin.“

„Ja, das ist wohl das beste.“

Wir beendeten das Gespräch. Linda war mir ruhiger und offener als bei den letzten Telefonaten erschienen, dennoch war ich bedrückt. Ihre unterschwellige Wut und ihre Deprimiertheit standen nach wie vor zwischen uns, und ich wußte nicht, was ich dagegen unternehmen sollte. Oder ob es überhaupt meine Aufgabe war, an ihren Gefühlen etwas ändern zu wollen. Die Sehnsucht nach ihr überfiel mich wie ein plötzlicher Fieberschub. Ich spürte, wie meine Brustwarzen steif wurden und mein Schoß heiß und heißer. Nadine war losgegangen, um ein Baguette zu kaufen, und ich kuschelte mich unter die Bettdecke und streichelte mich, bis die Finger in der Feuchtigkeit versanken. Ich stellte mir vor, Linda würde zwischen meinen Beinen hocken, und ich kam in dem Moment, als meine Tochter die Haustür aufschloß und empört rief, ob ich immer noch nicht aufgestanden wäre.

Ricarda

Ich verbrachte fast jeden Abend ein paar Stunden in meinem Schuppen, um an neuen Figuren zu arbeiten. Ruth hatte mir über einen Steinmetz mehrere unterschiedlich große und weiche Steinblöcke besorgt, und ich versuchte mich an diesem ungewohnten Material. Während Ton und Gips weich und nachgiebig waren und ihre Formen sich manchmal wie von selbst in meinen Händen bildeten, wollte der Stein bezwungen werden. Er war hartnäckig und rauh, er verzieh keine Unachtsamkeit, und er widersetzte sich mir, solange ich nicht genau wußte, welche Gestalt ihm innewohnte.

Die Kataloge waren mittlerweile weitflächig verteilt, und die Scheune war an jedem Wochenende geöffnet. Inzwischen fotografierten wir jedes unserer Werke, führten genauestens Buch über unsere Einnahmen und Ausgaben, und sogar Ilona hatte sich eine etwas professionellere Haltung angewöhnt, seitdem sie den Auftrag für einen weiteren Adonis bekommen hatte. Linda kam regelmäßig vorbei, übernahm diese oder jene Aufgabe und wirkte meist sehr unruhig und gehetzt. Manchmal beobachtete sie mich aus schmalen Augen, und ich wurde den Eindruck nicht los, daß sie wütend auf mich war oder sich provoziert fühlte – Regungen, auf die ich gleichmütig oder sogar leicht amüsiert reagierte. Sie erzählte wenig von Katharina, und wenn sie nach ihr gefragt wurde, antwortete sie einsilbig und wechselte schnell das Thema.

An einem Sonntagabend Anfang Juni spendierte Nicole eine Flasche Sekt. Sie hatte einige Tage zuvor Geburtstag gehabt und außerdem an diesem Wochenende eine Karikatur von Berti Vogts verkauft.

„Laßt uns anstoßen“, rief sie aufgeräumt in die Runde, als der letzte Besucher gegangen war, und schenkte den Sekt ein.

„Herzlichen Glückwunsch nachträglich, Nicole“, sagte Ruth und stieß mit ihr an.

Ilona und Linda hoben ebenfalls ihre Gläser, und ich wandte mich, einer plötzlichen Eingebung folgend, den beiden zu.

„Was haltet ihr davon, wenn wir uns auch duzen?“ fragte ich.

„Klar doch“, gab Ilona großspurig zurück. „Das Gesieze hat sowieso immer ein bißchen steif gewirkt.“

„Findest du?“ Ich schaute sie direkt an. „Ich bin für gewöhnlich lieber sparsam mit dem Du.“

Ilona blickte verunsichert zurück, dann lächelte sie auf einmal spitzbübisch. „Keine Sorge, ich kann mich trotzdem benehmen."

Ruth lachte laut auf. „Nimm mal den Mund nicht zu voll und versprich nichts, was du nicht halten kannst!"

Während Ilona sich mit Ruth und Nicole ein kleines Wortgefecht lieferte, trat ich zu Linda, und wir stießen an. Unsere Gläser klirrten leise. Ich schaute sie fragend an, und für einen winzigen Moment erwiderte sie meinen Blick freundlich und forschend. Dann wandte sie sich ab und trank einen kleinen Schluck. Die dunkelbraunen Locken kräuselten sich im Nacken, und im Profil wirkte ihr Gesicht sehr verletzlich.

„Ich komme demnächst mal in der Buchhandlung vorbei", sagte ich. „Ich brauche dringend ein paar Bücher über Bildhauerei. Meinst du, ich werde bei euch fündig?"

„Bestimmt." Sie drehte mir ihr Gesicht wieder zu. „Ansonsten können wir auch was bestellen."

Sie holte ihren Rucksack hinter dem Tresen hervor, und mir fiel auf, daß sie noch schmaler geworden war. Linda hatte trotz ihrer weiblichen Rundungen eine knabenhafte Figur, und ich konnte sie mir gut als Aikidokämpferin vorstellen.

„Ich muß Erik abholen", erklärte sie dann und grüßte zum Abschied in die Runde, bevor sie aus der Scheune hastete.

Ich fragte mich, ob sie im Verlauf eines Tages irgendeinen Weg einmal nicht eilig oder fast rennend zurücklegte.

„Linda sieht ganz schön mitgenommen aus", sagte Ruth plötzlich neben mir. „Katharina hat den gemeinsamen Urlaub abgesagt und wird nun lediglich für einige Tage nach Hause kommen. Ich fürchte, der Empfang wird nicht der herzlichste sein."

„Und warum fällt der Urlaub ins Wasser?"

Ruth verschränkte die Arme vor der Brust. „Katharina macht bei einer Ausstellung mit."

Ich nickte schweigend.

„Manchmal habe ich den Eindruck, daß Linda beim nächstbesten Anlaß explodieren wird."

„Dann sollte sie Holz hacken oder ihren Garten umgraben“, gab ich zurück. „Oder sich mit ihrer Wut befassen.“

Ruth lächelte. „Diesen Vorschlag werde *ich* ihr aber nicht unterbreiten.“

Als ich an diesem Abend nach Hause kam, wartete Kolja auf mich. Er sah zufrieden aus. Sein gebogener Schnabel öffnete sich leicht, und ich strich ihm mit dem Zeigefinger über die Brust.

„Es gibt wirklich eigentümliche Menschen, Kolja“, sagte ich leise, und seine flinken Augen zuckten über mein Gesicht.

Ich merkte, daß er unruhig wurde, und trat zwei Schritte zurück, damit er seine Flügel ausbreiten und sich in die Lüfte erheben konnte. Einen Moment lang sah ich seiner schmalen, schwarzen Silhouette nach, dann wurde sie von der Abenddämmerung verschluckt, und ich ging ins Haus. Im Flur blieb ich einen Moment vor dem hohen Spiegel stehen. Ich hatte seit über zwanzig Jahren ein und dieselbe Figur: drahtig, nicht sehr weiblich, straff und biegsam, und ich fühlte mich wohl in meinem Körper. Wie hatte Vera vor langer Zeit gesagt? – „ein zierliches Kraftpaket“. Und mit den Augen hatte sie mich bereits verschlungen, bevor wir auch nur drei Sätze miteinander gewechselt hatten. Vera hielt nie lange mit ihren Wünschen hinterm Berg. Das wurde gleich bei unserer ersten Begegnung deutlich, ein Jahr nachdem ich meine Stelle bei Freddy angetreten hatte.

Meine Arbeit gestaltete sich zunächst so, wie ich sie mir nicht vorgestellt hatte, obwohl meine Erwartungen keineswegs besonders hochgeschraubt gewesen waren. Monatelang hatte ich nichts anderes zu tun, als waschkörbeweise Buchungsbelege abzuarbeiten, Termine zu vereinbaren, weniger wichtige Mandanten zu besuchen und freundliche oder zunehmend kühlere Mahnschreiben zu verfassen. Mein direkter Vorgesetzter war Dirk Hauber, ein vierzigjähriger Familienvater, der sich in seiner Chefrolle ausgesprochen wohl fühlte und es gar nicht fassen konnte, daß ich seine arrogante Art einfach an mir abgleiten ließ und nicht wutentbrannt aufbegehrte.

„Ricarda“, sagte er immer wieder, „eines Tages werde ich dich soweit bringen, daß du mir kalten Kaffee ins Gesicht schüttest.“

Das tat ich nicht, obwohl mir unsere Sekretärin mit grimmigem Gesichtsausdruck empfahl, nicht kalten, sondern heißen Kaffee zu nehmen. Sabine konnte Dirk nicht ausstehen, und sie stärkte mir den Rücken, wo immer es ihr möglich war. Der Jurist Bernd Klein war nur wenige Jahre älter als ich und hatte den lieben langen Tag nichts anderes zu tun, als wohlklingende Erklärungen unter Bilanzen zu setzen, die auf etwas wackligen Füßen standen. Er war ein blasser, ständig verschnupfter Typ, der seinem Gegenüber nie direkt in die Augen schaute und eine besondere Vorliebe für braune Cordhosen und hellgelbe Hemden hatte. Dann gab es noch Jochen Stiegel, den Schönling, der nur italienische Markenschuhe trug, ständig versuchte, drei Pfund Bauchspeck wegzubekommen, und bereits zweimal durch die Steuerberaterprüfung gerasselt war. Jochen hielt sich für unwiderstehlich und gab es erst auf, mich zu einem, wie er es nannte, „schnuckligen Abendessen“ zu überreden, als ich ihm unmißverständlich mitteilte, daß mir die meisten Männer herzlich egal waren. Ich wußte, daß mir meine Offenheit nicht schaden würde, denn Freddy hatte, warum auch immer, einen Narren an mir gefressen, was ihn aber nicht davon abhielt, mich als „Mädchen für alles“ einzusetzen.

Das Büro lief gut. Es gab einen festen Mandantenstamm, insbesondere aus dem Restaurant- und Barbereich, und lukrative Sonderaufträge, die meist zustande kamen, wenn das Finanzamt unfreundliche Fragen stellte. Ich saß ab acht Uhr morgens an meinem Schreibtisch, war gegen siebzehn, achtzehn Uhr wieder zu Hause, aß, arbeitete an einer Tonfigur oder ging zum Training. Am Wochenende besuchte ich meinen Vater und fuhr manchmal nach Grafhorst, um nach meiner inzwischen verwitweten Großmutter zu schauen. Hin und wieder ging ich ins Kino oder setzte mich mit einem Buch in ein Café. Es war ein gleichförmiges Leben, ohne besondere Höhen und Tiefen, und ich war ganz zufrieden, obwohl ich spürte, daß es eine Leerstelle in mir gab. Nach Ablauf der Probezeit zog ich in eine größere, hellere Wohnung um und gönnte mir ein paar neue Möbel.

An einem schmuddlig grauen Herbstmorgen, fast genau ein Jahr nachdem ich bei Freddy angefangen hatte, wurde ich zu einer Besprechung ins Konferenzzimmer gerufen. Das war ungewöhnlich, denn bisher war diese wöchentliche Zusammenkunft den Herren vorbehalten gewesen. Sabine hob fragend eine Augenbraue, ich zuckte mit den Achseln und ging den Flur entlang nach hinten. An der Tür blieb ich einen Moment stehen, atmete zweimal tief ein und aus und klopfte schließlich.

„Komm rein, Ricarda, wir warten schon", rief Freddy mit dröhnender Stimme, und ich trat ein.

An dem großen runden Eichentisch, auf dem sich Hefter, Papierblöcke und Bilanzen türmten, saßen Freddy, Dirk, Jochen und Bernd und blickten mir entgegen. Freddy hatte schon am frühen Morgen rote Cognacbäckchen, Bernd schnaubte vernehmlich in sein Taschentuch, und Jochen grinste so breit, als würde er dafür bezahlt werden. Nur Dirk hatte eine nachdenkliche Miene aufgesetzt.

„Nimm dir einen Kaffee und setz dich zu uns", forderte Freddy mich auf und wies auf die Anrichte, wo Tassen und zwei Thermoskannen standen.

Ich schenkte mir eine Tasse Kaffee ein und setzte mich an den Tisch.

„Es gibt etwas zu besprechen", kam Freddy sofort zur Sache. Er beugte sich vor und stützte die Ellenbogen auf. „Schon mal was von dem alten Paulsen gehört?"

„Einer unserer Mandanten", gab ich zurück. „Soweit ich weiß, gehören ihm verschiedene Gaststätten und Bars in Braunschweig und Hamburg."

„Unter anderem", warf Dirk ein. „Er hatte außerdem zwei kleine Hotels in Spanien, diverse Immobilien in ganz Europa und andere hübsche Wertanlagen."

„Hatte?" fragte ich.

„Hatte", bestätigte Freddy. „Herzinfarkt."

„Zuviel Alkohol und Weiber", schob Jochen eilig hinterher und erntete ein Stirnrunzeln von seinem Chef.

„Wie dem auch sei", hob Freddy wieder an. „Wir haben gut an ihm verdient, und es wäre ausgesprochen bedauerlich, wenn wir das Mandat für seine Unternehmen verlieren würden."

Ich verstand nicht, worauf er hinauswollte oder warum ich mit diesen Informationen gefüttert wurde, aber ich ließ mir meine Unsicherheit nicht anmerken. „Wer sind denn die Erben?"

Freddy schmunzelte. „Gute Frage. Ich sehe, du hast die Zielrichtung bereits erkannt." Er wandte sich an Dirk. „Erzähl ein bißchen, du kennst die Familieninterna besser als ich."

Dirk setzte seine Brille auf und schaute kurz in seine Notizen. „Im Grunde gibt es nur einen Erben beziehungsweise eine Erbin – seine Tochter Vera. Sie ist dreiunddreißig, arbeitet seit Jahren eng mit ihm zusammen und versteht was vom Geschäft. Ein älterer Bruder tobt irgendwo in Südamerika herum und probiert neue Drogen aus. Die Mutter lebt seit einem Schlaganfall vor drei Jahren in einem luxuriösen Pflegeheim. Es sieht ganz danach aus, als würde Vera als seine Nachfolgerin so weitermachen wie bisher."

Aha, dachte ich, und was hat das alles mit mir zu tun? Aber ich schwieg und nickte nur, während Jochen ein Stück vom Tisch abrückte und die Beine übereinanderschlug. Sein Lächeln triefte vor Spott. Er genoß meine Verwirrung.

„Und nun fragst du dich natürlich, warum wir dir das alles erzählen", nahm Freddy meinen Gedanken auf. „Laß es mich so formulieren – du hast die Feuerprobe bestanden, nämlich ein Jahr lang all die Arbeiten zu erledigen, die Anfänger nun einmal aufgedrückt bekommen. Weiß Gott keine leichte Aufgabe, aber du hast dich bewährt. Doch das ist noch nicht alles."

„In der Tat nicht", kicherte Jochen dazwischen. „Die gute Vera ist nämlich eine ganz besondere Nummer."

Freddy hob den Kopf. „Das ist sie in der Tat. Sie gilt als ausgesprochen eigensinnig, gewieft und durchsetzungsfähig. Außerdem bevorzugt sie Frauen, obwohl es hin und wieder auch mal einen männlichen Begleiter geben soll."

Nun grinste sogar Bernd, der sich bisher auffallend zurückgehalten hatte.

„Wenn also jemand von uns bei ihr aufkreuzt, um sie davon zu überzeugen, daß ihre Steuerangelegenheiten bei uns nach wie vor in den besten Händen sind, sollten wir gut überlegen, wer für eine solche Aufgabe geeignet ist", erklärte Freddy gelassen. „Jochen kann ich auf keinen Fall zu ihr schicken, den verspeist sie zum Frühstück."

Jochens Grinsen wurde dünner.

„Dirk kann sie nicht leiden, Bernd wird sie für einen Staubsaugervertreter halten, und über mich macht sie sich grundsätzlich lustig oder trinkt mich unter den Tisch. Wir haben nach eingehender Beratung beschlossen, mit dir zu sprechen."

Nun erlaubte ich mir ein zaghaftes Lächeln.

„Aber ich bin noch zu unerfahren", gab ich dann zu bedenken. „Und abgesehen davon, daß ich hin und wieder den Kleinkram buche, kenne ich die Unternehmen nicht. Das wird sie sicherlich sofort merken."

Freddy winkte ab. „Ich gebe dir übers Wochenende alle Unterlagen mit, dann kannst du dir ein detailliertes Bild machen. Es dürfte dir nicht schwerfallen, sie davon zu überzeugen, daß du dich genauestens auskennst."

Alle vier schauten mich nun gespannt an, und auf einmal wurde ich mutig. „Wie genau lautet die Aufgabe, und was springt dabei für mich heraus?“

Freddy rieb sich die Hände. „Genau das schätze ich so an dir – du kommst sofort zum Punkt. Also, sieh zu, daß wir das Mandat behalten. Dein Arbeitsbereich wird sich ändern, und du bekommst eine ordentliche Gehaltserhöhung.“

Ich stand langsam auf. „Gut. Ich mache mich gleich an die Arbeit.“

Eines war nach der Besprechung klar: Unvorbereitet konnte ich dieser Frau nicht gegenübertreten. Selbst wenn die Herren in der Beschreibung ihres Charakters schamlos übertrieben haben sollten – allein die Tatsache, daß sie Vera ohne Wenn und Aber als clevere Geschäftsfrau akzeptierten, und das in einer reinen Männerdomäne, mußte mir zu denken geben. Also saß ich von Freitag bis Sonntag über einem Dutzend kiloschwerer Ordner und studierte den Aufbau und die Zahlen der Paulsen-Unternehmen, bis mir die Augen brannten. Nebenbei streifte mich flüchtig der Gedanke, ob Freddy mich auch dann mit dieser neuen Aufgabe betraut hätte, wenn ich nicht lesbisch gewesen wäre.

Vera wohnte am Stadtrand von Braunschweig in einer luxuriösen Villengegend, in der die kleinsten Grundstücke ungefähr viertausend Quadratmeter groß waren. Das Anwesen der Paulsens war von einer hohen Steinmauer umgeben, und das breite schmiedeeiserne Tor öffnete sich leise summend, nachdem ich den Klingelknopf betätigt hatte. Ich umfaßte meine Aktentasche mit festem Griff und ging mit forschen Schritten zum Haus, während ich mich umschaute. Kein Wunder, daß Freddy alle Register zieht, um hier im Rennen zu bleiben, dachte ich, alter Baumbestand, gepflegter Rasen, Swimmingpool und ein imposantes, reetgedecktes Wohnhaus – es roch förmlich nach Geld.

Das Haus hatte zwei Eingänge. Ich wandte mich der Tür zu, an der ein großes silbernes Firmenschild angebracht war, und noch bevor ich läuten konnte, öffnete mir eine junge Frau in einem grasgrünen Hosenanzug. Sie lächelte unverbindlich und bat mich in ein großes Büro.

„Frau Paulsen telefoniert gerade", sagte sie und wies auf eine Ledersitzecke. „Bitte nehmen Sie Platz. Kann ich Ihnen etwas zu trinken anbieten?"

Ich bat um ein Mineralwasser und ließ meinen Blick durch den Raum schweifen. Wer immer ihn eingerichtet hatte, war weder an sachlicher Büroatmosphäre noch an einer kostensparenden Lösung interessiert gewesen. Kräftige Orange- und Grüntöne bestimmten das Ambiente, und an den Wänden hingen großformatige Aquarelle. Die beiden Schreibtische unter dem Fenster waren kalkweiß und ordentlich aufgeräumt. Große Pflanzen fungierten als Raumteiler. Eine zweite junge Frau trug Kopfhörer und griff eifrig in die Tasten. Plötzlich schnarrte die Telefonanlage. „Petra, ich brauche jetzt die Verbindung nach München", dröhnte es durch den Raum.

„Sofort, Frau Paulsen", antwortete die Frau, die mir geöffnet hatte. „Und, Frau Paulsen – die Steuerberaterin ist da."

„Schön für sie – soll warten."

Petra warf mir ein entschuldigendes Lächeln zu und wählte unverzüglich eine Telefonnummer. Der Gesprächspartner am anderen Ende schien nicht zu Veras Zufriedenheit gearbeitet zu haben, denn trotz der geschlossenen Verbindungstür konnte ich deutlich hören, daß sie ihren Ärger unmißverständlich zum Ausdruck brachte. Petra musterte mich hin und wieder verstohlen, während ich mit ungerührter Miene mein Wasser trank und in meinem Terminkalender blätterte. Wahrscheinlich erwartete sie, daß ich allmählich blasser wurde und Anzeichen von Nervosität zeigte. Ich ließ mich jedoch kaum jemals einschüchtern, und wenn doch, dann ließ ich es mir gewiß nicht anmerken. Eine Viertelstunde später schnarrte es wieder. „Schick die Steuerberaterin rein, Petra. Und sag ihr gleich, daß sie genau zehn Minuten

Zeit hat, um mich von ihrer Halsabschneiderfirma zu überzeugen."

Ich steckte den Kalender ein und stand auf. Hübsches Spielchen. Vera wußte genau, daß ich jedes Wort mitbekam. Petra öffnete mir eilfertig die Tür, und ihr Blick war zugleich aufmunternd und mitleidig.

Veras Büro war farblich zurückhaltender gestaltet. Sie bevorzugte Blau- und Beigetöne. Ein großer Rosenholzschreibtisch war schräg in den Raum gestellt, eine Wand war von Bücherschränken und Regalen eingenommen, gegenüber gab es drei Sessel, die um einen niedrigen Tisch gruppiert waren, und eine Bar. Freddy hatte mir eingeimpft, ja nicht die Beileidsbekundungen zu vergessen, aber als ich eintrat, schaute mir Vera mit hochgezogenen Augenbrauen entgegen und fixierte mich so eindringlich, daß ich die bereitgelegten Worte zunächst beiseiteschob. Sie saß hinter ihrem Schreibtisch, die Arme locker auf den Stuhllehnen, und je länger ich ihren Blick erwiderte, desto mehr verlor er an Schärfe. Ihre Augen waren dunkelblau, das rotbraune wellige Haar trug sie schulterlang. Sie hatte einen großen sinnlichen Mund, und als sie jetzt langsam aufstand und um den Tisch herumkam, waren ihre Bewegungen ruhig und fließend. Vera war groß und kräftig. Das beigefarbene Wollkostüm umschmeichelte ihre breiten Hüften. In Gedanken stellte ich mir vor, eine Tonfigur von ihr zu machen. Ich streckte die Hand aus und stellte mich vor. Sie erwiderte meinen festen Griff.

„Freut mich, daß Freddy sich an meine Anweisung gehalten und nicht eine von seinen Pappnasen vorbeigeschickt hat", sagte sie und nickte in Richtung Sitzecke. „Setzen wir uns doch."

Sie nahm Platz, schlug die Beine übereinander und lächelte amüsiert, als ich meine Unterlagen hervorholte. „Sie wollen wohl keine Zeit verlieren, was?"

„Nein. Zehn Minuten sind nicht viel, wenn es um ein wichtiges Mandat geht."

Sie lehnte sich in ihren Sessel zurück und lachte schallend. Dann beugte sie sich wieder vor, und ihre Augen glitten neugierig und abtastend über mich. Wenn sie ein Mann wäre, würde ich das jetzt als ziemlich unverschämt empfinden, dachte ich.

„Wie alt sind Sie?“ fragte sie.

„Fünfundzwanzig.“

„Und wie lange arbeiten Sie schon für Freddy?“

„Seit einem Jahr.“

„Und was meinen Sie – warum hat er Sie in die Höhle der Löwin geschickt?“ Die Frage war in eher beiläufigem Ton gestellt, aber ich wußte instinktiv, daß sie eine ehrliche Antwort hören wollte. Ich blickte hoch, und in ihren Augen blitzte es belustigt auf.

„Er weiß, daß Sie von ihm und seinen männlichen Mitarbeitern nicht viel halten.“

„Stimmt. Und weiter?“

Sie wußte natürlich genausogut wie ich, warum Freddy ausgerechnet mich zu ihr geschickt hatte, aber es machte ihr Spaß, herauszufinden, ob ich ihren beharrlichen Fragen ausweichen oder sie ehrlich und direkt beantworten würde. Ihr Blick blieb einen Moment an meinem Mund hängen.

„Ich bin kompetent und kann mich schnell in ein Unternehmen hineindenken.“

„Das glaube ich gerne.“

„Außerdem geht Freddy davon aus, daß Sie lieber mit Frauen zusammenarbeiten.“

„Auch das stimmt. Allerdings ist das allein kein hinreichendes Argument.“

„Sehr lobenswert“, kommentierte ich vorwitzig. „Es reicht, wenn die meisten Männer Aufträge lieber an Geschlechtsgenossen vergeben, statt neutral abzuwägen.“

Ihre Augen wurden zu schmalen Schlitzen, und sie schien zu überlegen, ob sie meine Bemerkung als Frechheit oder als schlichte Meinungsäußerung einstufen sollte.

„Ganz recht“, sagte sie dann. „Lassen Sie mal hören, was Sie von meinen Unternehmen wissen und wie Sie sich unsere Zusammenarbeit vorstellen.“

Eine halbe Stunde lang löcherte sie mich mit allgemeinen und speziellen Fragen, und ich gab mich ruhig und konzentriert, obwohl mir langsam, aber sicher der Schweiß auf die Stirn trat. Vera war auf einer Wirtschaftsfachschule gewesen, das wußte ich aus den Unterlagen, aber ihre eigentlichen Kenntnisse hatte sie direkt durch die Praxis erworben, was hundertmal mehr wog. Zahlen und Statistiken waren für sie kein totes Material, sondern Ausdruck ihres Erfolges oder Nichterfolges, und sie wurde ärgerlich, wenn man ihr eine x-beliebige Gewinn- oder Verlustsumme nannte und nicht sofort die dahinterliegenden Ursachen erläuterte oder zumindest versuchte, sie zu ergründen. Abgehobenes Geschwafel, wie sie langatmige, theoretisch fundierte Erläuterungen mit zehn Fremdwörtern pro Minute und komplexen Rechenmodellen nannte, diene hauptsächlich dazu, die Tatsachen zu verschleiern oder Nichteingeweihten das Gefühl zu vermitteln, sie hätten sowieso keine Ahnung.

„Im Grunde genommen sind wirtschaftliche Abläufe ganz einfach, sozusagen ein Kinderspiel“, bemerkte sie schließlich. „Entweder es bleibt am Ende des Monats etwas übrig oder man zahlt drauf. Und je mehr übrig bleibt, desto besser.“ Sie ging zur Bar und goß sich einen Wodka ein. „Mögen Sie auch?“

Ich schüttelte den Kopf. Aus den zehn Minuten war inzwischen eine Dreiviertelstunde geworden, und ich spürte, daß die Anspannung ihren Tribut forderte. Vera trank einen Schluck und setzte sich mit dem Glas in der Hand wieder zu mir.

„So weit, so gut“, sagte sie und lächelte spitzbübisch. „Wie lange haben Sie gebraucht, um sich in die Paulsen-Unternehmen einzuarbeiten?“

„Zwei Tage und zwei halbe Nächte.“

„Nicht schlecht. Ich schlage vor, wir machen am kommenden Wochenende weiter. Ich bin in den nächsten Tagen damit beschäftigt, alle möglichen Formalitäten zu erledigen, und habe rund um die Uhr Termine. Samstagabend müßte ich Zeit haben. Fragen Sie Petra, die kann Ihnen Genaueres sagen."

Ich packte meine Unterlagen zusammen und stand auf. Den ersten Durchgang hatte ich bestanden. „Und was darf ich Freddy sagen? Haben Sie sich entschieden?"

Sie erhob sich ebenfalls und warf mir einen ironischen Blick zu. „Ich habe mich zu einer zweiten Sitzung entschieden. Das können Sie Freddy gerne sagen. Aus mir unverständlichen Gründen hat mein Vater immer große Stücke auf ihn gehalten. Ich teile zwar seine Ansicht nicht, aber ich werfe sie auch nicht so einfach über Bord."

„Es tut mir leid, daß Ihr Vater so plötzlich gestorben ist", beeilte ich mich zu versichern.

Sie winkte rasch ab. „Vergessen Sie es – ich kann Beileidsbekundungen nicht ausstehen. Er hatte einen leichten Tod, jedenfalls soweit ich das beurteilen kann, und nun liegt es an mir, ohne ihn klarzukommen."

Sie vermißt ihn ganz schrecklich, überlegte ich, doch bevor sich der Gedanke auf meinem Gesicht widerspiegeln konnte, öffnete Vera die Tür und gab mir die Hand. Petra schaute mit verblüfftem Gesichtsausdruck hoch. Offensichtlich war sie überrascht, mich nach fast einer Stunde im Büro ihrer Chefin unversehrt wiederzusehen.

„Gib dem Herzchen Samstagabend einen weiteren Termin", sagte Vera zu ihrer Mitarbeiterin und verschwand in ihrem Büro.

„Natürlich", antwortete Petra rasch und starrte einen Augenblick auf die geschlossene Tür, bevor sie im Kalender zu blättern begann. „Um halb neun. Paßt Ihnen das?"

Selbstverständlich paßte mir das. Ich verließ mit erhobenem Kopf das Haus, aber meine Knie waren ziemlich weich. An diesem Abend absolvierte ich ein besonders hartes Training, und als ich im Bett lag, schmerzte jeder einzelne Muskel und jede einzelne Sehne.

Freddy hatte mich bis auf weiteres ausschließlich für die Paulsen-Unternehmen freigestellt, und obwohl ich wußte, daß es nicht souverän war, Dirk gegenüber Genugtuung zu empfinden, gönnte ich mir ein leises Lächeln, als ich meinen Schreibtisch aufräumte und ihm einen ganzen Stapel Vorgänge zurückgab. Es war gar nicht nötig, ihm Kaffee ins Gesicht zu schütten – ob nun heiß oder kalt.

Heute weiß ich nicht mehr, was ich erwartet hatte, als ich am Samstagabend pünktlich um halb neun an Veras Tür klingelte, aber sicherlich war ich nicht davon ausgegangen, um diese Zeit noch betriebsame Arbeitsatmosphäre vorzufinden. Petra bediente zwei Telefone gleichzeitig, ordnete nebenbei Belege, machte sich eifrig Notizen und kochte zwischendurch Kaffee. Aus Veras Büro drangen laute Stimmen, und es war unüberhörbar, daß die Diskussion nicht immer auf dem feinsten sprachlichen Niveau stattfand. Wie ich einzelnen Gesprächsfetzen entnehmen konnte, ging es um Unregelmäßigkeiten bei der Kassenabrechnung in einem Braunschweiger Lokal. Petra stieß einen tiefen Seufzer aus, als Vera ihrem Unmut besonders saftig Ausdruck verlieh.

„Tut mir leid, es dauert noch ein paar Minuten. Es ist etwas dazwischen gekommen“, entschuldigte sie sich bei mir.

„Macht nichts“, erwiderte ich gleichmütig. „Es gibt Dinge, die nicht auf die lange Bank geschoben werden können.“

Sie lächelte erleichtert und schreckte zusammen, als sich Vera über die Telefonanlage meldete. „Ist das Herzchen schon da?“

Ich horchte auf. Schon zum zweiten Mal dieser Ausdruck. Herzchen hatte außer ihr bisher noch niemand zu mir gesagt.

„Ja, seit fünf Minuten, Frau Paulsen.“

„Gut, sag ihr, ich bin gleich soweit. Und noch was, Petra – falls dieser Nichtsnutz von meinem Bruder noch einmal anruft, richte ihm aus, er kann sich den Scheck bei mir abholen, wenn er seine Therapie erfolgreich durchgezogen hat. Ansonsten könnte er mich mal kreuzweise. Klar?"

„Absolut klar."

Zehn Minuten später verließen zwei Männer Veras Büro. Einer von ihnen war ein dicklicher, rotgesichtiger Typ Ende Vierzig, der mit zusammengepreßten Lippen grußlos an uns vorbeischoß. Der andere war groß und schlank und ließ sich mehr Zeit, aber die blasse Nase verriet, daß auch er schon nettere Abende verlebt hatte. Vera stand in der Tür. Diesmal trug sie weiße Hosen und einen langen taubenblauen Kaschmirpullover. Sie lächelte, als hätte sie gerade freundliche Konversation betrieben, und lediglich ein feiner angespannter Zug um den Mund verriet, daß sie aufgebracht war. Wir nahmen wieder in der Sitzecke Platz, und sie musterte mich erneut ohne Scheu von oben bis unten.

„Na gut, das hätten wir auch erledigt", sagte sie dann, und in ihren Augen blitzte es auf. „Die beiden haben wirklich geglaubt, sie könnten mich aufs Kreuz legen, und ich würde nicht merken, daß die angegebenen Einnahmen nicht hinhauen." Sie schüttelte empört den Kopf, und eine zarte Wolke ihres herben Parfüms stieg mir in die Nase. Mandel und Kiwi.

„Wie merkt man denn so was?" fragte ich.

„Interessiert Sie das wirklich, Herzchen?"

„Sonst würde ich nicht fragen."

„Soso." Ein spöttischer Zug umspielte ihren Mund. „Nun, es ist ziemlich einfach – ich führe für jedes Lokal eine detaillierte Liste, in der ich Einnahmen und Ausgaben vermerke – Tag für Tag, Woche für Woche, Jahr für Jahr. Schwankungen, die den üblichen Rahmen sprengen, bekomme ich sofort mit. Will mich ein Geschäftsführer beschummeln, ohne daß ich es merke, darf er nicht zu gierig sein, aber die meisten Geschäftsführer, die schummeln, werden über kurz oder lang zu gierig. Wenn ich nicht hundertprozentig sicher bin oder keine handfesten Beweise habe, setze ich mich einige Abende lang in das betreffende Lokal, beobachte die Gäste und schätze die Einnahmen. Ich habe so viel Erfahrung, daß ich ungefähr sagen kann, wieviel an einem Freitagabend in einem Speiselokal in der Kasse sein muß, wenn, sagen wir, hundert Essen über den Tresen gegangen sind."

Ich runzelte die Stirn. „Aber man kennt Sie doch. Wer wird denn so dumm sein, Einnahmen abzuzweigen, während Sie unter den Gästen sitzen?"

„Es weiß ja niemand, daß ich unter den Gästen sitze", erwiderte sie vergnügt, als hätte sie nur auf diese Frage gewartet. „Ich verkleide mich."

Ich warf ihr einen erstaunten Blick zu. „Wie beim Fasching?"

„Ja, und Sie können mir glauben, daß mich niemand erkennt, ob ich nun als Mann den Schauplatz betrete oder eine verträumte Frau spiele. Die Menschen sehen nur das, was sie sehen wollen."

Die Vorstellung gefiel mir. Aber merkwürdigerweise war ich fest davon überzeugt, daß ich Vera, egal, wie sie sich verkleiden mochte, erkennen würde. Vielleicht nicht auf den ersten, aber sicherlich auf den zweiten Blick.

Vera stand abrupt auf. „Packen Sie Ihre Sachen zusammen, wir gehen essen. Was es noch zu klären gibt, können wir auch in einem Restaurant besprechen." Ihr Ton duldete keinerlei Widerspruch.

Vera liebte griechisches Essen, und so besuchten wir ein Lokal in der Innenstadt, in dem sie offenbar Stammgast war. Sie aß und trank und erzählte aus ihrem Alltag als Geschäftsfrau, und obwohl sie belustigt feststellte, daß ich ein sehr schweigsamer Mensch wäre, hemmte das ihre Mitteilungsfreude nicht einen Moment. Es schien sie eher noch anzuspornen. Als wir beim Kaffee angelangt waren, holte ich meine Unterlagen heraus, und Vera schaltete sofort um. Sie befragte mich über ihre Wertanlagen, wollte einiges über Subventionsmöglichkeiten wissen und ließ sich zwei Bilanzen im Detail erläutern. Ich war gut vorbereitet, und während mein Kaffee kalt wurde, beantwortete ich ihre Fragen sachlich und konzentriert. Schließlich schwieg sie und ließ mich nicht aus den Augen.

„Du bist fleißig gewesen, Herzchen", bemerkte sie. „Das freut mich. Ihr habt das Mandat – allerdings nur unter der Voraussetzung, daß du dich vorrangig um meine Angelegenheiten kümmerst. Freddy werde ich entsprechend informieren. Du erhältst die nötigen Unterlagen und Belege entweder von Petra oder von mir persönlich. Mein Arbeitstag endet gewöhnlich nicht um siebzehn Uhr, es kann also gut sein, daß ich dich auch mal abends um zehn oder am Wochenende anrufe, weil ich ein paar Zahlen brauche." Sie winkte dem Kellner und bestellte einen Ouzo, nachdem ich kopfschüttelnd erklärt hatte, daß ich keinen Schnaps trank. „Ansonsten bin ich meist unterwegs und klappere meine Läden ab. Unerwartete Präsenz löst häufig einen ausgesprochen erfreulichen Arbeitseifer aus." Sie kippte den Ouzo in einem Zug hinunter und lächelte siegesgewiß. Sie hat Spaß am Leben, dachte ich, meistens jedenfalls. Sie ist eine Kämpferin, und sie verliert selten.

Es war inzwischen nach Mitternacht, aber ich fühlte mich trotz meiner Erschöpfung nicht müde. Vera ließ sich den Weg zu mir nach Hause beschreiben und hielt mit quietschenden Reifen am Straßenrand. Sie wandte sich zu mir um, und die eine Hälfte ihres Gesichts wurde von einer Laterne beschienen, während die andere im Dunkeln lag.

„Bis bald, Herzchen", sagte sie.

Ich gab ihr die Hand. „Vielen Dank, und ich hoffe auf eine gute Zusammenarbeit."

Freddy wies mir ein eigenes kleines Büro zu. Von einem Tag auf den anderen war ich eine vollwertige Mitarbeiterin, mehr noch:

Ich war eigenverantwortlich für unsere wichtigste Mandantin zuständig und organisierte meine Arbeit selbst.

Zwei Monate lang hörte ich nichts von Vera. Petra schickte mir regelmäßig alle erforderlichen Belege zu. Manchmal lag ein handgeschriebener Gruß von Vera dabei, doch das war die Ausnahme. Den Unterlagen konnte ich entnehmen, daß sie eifrig dabei war, ihre Geschäfte weiter auszubauen. Alle Verträge trugen eindeutig ihre ganz persönliche Handschrift, und ich war beeindruckt, wie geschickt sie sich durchsetzte, und verwundert über ihren großen Erfolgsdrang.

Anfang Dezember meldete sie sich telefonisch.

„Ich bin wieder im Land, Herzchen“, rief sie munter, und ihre Stimme klang, als hätten wir erst zwei Tage zuvor miteinander gesprochen. „Hast du am Wochenende Zeit? Ich möchte einiges mit dir bereden.“

Ich legte den Stift beiseite und wechselte mit dem Hörer von einem Ohr zum anderen. „Natürlich. Samstagabend?“

Sie lachte. „Bist du eigentlich immer so gelassen?“

Ich lächelte. „Meistens. Gegen acht?“

„Acht Uhr ist gut.“

Sie öffnete mir selbst die Tür, und einen Moment stutzte ich verwirrt. Vera, die mit genau dieser Reaktion gerechnet hatte, brach in schallendes Gelächter aus, während sie nach meinem Arm griff und mich ins Haus zog. Sie trug eine bunte Küchenschürze und eine große weiße Kochmütze, unter der einzelne Haarsträhnen hervorquollen.

„Ich probiere eine neue Tomatensauce aus, die mein italienischer Koch mir letztens serviert hat. Im Moment bezweifle ich jedoch, daß ich sie auch nur annähernd so hinbekomme wie er. Ich hoffe, du magst Nudeln?“

Manchmal, dachte ich, nickte aber zustimmend und folgte ihr durch einen Flur, der in die Privaträume führte, zur Küche.

Auf dem Herd blubberte es in zwei Töpfen leise vor sich hin, aus einem dritten stieg Wasserdampf empor, und es roch nach Knoblauch und Thymian. Vor einem breiten Tresen standen zwei hohe Hocker, und Vera bedeutete mir, Platz zu nehmen, während sie nach einem Löffel griff und mit skeptischer Miene die Sauce kostete.

„Also, ich weiß nicht, die schmeckt irgendwie anders. Probier du doch mal." Sie trat zu mir und hielt mir den Löffel hin. Ihre Augen hefteten sich auf meine Lippen, und ich öffnete sie. Vera schob mir den Löffel behutsam in den Mund, und ich spürte, wie die heiße, mit Paprika und Knoblauch gewürzte Tomatensauce mir die Zunge verbrannte. Ihr amüsierter Blick wurde von einem Moment zum nächsten herausfordernd. Sie hob die Hand und strich mit dem Zeigefinger über meinen Mund, bis ich das Gefühl hatte, meine Lippen glühten. „Ein Tomatenfleck", sagte sie.

„Ja", gab ich zurück und nahm ihren Finger in den Mund. Ich spürte, wie er zitterte, stellte mir vor, er würde über meinen Hals streichen, in mein Ohr schlüpfen, meine Wirbelsäule entlangwandern und die Oberschenkel abtasten, um sich dann zwischen meine Beine zu schieben.

Vera trat ganz nah zu mir, und immer noch war ihr Finger in meinem Mund. „Bist du sehr hungrig?" Mit der anderen Hand griff sie nach meinem Nacken und zog meinen Kopf dicht an ihren. Einen Moment lieferten sich unsere Augen ein stummes Gefecht, dann gab ich mit einem leisen Lächeln, bei dem ihr Finger aus meinem Mund glitt, nach und überließ ihr die Regie. Ich konnte warten. Sie öffnete meine Bluse und zog den Reißverschluß meiner Hose herunter.

„Ich bin mal gespannt, ob du weiterhin so gelassen bleibst", sagte sie mit rauher Stimme. Ihre Zunge fuhr zwischen meinen Brüsten entlang, und der Tomatenfinger kroch in meinen Schoß. Ich biß ihr in den Hals, und sie lachte.

„Die Sauce kocht über", flüsterte ich.

„Nicht nur die Sauce."

Sie stieß immer kräftiger zu, und ich kam, während die Wolke aus Tomaten und Gewürzen immer dichter wurde und es brenzlig zu riechen begann. Meine Hände vergruben sich in ihren Haaren, und sie stöhnte laut auf. Einen Augenblick später hob sie den Kopf. „Scheiße", sagte sie. „Der Herd ist vollkommen versaut."

Wir rührten eine Tütensoße an und aßen, ohne ein einziges Wort zu sprechen. Dann nahm sie meine Hand und führte mich in ihr Schlafzimmer. Vor dem Bett blieb sie stehen und öffnete den Mund. Sie sah aus, als wollte sie mir Anweisungen geben. Ich schüttelte den Kopf und stieß sie sacht aufs Bett. Sie streckte sich aus und lächelte erwartungsvoll. Unter der Schürze trug sie einen knielangen Rock und darunter gar nichts. Ich setzte mich zwischen ihre Beine und schob den Rock nach oben. Ihr Atem ging schnell, und ihre Pupillen weiteten sich.

„Ich bin nicht fürs Sanfte", knurrte sie, aber ich beugte mich herab und war so sanft wie nie zuvor.

Sie schrie und bäumte sich auf, und ich hielt ihre Hände fest und spürte, wie ihr ganzer Körper bebte und vibrierte und allmählich wieder zur Ruhe kam.

Im Morgengrauen brach ich leise auf. In der Nacht hatte Vera sich noch zweimal über mich gerollt, und ich fühlte jetzt noch ihre Küsse, ihren Atem und ihre Zähne. Sie drehte sich auf die andere Seite, als ich die Tür öffnete, und seufzte wohlig und zufrieden.

Als sie am Nachmittag anrief, fragte sie nicht, warum ich einfach gegangen war. Und ich fragte nicht, wann wir uns wiedersehen würden. Wir sprachen nicht von Liebe, Sehnsucht und Treue, und wir schmiedeten keine Pläne. Das war der Beginn unserer Beziehung.

Linda

Meine Schwester kam mir so langsam entgegen, als befürchtete sie, ansonsten ihr sorgfältiges Outfit aus dunkelgrünen Leinenhosen, dazu passender Weste und rostroter Seidenbluse in Unordnung zu bringen. Ich warf das Büschel Unkraut, das ich gerade der Erde entrissen hatte, in den bereitstehenden Eimer und richtete mich auf. Claudia sah umwerfend aus – ganz die junge, karrierebewußte Frau aus gutem Hause. Ihr Lächeln war eine Spur zu verbindlich, und ich wußte, daß sie unseren nach wie vor spärlichen Kontakt hauptsächlich mir in die Schuhe schob.

„Wenn du nicht zu mir kommst, komme ich eben zu dir“, begrüßte sie mich in einem wohl herzlich gemeinten Ton und setzte sich auf die Gartenbank unter dem Apfelbaum. „Hast du einen Kaffee für mich?“

„Ja, der dürfte inzwischen durchgelaufen sein – Bettina hat sich nämlich angesagt. Sie hat heute ihren kinderfreien Nachmittag.“ Ich klopfte mir die Erde von den Händen und machte rasch eine beschwichtigende Geste, als ich den verkniffenen Zug um Claudias Mund bemerkte. „Das ist selbstverständlich nicht als Rausschmiß zu verstehen.“

„Bist du sicher?“

„Ja, ganz sicher. Ich hole uns zwei Tassen. Magst du auch ein Stück Kuchen?“

Claudia winkte ab und folgte mir auf die Terrasse. „Nein, danke, ich komme allmählich in die Jahre, wo ich nicht mehr so sorglos alles essen darf, worauf ich gerade Appetit habe.“

Ich musterte sie von oben bis unten und lachte leise, als sie sofort den Bauch einzog. „Du wiegst nicht ein Gramm mehr als vor zehn Jahren.“

„Da täusch dich mal nicht.“

Ich zuckte die Schultern und ging in die Küche, während sie in einem Gartenstuhl Platz nahm.

„Wo ist eigentlich Erik?“ fragte sie, als ich zurückkam.

„Der ist mit dem Fahrrad unterwegs.“

Claudia nickte. Sie wandte mir das Gesicht zu und lächelte munter. „Ich möchte dich am übernächsten Samstag zu einem Grillfest einladen. Mama, Papa und Joachims Eltern werden auch dabei sein, außerdem unsere Nachbarn und zwei Kollegen aus dem Werk. Und Anna will ich auch noch einladen.“

Ich stellte meine Tasse ab und bemühte mich um einen interessierten Gesichtsausdruck. „Was gibt es denn zu feiern?“

Claudia hob schwungvoll die Hände. „Das Haus ist fertig – fix und fertig. Mit Ausnahme des Gartens, da wartet noch ein bißchen Arbeit.“

Sie warf mir einen bedeutungsvollen Blick zu. Mein Hochzeitsgeschenk an sie und Joachim, nämlich beim Anlegen des Gartens tatkräftig mitzuwirken, stand noch aus, und ich wußte, daß ich mich nicht mehr lange davor drücken konnte. Im Juli und August habe ich ja genug Zeit, dachte ich zynisch.

„Aber ansonsten sieht es jetzt so richtig edel aus“, fuhr Claudia fort, und ihre Wangen röteten sich. „Ich habe mein Arbeitszimmer unter dem Dach, Joachim hat sich im Keller eine Werkstatt eingerichtet, und der Partyraum ist auch schon fertig.“

Wahrscheinlich holzvertäfelt und mit einer echten Bonanza-Saloonbar, mutmaßte ich im stillen.

„Wir haben die Wände mit Holz vertäfelt, und Joachims Vater hat uns eine Westernbar geschenkt“, bemerkte Claudia stolz.

Ich schluckte und biß mir auf die Lippen. „Und das soll jetzt gebührend gefeiert werden?“ Ich hörte, daß vorn im Hof eine Wagentür kräftig zugeschlagen wurde, und war froh über die Ablenkung.

„Ja – sozusagen als Einstandsfest. Gegen sechs Uhr geht es los. Mit Erdbeerkuchen, Spanferkel, Salaten, Sekt und Selters.“

„Klingt vielversprechend“, kommentierte Bettina, als sie um die Ecke kam. Sie begrüßte uns in ihrer überschwenglichen Art und staunte Claudia dann mit großen Augen an. „Du siehst ja echt klasse aus! Das Eheleben bekommt dir offenbar sehr gut. Na ja, im ersten halben Jahr scheint meistens die Sonne. Was danach folgt, möchte ich dir jetzt noch nicht im einzelnen schildern."

Ich stand auf und holte eine weitere Tasse, während mir der übernächste Samstag durch den Kopf geisterte. Irgendwas war da doch gewesen. Als ich zurückkam, warf Bettina mir einen spitzbübischen Blick zu. „Ich dachte, ich hätte was von Kuchen gehört."

Ich verdrehte die Augen und hastete erneut ins Haus. Im Hintergrund hörte ich, wie Bettina Claudia davon vorschwärmte, daß sie fast fünf Kilo abgenommen hätte, obwohl sie nach wie vor nicht auf Süßigkeiten verzichtete. Ihr Stoffwechsel hat sich bei all den Schmetterlingen im Bauch wahrscheinlich verdreifacht, überlegte ich, versagte mir aber jede sarkastische Bemerkung, als Bettina mit sichtlich gutem Appetit dem Streuselkuchen zu Leibe rückte.

„Du kommst also", rückte Claudia ihr Grillfest noch einmal in den Mittelpunkt. „Erik ist selbstverständlich auch mit von der Partie."

Plötzlich wußte ich, was es mit jenem Samstag auf sich hatte. Ich schaute meine Schwester mit unschuldigen Augen an.

„Du liebe Güte, jetzt fällt es mir wieder ein", sagte ich in bedauerndem Ton, während ich Bettinas forschenden Blick auf mir spürte. „Ich bin gar nicht da. Corinna hat mich schon im letzten Monat für dieses Wochenende nach Berlin eingeladen."

Claudia zog eine verdrießliche Miene. „Und das läßt sich nicht verschieben?"

Ich schüttelte den Kopf. „Wir nehmen am CSD teil."

Bettina hielt mitten im Kauen inne. „CSD?"

„Christopher-Street-Day", erklärte ich sanft, als wäre ich häufiger in der Situation, Uneingeweihten diesen mir selbstverständlich seit Jahrzehnten vertrauten Begriff erläutern zu müssen.

„Die Lesben- und Schwulen-Demo?“ fragte Bettina, und ihre Augen weiteten sich ungläubig. „Da willst du mitmachen?“ Ich hätte mein Auto darauf verwettet, daß sie davon überzeugt war, ich würde mich lediglich vor der Grillparty drücken und dafür den CSD als Ausrede benutzen wollen. Wobei es wohl ihrer Meinung nach gewiß elegantere Ausreden gab.

Claudia strich ihre Hose glatt. „Du meinst die Geschichte, wo homosexuelle Männer in Frauenklamotten und Stöckelschuhen und kurzhaarige Frauen in Anzügen durch die Straßen tanzen?“ fragte sie entgeistert.

Bettina hüstelte. Ich zuckte betont ungerührt die Schultern.

„So ungefähr. Keine Ahnung, wie das genau abläuft“, erwiderte ich gleichmütig. „Wenn ich zurück bin, kann ich dir mehr darüber erzählen.“

„Na ja, du mußt selbst wissen, was du tust“, erklärte Claudia nach einer kurzen Pause salbungsvoll, und ihre Stimme ließ keinerlei Zweifel daran aufkommen, daß sie mir die Absage übelnahm und meinen Berlin-Besuch unter der Rubrik *Linda fällt mal wieder völlig aus der Rolle* ablegte.

„Winkst du uns dann zu?“ fragte Bettina plötzlich breit grinsend und legte ihre Kuchengabel beiseite.

Claudia und ich wechselten einen fragenden Blick, dann schauten wir Bettina wieder an, die einen Schluck Kaffee trank und unsere Begriffsstutzigkeit in vollen Zügen genoß.

„Ich verstehe nicht“, gab ich zu.

„Na, soweit ich weiß, berichtet die *Tagesschau* immer mit einigen Ausschnitten von diesem Ereignis. Wir sollten uns alle vor dem Fernseher versammeln und nach dir Ausschau halten. Und du gibst dann die Telewinkerin, von wegen: Linda grüßt ihre Lieben in Wolfsburg. Wär das nichts?“

Die Vorstellung bereitete Bettina diebisches Vergnügen. Sie konnte kaum stillsitzen und weidete sich an Claudias aufgerissenen Augen, in denen sich zugleich Empörung und Verunsicherung spiegelten. Ich sah meine Mutter vor mir, wie sie mit angehaltenem Atem zwischen Tausenden von Lesben und Schwulen ihre Tochter entdeckte und in Windeseile nach der Fernbedienung griff, um das Programm zu wechseln. Dann lieber gleich *Gute Zeiten, schlechte Zeiten.* Ein nervöses Kichern entfuhr mir, und gleichzeitig warf ich Bettina einen Blick zu, der sie eigentlich in Sekundenschnelle hätte vereisen lassen müssen.

„Sehr komisch", erwiderte Claudia schließlich brüsk und erhob sich. „Ich muß jetzt los. Vielleicht meldest du dich ja mal."

„Aber ja, da findet sich bestimmt eine Gelegenheit", sagte ich im Aufstehen.

Sie gab mir einen flüchtigen Kuß auf die Wange und schwebte davon. Bettina verschränkte die Arme vor der Brust und blickte ihr einen Moment hinterher. „Du liebe Güte – ist das frostig zwischen euch. Ich hab ja gewußt, daß ihr nicht mehr ein Herz und eine Seele seid, aber ihr habt euch wirklich kaum noch was zu sagen."

Ich verzog den Mund und setzte mich wieder. „Stimmt. Sie fährt völlig auf Job und Haus, Karriere und Geld ab, und wir finden keinen Draht mehr zueinander. Also habe ich mich ein ganzes Stück von ihr zurückgezogen."

Bettina nickte nachdenklich. „Stimmt. Ein bißchen zuviel vielleicht?"

„Mag sein. Aber zur Zeit brauche ich das nun mal. Im übrigen reiße ich mich so oder so nicht um Grillfeste im trauten Familienkreis einschließlich VW-Beteiligung."

„Vielleicht möchte sie dich einfach ein wenig mit einbeziehen, weil sie befürchtet, daß du sonst ganz und gar zu einem Velstover Gartenmäuschen verkommst."

Ich blickte sie mißtrauisch an, aber sie hob sofort lachend die Hände.

„Keine Sorge, ich will mich hier nicht therapeutisch betätigen", gluckste sie. „Wahrscheinlich suche ich nur eine elegante

Überleitung zu einem Thema, das mir seit zwei Wochen unter den Nägeln brennt."

Ich lehnte mich entspannt zurück. „Erzähl."

Sie beugte sich vor, und ihre blaßblauen Augen blitzten auf. „Seit meinem zwölften Lebensjahr träume ich davon, Theater zu spielen."

„Wieso träumen? Du setzt das doch seitdem jeden Tag konsequent in die Tat um", wandte ich ein und hielt meinen Scherz für ziemlich gelungen.

„Haha", gab Bettina zurück, aber ihre sauertöpfische Miene war nur gespielt. Im Grunde hatte sie gar keine andere Entgegnung erwartet und hätte sie wahrscheinlich selbst einfließen lassen, wenn ich nicht ausnahmsweise schneller gewesen wäre.

„Wie dem auch sei", fuhr sie fort, als hätte es die Unterbrechung gar nicht gegeben. „Nun gibt es die Möglichkeit, meinen Traum zu verwirklichen."

Schon wieder jemand, die ihre Träume verwirklicht, fuhr es mir durch den Kopf. Gleich erzählt sie mir, daß sie ein Engagement in Buxtehude hat. Oder in Lissabon. Oder sie wandert mit Hardy nach Mexiko aus. Aber ganz so schlimm kam es dann doch nicht.

„Du kennst doch meine Nachbarin?" fragte Bettina und schaute so lange auf meine gerunzelte Stirn, bis sie sich wieder geglättet hatte. „Nein? Nun, Renate ist achtundvierzig und beschäftigt sich seit mehr als zwanzig Jahren fast ausschließlich damit, eine vorbildliche Zahnarzt-Ehefrau und Mutter zu sein. Die Familie bewohnt ein Domizil, für das selbst dieser Begriff noch eine Beleidigung ist. Tag für Tag hegt und pflegt sie zweihundert Quadratmeter Wohn- und Nutzfläche, wie es so schön heißt, geht mit dem Dampfstrahler über weiße Kacheln, schwingt den Staubsauger besonders eifrig, bevor die Putzfrau kommt, häkelt zierliche Tischsets, hört sich die neuesten Theorien über Amalgam an und serviert pünktlich um neunzehn Uhr den Abendcocktail für Gatte Rainer. Die Bude ist so hygienisch rein, daß sich Besucher kaum trauen, tief auszuatmen. Das dürfte selbst dir die Sprache verschlagen, Linda. Weißt du, was sie sich letztes Jahr gekauft hat?"

Ich schüttelte gespannt den Kopf.

„Einen Tischstaubsauger. Damit kann prompt und im Nu der kleinste Krümel vom Tisch gesaugt werden. Wär das nichts für dich?"

Ich kniff die Augen zusammen. „Du hast heute einen ausgesprochen humorvollen Tag. Was haben Renate und ihr blitzsauberes Häuschen mit dem Theaterspielen zu tun?"

„Du kannst es mal wieder nicht abwarten, oder? Ich muß schließlich zunächst einmal die Rahmenbedingungen schildern, bevor ich zum Kern vordringe."

Ich warf einen betont langen Blick auf die Uhr, aber Bettina kicherte nur.

„Im Grunde ist es ganz einfach", setzte sie ihre Erzählung fort. „Renate hat schlicht und ergreifend die Schnauze voll. Der einzige Sohn ist neunzehn und hat mit Ach und Krach sein Abi geschafft. Ansonsten pubertiert er immer noch vor sich hin, hält weibliche Wesen und insbesondere seine Mutter für bessere Putzfrauen, bestenfalls Köchinnen und, bei Bedarf, für Geldanlaufstellen. Bis mittags pennt er, die Nachmittage verbringt er vor dem Computer oder der Glotze, abends ist er auf Achse. Seine Theorie, daß die Erde sich ausschließlich um ihn dreht, bekommt zusätzlich Nahrung durch seine neue Freundin, die ihn nur stumm anhimmelt und einen nahezu fanatischen Ehrgeiz entwickelt, ihm seine Wünsche von den Augen abzulesen. Also, Frauen gibt's!" Bettina schüttelte betrübt den Kopf. „Na ja, aber das Tochterherz scheint auch nicht viel besser zu sein. Sie ist knapp vierzehn und menstruiert mit einer Begeisterung vor sich hin, die ich noch in keinem Elternratgeber beschrieben gefunden habe. Renate auch nicht."

„Wie meinst du das?“ warf ich kichernd dazwischen.

„Sie führt Buch über ihre Blutung und zählt die Binden nicht nur, sondern bringt sie ihrer Mutter auch noch zur Begutachtung vorbei – wie eine Katze, die ihre toten Mäuse oder Vögel brav vor die Schlafzimmertür legt. Nett, oder?“

Ich lachte schallend. „Das ist nicht dein Ernst, Bettina!“

„Doch, genau so hat Renate es mir beschrieben. Wenn du es nicht glaubst, frag sie selbst. Es gibt Dinge, die gibt's gar nicht. Nun ja. Auf jeden Fall hat Renate vor zwei Monaten ihrer baß erstaunten Familie erklärt, daß sie ab sofort ihre eigenen Pläne verfolgen würde. Sie hätte keine Lust mehr, ihre Abende mit Diskussionen über Gebißtheorien zu verbringen, und sie habe die Faxen dicke, die Putzfrau und Köchin für zwei verwöhnte Gören und einen Zahnkünstler zu spielen. Wer Hunger habe, solle zukünftig ernsthaft die Möglichkeit in Erwägung ziehen, selbst einzukaufen und zu kochen. Wenn das Zimmer stinke, sei eine Grundreinigung zu empfehlen. Horrido.“

„Ich nehme mal an, daß Renate den Putzlappen in die Ecke schmeißt, weil auch sie ein Faible fürs Theaterspielen hat oder sogar schon immer hatte“, riet ich.

„Genau – ihr Motto: Selbstverwirklichung vor der Menopause ist besser als gar nichts.“

„Klingt sehr überzeugend“, gab ich zurück, und meine Mundwinkel zuckten.

„Richtig. Renate hat sich auf dem Absatz umgedreht und einen Proben- und Bühnenraum gesucht und gefunden. Sie trommelt in ihrem Freundinnenkreis, liest alles, was sie zum Thema Kleinkunstbühne in die Hände bekommt, ackert sich durch Theaterstücke und guckt stundenlang Kabarettsendungen im Fernsehen. Und soll ich dir was sagen? Seitdem hat sie keine prämenstruellen Beschwerden mehr, der Beruhigungstee ist in die Biotonne gewandert, und die Bandscheibengymnastik fällt flach. Statt dessen fährt sie Fahrrad.“

„Und die Familie? Du willst mir doch nicht erzählen, daß die von heute auf morgen ihren Alltag selbst organisiert haben."

„Natürlich nicht. Aber Renate kann offensichtlich stur wie ein Esel sein. Vier Wochen lang ist sie konsequent über Berge von dreckiger Wäsche gestiegen, hat achselzuckend die Küche verlassen, weil sie den Verwesungsgeruch nicht so angenehm fand und sich ansonsten in ihr Zimmer zurückgezogen und allein versorgt. Irgendwann hatten Gatte und Gören begriffen, daß Mami es ernst meint. Und als die drei sich das erste Mal ans Putzen und Aufräumen machten, wurde anschließend ein Arbeitsplan aufgestellt, an den sich alle halten – jedenfalls zu neunzig Prozent. Und nun soll es so richtig losgehen."

„Nämlich womit?"

„Na, Renate will auf die Bühne. Sie plant ein Stück und sucht nun weitere Schauspielerinnen. Ich bin dabei, und außerdem will ich dich anwerben."

Ich schluckte. „Ich? Also, es ist ja nett, daß du an mich denkst, aber im Gegensatz zu dir ist es nicht der Traum meiner schlaflosen Nächte, auf irgendwelchen Brettern zu stehen, die für manche die Welt bedeuten. Was für ein Stück ist das denn überhaupt?"

Bettina grinste. „Wir erarbeiten es gemeinsam. Es hat eher Kabarett-Charakter und besteht aus einzelnen Sketchen, frei nach dem Motto: *Frauen in Wolfsburg oder: Nur der Polo hört mein Seufzen*. Eine Frau aus Renates ehemaliger Bandscheibengymnastikgruppe hat 'ne ganz flotte Schreibe und ist auch bereit, sich auf die Bühne zu stellen, eine andere kümmert sich um die Kostüme, zwei Freundinnen haben ebenfalls die Putzlappen in die Ecke geschmissen und wollen mitmachen. Ansonsten sind sie noch eifrig mit dem Renovieren des künftigen Theaters beschäftigt."

„Und wo soll das sein?"

„Im Keller des Frauencafés", antwortete sie mit triumphierender Stimme. „Bisher wurde er hauptsächlich als Müllabladeplatz benutzt. Renate hat den Wirtinnen die Sache überaus schmackhaft gemacht – sie übernimmt Kosten und Arbeit, und das Café macht dadurch sicherlich mehr Umsatz. Fünfzig Zuschauerinnen finden da unten garantiert Platz."

Bettinas Begeisterung wirkte ansteckend, und ich konnte mir durchaus vorstellen, bei der Organisation und Vorbereitung mitzumachen, aber als Schauspielerin auf die Bühne? Ich runzelte die Stirn.

„Na, schau es dir doch einfach mal an", schlug sie vor. „Im Moment wird bereits zweimal die Woche geprobt oder vielmehr an einzelnen Szenen gearbeitet – Dienstag und Freitag abend, jeweils ab acht Uhr, versammeln sich ein paar tatkräftige Frauen, um auf einer halbfertigen Bühne, zwischen Farbeimern, Leitern und Holzlatten ihrer Lust am Spielen zu frönen."

„Nett", frotzelte ich. „Und wer paßt auf Erik auf? Ich kann es mir nicht leisten, zweimal die Woche einen Babysitter zu engagieren. Und alleine bleibt er noch nicht."

Bettina seufzte. „Daran habe ich auch schon gedacht. Aber vielleicht findest du ja eine Lösung dafür. Gibt es im Dorf nicht eine nette Omi, die das für eine Flasche Melissengeist übernehmen würde?"

Ich mußte lachen. „Das wären im Monat ungefähr acht Flaschen – dann kann sie bald einen Handel aufmachen oder wird zur Alkoholikerin."

Bettina winkte ab. „Es gibt doch inzwischen schon Babyphones, die einige hundert Meter weit reichen. So ein Teil könnte man doch einer Nachbarin in die Hand drücken, die dann bei Bedarf rübergeht und den Kleinen wieder in den Schlaf singt oder dich notfalls anruft."

„Du gibst nicht so schnell auf, was?"

Bettina zwinkerte mir zu. „Natürlich nicht. Das ist wirklich eine tolle Sache, und ich könnte mir vorstellen, daß es dir auch Spaß machen würde."

Während meine Freundin weiter mit Feuereifer auf mich einredete und sich bis zu ihrem Aufbruch eine knappe Stunde später förmlich in das Theaterthema verbiß, ließ ich meine Gedanken schweifen und dachte an Eriks Freund Tobias, der zwei Häuser weiter wohnte. Die beiden gingen in eine Klasse, besuchten nachmittags denselben Hort und waren seit Monaten unzertrennlich. Es kam häufig vor, daß ich Tobias aus dem Hort mit nach Hause nahm, denn seine Mutter arbeitete in einem Reisebüro und konnte oft nicht pünktlich Feierabend machen. Vielleicht ließ sich hier langfristig eine Vereinbarung treffen. Die Idee mit dem Babyphone war gar nicht schlecht.

Stefanie und Sandra blickten gleichzeitig hoch, als ich einige Tage später um die Mittagszeit das Café betrat, in dem Katharina vor mittlerweile zwei Jahren zum ersten Mal ihre Bilder ausgestellt hatte. Beide standen hinter dem Tresen, Stefanie spülte Gläser, Sandra füllte ein großes Tablett mit Tassen und Salatschüsseln. Viele Gäste saßen bei dem milden Juniwetter draußen. Der Geruch von geschäumter Milch, Kaffee und frischen Brötchen stieg mir verlockend in die Nase.

„Na, willst du den Bücherstaub loswerden und mal einen vernünftigen Kaffee trinken?“ begrüßte mich Stefanie, die neuerdings ihr helles Haar lockig und strähnchenverziert trug, und hob fragend eine braune Tasse. „Mit oder ohne Schokoladenstreusel?“

„Mit natürlich“, entgegnete ich lächelnd und schob mich auf einen der Barhocker.

Stefanie reichte mir den dampfenden Cappuccino. „Was macht die Künstlerin? Bekommt ihr Paris gut?“

„Sehr gut“, antwortete ich einsilbig, probierte von dem süßen Milchschaum und schaute dann Sandra nach, die mit ihrem großen Tablett hinauseilte.

„Darf ich mal einen Blick in den Keller werfen?“ fragte ich.

Stefanie pfiff leise. „Das hat sich aber schnell herumgesprochen. Willst du mitmachen?"

Ich hob die Schultern. „Keine Ahnung. Meine Freundin Bettina ist Feuer und Flamme und gibt nicht eher Ruhe, bis ich mir die ganze Sache selbst angeschaut habe."

„Renate ist unten und lackiert Stühle. Über eine kleine Ablenkung wird sie sich bestimmt freuen."

Schon auf der Treppe strömte mir der frische Farbgeruch entgegen, und als ich die Tür öffnete, sah ich eine Frau, die am Boden kniete und mit hingebungsvollen Bewegungen ein Stuhlbein schreiend rot strich. Dabei fuhr sie immer wieder mit der Zungenspitze über ihre Oberlippe und erinnerte mich an ein Kind, das die ersten Schreibübungen absolviert. Sie trug eine alte Trainingshose und ein T-Shirt, das wohl nur bei Renovierungsmaßnahmen aus dem Schrank geholt wurde. Ihr Haar hatte sie unter einer Baseballmütze verborgen. Als Renate zu mir hochblickte, verrutschte die Mütze, worauf sie sie unwirsch zurechtrückte und der Schirm einen weiteren roten Klecks bekam.

„Hallo, ich bin Linda, eine Freundin von ..."

„Bettina, ich weiß", unterbrach sie mich und erhob sich mit einem wenig damenhaften Ächzen. Die Mütze flog zu Boden.

Renate war klein und füllig und wirkte ausgesprochen agil. Ihre braunen Augen musterten mich eindringlich. Ich sah, daß die letzten Reste einer mindestens schon sechs Monate zurückliegenden Dauerwelle samt Tönung aus ihrem schwarzen Haar herauswuchsen, so daß nun graue Strähnen sichtbar waren. Es fiel mir schwer, in dieser Frau eine Zahnarzt-Gattin zu sehen, die bis vor kurzem eine vorbildliche Hausfrau gewesen war.

„Schau dich um", sagte sie einladend. „Wir sind bald fertig." Sie lächelte und legte mir dann kurz eine Hand auf die Schulter, bevor sie sie schnell zurückzog, weil ihr einfiel, daß sie voller Farbflecke war. „Entschuldige, ich bin neuerdings immer sehr schnell beim Du. Das stört dich doch hoffentlich nicht?"

„Nein.“ Ich schüttelte den Kopf und blickte mich dann genauer um. Es gab noch allerhand zu tun.

„Bettina meint, du seist eine Frau mit Talenten, die noch gar nicht so richtig zum Vorschein gekommen sind.“

„Ach ja?“ Ich vergrub die Hände in den Hosentaschen.

Renate ließ sich auf einen Stuhl fallen, der bereits abgeschliffen war, und streckte die Beine aus. „Aber das trifft ja irgendwie auf die meisten Frauen zu, oder?“

„Ohne Zweifel.“

„Ich finde, wir sollten etwas auf die Beine stellen, bei dem wir und das Publikum Spaß haben. Was meinst du?“

Ich lehnte mich an einen Holzpfosten. „Ja, hört sich gut an. Bettina hat sehr anschaulich geschildert, wie sehr du dich schon in die Sache reingekniet hast. Wenn ich sie richtig verstanden habe, seid ihr an Frauenkabarett interessiert. So eine Mischung aus *Missfits* und *Roseanne?*“

„Ja, aber nicht nur. Ein paar ernsthafte Anstöße dürfen ruhig vorkommen“, entgegnete sie und ließ mich nicht aus den Augen. „Bettina erzählte, daß du gerne schreibst. Wie steht's mit Dialogen? Möglichst bissigen?“

Ich atmete angestrengt aus. „Das habe ich noch nie versucht.“

„Und – hättest du Lust, einen Versuch zu wagen?“

Ich nickte bedächtig. „Ja, ich glaube schon.“

Renate stand wieder auf. „Gut. Komm doch zu unserem nächsten Probenabend. Dann sehen wir weiter.“ Sie verzichtete darauf, mir die Hand zu geben, und wandte sich wieder ihrem Stuhl zu. „Bis demnächst, Linda.“ Dann drehte sie sich erneut zu mir um. „Ach, sag mal, hast du zu Hause vielleicht eine vernünftige Schleifmaschine? Das Teil, was ich hier habe, muß ein günstiges Nachkriegsangebot gewesen sein.“

Ich schmunzelte. „Doch, damit kann ich dienen. Ich bringe sie nächstes Mal mit. Und ich kann sie sogar vernünftig bedienen.“

„Na, prima. Willkommen im Club.“

Während ich die Treppe wieder hinaufstieg, spürte ich, wie mich ein beschwingtes Gefühl ergriff. Als ich die Tür schloß und mich zum Tresen umdrehte, blickte mir eine Frau entgegen. Ricarda. Ich verharrte einen Moment unschlüssig.

„Deine Tante sagte mir, daß du hier bist", begrüßte sie mich und lächelte gewinnend. „Außerdem hatte ich Lust auf einen guten Kaffee. Und die Bedienung sagte mir, du wärst im Keller, um dir das zukünftige Theater anzuschauen."

Ich ging langsam zu ihr und blieb neben ihrem Hocker stehen. „Ja, eine Freundin von mir ist mit Feuereifer dabei."

Ricardas Gesicht wurde auf einmal ungewohnt lebhaft. „Eine schöne Sache", sagte sie. „Kostüme, in andere Rollen schlüpfen. Schade, daß ich dafür keine Zeit finde. Aber ich kann mir vorstellen, daß du dich gut auf der Bühne machen würdest."

Ich schüttelte verblüfft den Kopf. Doch bevor ich zu einer geistreichen Entgegnung ansetzen konnte, blickte sie mich erwartungsvoll an. „Was willst du spielen? Dramatische Rollen? Melancholische? Liebe, Abenteuer, Schmerz, Witz?"

„Bisher ist noch gar nicht die Rede davon, daß ich überhaupt mitspiele", erwiderte ich verhalten, und gleichzeitig fragte ich mich, warum mich Ricardas Einschätzung so unangenehm berührte.

Wenig später gingen wir hinüber in die Buchhandlung, und Ricarda durchforstete eine halbe Stunde lang die Kunstabteilung, während ich im *Verzeichnis lieferbarer Bücher* nach Titeln zum Thema Bildhauerei suchte. Ricarda bat mich, zwei Bücher zu bestellen, drei andere nahm sie gleich mit. Dann verabschiedete sie sich mit einem gleichmütigen Lächeln, das ich kaum erwiderte.

Tobias' Mutter war sehr entgegenkommend. Als ich Erik an diesem Abend von seinem Freund abholte und ihr bei der Gelegenheit vorschlug, ihren Sohn regelmäßig vom Hort mit nach Hause zu nehmen, während sie im Gegenzug Erik per Babyphone hütete, falls ich mich tatsächlich in die Theaterarbeit stürzen würde, war sie hocherfreut.

„Das gibt mir endlich die Möglichkeit, mich zu revanchieren“, meinte sie und strahlte mich an.

„Und ich müßte keinen Babysitter engagieren“, gab ich zurück, und wir schüttelten uns die Hände.

So einfach kann das manchmal sein, dachte ich, als ich mit Erik nach Hause ging und ihn unter die Dusche stellte. Später telefonierte ich mit Jan, der am letzten Juni-Wochenende Zeit hatte und mit seinem Sohn den Zoo in Hannover besuchen wollte. So war das also auch geklärt.

Am Freitagabend brach ich nach Berlin auf, und ich brauchte für die zweihundertdreißig Kilometer sage und schreibe vier Stunden. Inmitten einer zäh dahinschleichenden Blechlawine quälte ich mich von Stau zu Stau und überlegte mehr als einmal zähneknirschend, an der nächsten Ausfahrt abzufahren und umzukehren. Doch als ich kurz nach Mitternacht bei Corinna klingelte, war ich froh, durchgehalten zu haben. Sie umarmte mich so stürmisch, als hätten wir uns Jahre nicht gesehen.

„Meine Güte, ich dachte schon, du müßtest auf der Autobahn übernachten!“ rief sie und nahm mir meine Tasche ab.

„Ich hatte ähnliche Befürchtungen“, erwiderte ich und schaute mich um.

Corinnas Altbauwohnung gefiel mir gut. Die Zimmer waren groß und geräumig, und trotz der offenen Fenster war der Straßenlärm nur gedämpft zu vernehmen. Eine junge Frau kam mir aus der Küche entgegen und lächelte mich verschmitzt an.

„Ich bin Meike“, sagte sie und gab mir die Hand.

Meike hatte eine Stupsnase, runde Wangen und dunkelblonde zerzauste Haare. Sie wirkte unbekümmert und jungenhaft, und ihre Figur hatte große Ähnlichkeit mit meiner. Wir saßen noch eine knappe Stunde zusammen, doch schließlich konnte ich mein

Gähnen nicht mehr unterdrücken. Die beiden brachten eine Matratze und Bettzeug ins Wohnzimmer, und ich streckte mich wohlig aus. Einen Moment lauschte ich den ungewohnten Geräuschen, dann schlief ich innerhalb weniger Sekunden ein.

Ich schreckte hoch, als die Tür aufgerissen wurde und Meike mir ein sorglos lautes „Guten Morgen!" zuwarf.

„Fladenbrot oder Croissants?" fügte sie mit einem herzhaften Gähnen hinzu und räkelte sich behaglich.

Ich schaute verwirrt auf meine Uhr, um verblüfft festzustellen, daß es bereits zehn Uhr war und ich seit ewigen Zeiten nicht mehr so lange geschlafen hatte.

„Was willst du anziehen?" fragte Corinna lächelnd, als ich die beiden beim Frühstück verstohlen musterte.

Corinna und Meike trugen kurze schwarze Hosen und T-Shirts in den Regenbogenfarben. Sie waren geschminkt, rochen wie blühende Sommerwiesen und turtelten herum, als stünde ihre Verlobung unmittelbar bevor.

„Nichts Besonderes", gab ich achselzuckend zurück und trank einen Schluck Kaffee. „Jeans und Bluse."

Meike blies entrüstet die Wangen auf. „Du willst wirklich in deiner stinknormalen Alltagskleidung auf den CSD gehen? Tu uns das nicht an!"

Ich stellte meine Tasse ab. „Was ist denn dagegen einzuwenden? Oder wird man nur auf die Straße gelassen, wenn man eine bestimmte Etikette befolgt?"

Meike starrte mich fassungslos an, doch bevor sie sich äußern konnte, griff Corinna ein.

„Du kannst natürlich anziehen, was du willst", erklärte sie besonnen. „Aber hättest du nicht vielleicht Spaß daran, dich ein bißchen zu verkleiden oder etwas Ungewöhnliches anzuziehen? Was hältst du von einem Tuch in den Regenbogenfarben?"

Der Vorschlag war gut, und ich nahm ihn nach kurzem Zögern an. Wenig später hatte Corinna das Tuch als Schärpe um meine Hüften geschlungen, meine Nase war mit kleinen silbernen Sternchen besprenkelt, und Meike lieh mir einen Hut, der mir wider Erwarten sehr gut gefiel.

Wir fuhren mit der U-Bahn zum Ku'damm, und von einem Augenblick zum nächsten verflog meine laue Stimmung und wich atemloser Aufregung. Ich konnte guten Gewissens behaupten, so etwas noch nie gesehen zu haben – ein Gewühl von johlenden und tanzenden Menschen, grellen Farben und lauter Musik, verrückten Kostümen und unbeschwerter Fröhlichkeit. Die Menge teilte sich in diejenigen, die tanzend, trinkend und singend mit den geschmückten Wagen mitliefen, und denjenigen, die neugierig und staunend die Straßen säumten, mittanzten und begeistert klatschten oder fassungslos zuschauten. Es war heiß, und ich begann innerhalb von fünf Minuten zu schwitzen, während ich neben Corinna und Meike herging und nicht wußte, wohin ich zuerst und zuletzt schauen sollte, um ja nichts zu verpassen. Wir schlossen uns einem Wagen an, der unablässig Oldies spielte, und ehe ich's mich versah, trank ich abwechselnd Sekt und Selters, flirtete mit einem Schwulen aus Düsseldorf und winkte den Leuten zu, die das Spektakel von den Fenstern und Balkonen ihrer Wohnungen aus beobachteten. Ich fühlte mich – ja – berauscht. Die turbulenten Stimmungsschwankungen der letzten Monate schienen sich in Luft aufzulösen, und all die Probleme, mit denen ich mich herumgeschlagen hatte, waren weit von mir abgerückt. Ich feierte, ich sang, und ich konnte es kaum fassen, mit Zigtausenden von Lesben und Schwulen unterwegs zu sein.

Nach gut zwei Stunden blieben Corinna, Meike und ich an einer Imbißbude stehen, um uns zu stärken. Normalerweise konnte ich Bratwurst nicht ausstehen, aber an diesem Nachmittag verschlang ich sie mit Heißhunger. Ich schaute Meike an und lachte. Ihr Make-up war verschmiert, und von ihrem Parfüm war nach dem anstrengenden Laufen und Tanzen nicht mehr viel übriggeblieben. Mittlerweile hatte es leicht zu regnen begonnen. Ich legte den Kopf in den Nacken und ließ ein paar Tropfen über mein Gesicht laufen. Im nachhinein habe ich mich oftmals gefragt, ob die nachfolgenden Ereignisse einen anderen Verlauf genommen hätten, wenn ich nicht ausgerechnet in diesem Moment den Kopf wieder gehoben hätte, um den Flanierenden nachzuschauen. Oder wir nicht an der Imbißbude stehengeblieben wären. Aber wahrscheinlich war es müßig, sich eine solche Frage zu stellen. Ich hob den Kopf, und da sah ich sie. Eine schlanke Gestalt in einer knielangen bordeauxroten Wildlederhose und einem ärmellosen weißen T-Shirt. Sie bewegte sich ungezwungen und lachte eine große Frau an, die neben ihr ging und einen Arm um sie gelegt hatte. Die dunkelblonden Locken sind nicht echt, sie trägt eine Perücke, dachte ich, ohne zu wissen, woher die felsenfeste Überzeugung kam, die diesen Gedanken begleitete. In dem Augenblick drehte sie den Kopf zur Seite und zeigte mir ihr schmales Gesicht mit den hohen Wangenknochen. Graugrüne Augen. Sie war stark geschminkt und trug eine große tropfenförmige Brille. Ich trat einen Schritt vor und blieb wieder stehen, ohne den Blick von ihr lösen zu können. Die Geräusche um mich herum traten in den Hintergrund, während die Frau ihren Schritt verlangsamte und mich unverwandt anschaute. Sie lächelte nur mit den Augen.

„Ricarda“, sagte ich leise, und sie deutete ein kleines, fast erstauntes Nicken an, bevor sie auf mich zukam und vor mir stehenblieb.

„Du verblüffst mich“, sagte sie, und ihr Schmunzeln rührte etwas in mir an. „Außer Vera hat mich bisher noch niemand erkannt, wenn ich mich verkleidet habe.“

Ich schwieg. Sie legte die Fingerspitzen der rechten Hand an ihre Lippen, deutete einen Kuß an und berührte dann mit ihren Fingern kurz meinen Mund. Ich blieb wie versteinert stehen und schaute ihr hinterher, als sie zu der großen Frau zurückkehrte, die etwas abseits auf sie gewartet hatte.

Erst als Corinna nach meinem Arm faßte, erwachte ich aus meiner Erstarrung. „Wer ist das?"

„Ricarda."

Corinna schaute mich abwartend an, aber ich fügte nichts mehr hinzu. Was hätte ich ihr auch sagen sollen?

Ricarda

Sie hatte mich wirklich überrascht, und das gelang nur selten jemandem. Vera und ich verkleideten uns oft, und nie erkannte uns jemand – nur wir beide konnten uns gegenseitig nicht hinters Licht führen. Daß sich ausgerechnet Linda nicht hatte täuschen lassen, berührte mich und machte mich neugierig. Gleichzeitig spürte ich Unmut in mir aufsteigen – wie konnte sich eine Frau, die doch offensichtlich in der Lage war, sehr genau hinter die Fassade zu schauen, derartig von ihren Stimmungen und Verlustängsten treiben lassen, statt den darunterliegenden Ursachen nachzugehen? Dieser Gedanke beschäftigte mich das ganze Wochenende über immer wieder, und erst als Vera sich darüber lustig zu machen begann, schob ich ihn kopfschüttelnd beiseite.

Sonntagabend flog Vera von Berlin aus nach Hamburg. Obwohl wir die ganze Nacht getanzt hatten und Vera ziemlich beschwipst gewesen war, sah sie nicht im mindesten verkatert oder erschöpft aus. Ihre Kondition war – in jeder Hinsicht – bewundernswert. Ich fuhr mit dem Zug nach Wolfsburg zurück, und als ich in der schummrigen Dunkelheit mein Haus betrat, machte sich ein wohliges Gefühl in mir breit. Stille und Einsamkeit. Der Geruch nach Holz und Pflanzen. Ich ging unter die Dusche und spülte den Reisestaub ab, den Schweiß und Veras Küsse. Den Duft ihrer Haare. Ihr Erlebnishunger und ihre körperliche Sehnsucht hätten mich aufgefressen, wenn wir ständig zusammen gewesen wären. Sie konnte nicht ohne Sex leben – so wenig wie sie ohne Wodka leben konnte, obwohl ich sie nicht als Alkoholikerin bezeichnet hätte. Sie liebte mich, weil ich für sie da war, ohne etwas von ihr zu fordern. Das gab ihr Sicherheit. Eine Sicherheit, die sie sonst nirgends fand. Ich liebte sie, weil sie mich nahm, wie ich war, weil meine Wortkargheit sie nicht erschreckte oder mein Bedürfnis, mich zurückzuziehen, weil ich mich geben konnte, wie ich mich fühlte, ohne mich auf eine Rolle festlegen zu müssen. Ich liebte es, mit ihr zu schlafen und dabei jede nur erdenkliche Phantasie auszuleben. Sie rührte mich, und sie nahm mich für Augenblicke gefangen. Zauberhafte Augenblicke.

Aber natürlich hatten auch wir unsere Kämpfe gehabt und uns mit Gefühlen wie Eifersucht und Besitzdenken auseinandersetzen müssen. Vera hatte in jeder Stadt, die sie regelmäßig auf ihren Geschäftsreisen besuchte, Affären – meist mit Frauen, hin und wieder auch mit Männern. Und sie redete gern mit mir darüber. Es war Teil des erotischen Spiels zwischen uns. Doch bezeichnenderweise hatte sie am Anfang Mühe gehabt, meine Toleranz nicht als Gleichgültigkeit ihr gegenüber zu verstehen.

Nur ein einziges Mal hatte mich ihr Verhalten geschockt und verwirrt. Das war knapp zwei Jahre, nachdem wir uns kennengelernt hatten.

Mein Großvater war während meiner Studienzeit gestorben. Sein Tod hatte mich nicht sehr berührt, obwohl ich manchmal eine gewisse Zuneigung für ihn empfunden hatte, und ich glaubte zu spüren, daß es meiner Großmutter ähnlich erging. Nach einigen Wochen, in denen sie sich ganz ihrem Verlustschmerz hingegeben hatte, begann sie einfach noch einmal ein neues Leben. Bis auf einen kleinen Garten, in dem sie Gemüse und Obst zog, schaffte sie die Landwirtschaft ab und unternahm mehrere Reisen. Fünf Jahre später starb sie ganz plötzlich nach einem Schlaganfall. Zu jener Zeit lernte ich eifrig für meine Steuerberaterprüfung, denn ich hatte vor, mich so schnell wie möglich selbständig zu machen. Ich schaute zuversichtlich in die Zukunft – alles schien sich zum Besten zu fügen.

Großmutters Tod brachte mich aus meinem Rhythmus, und ich war erstaunt, wie sehr er mir unter die Haut ging. Als ich die Nässe auf meinem Gesicht spürte, brauchte ich einige Augenblicke, um zu begreifen, daß es Tränen waren. Ich konnte mich nicht erinnern, wann ich das letztemal geweint hatte. Sie hatte mich zu ihrer Alleinerbin bestimmt, und ich dachte nicht einen Moment darüber nach, ob ich das Haus verkaufen sollte. Ich wollte es für meine Zwecke umbauen und darin leben und arbeiten. Grafhorst sollte mein Zuhause werden.

Vera rümpfte die Nase, als wir es einige Wochen später gemeinsam besichtigten. „Hier willst du wirklich leben – in diesem Kuhdorf?"

„Ja. Ich fühle mich wohl hier. Und ich habe genug Platz für mein Büro."

Sie zog eine Augenbraue hoch, nickte dann aber. „Irgendwie paßt es zu dir. Und wann soll es losgehen? Hier ist schließlich einiges zu tun."

Ich setzte mich in Großmutters verschlissenen Ohrensessel.

„Wenn alles klappt, bestehe ich im nächsten Frühjahr die Steuerberaterprüfung", antwortete ich. „Bis zum Sommer könnte ich alles vorbereitet haben und hier mein eigenes Büro eröffnen."

Veras Blick fixierte mich. Dann grinste sie.

„Eine Mandantin hast du ja schon", entgegnete sie. „Und ich werde nicht die einzige bleiben. Weiß Freddy schon, daß er seine beste Mitarbeiterin und gleichzeitig sein einträglichstes Mandat verlieren wird?"

Ich stand auf und klopfte mir den Staub von den Hosen. „Ich denke, er ahnt es, und er tut alles, um mir das Bleiben schmackhaft zu machen. Erst letzten Monat hat er mein Gehalt erhöht und mir außerdem eine Gewinnbeteiligung in Aussicht gestellt."

Vera lachte laut auf. „Er hat offensichtlich nicht begriffen, wie zielstrebig du bist. Du willst ja nicht mal in meine Dienste treten."

Ich schaute sie unverwandt an. „Nein."

Gleich zu Beginn unserer Beziehung hatte Vera mir einen lukrativen Posten in ihren Unternehmen angeboten, aber ich hatte sofort abgelehnt, und sie hatte im gleichen Atemzug verstanden, warum. Und abgesehen davon, daß sie mich hin und wieder damit neckte, wiederholte sie ihren Vorschlag nie wieder.

Kurz darauf fuhren wir zurück zu Vera nach Braunschweig. Sie war guter Dinge, plauderte, kochte Kaffee und schnitt frischen Obstkuchen an. Obwohl ich mich inzwischen an ihre oftmals ungestüme Art gewöhnt hatte und ihren zahlreichen Gedankensprüngen zumeist mühelos folgen konnte, kratzte ihre Unruhe, wenngleich ich mir äußerlich nichts anmerken ließ, an diesem Nachmittag mit merkwürdiger Beharrlichkeit an meinem Gleichmut. Zunächst dachte ich, es läge an unserem Besuch in Grafhorst und den Erinnerungen, die er in mir ausgelöst hatte, doch später wurde mir klar, daß Vera seit Stunden auf Umwegen versuchte, das Thema einzukreisen, das ihr am Herzen lag.

Wir saßen auf dem Plüschsofa im Kaminzimmer, und Vera erzählte von ihrer Mutter und deren Verhalten gegenüber der heranwachsenden Tochter.

„Sie hat mich einfach nur genervt, verstehst du?" erklärte sie mit entrüsteter Stimme. „Sie war verständnisvoll, tolerant und aufgeschlossen bis weit über die Schmerzgrenze hinaus, und egal, was ich tat oder sagte, sie hatte immer ein paar warmherzige Worte oder ein aufrichtiges Lächeln für mich übrig." Vera schüttelte fast bedauernd den Kopf. „Ich dachte damals, daß sie mir etwas vorspielte und ihre wirklichen Überzeugungen zum Vorschein kommen würden, wenn es mir gelänge, sie entsprechend zu provozieren. Aber ich schaffte es nie, sie aus der Fassung zu bringen. Und mein Bruder auch nicht, obwohl der sich fast noch größere Mühe gab als ich."

Ich schaute sie ruhig an, erwiderte aber nichts.

„Keine meiner Freundinnen hatte eine solche Mutter", fuhr Vera fort. „Stell dir vor, wir schrieben gerade mal die Jahre 68/69. Die meisten Mädels in meinem Alter waren heilfroh, wenn sie am Wochenende ausgehen und sich für diesen Anlaß schminken durften. Flirts und Liebeleien wurden selbstverständlich nicht mit den Eltern diskutiert. Meine Mutter hingegen informierte mich eingehend über die Pille, die zu dem Zeitpunkt ein paar Jahre auf dem Markt war, und zuckte dabei nicht einmal mit der Wimper. Weißt du, was das hieß? Ich lebte in einer völlig anderen Welt." Vera fuhr sich mit beiden Händen über die Wangen. „Es war schon merkwürdig, mein Vater war ständig geschäftlich unterwegs, meine Mutter sorgte für das entsprechende häusliche Ambiente, mein älterer Bruder machte seine ersten Erfahrungen mit Drogen, und ich sehnte mich danach, meine Mutter mal so richtig zu schockieren. Ich probierte die gräßlichsten Kleidungsstile aus, übte mich in der ganzen Bandbreite vulgärer Gossensprache, duschte manchmal die ganze Woche nicht, kam angetrunken nach Hause, und ihr ganzer Kommentar erschöpfte sich in der Bemerkung: 'Wenn du meinst, diese Erfahrung machen zu müssen, werde ich dich nicht daran hindern.' Ich hab ihr das verdammt übel genommen."

Ich stand auf, um mir ein Tonic aus der Bar zu holen. Vera bat mich, ihr einen Wodka mitzubringen.

„Ganz schön blöd, was?"

Ich trank zwei Schlucke, setzte mich wieder neben sie und wartete auf den Rest der Geschichte. Die späte Nachmittagssonne schickte ein paar vorwitzige Strahlen durch die Vorhänge direkt auf Veras rotbraunes Haar. Es leuchtete wie ein Fuchspelz.

Plötzlich begann sie zu kichern. „Kurz nach meinem zwanzigsten Geburtstag dachte ich wirklich, daß ich sie soweit habe. Ich hatte Monika mit nach Hause gebracht, eine Freundin aus der Kneipe, in der ich mich damals gerne und häufig aufhielt, hauptsächlich deshalb, weil es als sehr anrüchig galt, als junges Mädchen dort herumzuhängen. Monika war ein paar Jahre älter als ich, und man sah ihr mindestens drei Meilen gegen den Wind an, daß sie lesbisch war: kurze Haare, superenge Hosen, Raucherin, mager wie ein halbwüchsiger Junge, ständig ein breites, anzügliches Grinsen im Gesicht. Na, du weißt schon. Wir verzogen uns sofort auf mein Zimmer, und als meine Mutter eine halbe Stunde später unvermutet die Tür öffnete, lag Monika mit dem Kopf zwischen meinen Beinen und widmete sich hingebungsvoll meinem Schoß. Ich war kurz davor, endlich das zu erleben, worauf ich es seit fast drei Jahren anlegte: einen echten Orgasmus. Mit den Jungs war es bis dahin fast immer eine Katastrophe gewesen – entweder hatte ich das Gefühl, sie wären bei irgendeinem tollwütigen Rammler in die Lehre gegangen, oder aber ich hätte nebenbei ein paar wichtige Telefonate erledigen können. Und Selbstbefriedigung lag mir noch nie – finde ich ungefähr so prickelnd wie schalen Champagner. Aber Monika war ein echter Genuß, sie wußte ziemlich genau, was ich brauchte. Als die Tür knarrte, dachte ich gerade: und jetzt. Doch dazu kam es nicht mehr, ich riß die Augen auf und starrte in das Gesicht meiner Mutter. Die hob nach einer denkwürdigen Pause rasch mit einer entschuldigenden Geste die Hände und sagte, daß es ihr furchtbar leid täte, uns gestört zu haben. Und zog die Tür wieder zu. Später, als Monika längst gegangen war, ich gleichzeitig meinem wieder verfehlten Orgasmus hinterhertrauerte und mir innigst wünschte, meine Mutter würde sich jetzt endlich einmal von einer anderen Seite zeigen, bemerkte sie lakonisch, das wäre mal was anderes, und sie hoffte, ich könnte zu meinen Gefühlen stehen. Meine Güte – 1970!“ Vera schnaubte. „Von Frauenbewegung konnte noch gar nicht die Rede sein, Homosexualität war für die meisten so was ähnliches wie eine Krankheit, eine recht peinliche dazu, und meine Mutter ging mit meinen lesbischen

Gefühlen um, als würde sie sich auch noch darüber freuen. Unfaßbar!"

Vera stand auf und schenkte sich einen weiteren Wodka ein, mit viel Eis und zwei Spritzern Orangensaft. Sie drehte sich um und lächelte mich an. Dann prostete sie mir zu. Ihre Fingernägel waren tiefrot lackiert, und das kleine goldene Kettchen, das sie am rechten Handgelenk trug, klimperte leise, als sie das Glas wieder absetzte. Sie hatte ein dunkelgrünes, weitgeschnittenes Strickkleid an, das ihre Größe unterstrich und ihren grobknochigen Körperbau kaschierte.

„Hast du je mit ihr über all das gesprochen?"

Vera schüttelte den Kopf und setzte sich wieder. „Als ich anfing, ins Restaurant- und Bargeschäft einzusteigen und meinen Vater zu begleiten, führte ich zunehmend mein eigenes Leben, ein sehr buntes Leben. Dennoch lernte ich auch einiges über meine Eltern und ihre Ehe, und später begriff ich, daß all meine Versuche, meiner Mutter die Maske herunterzureißen, vergeblich gewesen waren, weil es diese Maske nämlich gar nicht gab. Sie war wirklich aufgeschlossen und voller Verständnis, gleichzeitig ruhte sie in sich selbst, und meine pubertären Bemühungen, sie zu provozieren, waren nichts weiter als der Versuch, ihre Aufmerksamkeit zu gewinnen. Ich rannte gegen ihre Unabhängigkeit an, weil ich glaubte, daß eine Mutter ihre Liebe zeigt, indem sie Einfluß nimmt und Kämpfe durchsteht und nicht einfach nur von außen zuschaut. Ich suchte ihre Grenzen und war verwirrt, daß sie mich zwang, meine eigenen Grenzen zu finden." Vera lächelte traurig. „Und als ich all das endlich verstanden hatte und ihr danken wollte, war es zu spät für ein Gespräch. Sie war gerade mal sechzig, als sie der Schlag traf. Das war vor fünf Jahren. Seitdem ist sie im Pflegeheim, sitzt im Rollstuhl, kann nicht sprechen und sich kaum bewegen." Vera räusperte sich. „Ich besuche sie regelmäßig und schreibe ihr. Manchmal denke ich, sie versteht mich ein wenig, dann wieder wirkt sie vollkommen abwesend." Sie leerte ihr Glas und wandte mir anschließend hastig das Gesicht zu.

„Und du?" fragte sie. „Wie war das bei dir zu Hause?"

Ich sah auf ihre vollen Lippen und hatte das Bedürfnis, sie mit einem Kuß zu verschließen, aber ich rührte mich nicht. Ihre Nasenflügel bebten, und plötzlich sah ich den tiefen Schmerz in ihren Augen. Ein Schmerz, der nicht nur mit ihrer Mutter zu tun hatte und der verpaßten Chance, mit ihr zu reden und ihr zu danken.

„Mein Leben war ganz anders", antwortete ich schließlich. „Meine Mutter verließ uns, als ich noch sehr klein war. Ich habe sie danach nie wiedergesehen."

Vera nahm meine Hände. „Ich stelle es mir unheimlich schwer vor, Mutter zu sein."

Was für eine eigentümliche Bemerkung, dachte ich. Und wie unpassend für eine Frau wie Vera. Sie öffnete den Mund, schloß ihn wieder und stand dann abrupt auf, um zum Fenster zu gehen und den Vorhang ein Stück zur Seite zu schieben.

„Ich bin schwanger", sagte sie. „Und schlimmer noch: Ich weiß nicht, was ich tun soll."

Mein Gaumen war trocken. Ich schluckte und spürte, wie kalt meine Lippen waren. Die Vorstellung war erschreckend, und noch erschreckender war, daß ich nicht sagen konnte, warum sie das war. Ich wußte nur, daß mich der Gedanke an eine schwangere Vera und ihr Kind unerträglich schmerzte. Ihr schwellender Leib. Ein schreiendes Baby. Der Geruch nach Milch und Puder. Eine Spieluhr. Windeln. Bauchweh und Gesabbere. Kleine Hände. Mama.

Später sagte mir Vera, meine Miene wäre vollkommen erstarrt gewesen und ich hätte immer wieder kurz den Kopf geschüttelt, als wäre ich in Gedanken die einzelnen Punkte durchgegangen, die für mich dagegen sprächen. Sie setzte sich wieder zu mir.

„Ich habe es nicht darauf angelegt, schwanger zu werden, und der Vater ist nur ein flüchtiger Bekannter. Ich bin fünfunddreißig und das erste Mal in meinem Leben in einer solchen Situation. Bis jetzt habe ich nicht einen einzigen Gedanken an Kinder oder Familie verschwendet. Was soll ich tun, Ricarda?"

Ich wandte den Blick ab und konzentrierte mich auf meinen Atem.

„Das kann ich dir nicht sagen", erwiderte ich.

„Wie kämst du damit klar?" Das war die entscheidende Frage.

Überhaupt nicht, dachte ich. „Auch das kann ich dir nicht sagen. Es ist deine Entscheidung."

Vera sprang auf, und ihre Wangen bekamen hektische rote Flecken. Innerhalb von Sekunden war sie wütend wie eine Löwin, der man trotz deutlicher Warnung zu nahe gekommen war.

„Du machst es dir sehr einfach", fuhr sie mich mit zornsprühenden Augen an. „Natürlich ist es meine Entscheidung, aber verdammt noch mal – du hast doch auch etwas damit zu tun! Du bist die ungewöhnlichste Frau, der ich je begegnet bin, und ich will wissen, wie du zu Kindern stehst. Ist das so schwer nachzuvollziehen? Du kannst dich bei einer so wichtigen Sache nicht einfach heraushalten. Bei allen Spielräumen, die wir uns gegenseitig lassen – wenn du mich liebst, gibst du mir jetzt eine Antwort."

Sie blickte auf mich herunter, und ich war unfähig, mich zu rühren.

„Sag endlich etwas!" schrie sie. „Du kannst schweigen, wann immer du willst, nur jetzt nicht. Magst du Kinder – ja oder nein?"

„Nein." Das war die entscheidende Antwort. Ich war sie ihr schuldig gewesen, aber sie hatte mich mehr gekostet, als ich je für möglich gehalten hätte.

Vera strich sich ein paar Haarsträhnen aus dem Gesicht. Ihr gewohntes Grinsen kehrte so unvermittelt zurück, daß ich sie nur fasziniert anstarren konnte.

„Na bitte“, sagte sie. „Dann weiß ich jetzt wenigstens, woran ich bin. Ist das nicht wunderbar?“ Sie umfaßte meine Schultern und zog mich vom Sofa hoch. „Komm, ich will mit dir schlafen. Und ich will dein Lächeln sehen und deine stumme Lust spüren.“

Zwei Wochen später stand sie am späten Abend vor meiner Tür. Ihr Gesicht war blaß, und das Grinsen mißlang ihr.

„Es ist weg“, sagte sie. „Ich habe gewußt, daß du es nicht ertragen könntest, und genau das hätte ich nicht ertragen können.“

Wir gingen ins Wohnzimmer, und sie kuschelte sich wie ein Kind in meinen Schoß, während ich ihren Rücken streichelte. Sie weinte. Leise und heftig.

„Es wäre sowieso nicht gegangen“, meinte sie plötzlich, wischte sich mit dem Ärmel über die Nase und setzte sich auf. „Wie hätte ich bei meinem Leben ein Kind aufziehen können? Schwachsinn. Außerdem wäre ich eine miserable Mutter. Ich bin ungeduldig, jähzornig und egoistisch. Wahrscheinlich hat einfach nur die biologische Uhr getickt.“

In dieser Nacht blieb Vera bei mir, und es störte mich nicht, neben ihr einzuschlafen und neben ihr aufzuwachen. Am nächsten Morgen fuhr sie nach Italien in die Berge. Drei Monate hörte ich nichts von ihr, und zum ersten Mal war ich deswegen unruhig und besorgt. Dann erschien sie an einem strahlend sonnigen Nachmittag bei Freddy im Büro – als Botenjunge verkleidet. Dirk saß gerade bei mir und bekam den Mund nicht wieder zu, als Vera sich über den Schreibtisch zu mir vorbeugte und mir einen innigen Kuß gab. „Heute abend?“

Ich nickte. Vera legte ihr Päckchen ab und verschwand, nachdem sie mit dem Zeigefinger an den Schirm ihrer Mütze getippt und fröhlich in die Runde gegrüßt hatte. Dirk schaute ihr hinterher und kratzte sich am Hinterkopf. Schließlich warf er mir einen unsicheren Blick zu. „Ich dachte ... hm. Seit wann ...? Na, ist ja auch egal.“

„Hübscher Bursche, nicht wahr?“ fragte ich und steckte die Nase wieder in meine Unterlagen.

Mein Herz schlug schneller als sonst. Ich freute mich auf den Abend, und erst als es Zeit war, das Büro zu verlassen, fiel mein Blick erneut auf das kleine Päckchen, das Vera gebracht hatte. Es enthielt eine goldene Kette, die, ihrem Gewicht nach zu urteilen, sündhaft teuer gewesen sein mußte. Nur – sie gefiel mir nicht. Auf der beiliegenden Karte stand zu lesen: *Herzchen, ich kenne Deinen Geschmack nicht, was Schmuck anbetrifft. Aber ich gehe gerne das Risiko ein, vollkommen danebenzuliegen. In der Liebe muß man eben manchmal ein Risiko eingehen. Vera.*

Ich lachte. Und ich trug diese Kette oft.

Im darauffolgenden Frühjahr bestand ich die Prüfung zur Steuerberaterin und kündigte zur Jahresmitte bei Freddy. Ich kümmerte mich um das Haus, ging auf Mandantensuche und war plötzlich meine eigene Herrin. Vera erzählte mir, daß sie mit dem Geschäftsführer eines großen Baumarktes befreundet wäre und Renovierungsmaterial zu Spottpreisen beziehen könnte. Jahre später erfuhr ich, daß das eine glatte Lüge gewesen war. Sie hatte mir Farbe, Tapeten, Teppiche und Parkettfußboden quasi geschenkt – wohl wissend, daß ich ihre großzügige Gabe anders nicht angenommen hätte.

Als ich nach dem Umzug an einem Samstagnachmittag allein in meinem Haus war, ging ich andächtig durch alle Räume. Ich dachte an meine Großmutter und wie oft sie mich ermahnt hatte, nicht auf den Dachboden zu klettern. Der alte Ohrensessel, den sie über alles geliebt hatte, war neu gepolstert und bezogen. Ich setzte mich hinein, und ein tiefer Frieden machte sich in mir breit.

Der Rest des Junis verflog mit beängstigender Geschwindigkeit. Ich war entweder an der Akademie oder in den Ausstellungsräumen. Zwischendurch kümmerte ich mich um Nadine, ging einkaufen, malte und begann, Reisevorbereitungen zu treffen. Linda schien ebenfalls viel unterwegs zu sein, denn zweimal rief ich an und konnte lediglich eine Nachricht auf ihrem Anrufbeantworter hinterlassen. Meine Freude, sie bald wiederzusehen, wuchs, je näher der Abflugtag rückte, und mit ihr meine Gewißheit, daß es uns gelingen würde, alle Unstimmigkeiten aus dem Weg zu räumen. Schließlich entschied ich mich, einen Tag eher als besprochen nach Hause zu fliegen – um Linda zu überraschen. Mein Herz pochte, als ich mir ihre freudige Verblüffung vorstellte.

Von Hannover aus nahmen Nadine und ich den Zug nach Wolfsburg, dort kaufte ich am Bahnhofskiosk den größten Strauß Rosen, den ich je erstanden hatte. Es war schon zehn Uhr, und Nadine schlief im Taxi nach Velstove ein, während ich die Fahrt durchs abendliche Wolfsburg genoß. Wie klein und überschaubar die Stadt doch war.

Der Taxifahrer half mir, meine Taschen zur Tür zu tragen, und während Nadine sich gähnend den Schlaf aus den Augen rieb, schaute ich verblüfft am Haus empor. Kein einziges Zimmer war erleuchtet, nur im Flur brannte Licht, und der Parkplatz war leer. Ich schloß auf, und die Stille, die mich empfing, wurde lediglich durch Nadines Murren unterbrochen. Linda war eindeutig nicht zu Hause, aber es war auch kein Babysitter da. Meine Tochter ging nach oben, und kurz darauf hörte ich sie und Erik aufgeregt plappern, lachen, kreischen. Keine zwei Minuten später knarrte die Haustür, und eine fremde Frau starrte mich verblüfft an.

„Wer sind Sie denn?“ brachte ich schließlich mühsam heraus.

„Ich wohne zwei Häuser weiter und passe auf Erik auf“, gab

die Frau zurück und musterte mich irritiert. „Über das Babyphone habe ich laute Geräusche gehört, und ich dachte mir, ich schaue mal lieber nach, was hier los ist. Wissen Sie denn wirklich nicht, wer ich bin, Frau Seifert?"

Ich brauchte einen Moment, bis ich den Zusammenhang begriffen und die Nachbarin erkannt hatte. Dann lachten wir beide gleichzeitig los, und ich erklärte ihr, daß ich ohne Lindas Wissen einen Tag früher als geplant nach Hause gekommen wäre. Die Kinder kamen nach unten gerannt, und Erik flog in meine Arme. Ich hatte den Eindruck, daß er mindestens fünf Zentimeter gewachsen war, aber wahrscheinlich täuschte ich mich.

Keine Viertelstunde nachdem ich die Kinder davon überzeugt hatte, daß morgen auch noch ein Tag war und sie jetzt schlafen gehen sollten, hörte ich Linda vorfahren. Ich öffnete die Tür und lehnte mich abwartend an den Rahmen. Sie kam auf mich zugeeilt, stutzte, hob die Hände, ließ sie wieder sinken, und ihr Gesicht spiegelte abwechselnd Verwirrung und unbändige Wiedersehensfreude. Dann stürmte sie in meine Arme, wir lachten und redeten durcheinander, bis wir ganz atemlos waren und uns nur noch anschauen konnten. Ich küßte sie, und ihr geöffneter Mund schien mich verschlingen zu wollen. Wir stolperten ins Wohnzimmer, wo Linda sich in den Sessel fallen ließ. Ich kniete mich vor sie und öffnete ihre Hose. Bis zu diesem Moment hatte ich zwar gewußt, daß ich mich nach ihr sehnte und es kaum abwarten konnte, mir ihr zu schlafen, aber ich war trotzdem überrascht, wie ich förmlich danach gierte, ihre Leidenschaft zu sehen, zu hören, zu schmecken. Lindas Fingernägel gruben sich in meinen Rücken, als ich ihre Beine spreizte, und mir wurde heiß und kalt, als ich sie mit der Zunge liebkoste und sie meinen Kopf laut stöhnend an sich preßte. Sie kam schnell, und sie schrie laut und hemmungslos. Dann stieß sie mich auf den Boden und legte sich auf mich. Ihre Wangen waren naß. Sie tastete nach meinen Brüsten, und ihr Knie schob sich zwischen meine Beine. Ich kam, als ihre Finger kaum ein paar Sekunden in mir waren. Ohne viele Worte rappelten wir uns hoch und gingen nach oben ins Schlafzimmer. Wir liebten uns stundenlang, und in den kurzen Atempausen blickten wir uns schweigend an. Manchmal flog ein Lächeln über ihr Gesicht, das ich auf der Stelle hätte malen wollen. Die Morgendämmerung zog bereits mit sanften Farben herauf, als wir erschöpft und ineinander verschlungen einschliefen.

Zwei Tage und zwei Nächte herrschte eitel Sonnenschein. Wir benahmen uns wie zwei frisch Verliebte, und es schien nichts anderes zu geben als unsere Freude und unser Glück. Dann war das Wochenende vorbei, und für Linda und Erik begann der Alltag. Ich zeichnete vormittags, telefonierte mit Ruth oder Daniel, besuchte Linda in der Buchhandlung oder stromerte mit Nadine durch Wolfsburg. Am späten Nachmittag saßen wir zu viert im Garten oder fuhren mit den Fahrrädern durch die Gegend. Die Zeit verging schnell, schneller, als mir lieb war, denn wir hatten ja nur eine gute Woche, aber da ich ohnehin nichts daran ändern konnte, stieß ich nur hin und wieder einen kleinen Seufzer aus und vertrieb die grauen Wölkchen, die mir die Augenblicke stehlen wollten. Linda gelang das nicht. Je mehr Tage vergingen, desto mehr verdüsterte sich ihr Gesicht. Die Unzufriedenheit kroch hervor und mit ihr der stille Vorwurf, der immer unüberhörbarer wurde.

Am Mittwochabend besuchten uns die Scheunenkünstlerinnen, nur Ricarda hatte sich kurzfristig entschuldigt. Linda telefonierte mit ihr, und ich hatte das Gefühl, daß sie über die Absage erleichtert war. Die Frau ist ihr nicht geheuer, dachte ich amüsiert. Es wurde ein lustiger Abend, den ich sehr genoß, auch dann noch, als Linda zusehends schweigsamer wurde und sich den Gesprächen entzog. Ich warf ihr ab und an ein aufmunterndes Lächeln zu, doch sie nickte nur müde, und ich nahm mir vor, sie später, wenn wir wieder allein waren, aufzuheitern.

Weit nach Mitternacht verabschiedeten sich die Frauen. Linda stellte die Gläser in die Spüle und ging dann gähnend nach oben. Ich schlüpfte zu ihr unter die Decke und biß ihr spielerisch in die Schulter.

„Ich bin müde", sagte sie.

„Vielleicht kann ich dich ja noch mal etwas aufmuntern", entgegnete ich und küßte sie aufs Ohr.

„Ich möchte aber nicht aufgemuntert werden", sagte sie und rückte ein Stück von mir ab.

Ich seufzte. „Na schön, schlaf gut."

Am anderen Morgen standen wir gemeinsam auf. Als Linda und Erik losgefahren waren, trank ich in aller Ruhe noch einen Kaffee und schlug Nadine vor, bei dem schönen Wetter im Garten zu spielen. Ich stellte mich unter die Dusche und rief dann meine Eltern an. Sie wußten, daß ich ein paar Tage in Wolfsburg war und erwarteten natürlich, daß ich mich meldete. Für einen Besuch in Kassel war die Zeit sehr knapp, aber noch während ich dieses und jenes Argument anführte, spürte ich, wie mein Begründungseifer erlahmte. Und ich merkte auf einmal, daß ich gar keine Lust hatte, mich herauszureden. Was sprach schließlich dagegen, meine Eltern für einen Tag zu besuchen? Linda arbeitete, und abends würde ich ohnehin zurück sein. Ich hörte das Lächeln in der Stimme meiner Mutter, und sie fragte, ob ich immer noch so gern Kohlrouladen essen würde.

Linda und Erik kamen um fünf nach Hause. Der Junge schnappte sich einen Apfel und einige Kekse und machte sich sofort auf die Suche nach Nadine. Linda sah abgespannt aus, begrüßte mich aber lächelnd und setzte sich zu mir, nachdem ich die Kaffeemaschine in Gang gesetzt hatte.

„Anna gibt mir morgen ab mittag frei und übernimmt auch noch den Samstagsdienst für mich. Ist das nichts?" erklärte sie strahlend. „Sie konnte ihre Pläne auf nächste Woche verschieben. So haben wir noch ein bißchen mehr Zeit füreinander."

Mein Herz rutschte eine Etage tiefer, und ich brachte nur ein gequältes Lächeln zustande.

„Ach, das ist aber nett von ihr“, erwiderte ich und hörte selbst, wie gepreßt meine Stimme klang.

Linda beäugte mich argwöhnisch. „Das klingt aber nicht gerade euphorisch.“

„Nun, damit hatte ich überhaupt nicht gerechnet“, gab ich langsam zurück. „Heute morgen habe ich mit meinen Eltern telefoniert.“

Linda stand langsam auf und goß uns beiden Kaffee ein. „Ach ja?“

„Sie möchten mich und Nadine natürlich gerne sehen. Und da ich davon ausgegangen bin, daß du bis zum späten Nachmittag arbeitest, wollte ich morgen nach Kassel fahren.“

Sie stellte sich vor die Spüle und verschränkte die Arme vor der Brust. „Aber ich habe ab mittags frei. Wir könnten gemeinsam irgendwohin fahren.“ Ihre Lippen waren zusammengepreßt.

„Warum fahren wir nicht zu viert nach Kassel? Meine Eltern würden sich freuen und die Kinder auch“, schlug ich vor.

„Aber ich nicht“, stieß Linda hervor, und ihr Ton war scharf. „Ich habe überhaupt keine Lust dazu.“

„Seit wann hast du was gegen meine Eltern?“ wandte ich erstaunt ein.

„Ich habe überhaupt nichts gegen deine Eltern, und das weißt du genau“, erwiderte Linda gereizt. „Sie sind mir sehr sympathisch. Aber wir beide haben nur zehn Tage, und ich möchte soviel Zeit wie irgend möglich mit dir allein verbringen. Das müßtest du doch verstehen, insbesondere nachdem ja alle anderen Pläne ins Wasser gefallen sind.“

Ich stöhnte leise auf. „Ja, ich weiß. Aber natürlich möchten meine Eltern mich auch sehen, und ich konnte doch nicht ahnen ...“

Linda schüttelte energisch den Kopf. „Warum hast du gleich zugesagt, statt dich vorher mit mir zu besprechen? Was wäre dabeigewesen, deinen Eltern zu erklären, daß du erst mal hören willst, was ich dazu sage?“

„Nun, das hätte ich tun können, doch ich bin davon ausgegangen, daß du arbeitest“, erwiderte ich in versöhnlichem Ton und hoffte, sie damit besänftigen zu können. „Aber schau mal, wenn ich ganz früh morgens losfahre, bin ich spätestens gegen sechs wieder hier, und du kannst mal einen ausgedehnten Mittagsschlaf halten.“

Linda setzte ein ironisches Lächeln auf. „So viel Fürsorge bin ich ja gar nicht gewohnt.“

Ich sah ihr in die Augen, aber sie gab nicht nach. Ganz im Gegenteil – sie schien ihre Wut kaum beherrschen zu können. Aber so sehr ich ihre Enttäuschung verstehen konnte, die Reaktion schien mir reichlich unangemessen.

„Hör auf, Linda“, sagte ich kühl. „Du hast die Wahl – wir können alle zusammen fahren, oder du bleibst hier, und wir sehen uns abends.“

Sie lachte zynisch auf. „Ich habe die Wahl? Das ist ja ganz große klasse! Ich kann immer nur das wählen, was du mir an Möglichkeiten übrig läßt, nachdem du bereits alles nach deinen Wünschen vorsortiert hast. Merkst du das eigentlich nicht?“

Das sah ganz nach einem bösen Gewitter aus. Einen Moment lang hoffte ich, daß uns die Kinder, ein unerwarteter Besuch oder das Telefon unterbrechen würden, aber es war still im Haus, und plötzlich dachte ich, daß Gewitter manchmal reinigend sein können.

„Ich denke, du irrst dich“, erwiderte ich nach einer kleinen Pause betont ruhig. „Und du machst hier aus einer Mücke einen Elefanten.“

„Manchmal muß man die Dinge unter dem Vergrößerungsglas betrachten – um sie besser erkennen zu können.“

„Und was sollte ich deiner Meinung nach besser erkennen können?“

„Daß ich alles tue, um soviel Zeit wie möglich mit dir zu verbringen und ohne viele Worte Termine absage, die unsere Zweisamkeit stören könnten. Zum Beispiel meine Theatergruppe, die normalerweise zweimal in der Woche stattfindet. Während du immer hundert Sachen gleichzeitig machen mußt und mir dann netterweise die Wahl läßt, ob ich mich daran beteilige oder nicht."

„Theatergruppe?" hakte ich nach. „Was für eine Theatergruppe?"

Linda nickte übertrieben langsam. „Ja, Theatergruppe. Du hast nicht mal nachgefragt, wo ich Freitagabend war, als du nach Hause gekommen bist. Ist ja auch nicht weiter wichtig, was ich so mache, stimmt's?"

Ich spürte, daß mein Gesicht rot vor Ärger wurde. Linda stand immer noch an der Spüle, und es war nur noch eine Frage der Zeit, bis sie Gift und Galle spucken würde.

„Als du Freitag nach Hause gekommen bist, hatten wir beide, wenn ich mich recht erinnere, nur eines im Sinn", entgegnete ich frostig. „Und ich hatte nicht den Eindruck, daß dir in dieser Nacht irgend etwas anderes wichtig war. Ansonsten bin ich nicht mit hellseherischen Kräften ausgestattet. Du mußt dich schon selbst bemühen und mir erzählen, was du tust und wofür du dich interessierst."

Linda fixierte mich mit starrem Blick. „Wenn du dich mal einen Augenblick nicht nur um dich selbst kümmern würdest, fiele dir ja vielleicht von selbst die eine oder andere Frage ein. Aber das ist wohl zuviel verlangt."

Ich erhob mich und ging auf sie zu. Dicht vor ihr blieb ich stehen. „Ausgerechnet du gibst mir diesen heißen Tip? Wo du doch den lieben langen Tag nichts anderes tust, als dich um deinen Verlust zu kümmern und zu wehklagen, daß du ein paar Monate allein hier leben mußt?"

„Ja, ausgerechnet ich", gab sie mit flacher Stimme zurück.

„Ansonsten gibt es wohl kaum jemanden, der es wagen würde, dir auf deinem Egotrip mit Kritik zu kommen."

Wir starrten uns an wie zwei giftsprühende Nattern. Ich habe Lust, sie zu verprügeln, dachte ich, und der Gedanke erschreckte mich zutiefst. Ich hob die Arme, um ihre Schultern zu umfassen und sie zu schütteln, doch in diesem Moment wandte Linda sich zur Tür um. Bevor sie hinausging, drehte sie sich noch einmal um. Ihr Gesicht war kalkweiß.

„Mach, was du willst", sagte sie mit schwankender Stimme. „Fahr nach Kassel, geh malen, triff dich mit den Scheunenkünstlerinnen, kümmere dich um deine Ausstellung in Paris. Studiere, mach deine Erfahrungen, lebe. Aber erwarte nicht meinen unablässigen Beifall bei allem, was du tust."

„Das erwarte ich ja auch gar nicht. Schon lange nicht mehr. Du reagierst ohnehin nur noch begeistert auf das, was ich tue, wenn ich es mit dir tue – beispielsweise im Bett."

Sie versuchte, ihr Zusammenzucken zu verbergen, aber ich sah es dennoch. Und es tat mir weh, ohne daß ich in der Lage gewesen wäre, ihr meinen hilflosen Schmerz inmitten all dieser Wut zu zeigen.

Sie setzte wieder dieses ironische Lächeln auf. „Da gibst du dir ja auch ausnahmsweise richtig Mühe." Dann ging sie hinaus und schlug die Tür zu.

Ich setzte mich wieder an den Tisch und ließ meinen Blick durch die Küche schweifen. Das war kein reinigendes Gewitter gewesen, sondern ein handfester Krach, bei dem wir beide um uns geschlagen und wutentbrannt Luft abgelassen hatten. Doch von Erleichterung war weit und breit nichts zu spüren. Wir hatten einander verletzt und die schmerzlichste aller denkbaren Möglichkeiten gewählt, uns ein paar Wahrheiten zu sagen. Zum ersten Mal zweifelte ich ernsthaft daran, daß Linda und ich das kommende Jahr gemeinsam bewältigen würden. Und zum ersten Mal war ich so hilflos, daß mir die Tränen in die Augen schossen.

Bevor ich mich schließlich erhob, um nach oben in mein Atelier zu gehen, fiel mein Blick auf das Bild von den beiden Frauen, die Rücken an Rücken dasitzen und nicht viel voneinander wissen. Ich starrte es fassungslos an: In der Mitte klaffte ein Riß.

Nadine und ich fuhren am nächsten Morgen mit dem Zug nach Kassel, ohne daß Linda und ich außer einem flüchtigen Abschiedsgruß noch einmal miteinander gesprochen hätten. Sofia und Lutz waren außer sich vor Freude, aber nachdem der erste Erzählstrom versiegt war, merkten sie natürlich, daß ich niedergeschlagen war. Sofia schlug kurzerhand vor, sich mit Nadine ums Mittagessen zu kümmern, während ich Lutz in seine Werkstatt begleitete. Obwohl mein Vater inzwischen die Siebzig überschritten hatte, war sein Eifer, alte VW-Käfer wieder zum Leben zu erwecken, nach wie vor ungebrochen.

Benzin- und Ölgeruch schlug mir entgegen, als er die Tür öffnete, und die Erinnerung an zahllose Stunden, die wir hier gemeinsam gebastelt hatten, stieg in mir hoch. Lutz ging zu einem alten, dreckverschmierten Schrank, der sich nur mühsam und unter lautem Quietschen öffnen ließ, und wühlte im obersten Fach nach seinen Zigaretten.

„Deine Mutter meint, ich sollte endlich mit dem Rauchen aufhören“, erklärte er grinsend und zündete sich eine an. „Also lasse ich es in der Wohnung und rauche nur noch hier.“

Ich lächelte. „Wahrscheinlich hast du neuerdings sehr viel in der Werkstatt zu tun.“

„Ich habe immer viel zu tun“, gab er ungerührt zurück, lächelte aber einen Moment später breit.

Auf der kleinen Hebebühne stand ein orangefarbener Käfer, der schon bessere Tage gesehen hatte. Mein Vater war dabei, die Achsen zu schweißen und neue Unterbodenbleche einzusetzen, damit das gute Stück den nächsten TÜV überstand.

„Gehört einem Studenten“, erklärte er und umfaßte den Hinterreifen mit zärtlichem Griff. „Kann sich einfach nicht davon trennen."

Ich nickte und holte mir grobes Schleifpapier, um den Rostflecken an den Kotflügeln zu Leibe zu rücken. Eine Weile war nur das Geräusch des gleichmäßigen Schleifens und das Fauchen des Schweißgerätes zu hören.

„Sonst alles in Ordnung bei dir?" fragte Lutz schließlich, als er die Schutzmaske wieder abnahm und die Schweißpunkte begutachtete.

Ich schüttelte den Kopf. „Ganz und gar nicht."

„Dachte ich's mir doch." Er holte sich eine weitere Zigarette. „Willst du drüber reden?"

Ich fuhr mit den Fingern über das nackte Blech und schaute mich nach einem Rostschutzmittel um. Lutz reichte mir eine Sprühdose.

„Im Grunde gibt es nicht viel zu reden", erwiderte ich schließlich. „Linda und ich haben uns offensichtlich ziemlich auseinandergelebt. Das heißt", ich blickte meinen Vater an und seufzte leise, „sie kann sich einfach nicht damit abfinden, daß ich in Paris bin."

Er wischte sich quer über die Nase. „Ist ja auch nicht so einfach."

„Nein, ist es nicht. Aber sie meint, daß ich auf einem Egotrip bin und rücksichtslos nur noch meine eigenen Interessen verfolge."

„Und wie siehst du das?"

Ich stellte die Sprühdose beiseite und wischte mir die Hände an einem alten Lappen ab. „Sie ist verletzt und wütend, weil wir nicht die gleichen Vorstellungen haben und ich meinen Weg gehe."

Lutz kniff ein Auge zu, als sich der Rauch an seinem Gesicht hochschlängelte. „Hm."

„Und gestern hat es so richtig gekracht", fuhr ich fort.

„Weil du hier bist?"

Ich nickte. „Das war zumindest der Auslöser. Sie hat den Nachmittag unerwartet frei bekommen, aber da hatte ich mich schon mit euch verabredet, und sie war ziemlich erbost, daß ich mich nicht mit ihr abgesprochen habe."

Lutz drückte seine Zigarette in einer rostigen Blechdose aus. „Sie muß in letzter Zeit so manche Enttäuschung verkraften."

„Ja, muß sie, tut sie aber nicht. Sie häuft sie einfach an und hat ständig das Gefühl, zu kurz zu kommen", entgegnete ich aufgebracht. Dann ging ich zwei Schritte auf ihn zu. „Sag mir, Papa, war es falsch, nach Paris zu gehen?"

Mein Vater lächelte. „Was meinst du?"

„Ich denke, es war nicht falsch."

Er legte mir die Hände auf die Schultern. „Na, siehst du. Fahr nach dem Mittagessen nach Hause. Ihr habt zu wenig Zeit, um nach einem Krach tagelang vor euch hin zu schmollen."

Ich gab ihm einen Kuß auf seine rauhe Wange. Dann gingen wir zurück ins Haus.

Linda saß im Arbeitszimmer an ihrem Schreibtisch und hob den Kopf, als ich zur Tür hereinschaute.

„Da sind wir wieder", sagte ich freundlich. „Nadine ist mit Erik zu Tobias rübergegangen. Hast du Lust, einen Spaziergang zu machen?"

Sie schaute mich einen Moment unschlüssig an, dann nickte sie langsam. „Ja, warum nicht?"

Ich trat näher und linste ihr über die Schulter. „Was schreibst du denn da?"

Sie klappte ihr Heft zu. „Ich versuche, ein paar Dialoge zu Papier zu bringen – für die Sketche der Theatergruppe."

„Magst du sie mir zeigen?"

Sie schüttelte den Kopf. „Da gibt es noch nichts vorzuzeigen. Im Moment sammeln wir einfach nur Ideen – frauenrelevante Themen und Motive, um genauer zu sein."

Ich lächelte und wollte ihr über die Locken streichen, aber sie wich mir aus und stand auf.

Es wurde ein schweigsamer Spaziergang. Wir waren beide befangen, und jede hatte Angst, das erste falsche Wort zu sagen, aber Linda wirkte zudem mutlos und abwesend. Als wir fast eine halbe Stunde unterwegs waren, nahm ich ihre Hand.

„Wie soll es weitergehen, Linda?" fragte ich.

„Ich weiß es nicht", antwortete sie mit leiser Stimme und ließ ihren Blick angestrengt über die Felder schweifen, als gäbe es dort eine Lösung zu entdecken. „Ich weiß nicht, wie ich das alles unter einen Hut bekommen soll – deine Bedürfnisse, meine Bedürfnisse, unsere Fernbeziehung, deine Lebensvorstellungen, meine ..." Sie schaute mir kurz ins Gesicht. „Es paßt so vieles einfach nicht zusammen, verstehst du?"

Ich schluckte. Ich verstand sie sehr gut, aber ihr Resümee gefiel mir trotzdem nicht und die resignierte Art, in der sie es mir präsentierte, erst recht nicht.

„Aber die Basis ist doch noch da", wandte ich ein.

„Was nützt uns die Basis, wenn alles, was darauf aufgebaut wird, windschief und wacklig ist?"

Ich blieb stehen und starrte sie an. „Sie ist das Wichtigste. Ich liebe dich, du liebst mich, und alles andere wird sich finden, wenn wir uns beide genügend Mühe geben."

Sie biß sich auf die Unterlippe. „So einfach ist es eben nicht. Diese Basis gab es von Anfang an, und Mühe haben wir uns doch eigentlich auch immer gegeben – jede auf ihre Art. Woran also liegt es, daß wir uns nicht mehr verstehen und wutschnaubend übereinander herfallen?"

„An den Veränderungen", antwortete ich behutsam. „Beziehungsweise daran, daß wir beide unterschiedlich damit umgehen."

„Du machst es dir sehr einfach, Katharina."

„Warum?"

„Du bewirkst Veränderungen, die uns beide betreffen, und ich habe mich damit abzufinden. Mehr noch: Ich habe mich möglichst rasch und klaglos damit abzufinden."

Wir drehen uns im Kreis, dachte ich verdrossen.

„Was schlägst du vor?" fragte ich, und wir gingen weiter. „Soll ich meinen Paris-Aufenthalt abbrechen und mich ganz und gar deinen Wünschen fügen?"

Linda blieb erneut stehen. Ein harter Zug erschien um ihren Mund. „Nein. Ich wünschte nur ..."

„Was wünschst du dir?" Ich nahm ihre Hände.

„Ich wünschte, ich könnte spüren, daß ich noch wichtig für dich bin."

Ich sah, daß ihr die Tränen in die Augen schossen.

„Du bist wichtig für mich. Aber wenn du das nicht spürst, weiß ich nicht, wie ich es ändern kann", sagte ich eindringlich. „Und falls du es nur dann spürst, wenn ich bei dir bin und auf dich eingehe, machst du es dir verdammt einfach. Du wälzt nämlich die Verantwortung für dein Glück auf mich ab."

Sie entzog mir ihre Hände. „Vielen Dank für die Belehrung."

Den Rest des Weges legten wir wieder schweigend zurück.

Spät in der Nacht wachte ich auf. Linda hatte sich auf ihrer Seite des Bettes eingeigelt. Ich kroch unter ihre Decke und streichelte ihren Bauch und ihre Brüste. Sie wachte auf und schob meine Hände weg.

„Laß das", sagte sie und wollte sich umdrehen.

Ich hielt sie fest und spürte, wie die Erregung durch ihren Körper fuhr. „Warum? Du willst es doch auch."

„Ich will es nicht", zischte sie. „Laß mich in Ruhe."

Ich versuchte, sie zu küssen, aber ich mußte meine ganze Kraft aufwenden, um sie festzuhalten.

„Ich liebe dich", sagte ich in beschwörendem Ton. „Hör doch auf, mich zurückzustoßen."

Plötzlich schrie sie und trat nach mir. „Laß mich endlich los – oder willst du mich etwa vergewaltigen?"

Ich fuhr entsetzt zurück. Sie stand auf und schaute in der Dunkelheit auf mich herunter. „So einfach ist das nicht, Katharina. Eine kleine Versöhnung im Bett, und schon ist wieder alles in Butter. Wir sollten noch mal sehr genau über uns nachdenken."

Ihre Stimme bebte. Sie klemmte sich die Bettdecke unter den Arm und verließ das Schlafzimmer. Ich blieb erschüttert zurück. Sie hatte recht, so einfach war es in der Tat nicht.

Linda

Unsere Umarmung am Flughafen war eine hilflose und stumme Geste. Katharina war genauso verstört wie ich, aber die Mauer zwischen uns war so hoch, daß jeder Versuch, ein versöhnliches Wort an die andere zu richten, daran abprallte. Ihre Finger gruben sich in meine Locken, und ich küßte sie mit kalten Lippen.

„Wir telefonieren?" fragte sie, als die Maschine nach Paris zum zweitenmal aufgerufen wurde.

Ich nickte, drückte Nadine an mich, und mein Magen war ein dicker, harter Kloß, als Katharina mich ein letztes Mal umarmte und dann durch die Abfertigung schritt. Eine große, schöne Frau. Eine Frau, die ihren Weg ging. Nur noch ihren Weg. Ich drehte mich um und eilte hinaus.

Die gemeinsamen Tage hatten, abgesehen von einigen lichten und zärtlichen Momenten, so unmißverständlich gezeigt, wie sehr jede von uns in ihrer eigenen Welt lebte, daß mir mit quälender Monotonie stets aufs neue die Frage durch den Kopf geisterte, was uns eigentlich noch geblieben war. Und die Ängste, die mich dann durchzuckten, erschreckten mich weniger als die Taubheit, durch die ich sie von mir fernhielt. Die gemeinsame Basis, von der sie gesprochen hatte, zerbarst wie morsches Holz unter unseren Füßen. Ich wollte Katharina nicht festhalten, mich an sie klammern, aber ich wollte irgend etwas von uns bei mir haben, etwas, das ich liebevoll betrachten konnte, wenn wir nicht zusammen waren. War das zuviel verlangt? Sie wäre nicht für mein Glück verantwortlich, hatte sie gesagt – ich müßte schon selbst dafür sorgen. Das stimmte. Aber stimmte es nicht auch, daß in einer Liebesbeziehung jede für das gemeinsame Glück etwas tun mußte?

Als ich in der Buchhandlung eintraf, wies Anna mit dem Kopf in Richtung Büro.

„Bettina und Jan haben angerufen und bitten um deinen Rückruf", sagte sie.

„Hat Jan gesagt, worum es geht?"

Anna schüttelte den Kopf. „Nein. Er rief aus dem Werk an und war ziemlich kurz angebunden." Sie nahm ihre Handtasche. „Ich bin gegen fünf zurück. Kommst du klar?"

„Natürlich."

Anna blieb an der Tür stehen, und ihr Blick war besorgt. „Das war kein entspannter Besuch, nicht wahr?"

„Es war so ziemlich genau das Gegenteil davon", entgegnete ich wahrheitsgemäß.

„Kann ich was für dich tun?"

„Danke, Anna, im Moment nicht."

Als meine Tante zur Tür hinaus war, rief ich Jan an. Er redete nicht lange um den heißen Brei herum. „Was macht ihr in den Ferien? Hast du schon konkrete Pläne?"

Nachdem der Frankreich-Urlaub geplatzt war, hatte ich Erik für zwei Wochen auf einem Reiterhof in der Lüneburger Heide angemeldet, für mich selbst aber nichts weiter geplant.

„Erik ist von Anfang bis Mitte August weg", erklärte ich.

„Ja, ich weiß, Reiterferien", sagte Jan. „Und sonst?"

Ich verdrehte die Augen. Obwohl ich keine wirklichen Geldsorgen hatte, war es mir kaum möglich, mir und meinem Sohn wochenlange Ferienreisen zu spendieren. „Weitere Pläne gibt es noch nicht, Jan. Hast du etwas vor mit ihm?"

„Ich spiele mit dem Gedanken, ab Mitte August für zwei Wochen in Norwegen ein Ferienhaus zu mieten und würde Erik gerne mitnehmen. Was hältst du davon?"

„Sehr viel. Hast du schon mit Erik gesprochen?"

Jan räusperte sich. „Nein. Ich wollte erst deine Meinung hören, bevor ich ihm voreilig etwas verspreche."

Die Bemerkung versetzte mir einen heftigen Stich – selbst mein Ex-Gatte sprach sich mit mir ab, bevor er Pläne schmiedete, die auch mich betrafen.

„Vielen Dank", sagte ich nach einer kleinen Pause. „Das ist sehr rücksichtsvoll von dir."

Jan hüstelte, bevor er mich bat, Erik Grüße auszurichten, und das Gespräch beendete. Während ich mich anschließend um zwei Kundinnen kümmerte, wurde mir plötzlich klar, daß ich den ganzen August für mich hatte. Ich konnte tun und lassen, was ich wollte. Aber was wollte ich? Vielleicht sollte ich doch für ein paar Tage nach Paris fliegen, wisperte eine Stimme in mir. Katharinas Terminkalender ist randvoll, gab eine zweite zu bedenken, und sie hat bestimmt jede Minute rund um die Uhr verplant, um die Zeit ohne Nadine, die mit einer Kindergruppe unterwegs sein würde, ausschließlich für die Ausstellung zu nutzen. Was bleibt da noch für mich oder uns? Und selbst wenn wir zwischendurch Zeit füreinander hätten – was würden wir wohl damit anfangen? Ich schüttelte energisch den Kopf, schluckte das wunde Kratzen im Hals herunter und rief Bettina an.

„Na, Turteltäubchen, wie geht's dir?" begrüßte sie mich gutgelaunt. „Hast du deine Liebste weggeküßt, oder war noch was von ihr übrig, als du sie am Flughafen abgeliefert hast?"

„Es ist noch jede Menge von ihr übrig."

„Hm – besonders glücklich und verliebt klingt das ja nicht, hört sich eher nach Zoff an."

„Dann klingt es nicht falsch."

Bettina stöhnte in den Hörer. „Ich hab immer gedacht, Frauenpaare verstehen sich so gut, weil sie auf einer Wellenlinie liegen und eine Sprache sprechen. Bei euch hört sich das aber alles ziemlich kompliziert an. Da habt ihr nur ein paar Tage zusammen, und was macht ihr damit? Streitet euch. Ich fasse es nicht."

Ich wollte das Thema nicht vertiefen. „Stimmt. Was liegt sonst an, Bettina?"

„Du bist ja mal wieder sehr mitteilungsfreudig. Na ja. Ich wollte nur fragen, ob du morgen zur Theatergruppe kommst und wie deine Ferienpläne aussehen."

„Ich komme morgen zur Theatergruppe. Und ferienmäßig ist Erik den ganzen August fort. Ich werde wahrscheinlich die Kinderzimmer renovieren und mich endlich um den Garten meiner Schwester kümmern – mein Hochzeitsgeschenk ist ja schon seit Monaten überfällig."

„Ferien in Velstove – hört sich echt spannend und erholsam an", entgegnete Bettina bissig. „Hast du schon mal daran gedacht, allein wegzufahren?"

„Nein. Im Moment fehlt mir einfach die Lust dazu. Außerdem muß ich mich ja auch nach Anna richten und kann ohnehin nur zwei Wochen freinehmen. Was macht ihr denn?"

„Wir fliegen Anfang August nach Sardinien. Mitten in der hochsommerlichen Hitze. Wahrscheinlich werden wir den ganzen Tag schweißüberströmt im Schatten liegen und schon das Atmen als Zumutung empfinden, aber was soll's? Markus ist hellauf begeistert und hat mir in die Hand versprochen, täglich den halben Kinderdienst zu übernehmen, inklusive nächtlichem Aufstehen, Strandburgen bauen und Höschen im Handwaschbecken auswaschen. Gib's zu – da konnte ich unmöglich nein sagen."

„Ich bin sehr gespannt, was du nach deiner Rückkehr zu erzählen hast", sagte ich mit einem zaghaften Lächeln.

Bettina versprach, mindestens drei Postkarten zu schreiben, und ich wünschte ihr erholsame Ferien. Dann beendeten wir das Telefonat. Als ich aufgelegt hatte, kam eine dunkle, schwere Stimmung auf mich zu. Ich schob sie wütend beiseite und ging forschen Schrittes nach vorn in den Laden.

Es war schwierig, zu meiner gewohnten Routine zurückzufinden. Katharina, unsere angeschlagene Liebe, die Streitereien verfolgten mich wie ein Schatten, und ich hatte Mühe, mich davon nicht niederdrücken zu lassen. Wenn wir miteinander telefonierten, kamen wir meist nicht über den Austausch von Belanglosigkeiten hinaus, und es fehlten die Wärme und das Lachen.

Ich spulte mein tägliches Programm ab und hatte plötzlich Angst vor den freien Tagen. Nachdem ich Erik zum Reiterhof gebracht hatte, besorgte ich Farbe und Auslegeware und fing am nächsten Morgen mit dem Renovieren der Kinderzimmer an. Es war still im Haus. Eine erdrückende Stille. Gegen mittag klingelte das Telefon. Ich vermutete, daß es Claudia wäre, die sich wegen des Gartens mit mir absprechen wollte. Doch ich täuschte mich.

„Hallo, hier spricht Ricarda. Ich hatte zunächst in der Buchhandlung angerufen, aber deine Tante sagte mir, daß du zu Hause bist."

Mit einem Schlag kam die Erinnerung an die Begegnung auf dem CSD zurück. Die Frau mit der Lockenperücke und dem eigentümlichen Lächeln, als ich sie erkannte. Der Kuß. Ihre Finger auf meinem Mund. Ich spürte, daß ich rot wurde und war froh, daß sie mich nicht sehen konnte. Wir hatten seitdem einmal kurz miteinander telefoniert, als Katharina während ihres Urlaubs die Scheunenkünstlerinnen eingeladen und sie kurzfristig abgesagt hatte. Doch damals hatte ich die Erinnerung einfach ausgeblendet. Jetzt, allein in dem stillen Haus, gelang mir das nicht.

„Hallo, Ricarda", gab ich leise zurück.

„Hast du einen Moment Zeit?"

„Natürlich."

„Zunächst mal rufe ich wegen der Kataloge an – in Braunschweig und Wolfsburg wird Nachschub gebraucht, und Ruth hat mir einen Karton vorbeigebracht. Wir müssen uns also wieder auf den Weg machen."

„Die Leute nehmen ihn also tatsächlich mit. Das ist ja toll", entgegnete ich hastig.

„Ja. Wir haben auch wieder einige Arbeiten verkauft. Ich habe morgen in Wolfsburg zu tun und bringe dir ein paar Dutzend in die Buchhandlung", erklärte Ricarda.

„Hm, ja, gut – ich werde sie mir dort abholen. Ich habe nämlich im Moment Urlaub", entgegnete ich.

Ricarda schien zu lächeln. „Ich weiß, aber ich denke, du wirst trotzdem morgen ins Geschäft kommen. Deine Tante wird dich nachher noch anrufen. Wir kamen ein wenig ins Gespräch, und sie sagte mir, daß ihr beide mit eurem Steuerberater nicht besonders zufrieden seid."

„Das stimmt", bestätigte ich. Gleichzeitig fragte ich mich, wie das wohl aussah, wenn die wortkarge Ricarda mit jemandem ins Gespräch kam, wie sie es ausgedrückt hatte. „Und nun ist Anna der Meinung, daß wir es mal mit dir versuchen sollten?" fragte ich dann.

„Genau. Und sie möchte, daß du dabei bist. Du seist die Buchhalterin von euch beiden und würdest letztlich entscheiden."

Wieder wurde ich rot. „Der Bereich liegt Anna nicht besonders, während ich mich ganz gerne darum kümmere."

„So ähnlich hat sie es auch ausgedrückt. Ich komme morgen gegen zehn Uhr. Ist dir das recht?"

Das war mir recht. Wenige Minuten später rief Anna an und entschuldigte sich wortreich, mich in meinem wohlverdienten Urlaub zu stören.

„Aber weißt du", fuhr sie lebhaft fort. „Wir hatten uns doch erst vor einigen Tagen so über den Schwarzkopf geärgert. Und dann fiel mir ein, daß Ricarda Steuerberaterin ist. Na, wenn das kein Zufall ist."

„Gut, ich bin gegen zehn da. Mal sehen, was Ricarda zu bieten hat."

Obwohl ich pünktlich war, saß Ricarda bereits bei Anna im Büro und schaute sich unsere Buchführung und die Datevausdrucke des Steuerberaters an. Sie blickte hoch, als ich eintrat und grüßte freundlich. Einen Moment lang befürchtete ich, sie würde auf unser Treffen in Berlin zu sprechen kommen oder zumindest eine kleine Bemerkung darüber fallenlassen, doch Ricarda gab sich ganz und gar geschäftsmäßig. Sie ließ sich erläutern, was wir von einer guten Steuerberaterin erwarteten und gab uns nebenbei schon den einen oder anderen Tip. Anna war sofort Feuer und Flamme und schaute fast unwillig hoch, wenn Kundschaft kam und das Gespräch unterbrochen wurde. Nach einer guten halben Stunde waren wir uns einig, und Ricarda stand auf, um sich zu verabschieden. Anna gab ihr die Hand und eilte nach vorn. Ricarda wandte sich wieder mir zu und griff nach einer großen Tüte, die neben ihrem Stuhl lag.

„Die dürften erst mal ausreichen", sagte sie, und ich nahm die Kataloge entgegen.

Einen Moment blieb ich unschlüssig vor ihr stehen.

Sie blickte mich freundlich an. „Was macht die Theaterarbeit?"

„Wir haben einige Sketche zusammengestellt und sind nun eifrig beim Proben", erwiderte ich.

„Was spielst du?"

Ich schob die Hände in die Hosentaschen. „Gar nichts. Ich habe einige Szenen geschrieben und kümmere mich um Organisatorisches."

Ricarda nickte. Ein winziges Lächeln umspielte plötzlich ihren Mund. „Schade. Magst du nicht auf die Bühne?"

Ich schüttelte den Kopf. „Das ist nichts für mich. Ich mache mich besser im Hintergrund."

„Glaubst du wirklich? Hast du nicht auch Lust, mal eine Rolle zu spielen? Ich könnte mir vorstellen, daß dir das Spaß machen würde."

„Ach, ich bin da nicht so wild drauf", antwortete ich und strich mir die Haare zurück.

Ihr Lächeln verstärkte sich. „So was kann auch zur Entdeckungsreise werden, und das ist dann ziemlich spannend. Oder befreiend."

Ich dachte an ihre Verkleidung auf dem CSD, ging aber nicht darauf ein. Der alte Unmut über Ricardas souveräne Haltung stieg plötzlich in mir auf. „Wovon sollte ich mich denn befreien?"

„Wut, Angst, Schmerz, was auch immer – das wirst du dann schon selbst sehen."

Ihr Blick hielt mich einen Moment lang fest, während ich überlegte, wie ich diese Unterhaltung am elegantesten abbrechen könnte.

„So einfach ist es wohl nicht", entgegnete ich schließlich betont gleichmütig. „Wenn ich die Bühne verlassen habe und in die Realität zurückkehre, ist dort alles wieder beim alten. Die Rolle ist ein Spiel, eine Auszeit, mehr nicht."

„Das möchte ich bezweifeln. Das Spannende besteht ja darin, sich in der Rolle die eigene Persönlichkeit genauer anzuschauen. Ich jedenfalls bin immer wieder verblüfft über mich selbst oder amüsiere mich köstlich. Außerdem ist es wohl kein Zufall, für welche Rolle man sich entscheidet."

Die Schweigsame ist ja heute richtig gesprächig, dachte ich, während Ricarda ihre Aktentasche nahm und einen dicken Hefter mit Buchführungsunterlagen darin verstaute. Sie wartete auf eine Erwiderung, doch ich zuckte nur die Achseln.

„Für wann ist die Aufführung geplant?" hakte sie noch einmal nach.

„Ich denke, frühestens im Oktober."

Sie gab mir die Hand. „Bis bald." Als sie an der Tür war, drehte sie sich noch einmal um. „Woran hast du mich erkannt?"

Ich wußte sofort, daß sie vom CSD sprach.

„An der Art, wie du dich bewegt hast", gab ich leise zurück.

„Du schaust sehr genau hin." Einen Augenblick lang sah es so aus, als wollte sie noch etwas hinzufügen, doch dann wandte sie sich um und ging.

Ich blieb mit geröteten Wangen zurück. Sie hat nicht ein einziges Mal nach Katharina gefragt, dachte ich.

Zwei Seelen schienen sich in mir einen heftigen Kampf zu liefern. Die eine kreiste um Katharina und bescherte mir die nackte Angst, unsere Beziehung könnte tatsächlich einen irreparablen Schaden erlitten haben, und ich war unschlüssig, ob und wem ich in welchem Maß die Schuld dafür anlasten sollte. Ich schwankte zwischen Selbstvorwürfen und Wut, Niedergeschlagenheit und gelegentlich aufblitzender Hoffnung. Die andere war neu, schien erst allmählich Form zu gewinnen und versetzte mich immer wieder in Erstaunen. Sie war sanft und aufmunternd und ließ mich neue Seiten an mir entdecken. Sie strahlte Ruhe aus, und immer wenn ich befürchtete, mir diesen ungewohnten Gleichmut nur einzureden, um vor der unangenehmen Realität zu flüchten, gelang es mir, Kraft aus ihm zu schöpfen. Ich war allein, und je länger ich allein war, desto selbstverständlicher ging ich damit um. Ich arbeitete im Haus und im Garten, joggte jeden Morgen, beschäftigte mich mit dem Theaterprojekt und schrieb Briefe an Corinna oder Tagebuch. Die Briefe schickte ich selten ab.

Wenige Tage vor Eriks Rückkehr stand Ricarda plötzlich vor der Tür. Ich hatte gerade Möhren und Salat geerntet und war auf dem Weg ins Badezimmer, um mir die erdigen Hände zu waschen, als es klingelte.

„Tut mir leid, daß ich so unangemeldet auftauche", sagte sie.

„Du bist nicht ans Telefon gegangen, und deine Tante sagte mir, daß du sicherlich im Garten arbeitest."

Ich bat sie in die Wohnküche und ging erst mal ins Bad. Im Spiegel sah ich ein erhitztes Gesicht. Und einen unsicheren Ausdruck in meinen Augen.

„Ich habe eine Zwischenbilanz aufgestellt", erklärte Ricarda wenige Minuten später. „Und Anna möchte unbedingt, daß du sie dir so bald wie möglich anschaust." Sie legte mir ein paar Blätter auf den Tisch und blickte hoch.

„Natürlich", erwiderte ich. „Magst du etwas trinken? Kaffee, Tee, Orangensaft?"

„Orangensaft wäre schön."

Ich holte zwei Gläser und schenkte uns Saft ein. Dann vertiefte ich mich in die Bilanz und spürte Ricardas Blick auf mir.

„Ist dir alles klar?" fragte sie.

Ich nickte. „Wenn mir alles so klar wäre wie diese Bilanz ..." Ich ließ den Satz unvollendet und ärgerte mich, ihn überhaupt laut ausgesprochen zu haben.

„Manchmal denke ich, daß das ganze Leben wie eine Bilanz ist", stellte Ricarda ruhig fest. „Während die Jahre vergehen, werden Haben- und Sollseite immer länger, und am Ende ist die ganze Geschichte meistens ausgeglichen."

Ich hob den Kopf. „Es kann auch ein Verlustgeschäft sein."

„Das kommt ganz auf den Standpunkt an."

Ich schob die Blätter von mir und spürte, wie sich Ablehnung in mir breitmachen wollte. Warum versucht sie eigentlich ständig, mich herauszufordern? dachte ich. Und warum reagiere ich jedesmal so gereizt? Vielleicht sollte ich endlich aus der Mäuschenecke herauskommen.

„Es kommt immer auf den Standpunkt an", gab ich ihr schließlich recht. „Und jeder Mensch hat seine eigene Werteskala."

„Stimmt. Aber die kann man ändern."

Ich zog die Augenbrauen zusammen. Sie folgte der Bewegung,

und ihr Mund verzog sich belustigt. Vielleicht war es diese Mimik, die mich plötzlich in Rage geraten ließ. Ich schlug mit der flachen Hand auf den Tisch und funkelte sie an. „Was genau willst du mir eigentlich sagen, Ricarda? Daß mein Standpunkt, meine Werte falsch sind? Und wie kämst du dazu, eine solche Behauptung aufzustellen? Wir kennen uns kaum, du redest sehr wenig, aber wenn du mit mir sprichst, habe ich ständig das Gefühl, daß du meinst, mir irgendwelche Denkanstöße vermitteln zu müssen."

Sie hob die Achseln, als hätte ich in ruhigem Ton eine sachliche Bemerkung gemacht. „Interessante Feststellung." Sie blickte mich nachdenklich an. „Es ist sonst ganz und gar nicht meine Art, anderen Menschen zu nahe zu treten."

„Den Eindruck habe ich auch. Und warum tust es dann bei mir?"

Ihre Augen waren auf einmal so sanft, daß ich erschrak. „Vielleicht irritiert es mich, eine Frau vor mir zu haben, die so ergeben vor sich hin leidet, ohne daß es einen Anlaß dafür gibt."

Jetzt reichte es mir. Ich sprang auf, und meine Hände zitterten unkontrolliert. „Was weißt du denn schon von mir?"

Sie blieb ungerührt sitzen und trank einen Schluck von ihrem Orangensaft. Meine Empörung schien sie nicht im mindesten zu treffen, geschweige denn zu erschrecken. Fast sah es so aus, als hätte sie damit gerechnet.

„Ich weiß, daß Katharina in Paris ist und du mit eurer Trennung nicht zurechtkommst", sagte sie. „Da ich selbst seit fünfzehn Jahren in einer Beziehung lebe, in der es wenig räumliche Nähe gibt – Vera und ich sehen uns nur einige Male im Jahr –, weiß ich, wovon ich spreche."

„Ach ja", giftete ich sie an. „Wahrscheinlich wirst du mir jetzt gleich erzählen, wie wundervoll es ist, kaum mit der Partnerin zusammenzusein, und daß ich ein eifersüchtiges, unreifes Häschen bin, die allein nicht zurechtkommt."

„Soweit würde ich nicht gehen. Du kommst sehr gut allein zurecht, du gestehst es dir nur kaum zu."

Ich starrte sie an. Plötzlich brannten meine Augen. Ich brauche deine neunmalklugen Ratschläge nicht, dachte ich erbost, und sie lächelte, als hätte sie meinen Gedanken erraten.

„Und du willst mir also erzählen, daß du glücklich bist?" versuchte ich den Spieß umzudrehen.

„Ja." Das klang fast erstaunt. „Ich bin glücklich."

Ich setzte mich langsam wieder auf meinen Stuhl und ließ sie nicht aus den Augen. „Bist du sicher? Ist es nicht eher so, daß du aus der Not eine Tugend machst?"

„Ganz und gar nicht."

„Oder verschenkst du dein Herz erst gar nicht? Dann sind Verlustgefühle ja auch gar nicht zu spüren." Das war sehr provozierend, aber ich sagte mir, daß sie es schließlich gewesen war, die den Ton zwischen uns vorgegeben hatte und sich jetzt nicht wundern durfte, wenn ich entsprechend reagierte.

„Es ist töricht, sein Herz zu verschenken", entgegnete sie. „Ich verschenke Gefühle und Nähe, und ich versuche, jeden Augenblick meines Lebens zu genießen."

Das kaufte ich ihr nicht ab. Andererseits wirkte sie so autark und in sich ruhend, daß es überhaupt keinen Sinn ergab, ihr zu unterstellen, sie würde mir hier irgendein Märchen auftischen wollen. Das hatte sie gar nicht nötig. Dennoch, die Vorstellung, fünfzehn Jahre mit einer Frau zusammenzusein und sie nur alle paar Monate mal zu sehen, bereitete mir Unbehagen – gelinde gesagt. Und wieviel Schmerz hatte es den beiden bereitet, sich in dieser Weise aufeinander einzulassen?

„Ich denke, die beiden Beziehungen lassen sich kaum miteinander vergleichen", hielt ich ihr nach einer kleinen Pause entgegen. „Katharina und ich haben vorher zusammengelebt, wir waren eine Familie. Und plötzlich erklärt sie, daß sie unbedingt nach Paris müsse, packt ihre Tochter und ihre Siebensachen und verschwindet. Mir blieb nichts anderes übrig, als ihre Entscheidung zu tolerieren."

Ricarda nickte. „Das soll vorkommen. Wäre es dir lieber, neben einer Frau zu leben, die ihre Träume in sich verschließt und dir irgendwann vorhält, sie hätte deinetwegen Wichtiges in ihrem Leben versäumt?"

„Nein." Ich wandte den Kopf zur Seite und schaute in den Garten hinaus. „Das wäre mir nicht lieber. Aber ich bin erschüttert, wie sehr sich unsere Lebensvorstellungen unterscheiden."

„Was hast du denn für Vorstellungen vom Leben?"

Ich blickte ihr in die Augen. „Ganz normale, schätze ich." Ein Lächeln stahl sich über mein Gesicht, das sie sofort erwiderte. Ausweichender konnte man sich kaum ausdrücken.

„Ganz normale", wiederholte sie, und plötzlich mußte ich lachen.

Sie schaute mich an und schien auf eigentümliche Weise zufrieden.

„'Die Liebe ist ein seltsames Spiel'", zitierte ich einen alten Schlager, und nun lachte auch sie. Zum ersten Mal überhaupt sah ich sie fröhlich und laut lachen. Ihr Gesicht wirkte jung und munter, und ich schaute sie unverwandt an.

Ricarda leerte ihr Glas und verabschiedete sich anschließend. Ich schaute dem davonfahrenden Wagen nach, und die Gedanken, die durch meinen Kopf rasten, ließen sich nur mühsam bändigen.

Bettina war braungebrannt und übermütig wie eine Siebzehnjährige. Sie strotzte vor Energie und freute sich unbändig, als wir uns wenige Tage später in der Stadt trafen, um uns ein großes Eis zu genehmigen.

„Prima", frohlockte sie, als ich sie nach dem Urlaub fragte. „Markus war zahm wie ein Schoßhündchen." Sie grinste. „Und er hat sich tatsächlich um die Kinder gekümmert."

„Ich fasse es nicht."

„Mit den Großen mußte er schwimmen, mit den Zwillingen im Sand buddeln. Und umgekehrt. In den letzten Tagen hatte ich sogar das Gefühl, daß es ihm allmählich Spaß machte."

„Und womit hast du dir die Zeit vertrieben?"

Bettina stützte ihr Kinn in die Hand. „Gute Frage. Ich habe gelesen, Sonnencreme über meine zarte Haut verteilt, gedöst und Ausschau nach gutaussehenden Männern gehalten. Was man eben an südlichen Stränden so tut."

„Und nun bist du fit fürs nächste Schuljahr?"

„Na ja, zwei Wochen habe ich ja noch Zeit." Sie aß genüßlich von ihrem Eis und blickte mich dann an. „Und du? Hast du dich wieder abgeregt?"

Das war sicherlich eine arg verkürzte Beschreibung, aber ich nickte, weil ich nicht über Katharina sprechen wollte.

Bettina hob die Hände. „Na, prima. Dann können wir ja so richtig loslegen mit unserem Theater. Ich habe gestern mit Renate telefoniert, und die meint auch, wir sollten langsam mal in die Puschen kommen. Wie viele Sketche haben wir bis jetzt?"

„*Besuch im Kunstmuseum, Beim Frauenarzt, Halle 54, Im Sportstudio*", zählte ich auf. „Dann die Geschichte mit der italienischen Putzfrau, die aber noch überarbeitet werden muß, und wir wollten noch was machen zum Thema Vereinsmeierei."

Bettina kicherte. „Ich hoffe, ich kann meine Rollen überhaupt spielen und falle nicht vor Lachen von der Bühne."

„Renate ist der Meinung, daß wir auch noch etwas Ernsthaftes reinbringen sollten", wandte ich ein.

„Das überlasse ich dir."

Ich schaute sie an. „Wie meinst du das?"

„Na ja. Wie soll ich das am besten ausdrücken?" Sie wirkte ein wenig verunsichert. „Du kannst ziemlich ernst sein. Und ich glaube, dir würden ein paar treffende Dialoge einfallen."

Ich lächelte. „Mal sehen."

Nachdem Bettina mich überredet hatte, noch einen kleinen Einkaufsbummel zu machen, lud sie mich zum Essen ein, und ich verbrachte den Abend im Kreis ihrer Familie. Als ich nach Hause fuhr, war ich zwar ganz erschöpft von dem ungewohnten Lärm und den vielen herumwuselnden Kindern, fühlte mich aber gleichzeitig sehr zufrieden. Auf dem Anrufbeantworter war eine Nachricht von Katharina. Ich nahm das Telefon mit ins Wohnzimmer und wählte die Pariser Nummer.

„Schön, daß du zurückrufst", sagte Katharina. „Wie geht es dir?"

„Ganz gut. Und du? Schaffst du deine Arbeit?"

Sie seufzte. „Dieses Einführungsseminar ist ziemlich langweilig, aber ich lerne wenigstens andere deutsche Lehrerinnen und Lehrer kennen. Außer mir gibt es nur noch eine Frau, die das ganze Projekt mit ihrem Kind durchzieht. Der Rest ist durchweg zehn Jahre jünger als ich und benimmt sich eher wie ein Haufen Studenten auf großer Fahrt."

„Das war doch zu erwarten", erwiderte ich. „Die meisten, die für ein, zwei Jahre ins Ausland gehen, machen das während des Studiums oder gleich nach der Uni."

„Hat diese Bemerkung eine tiefere Bedeutung?"

Ich schwieg betroffen.

„Linda?"

„Jaja, ich bin noch dran. Ich wollte dir keinen Seitenhieb verpassen, Katharina. Der Gedanke kam mir einfach so."

„Aha. Es klang für mich eher nach einem versteckten Vorwurf."

Ich ballte die Hand um den Hörer. „Ich werde dir keine versteckten Vorwürfe mehr machen."

„Gut."

Es trat eine lange Pause ein, in der ich verzweifelt nach den richtigen Worten suchte, um eine Brücke zwischen uns zu schlagen, doch mein Kopf war wie leergefegt. Mein Gott, dachte ich, warum schweigen wir uns hier so hilflos an? Aber gerade als ich Katharina genau das fragen wollte, ergriff sie wieder das Wort.

„Ich male mir die Finger wund", sagte sie leise. „Aber der richtige Schwung fehlt mir. Es gibt noch so viel zu tun, und ich muß all meine Kraft aufwenden, um mich konzentrieren zu können."

„Unsere Probleme belasten dich?" fragte ich vorsichtig.

„Ja, natürlich. Aber es wird nicht besser, wenn ich mich in ihnen vergrabe."

„Wird es besser, wenn du dich in die Arbeit vergräbst?"

„Darauf hoffe ich."

Na, klasse, dachte ich bitter, aber dann fiel mir ein, daß genau das bisher meine übliche Methode gewesen war und ich erst neuerdings dazu überging, nicht mehr wie gehetzt vor der Stille und meinen Gedanken zu flüchten.

„Ich versuche, ein neues, großformatiges Bild von dir zu malen", hob Katharina erneut an, als ich schon glaubte, wir würden das Telefonat beenden. „Schon die Skizzen sind unglaublich schwierig. Jeder einzelne Strich muß hundertmal überlegt werden, und wenn ich ihn dann auf dem Papier vor mir sehe, scheint er dennoch deplaziert – kalt, ungelenk. Das macht mich ganz mißmutig, oder besser: traurig. Schließlich habe ich dich schon unzählige Male gezeichnet oder gemalt."

„Hast du kein Foto von mir, nach dem du dich richten kannst?" fragte ich und wußte im selben Augenblick, daß der Vorschlag unsinnig war.

„Das habe ich versucht, aber das hat überhaupt nicht funktioniert", antwortete sie, bevor ich die Frage zurückziehen konnte. „Dein Gesicht hat sich verändert."

Ich habe ihr noch nie Modell gestanden, dachte ich, sie hatte es nie für nötig befunden. Es wunderte mich nicht, daß Katharina ausgerechnet jetzt Mühe hatte, sich ein Bild von mir zu machen. Oder Angst hatte vor dem, was sich auf dem Papier zeigen würde.

„Vielleicht ist es der falsche Zeitpunkt, mich gerade jetzt malen zu wollen“, sagte ich.

„Scheint so.“

Darauf wußte ich nichts mehr zu sagen. Wenig später wünschten wir uns eine gute Nacht und legten auf. Ich ließ mich in den Sessel zurücksinken, legte den Kopf in den Nacken und starrte die Decke an.

Ricarda

Ich hatte gewußt, daß es Linda nicht gelingen würde, sich hinter verschränkten Armen und einer bleichen Maske der Ablehnung zu verschanzen. Dazu war mein Besuch eine zu große Überraschung für sie gewesen. Und meine Bemerkungen zu provokativ. Außerdem war unsere Begegnung auf dem CSD nicht ohne Wirkung geblieben – sie stand deutlich in ihren Augen. Als Linda immer mehr in Wut geriet, vergaß sie auf einmal die Deckung, hinter der sie sich bisher versteckt hatte, und zum Vorschein kam eine verletzte, nachdenkliche Frau, die nicht wußte, was sie mit ihren Gefühlen anfangen sollte. Und die erstaunt schien über ihre Heiterkeit. Ich selbst hatte schon lange nicht mehr so gelacht. „Die Liebe ist ein seltsames Spiel“ – wie banal und wahr zugleich.

Die darauffolgenden Abende verbrachte ich in meinem Schuppen, um mit den weichen Steinen zu arbeiten. Ich ließ die Tür offen, um die laue Sommerluft hereinzulassen, und das monotone Klopfen und Schleifen vermischte sich mit dem Zirpen der Grillen und dem Gesang der Vögel. Ich versank in der Zeitlosigkeit. Als ich wieder auftauchte, hielt ich eine zierliche Figur in den Händen, die mich mit erhobenem Kinn und blitzenden Augen anschaute. Die Arme hatte sie schützend um ihre Körpermitte geschlungen. Die Skulptur ähnelte in ihrer Zartheit der von Judith, die ich knapp zwölf Jahre zuvor aus Ton geformt hatte.

Es konnte kein Zufall sein, daß sich schon wenige Wochen nach der Eröffnung meines Büros in Grafhorst verschiedene Interessenten meldeten, die ihre Steuerangelegenheiten in meine Hände legen wollten. Ich vermutete, daß Vera die Werbetrommel gerührt hatte. Das Mandat für ihre Unternehmen war zwar ein sattes Polster, dennoch lag mir viel daran, nicht allein von ihrem Auftrag abhängig zu sein. Ich stellte Monika ein, die eine versierte Buchhalterin war, und bemühte mich um eine Putzfrau. Das Haus war groß, und auch der Garten machte Arbeit, wenn ich ihn nicht verwildern lassen wollte. Ich hatte für diese alltäglichen Dinge zu wenig Zeit und war abends zu müde und zu lustlos, um noch mit Staubsauger und Putzlappen durch die Räume zu gehen.

Die Auswahl einer geeigneten Hilfe gestaltete sich schwieriger, als ich zunächst angenommen hatte. Ich schaute mir die Frauen sehr genau an, denn schließlich wollte ich einem Menschen Zutritt zu allen Räumen meines Hauses gewähren, und dafür konnte nur jemand in Frage kommen, die mein Vertrauen gewann. Nachdem sich drei Frauen vorgestellt hatten – eine aufgedrehte Endvierzigerin, die unablässig vor sich hin plapperte, eine dürre, überarbeitete Mutter von drei Kindern und eine aufgeregte, schreckhafte Studentin –, glaubte ich schon, meine Erwartungen entweder herunterschrauben oder doch selbst putzen zu müssen. Da stand Judith vor der Tür.

Sie war zierlich, ohne kraftlos zu wirken, und hielt ohne Mühe meinem Blick stand. Ihr sandfarbenes Haar war kurzgeschnitten und schmiegte sich wie Fell an ihren Kopf. Die Augen waren von einem blassen Braun. Sie sprach nicht viel und war ungefähr in meinem Alter. Ich führte sie durchs Haus, und ihre ruhigen, lautlosen Bewegungen gefielen mir gut. Sie blickte sich interessiert um und schien in Gedanken zu überschlagen, wie viele Stunden sie wöchentlich benötigen würde, um alles in Schuß zu halten.

„Mit Rasenmähen ungefähr zehn Stunden pro Woche“, erklärte sie knapp, als wir wieder unten im Büro waren. „Wenn ich auch einkaufen und mich um Unkraut und Obst im Garten kümmern soll, entsprechend mehr.“

Das schien mir eine realistische Einschätzung zu sein.

„Ich werde die Putzmittel aufbrauchen, die noch im Haus sind“, fügte sie einen Moment später hinzu. „Danach besorge ich mir selbst, was ich brauche. Ich verdiene neun Mark die Stunde.“

Das klang selbstbewußt, zumal ich ihr noch gar keine klare Zusage erteilt hatte.

„Ist Ihnen das recht?“

Ich nickte. „Das klingt gut. Wann können Sie anfangen?“

„Sofort. Oben im Flur muß dringend gesaugt werden, und der Eingangsbereich für Ihre Kunden sollte gepflegter aussehen.“

Ich war verblüfft – und verlegen.

Sie schaute sich suchend um. „Wo kann ich mich umziehen?“

„Haben Sie denn schon Ihre Arbeitskleidung dabei?“ fragte ich.

„Natürlich. Wer eine Putzfrau sucht, braucht sie meist sofort“, gab sie gleichmütig zurück.

Judith zog sich in dem großen Abstellraum neben der Küche um und wieselte wenige Minuten später in dünnen Baumwollhosen, Sportschuhen und einem weiten T-Shirt durchs Haus. Ich hörte das Brummen des Staubsaugers und kurz darauf das gleichmäßige Fegen des Besens vor der Tür. Eine halbe Stunde später klopfte sie an meine Bürotür.

„Was ist in Ihren Privaträumen zu tun? Ich möchte sie nicht einfach betreten, ohne vorher gefragt zu haben.“

Ihr Gesicht glänzte unter einem dünnen Schweißfilm, und plötzlich war ich sehr froh, daß Judith da war. Wir gingen noch einmal gemeinsam nach oben, und ich erklärte ihr, daß sie sich nicht um Regale und Schränke kümmern sollte. Sie nickte, als hätte sie nichts anderes erwartet.

Judith kam und ging, wie sie es für richtig hielt, und ich überließ ihr bald einen eigenen Hausschlüssel. Sie räumte und putzte, ging einkaufen und beseitigte das Unkraut aus meinem Garten. Den Schuppen betrat sie nicht, obwohl wir nie darüber gesprochen hatten. Manchmal bekam ich erst mit, daß sie da war, wenn ich den Staubsauger hörte. Hin und wieder stand ein kleiner Blumenstrauß auf meinem Schreibtisch. Sie lachte nie und lächelte selten, aber wenn ihr Gesicht für Augenblicke von Heiterkeit beherrscht wurde, leuchtete es warm und friedlich.

Obwohl ich mich bester Gesundheit erfreute, erwischte mich doch hin und wieder die Grippe, und in diesem Herbst schlug sie besonders heftig zu. Ich hatte ein Wochenende mit Vera verbracht und schon ab Sonntagmittag mit drückenden Kopfschmerzen und wundem Hals zu kämpfen gehabt. Als ich gegen abend heimkehrte, zitterten meine Beine, und die Hitze schoß wie ein Feuerball durch meinen Körper. Ich stellte mir zwei Flaschen Wasser neben das Bett und ließ mich in die Kissen sinken. Die Nacht verbrachte ich abwechselnd unter Hitze- und Kälteschauern, während mich gleichzeitig ein übler Husten schüttelte. Erst gegen Morgen fiel ich in einen unruhigen Schlaf. Ich wachte auf, als ein eiskalter Wind über meine Stirn strich. Aber es war kein Wind, es war Judiths kühle Hand. Sie saß an meinem Bett, und ihr Blick war besorgt.

„Das Fieber ist sehr hoch“, sagte sie.

Ich wollte mich aufrichten, um ihr zu sagen, daß sie Monika informieren sollte, aber sie drückte mich energisch in die Kissen zurück.

„Liegenbleiben!“ befahl sie. „Monika sitzt bereits am Schreibtisch und weiß Bescheid. Die Termine sind verlegt.“

Ich schloß die Augen.

„Soll ich einen Arzt holen?“

„Nein, nein, es ist nur eine Grippe“, erklärte ich matt.

„Das Fieber ist zu hoch“, entgegnete sie. „Ich werde Wadenwickel machen, und Sie müssen Tee trinken, viel Tee.“

Den ganzen Tag und die halbe Nacht saß sie an meinem Bett, machte unermüdlich Wadenwickel, flößte mir Tee und Hustentropfen ein, rieb meine Brust und meinen Rücken mit Mentholsalbe ein, und zwischendurch besorgte sie Fruchtsäfte und Obst. Ich befand mich die ganze Zeit in einem trüben Dunst aus Schwäche und Hitze und war zu kraftlos, um mich gegen irgend etwas zu wehren. Zwei Tage später war das Schlimmste überstanden. Judith hatte eine kräftige Brühe gekocht und bestand darauf, daß ich davon trank.

„Ihr Vater hat angerufen“, sagte sie.

„Haben Sie ihm gesagt, daß ich krank bin?“

„Ich habe ihm gesagt, daß Sie eine kleine Erkältung auskurieren“, erwiderte sie. „Sonst hätte er sich vielleicht Sorgen gemacht.“

Ich lächelte. „Das war sehr umsichtig. Wann hat er denn angerufen?“

„Gestern abend gegen acht.“

„So lange waren Sie noch hier?“ fragte ich erstaunt.

„Ich bin seit drei Tagen hier – auch nachts. Ich wollte Sie nicht allein lassen.“

Ich war tief berührt und schaute ihr in die Augen. „Danke.“

Sie blickte zur Seite. „Schon gut. Es ist ja sonst niemand da.“

Das stimmte, aber ihr fürsorgliches Verhalten ging mir noch aus einem anderen Grund nahe. Es tat mir gut, sie um mich zu haben, auch jetzt, als ich langsam wieder auf die Beine kam und durchaus für mich selbst sorgen konnte. Sie huschte durchs Haus, kochte und schien immer dann zur Stelle zu sein, wenn ich sie brauchte. Trotzdem hatte ich nicht das Gefühl, daß sie sich unentbehrlich machen wollte. Sie tat, was ihrer Ansicht nach getan werden mußte. Als ich nach einer guten Woche meinen gewohnten Tagesablauf aufnehmen konnte, arbeitete sie wieder ihr übliches Pensum, gewöhnte sich aber an, für mich zu kochen. Dennoch gab es von da an eine besondere Nähe und Vertrautheit zwischen uns. Sie war eine Freundin geworden.

Genau wie in meiner Kindheit hatte ich auch jetzt kaum Kontakt zu den Dorfbewohnern. Ich grüßte, wenn ich jemanden auf der Straße traf, aber ich ließ mich nicht auf die beliebten Zaungespräche ein. Manche Unterhaltung ließ sich jedoch nicht verhindern, und ich stellte immer wieder fest, daß Menschen, die unbedingt etwas loswerden wollen, kaum zu bremsen sind, selbst wenn man noch so zurückhaltend auf sie reagiert. Die Postbotin war so eine Frau. Wann immer es sich vermeiden ließ, ihr zu begegnen, schickte ich Monika oder Judith vor. Hin und wieder aber mußte ich ein Einschreiben gegenzeichnen, oder ich war allein im Büro. An einem stürmischen Novembermorgen war es wieder einmal soweit. Frau Gudrun klingelte – sie ließ sich von allen nur Frau Gudrun nennen – und hielt mir einen ganzen Stapel Post entgegen, darunter zwei Einschreiben mit Rückschein.

„Guten Morgen", grüßte sie aufgeräumt. „Das ist aber ein Sturmwetter heute. Man gut, daß wir nicht an der Küste wohnen."

Ich hatte nichts gegen die Küste, auch nicht an windigen Herbsttagen, behielt das aber für mich und nickte nur abwesend.

„Danke", sagte ich und wollte wieder ins Haus gehen, nachdem ich meine Unterschrift geleistet hatte.

„Sagen Sie mal ...", begann sie mit einem wissenden Lächeln und beugte sich vertrauensselig zu mir vor. „Sie leben ja sehr zurückgezogen und wissen deshalb vielleicht gar nicht, was so alles im Dorf geschieht, nicht wahr?"

„Nein", gab ich zu. „Aber ich muß auch nicht alles wissen."

Meine Hoffnung, sie mit diesem Hinweis bremsen zu können, fand ein jähes Ende, als sie tadelnd den Kopf schüttelte und mit der Zunge schnalzte.

„Auch nicht wenn es um Ihre eigenen Interessen geht?“ ließ sie nicht locker, und ein salbungsvolles Lächeln verzog ihren Mund.

Ich konnte mir vorstellen, daß ich im Dorf nicht besonders beliebt war und die Leute argwöhnisch auf meinen zurückgezogenen Lebensstil reagierten. Ich war alles andere als mitteilungsfreudig, und wenn sie deshalb meinten, sich Geschichten um meine Person ausdenken zu müssen, konnte ich sie nicht daran hindern. Aber ihre Mutmaßungen interessierten mich nicht.

„Ich fühle mich sehr wohl hier, Frau Gudrun“, sagte ich schließlich kühl. „Und ich habe nichts Außergewöhnliches bemerkt, das mit mir zu tun haben könnte.“

Ich legte die Hand auf die Klinke, aber die Postbotin ließ sich nicht so schnell abwimmeln.

„Ihre Putzfrau, die Judith“, sagte sie mit verschwörerischer Stimme, als ließe sie eine gefährliche Katze aus dem Sack.

Ich hob eine Augenbraue.

„Sie wissen nicht, was das für eine Person ist, stimmt's?“

„Aber ja doch“, entgegnete ich. „Eine fleißige und angenehme Frau, die ich sehr schätze.“

Frau Gudrun hob den Zeigefinger und beugte sich erneut ein wenig zu mir vor. „Da lassen Sie sich mal nicht täuschen. Die hat es faustdick hinter den Ohren. Ich will Sie nur gewarnt haben. Judith saß im Gefängnis, die hat nämlich ihren Cousin umgebracht. Und nun sagen Sie nicht, das hätte nichts mit Ihnen zu tun – schließlich geht sie hier ein und aus.“

Ihre Augen leuchteten triumphierend, und sie lauerte nach dieser Enthüllung begierig auf meine Reaktion. Ich setzte rasch ein kleines Lächeln auf. „Seien Sie unbesorgt, Frau Gudrun. Ich erfreue mich bester Gesundheit, und ich weiß, was ich wissen muß.“

Sie starrte mich ungläubig an und schien ernsthaft an meinem Verstand zu zweifeln. Dann zuckte sie die Schultern und wandte sich zum Gehen. „Na ja, ist schließlich Ihre Sache. Aber ich habe Sie gewarnt.“

„Das haben Sie." Ich schloß die Tür.

Judith hatte an diesem Tag frei. Dennoch hörte ich, daß sie mittags kam und sich in der Küche zu schaffen machte. Eine Stunde später rief sie mich zum Essen, und ich setzte mich an den Küchentisch. Sie hatte einen köstlichen Gemüseauflauf zubereitet, und ich griff schweigend, aber herzhaft zu, während sie an der Spüle stehenblieb und Abwaschwasser einließ.

„Soll ich gehen?" fragte sie unvermittelt und ohne sich umzudrehen, nachdem das Wasserrauschen verklungen war.

„Wollen Sie denn gehen?"

Jetzt drehte sie sich um und blickte mir ins Gesicht. „Nein."

Ich schob den leeren Teller zurück. „Na also. Im übrigen bin ich der Meinung, daß wir uns duzen sollten."

Sie nickte kurz. „Frau Gudrun hat dir einiges erzählt", fügte sie nach einer kleinen Pause hinzu. „Ich hätte es verstehen können, wenn du mich unter diesen Umständen lieber nicht mehr im Haus hättest haben wollen. Viele im Dorf haben Angst vor mir."

„Warum bist du nach dieser Geschichte überhaupt hier in der Gegend geblieben?" fragte ich. „Dieses Spießrutenlaufen ist doch alles andere als angenehm."

Jetzt flog dieses kleine Lächeln, das ich so an ihr mochte, über ihr Gesicht. „Du bist doch hier auch eine Exotin. Die Leute zerreißen sich das Maul über dich, und trotzdem hast du dich entschlossen, hier seßhaft zu werden."

Das stimmte. Ich lächelte zurück.

„Außerdem ist da noch meine Großmutter", fuhr sie fort. „Ich pflege sie, ich kann sie nicht einfach allein lassen, und für einen Neubeginn irgendwo anders ist sie zu alt."

„Magst du mir die Geschichte erzählen?" fragte ich einen Moment später.

Judith drehte sich wieder um und begann abzuwaschen. „Er wollte eine Zwölfjährige vergewaltigen. Ich kam zufällig an dem Schuppen vorbei und habe sie schreien gehört. Er ist fuchsteufelswild geworden, als ich ihn – er war damals knapp fünfundzwanzig und sehr kräftig – von dem Mädchen zurückreißen wollte. Es gab ein wildes Gerangel, und plötzlich hatte ich ein schweres Holzscheit in der Hand, und das hab ich ihm über den Kopf gezogen. Er war sofort tot. Das ist jetzt fast sechs Jahre her."

„Das klingt nach Notwehr und Unglücksfall", wandte ich ein. „Warum bist du verurteilt worden?"

Sie kam zu mir an den Tisch und setzte sich. „Weil mir kein Mensch geglaubt hat. Das Mädchen hatte sich dünne gemacht, und die Eltern haben später dafür gesorgt, daß die versuchte Vergewaltigung unter den Tisch fiel."

„Warum?"

„Sie wollten nicht in eine solche Geschichte hineingezogen werden, zumal das Mädchen ohnehin den Ruf weghatte, ein wenig frühreif zu sein. Damit durfte ich alles alleine ausbaden und mich wegen Totschlags vor Gericht verantworten. Mein Anwalt war auch nicht der pfiffigste, und schon saß ich im Knast. So schnell kann das manchmal gehen."

Was für eine entsetzliche Geschichte, fuhr es mir durch den Kopf.

„Leben das Mädchen und ihre Eltern noch in Grafhorst?" fragte ich.

Judith schüttelte den Kopf. „Sie sind nach Hannover gezogen."

„Und die Familie deines Cousins?"

„Sie sind nicht von hier. Meine Tante hatte nach Süddeutschland geheiratet, und mein Cousin war damals nur auf Besuch hier."

„Wirst du manchmal angegriffen?"

„Wie meinst du das?" fragte sie.

„Fühlst du dich bedroht?" wurde ich konkreter.

„Manchmal schon."

„Ich mache seit vielen Jahren Selbstverteidigung, und es gibt mir ein gutes Gefühl, zu wissen, wie ich mich im Notfall verteidigen kann. Wenn du magst, zeige ich dir ein paar Tricks."

Judith schaute mich eine ganze Weile schweigend an.

„Ich habe gehört, daß du als Kind mal einen Jungen übel zugerichtet hast, weil der dumme Sprüche über deine Mutter gemacht hat", erzählte sie dann.

„Es waren mehrere Kinder, und der größte Junge wollte mich verprügeln, während die anderen gaffend drumherum standen. Da habe ich ihm zwischen die Beine getreten", gab ich ruhig zurück. „Er hat mich nie wieder angefaßt."

Judiths Mundwinkel zuckten. „Zeig mir, wie das geht."

Wir trainierten zweimal in der Woche, nachdem wir im Keller einen Übungsraum eingerichtet hatten. Judith war eine begabte Schülerin, und sie ließ während dieser schweißtreibenden Stunden ihre ganze Wut und ihren ganzen Kummer herausströmen. Sie wurde von Woche zu Woche stärker und selbstbewußter, und ich genoß es, ihr so nahe zu sein und ihre Fortschritte zu sehen.

Als Vera die Tonfigur sah, zu der Judith mich inspiriert hatte, schaute sie mich schmunzelnd an und hob anzüglich eine Augenbraue.

„Schläfst du mit ihr?" fragte sie. „Und wenn ja: wie?"

„Nein. Aber es wäre sicherlich sehr aufregend."

Vera zog mich auf ihren Schoß. „Sag mir, was würdest du mit ihr tun? Sie verrückt machen, bis ihr jedes einzelne Haar zu Berge steht und sie feucht wie ein Schwamm ist?"

„Ja, so ähnlich."

Ich knöpfte ihre Bluse auf und massierte ihre Brustwarzen, bis sie hart waren wie Kieselsteine. Vera atmete schneller, und ihre Zunge glitt in mein Ohr. Wir flüsterten heiser miteinander und lagen plötzlich auf dem Boden. Vera holte eines ihrer Spielzeuge aus der Handtasche, und ich mußte grinsen, als ich mir ausmalte, der Dildo würde ihr bei einer geschäftlichen Besprechung aus der Tasche fallen.

„Was erheitert dich so?“ fragte Vera, während sie das Harness anlegte.

Ich schüttelte den Kopf und zog sie auf mich. Sie begann sich zu bewegen, und meine Finger krallten sich in ihre Pobacken. Als ich kam, tauchte Judiths Gesicht vor mir auf, und es war, als würde ich gleichzeitig mit ihr schlafen.

Doch es kam nie dazu. Wir waren Freundinnen und Verbündete, und obwohl es durchaus erotische Momente gab, machte im entscheidenden Augenblick keine von uns den ersten Schritt.

Mein Vater schob eilig zwei leere Bierkästen beiseite und nahm einen Stapel Lieferscheine vom Stuhl. „Setz dich doch, Püppchen. Schön, daß du da bist.“

Ich wollte fragen, ob es ihm gutging, aber ich wußte, daß das nicht der Fall war und er mir ohnehin nicht die Wahrheit sagen würde. Der Kiosk war in einem traurigen Zustand, obwohl ich regelmäßig vorbeikam und unauffällig für ein bißchen Ordnung sorgte. Außerdem brachte ich ihm frische Lebensmittel mit und kümmerte mich um seine Buchführung. Es fiel ihm schwer, diese Unterstützung von mir anzunehmen, und ich wußte nicht, wie ich noch mehr für ihn hätte tun können, ohne ihn in seinem Stolz zu verletzen. Nach den Zahlen zu urteilen, verdiente er so wenig, daß ich mich fragte, wovon er eigentlich lebte. Hinzu kam, daß sein Rheuma sich verschlimmert hatte und er dringend eine Kur gebraucht hätte.

„Papa, du mußt mal ausspannen“, sagte ich, doch er winkte sofort ab.

„Ich kann doch den Laden nicht wochenlang zumachen“, erwiderte er.

„Und wenn wir uns nach jemandem umschauen, der solange für dich einspringt?“ schlug ich vor.

„Nein, nein, das geht nicht. Die Leute sind es seit Jahrzehnten gewohnt, mich im Laden zu sehen. Wir können doch nicht einfach einen Fremden hinter den Tresen stellen – nachher bleibt noch die Kundschaft aus."

Das wagte ich zu bezweifeln, behielt meine Meinung aber für mich. Als ich eine Stunde später wieder aufbrach, kam mir plötzlich eine Idee. Ich ging nicht zu meinem Auto, sondern betrat die gegenüberliegende Eckkneipe, nachdem ich mich vergewissert hatte, daß mein Vater mir nicht mehr nachwinkte. Die Wirtin war eine imposante Frau und thronte seit über zwanzig Jahren hinter ihrem Tresen. Seitdem ich als Kind manchmal zum Geldwechseln hinübergelaufen war, schien sie sich nicht verändert zu haben: ihr Haar war immer noch schwarz gefärbt, ihre Augen waren violett geschminkt, und ihre Stimme hätte nach wie vor jedem Gassenjungen Ehre gemacht. Das war Uschi.

„Sag nicht, daß du unter die Säuferinnen gegangen bist!" blaffte sie.

„Nein, ich will ein Geschäft mit dir machen."

Sie zog ihre Augen zu schmalen Schlitzen zusammen. „Aha. Aber verkauf mich nicht für blöde. Ich hab zwar nicht studiert, aber ich weiß ziemlich genau, wo's langgeht."

„Daran zweifle ich nicht einen Moment."

„Gut. Dann leg mal los."

Ich erklärte ihr, daß sie verschiedene Getränke zukünftig bei meinem Vater kaufen und dies damit begründen sollte, daß sie mit ihrem Lieferanten unzufrieden wäre.

„Tolles Geschäft", knurrte Uschi. „Warum sollte ich wohl auf den Einkaufsrabatt verzichten?"

„Weil ich die Differenz bezahlen und noch was obendrauf legen werde. Voraussetzung ist allerdings, daß mein Vater nichts davon erfährt."

Sie zündete sich eine Zigarette an und blies mir den Rauch direkt ins Gesicht. Ich zuckte mit keiner Wimper.

„Du willst dem Alten unter die Arme greifen", stellte sie fest und musterte mich eindringlich. „Gute Idee."

Sie holte einen Block und einen Stift und forderte mich auf, einen Vertrag aufzusetzen. Das war in fünf Minuten geschehen.

„Aber dein Vater ist nicht blöd. Meinst du nicht, daß er in drei, vier Wochen mißtrauisch werden könnte?" fragte sie dann.

„Vielleicht, vielleicht auch nicht. Warten wir es einfach ab."

Ich war mir ziemlich sicher, daß mein Vater innerhalb kürzester Zeit skeptisch werden würde, hoffte aber, daß er auf diesem Umweg stillschweigend meine Unterstützung annehmen konnte. Als ich zu Hause eintraf, blinkte der Anrufbeantworter. Vera erklärte, daß sie nach Hamburg flog und von da aus weiter nach Spanien und Portugal. Wir würden uns lange nicht sehen. Ich löschte die Aufnahme und ging in den Schuppen.

Die Jahre vergingen in einem gleichmäßigen Rhythmus. Ich gewann immer mehr Mandanten, lernte Ruth und Nicole kennen, füllte die Regale im Wohnzimmer mit meinen Skulpturen und lebte eine Beziehung, die die meisten Menschen gar nicht als solche bezeichnen würden. Ich galt als verschrobene Einsiedlerin und wußte, daß man mich zu anderen Zeiten als Hexe bezeichnet hätte. Manchmal spürte ich, daß Vera eine Affäre hatte, die ihr mehr bedeutete. Das Feuer zwischen uns war dann nicht so lodernd und glühend wie sonst. Doch es erlosch nie. Das genügte.

Katharina

Paris kochte in der Augusthitze. Kaum war die Begeisterung über die gewonnene Fußballweltmeisterschaft abgeklungen, stürzten sich die Franzosen auf die Tour de France und den Doping-Skandal oder flüchteten aus der Stadt. Wer zurückblieb, hatte gute Gründe dafür oder zählte zu den Touristen. Die Ausstellung machte mehr Arbeit, als alle Beteiligten – außer Jacqueline vermutlich – vorher angenommen hatten. Es gab keinen Bereich, um den wir uns nicht selbst kümmern mußten – einschließlich Handzettel verteilen, Getränke besorgen, Presse und Rundfunk informieren, Stellwände bauen, Beleuchtung einstellen und tausend Dinge mehr. Gleichzeitig mußten einige Ausstellungsstücke, darunter zwei meiner Bilder, überarbeitet werden. Jacquelines Perfektionismus zerrte manchmal an meinen Nerven, aber ich sah ein, daß jeder Anflug von Pfusch oder Laienhaftigkeit von vornherein ausgeschlossen werden mußte. Als schließlich am Abend der Ausstellungseröffnung die ersten Besucherinnen und Besucher durch die Räume spazierten, konnten wir mit dem Ergebnis unserer Arbeit zufrieden sein.

Morgens saß ich nun in dem Einführungsseminar für deutsche Lehrkräfte, am frühen Nachmittag war ich im Ausstellungscafé, legte hier und dort Hand an, sorgte für Small talk, abends malte ich, war mit Kunstinteressenten unterwegs oder schlief erschöpft auf der Couch ein. Doch trotz aller Ablenkung und Aufregung lastete der Kurzurlaub mit seinen heftigen Auseinandersetzungen schwer auf mir. Meine Beziehung mit Linda stand auf wackligen Füßen, und ich wußte nicht, was ich dagegen unternehmen sollte. Pierre gab sich alle Mühe, mich aufzuheitern, aber ich hatte den Eindruck, daß es ihm selbst nicht sonderlich gut ging. Wenn ich ihn darauf anzusprechen versuchte, winkte er nur grinsend ab und machte einen lockeren Spruch. Wenigstens Nadine schien es richtig gutzugehen. Sie schrieb mir eine Postkarte vom Mittelmeer, wo sie vierzehn Tage mit einer Kindergruppe in einem Feriencamp verbrachte, und klang völlig begeistert. Erst beim zweiten Lesen fiel mir auf, daß die Karte auf französisch verfaßt war, obwohl wir uns inzwischen darauf verständigt hatten, untereinander in unserer Muttersprache zu reden. Wenn wir nächstes Jahr wieder nach Deutschland zurückkehren, wird sie sich gewaltig umstellen müssen, dachte ich und war plötzlich unglaublich stolz auf meine Tochter. Sie war schließlich erst acht Jahre alt.

Jacqueline rümpfte die Nase, und ich ahnte, was kommen würde, zumal ich selbst mit meinen Skizzen zu dem Porträt von Linda unzufrieden war. Seit meiner Rückkehr nach Paris saß ich daran, und kein einziger Strich schien richtig zu sitzen.

„Was soll das werden?" fragte Jacqueline unumwunden. „Wollen Sie eine Schaufensterpuppe malen?"

„Ich hänge fest", sagte ich kleinlaut. „Es klappt einfach nicht. Sie wirkt entweder steif und ungelenk oder verschwimmt mir auf dem Papier."

Jacqueline runzelte die Stirn. „Gibt es ein Modell für diese Frau?"

„Ja, meine Lebensgefährtin – Linda."

Sie schaute mich an. „Sie sollten sich ein anderes Modell suchen oder aber dieses Bild zu einem späteren Zeitpunkt malen."

Ich schwieg bestürzt. Natürlich hatte sie recht – ich konnte Linda im Moment nicht malen, aber es tat weh, mit der Nase darauf gestoßen zu werden, und ich konnte nicht einfach aufgeben. Jacqueline legte mir kurz die Hand auf den Arm.

„Aber es gibt auch erfreuliche Nachrichten", sagte sie. „Zwei Ihrer Bilder sind verkauft und werden heute abgeholt."

Mein Herz machte einen Riesensatz. „Ach? Welche denn?"

„Der Straßenmusikant und die Frau in der Metro."

„Und über die Preise wurde nicht diskutiert?"

„Nein, sonst wären Sie ja gefragt worden."

Ich strahlte Jacqueline an, und sie freute sich mit mir.

„Babette schreibt einen Artikel über die Ausstellung und will Sie interviewen", fügte sie einen Moment später hinzu. „Sie ist heute abend im Café und wartet auf Sie."

Ich schluckte den winzigen Stoßseufzer, der mir entschlüpfen wollte, herunter und lächelte betont unbekümmert. Doch Jacqueline musterte mich eindringlich. „Ist das in Ordnung?"

„Natürlich ist das in Ordnung."

Sie konnte ja nicht wissen, daß es vermutlich wieder ein gutes

Stück Arbeit werden würde, Babette auf Armeslänge von mir fernzuhalten. Oder etwa doch? Vielleicht machte ich mir auch völlig unnötig Gedanken, denn Jacquelines Geburtstagsfeier lag inzwischen schon eine ganze Weile zurück. Außerdem würden wir zu einem Arbeitsgespräch zusammenkommen.

Babettes Vorstellungen von einem Arbeitstreffen stimmten nur ansatzweise mit meinen überein. Aber immerhin verflüchtigten sich meine Befürchtungen, sie würde entweder sauer auf mich sein, weil ich in jener Nacht ohne Abschied verschwunden war, oder übergangslos ihr heftiges Flirten wieder aufnehmen, schon während der Begrüßung. Sie grinste zwar anzüglich, und die Küsse, die sie auf meine Wangen verteilte, waren üppiger, als nötig gewesen wäre, aber schon einen Augenblick später zwinkerte sie mir mit verschränkten Armen fröhlich zu.

„Ich hoffe, du hast mir inzwischen meine Zudringlichkeit verziehen", sagte sie. „Ich bin eben ziemlich direkt, und wenn mir eine Frau gefällt, bringe ich das gern deutlich zum Ausdruck."

„Stimmt", bestätigte ich.

„Aber heute", sie hob eine Hand zum Schwur, „werde ich lediglich charmant sein und dich in keinster Weise bedrängen."

Ich schmunzelte. „Mit Schwüren sollte man vorsichtig sein."

Sie lächelte verschmitzt, dann bestellten wir uns einen *café au lait*, und Babette fragte mir Löcher in den Bauch – zu meiner Biographie, meinen ersten Schritten als Malerin, meinem Kunstverständnis, der kulturellen Situation in Deutschland, meinen zukünftigen Plänen.

„Was willst du nächstes Jahr machen, wenn du wieder im heimischen Wolfsburg bist?" fragte sie und kaute auf ihrem Stift herum. „In den alten Trott zurückkehren oder umdenken und etwas Neues anfangen?"

Was für eine Frage! Ich schüttelte den Kopf.

„Ich weiß es nicht, das wird sich finden. Soweit ich das aus der Ferne mitbekomme, sind die Scheunenkünstlerinnen sehr aktiv geworden. Da kann ich sicherlich wieder voll mit einsteigen", antwortete ich zögernd.

„Hast du schon mal überlegt, länger in Frankreich zu bleiben? Fünfzehn Monate Studium sind ja nicht gerade üppig, wenn man die Malerei ernsthaft betreiben will. Jacqueline mag eine hervorragende Lehrerin sein, aber auch ihr wird es nicht gelingen, dir in der kurzen Zeit alles beizubringen, was du für deine Entwicklung brauchst."

Ich lächelte gequält. Das Gespräch wurde zunehmend persönlicher und berührte wunde Punkte.

„Stimmt", gab ich zu. „Aber ich habe auch noch einen bürgerlichen Beruf und muß nun mal nächstes Jahr nach den Sommerferien wieder meine Stelle antreten. Die bisherigen Verkaufserfolge sind zwar für eine Anfängerin wie mich erfreulich, aber leben könnte ich natürlich nicht davon. Schon gar nicht mit einem Kind."

„Und wenn du dir hier einen Job suchst? Als Deutschlehrerin dürfte das nicht allzu schwer sein."

Ich verschränkte die Arme und schüttelte langsam den Kopf. „Das geht nicht. Meine Lebensgefährtin wartet zu Hause auf mich." Und die Situation ist jetzt schon schwierig genug, fügte ich in Gedanken hinzu und blickte zur Seite.

„Na ja, war ja auch nur so eine Idee", meinte Babette und fragte, ob ich Lust hätte, sie zu einer Verabredung zu begleiten. Sie selbst, eine weitere Journalistin, eine Galeriebesitzerin, Jacqueline und einige Studentinnen hatten vor, gemütlich essen zu gehen und ein bißchen im Pariser Nachtleben zu schwelgen. Ich wollte zuerst dankend ablehnen, um endlich mal wieder genug Schlaf zu bekommen, beschloß dann aber doch, mich ihnen anzuschließen. Die Gelegenheit, in einem so erlauchten Kreis Kontakte zu knüpfen, bot sich schließlich nicht alle Tage.

Es wurde ein langer, feucht-fröhlicher Abend, in dessen Verlauf wir durch mehrere Bars und Cafés zogen, stundenlang diskutierten, tranken und zu guter Letzt tanzen gingen. Als ich gegen drei Uhr früh ins Bett fiel, wußte ich nicht mehr, ob es die Galeriebesitzerin Françoise gewesen war, die mir von Manet vorgeschwärmt und in weinseliger Stimmung einige diffuse Parallelen zwischen ihm und mir herausgestellt hatte, oder die andere Journalistin, deren Namen ich mir nicht hatte merken können. Ich wußte nur, daß ich am nächsten Morgen todmüde sein und einiges zu sortieren haben würde. Wenn das so weitergeht, kann ich nächstes Jahr erst mal eine Kur beantragen, dachte ich und war auch schon eingeschlafen.

Ein nervtötendes Geräusch preßte meine Schläfen zusammen. Ich tastete nach dem Wecker, um dem elenden Schrillen ein Ende zu bereiten. Doch kaum hatte ich auf den Knopf gedrückt, schrillte es erneut. Ich öffnete ein Auge und starrte auf das grünlich schimmernde Zifferblatt. Fünf Uhr? Das konnte doch gar nicht sein. Ich öffnete auch das andere Auge. Durch einen Spalt im Vorhang fiel die Morgendämmerung in einem dünnen Streifen in mein Schlafzimmer. Es klingelte an der Haustür. Ich erhob mich langsam, und mein Kopf war schwer und pochte dumpf, während ich auf den Balkon stolperte und herunterschaute. Ich zwinkerte – da unten stand Pierre und blickte zu mir hoch.

„Laß mich bitte rein“, rief er. „Die Haustür ist abgeschlossen.“

Ich war nicht fähig, zu antworten, holte aber den Schlüssel und schlurfte nach unten. Pierres Anblick ließ mich von einer Sekunde zur nächsten hellwach werden. Ich starrte ihn entsetzt an. Seine linke Gesichtshälfte war zugeschwollen, eine blutige Kruste zog sich über Nase und Mund. Wortlos hielt er einen Moment meinem Blick stand, schlüpfte dann an mir vorbei in den Flur und ging nach oben. Ich folgte ihm langsam.

„Was ist passiert?“ fragte ich, nachdem er sich im Badezimmer auf den Wannenrand gesetzt hatte. Ich tauchte ein Handtuch in warmes Wasser und tupfte ihm vorsichtig das Gesicht ab.

Er zuckte zusammen und stöhnte leise. „Eine Prügelei.“

„Ach, nicht doch“, erwiderte ich ein wenig ruppig. „Darauf wäre ich ja nie im Leben gekommen. Wer hat dich so zugerichtet? Ausländerfeindliche Jugendliche?“

Pierre wurde oft für einen Algerier gehalten, und wenn er sich zur falschen Zeit am falschen Ort aufhielt und nicht schnell genug das Weite suchte, riskierte er Prügel.

„Wenn ich jetzt einfach ja sagen würde, hätte ich Ruhe vor dir, stimmt's?“

Ich legte das Handtuch beiseite und musterte ihn argwöhnisch.

„Wenn du deine Ruhe haben willst, hättest du nicht kommen dürfen“, sagte ich. „Ansonsten will ich wissen, was wirklich passiert ist. Ich fühle mich nach zwei Stunden Schlaf nicht besonders frisch und habe, denke ich, schon allein deshalb eine ehrliche Antwort verdient.“

„Wie wäre es erst mal mit einem Kaffee?“ schlug Pierre vor und beäugte mißtrauisch die Jodflasche, die ich aus dem Medikamentenschrank geholt hatte. „Das Zeug kannst du dir sparen. Ich habe gutes Heilfleisch.“

Ich grinste. „Angsthase! Was meine Tochter bei aufgeschlagenen Knien erträgt, wirst du wohl auch aushalten können.“

Er biß die Zähne zusammen und knurrte wie ein Terrier, als ich die dunkle Flüssigkeit auftrug.

„So, jetzt gibt es Kaffee“, sagte ich anschließend munter.

Wir setzten uns ins Wohnzimmer und hielten unsere Kaffeeschalen in den Händen. Der Adrenalinstoß, der durch meinen Körper gejagt war, ebbte allmählich wieder ab, und ich spürte, wie die Müdigkeit in mir aufstieg.

„Also?“ fragte ich. „Erzähle.“

Pierre wollte nicken, besann sich aber rechtzeitig eines Besseren und hob nur vorsichtig das Kinn. „Viel gibt es gar nicht zu erzählen. Ich war gestern abend noch in einer Schwulenbar und habe da einen netten blonden Jungen kennengelernt. Leider habe ich nicht mitbekommen, daß Paul auch dort war und uns beide genau beobachtet hat.“ Paul war Pierres ominöser verheirateter Liebhaber.

„Und ihr habt euch wohl nicht nur angeregt unterhalten?“

„Eher weniger. Wir haben uns in sein Auto verzogen, und zwar nicht, um uns sein fellbezogenes Lenkrad anzuschauen. Als ich nach Hause kam, hat Paul dort auf mich gewartet. Das Ergebnis der anschließenden Diskussion kannst du von meinem Gesicht ablesen. Außerdem hat er mich aus der Wohnung geworfen, was er problemlos tun konnte, denn schließlich hat er sie ja für mich gemietet.“

„Ist er immer schon so eifersüchtig und brutal gewesen?“ fragte ich mit gepreßter Stimme.

Pierre stellte seine Kaffeeschale ab. „Na ja, ein bißchen schon. Er ist eben der Meinung, daß ich nur für ihn dazusein habe, wenn er mich schon so großzügig aushält.“

„Und nun?“

„Ich sitze auf der Straße, habe kein Geld, und zu allem Überfluß ist auch noch mein hübsches Gesicht demoliert. Vielleicht magst du mich ja so malen – wär mal was richtig Schockierendes.“ Sein Grinsen mißlang.

„So schlecht ist die Idee gar nicht“, erwiderte ich leise und stand auf, um mich neben ihn zu setzen. „Wie soll es weitergehen? Kannst du bei deinen Eltern unterkommen?“

„Nein. Wenn mein Vater erfährt, wie ich in den letzten Jahren gelebt habe, kannst du gleich noch zwei Flaschen Jod besorgen.“

„Deine Familie weiß nicht, daß du schwul bist?“

Pierre verzog den Mund. „Meine Mutter ahnt etwas und zittert vor Angst, daß es herauskommen könnte.“ Er nahm meine Hand. „Kann ich ein paar Tage bei dir wohnen? Ich besorge mir so schnell wie möglich einen Job und eine andere Wohnung.“

Ich blickte mich seufzend um. „Viel Platz habe ich nicht, das siehst du ja selbst, und nächste Woche kommt Nadine zurück. Aber wenn du mit dem Sofa zufrieden bist, wird es schon gehen.“

Pierre setzte das strahlendste Lächeln auf, zu dem er unter diesen Umständen fähig war. „Du bist wirklich ein Schatz! Ich werde einkaufen, kochen und den Müll runterbringen. Ansonsten gelte ich als ordentlicher junger Mann. Du wirst keinen Grund haben, dich über mich zu beklagen."

Ich ließ meinen Kopf an seine Schulter sinken und gähnte lautstark. Es ging inzwischen auf sechs Uhr zu, und meine Phantasie reichte nicht aus, mir vorzustellen, wie ich allein den Vormittag überstehen sollte.

„Ich glaube, ich melde mich heute krank", sagte ich. „So was habe ich schon ewig nicht mehr gemacht, aber ich bin so erledigt, daß ich wahrscheinlich schon beim Zähneputzen einschlafen würde."

„Ihr habt wohl gestern noch eine kleine Kneipentour gemacht?"

Ich richtete mich wieder auf. „Klein ist gut. Ich kann dir nicht sagen, wo wir überall waren. Ich weiß nur, daß diese Galeriebesitzerin eine ungeheure Kondition hatte und ständig von Manet gefaselt hat. Oder war es doch die Journalistin? Na, egal." Ich schüttelte den Kopf.

„Galeriebesitzerin?" fragte Pierre interessiert nach. „Wie heißt sie denn?"

„Françoise Soundso. Eine große dünne Frau, so um die Fünfzig, mit einer riesigen Brille. Ich glaube, sie hatte mal was mit Jacqueline."

„Die solltest du dir warmhalten", meinte Pierre. „Sie hat zwei Galerien in Paris und jeweils eine in Bordeaux und Montpellier. Wenn du ihr gefällst, beziehungsweise deine Bilder sie interessieren, kann sie eine Menge für dich tun."

„Aha." Ich fühlte mich zu ausgelaugt, um darauf reagieren zu können. „Wenn ich ausgeschlafen habe, denke ich noch mal gründlich über alles nach. Du solltest dich auch ein bißchen hinlegen."

Ich stand auf und ging ins Schlafzimmer, nachdem ich Pierre

mit einer Decke versorgt und ihm einen flüchtigen Kuß gegeben hatte. Mein Bett war wunderbar kuschelig, und ich versank mit einem dankbaren Seufzer darin.

Nadine kehrte braungebrannt von ihrer Ferienreise zurück, und kurz darauf begann der neue Alltag. Das Unterrichten machte mir Spaß, aber ich war trotzdem froh, wenn ich mittags der Schule den Rücken kehren und in die Akademie fahren konnte. Pierre war ein angenehmer Mitbewohner, und weder er noch ich, von Nadine ganz zu schweigen, waren besonders darauf erpicht, daß er schnell eine andere Unterkunft fand. Er jobbte als Fahrer für eine Imbißkette und mußte sich an einen bescheideneren Lebensstil gewöhnen. Wir kamen gut miteinander aus.

Die Ausstellung war ein großer Erfolg für mich. Ich verkaufte zwei weitere Bilder, und Françoise ließ mir über Jacqueline ausrichten, daß sie sehr an meiner Arbeit interessiert wäre. Ich fühlte mich geschmeichelt und hochmotiviert, aber in stillen Momenten spürte ich, daß mein Enthusiasmus auch eine Schattenseite hatte. Wenn ich genauer hinschaute, entdeckte ich zwei Frauen, die einander ratlos betrachteten. Und mit dem Porträt von Linda kam ich immer noch nicht voran.

Manchmal beschlich mich eine graue Melancholie, und ich dachte an die schönen Zeiten mit Linda – an die prickelnde Erotik zwischen uns, die Ungezwungenheit, die unser Leben bestimmt hatte und von der nun kaum noch etwas zu spüren war. Ich vermißte Linda, und ich fragte mich, wie es mit uns weitergehen sollte. Ich erschrak über die Frage und die Resignation, mit der ich sie stellte, und ich wollte weder das Erschrecken noch die Resignation akzeptieren. Ich wollte endlich das Bild von ihr malen können, aber ich ahnte, daß dazu viel mehr nötig war als bloßer Wille oder der sehnliche Wunsch.

Erik ging wieder in die Schule, ich bereitete Claudias und meinen Garten auf den Herbst vor und fuhr jeden Morgen in die Buchhandlung. Die Theaterproben machten mir immer mehr Spaß und erhielten einen Stammplatz in meiner Wochenplanung, während ich mich nebenbei in der Kunst des Dialogschreibens übte. Bettina spielte die italienische Putzfrau mit derartiger Inbrunst, daß ich mich ernstlich fragte, ob sie vielleicht südländische Vorfahren hatte oder an der Sache mit der Reinkarnation doch etwas dran war. Abgesehen von den witzigen Sketchen arbeiteten wir an zwei Szenen, die alles andere als komischen Charakter hatten. In der einen wurde das Thema Aids aufgegriffen, die andere handelte von einer einsamen alten Frau, die sehnsüchtig auf den Besuch ihrer Tochter wartet und während eines langen Selbstgespräches den Eindruck eines engen und vertrauten Verhältnisses erweckt. Ein Bild, das jäh zerbricht, als die Tochter schließlich erscheint, rasch einen Kaffee trinkt und nach einigen belanglosen Worten im Nu wieder verschwindet.

Katharina rückte auf seltsame Weise in den Hintergrund und mit ihr auch der Schmerz und die Wut. Manchmal stieg zwar ihr Bild mit so eindringlicher Schärfe in mir auf, das ich den Atem anhielt, aber die Schwere, die mich in den ersten Monaten ständig niedergedrückt hatte, war jetzt nur noch gelegentlich zu spüren. Vielleicht hatte ich mich damit abgefunden, daß sie nicht nur weit weg war, sondern auf gewisse Weise unerreichbar. Vielleicht hatte ich auch einfach keine Lust und keine Kraft mehr, über unsere Streitereien nachzudenken und zornig oder verzweifelt auf den tiefen Graben zu blicken, der sich zwischen uns aufgetan hatte. Oder der schon sehr lange existierte, uns aber jetzt erst auffiel.

So ganz nebenbei erfuhr ich, daß Pierre vorübergehend bei ihr und Nadine eingezogen war und die drei trotz der Enge sehr gut miteinander auskamen. Katharinas Ton war abwartend, als sie davon berichtete. Wahrscheinlich erwartete sie, daß ich zumindest erstaunt, wenn nicht sogar argwöhnisch darauf reagieren würde. Doch das verbot ich mir, und den Stich, den ich kurz verspürte, ignorierte ich geflissentlich.

Trotz der kühlen Stimmung, die zwischen uns herrschte, erzählte Katharina wieder, daß sie das Porträt von mir nicht malen konnte, und ich wußte nicht, was mich mehr berührte – ihre Offenheit oder ihr anhaltendes Problem, mich darzustellen.

Ricarda hatte es sich zur Gewohnheit gemacht, regelmäßig in der Buchhandlung vorbeizuschauen, wenn sie in Wolfsburg zu tun hatte. Seit unserem Gespräch in Velstove hatte sich unser Verhältnis merklich gewandelt. Wenn mir jemand vor einem halben Jahr erzählt hätte, daß ich mich eines Tages auf die Begegnungen mit ihr freuen und sogar angeregt mir ihr plaudern würde, wäre ich wahrscheinlich in schallendes Gelächter ausgebrochen. Natürlich hatte sich Ricarda nicht plötzlich in ein quirliges, redefreudiges Wesen verwandelt, aber ich verstand ihre eindringlichen Blicke und ihre Art, ein Gespräch erst in Gang zu setzen und sich dann abwartend zurückzulehnen, nicht mehr als arrogante Abgrenzung oder anmaßende Provokation. Eine Herausforderung war sie jedoch allemal, und es blieb die Frage, was sich zwischen uns verändert hatte.

Als ich das erste Mal nach Grafhorst fuhr, um ihr zur Vorbereitung des Jahresabschlusses verschiedene Unterlagen vorbeizubringen, stutzte ich nur einen Augenblick lang über den abweisenden Charakter ihres Hauses und über die Stille, die trotz der geschäftigen Betriebsamkeit im Büro von ihm ausging. Nichts anderes hätte zu ihr gepaßt als diese massiven Steinwände und die sachliche Atmosphäre, die das Untergeschoß beherrschte. Im Flur führte neben der Küche eine unauffällige Treppe zu ihrer Wohnung nach oben, und ich vermutete, daß Ricarda selten einen Gast hinaufbat. Zwei Mitarbeiterinnen saßen mit konzentrierten Mienen vor ihren Bildschirmen, und Ricarda ging voraus in ihr eigenes Büro, das sehr funktionell eingerichtet war. Ein Blumenstrauß und zwei Fotos, die auf ihrem Schreibtisch standen, waren die einzigen privaten Gegenstände in diesem Raum. Auf dem einen erkannte ich die Frau, mit der Ricarda auf dem CSD gewesen war. Vera. Ein ausdrucksvolles, sinnliches Gesicht, das von einem selbstbewußten Lachen beherrscht wurde. Das andere Foto zeigte einen älteren Mann, der hinter einem Ladentresen stand und eher verlegen in die Kamera lächelte. Ricarda war meinem Blick gefolgt.

„Mein Vater“, erklärte sie und setzte sich hinter ihren Schreibtisch. „Er ist vor einigen Jahren gestorben.“

Ich nickte, und plötzlich war mir beklommen zumute. Ich sah meinen Vater nur selten, aber ich konnte mir nicht vorstellen, ihn tot zu wissen und nur noch ein Foto von ihm zu haben.

„Hast du sehr an ihm gehangen?“ fragte ich und hoffte, daß ich damit nicht zu weit ging.

„Gehangen? Nein. Das würde ich nicht sagen. Ich habe ihn geliebt und respektiert.“

Mit welcher Selbstverständlichkeit sie diese großen Worte aussprach! Plötzlich war ich mir sicher, daß sie dabei gewesen war, als ihr Vater starb. Die Erinnerung an die Intensivstation stieg unvermittelt in mir hoch, und fast glaubte ich den typischen Geruch nach Desinfektionsmitteln zu riechen und das leise Piepen der Monitore zu hören. Ich atmete tief durch und wischte die Bilder weg, während sich Ricarda dem Computer zuwandte, um eine Datei aufzurufen. Sie fügte ihrer Bemerkung nichts mehr hinzu, sondern vertiefte sich in die Unterlagen und gab Zahlen ein.

„Es sieht ganz gut aus“, sagte sie schließlich. „Anscheinend werden doch mehr Bücher gekauft, als manchmal zu vermuten ist.“

„Glücklicherweise.“

Wir beugten uns beide über die ausgedruckte Aufstellung, und ich folgte Ricardas Zeigefinger, der über die Zahlenkolonnen fuhr. Apfelshampoo, dachte ich, sie wäscht ihr Haar mit Apfelshampoo. Ricarda warf mir einen Seitenblick zu, als hätte sie meinen Gedanken erraten. „Magst du einen Kaffee?"

„O ja", erwiderte ich begeisterter als nötig gewesen wäre.

Ricarda drückte eine Taste an ihrem Telefon und bat Monika, Judith mit zwei Tassen Kaffee zu uns zu schicken. Kurz darauf huschte eine grazile Frau zur Tür herein, ohne angeklopft zu haben. Offensichtlich durfte sie das, denn Ricarda nickte ihr freundlich zu und nahm das Tablett entgegen.

„Mittagessen gegen eins?" fragte Judith leise.

Ricarda schaute erst auf ihre Uhr und dann zu mir. „Magst du mitessen? Judith kocht hervorragend."

Wie auf Befehl gab mein Magen ein deutlich vernehmbares Knurren von sich, und ich hüstelte verlegen.

„Das war Antwort genug", erklärte Ricarda und schaute Judith an, deren Miene unbeweglich blieb. „Ein Uhr paßt ausgezeichnet."

Es gab Geschnetzeltes mit Reis und Gemüse. Judith trug das Essen auf und war verschwunden, noch bevor wir unser Besteck in den Händen hielten. Ich blickte ihr einen Moment irritiert hinterher.

„Ich hoffe, ich mache mich jetzt nicht über ihren Teil des Essens her", bemerkte ich entschuldigend.

„Nein. Wenn sie Hunger hätte, wäre genügend vorbereitet gewesen und sie hätte sich zu uns gesetzt."

„Na, dann ist's ja gut. Sie ist wohl ziemlich schweigsam?"

Ricardas Gabel verharrte mitten in der Luft, doch noch bevor ich meine Äußerung bereuen konnte, schmunzelte sie.

„Ja, das ist sie", erwiderte sie in fast heiterem Tonfall. „Hast du etwa ein Problem damit?"

Ich seufzte aus tiefster Seele. „Manchmal schon." Dann lächelte ich. „Aber du mußt zugeben, daß es schon wesentlich besser geworden ist."

„Stimmt.“

Auf dem Weg zurück in die Buchhandlung kreisten meine Gedanken um Judith, um dieses stille Haus und um Ricardas Bereitschaft, Nähe zwischen uns zuzulassen und, wenn auch nur sparsam, von sich selbst zu erzählen. Sie wirkte stets ruhig und ausgeglichen, zufrieden, aber ich würde sie nicht als glückliche Frau bezeichnen. Gleichzeitig war mir natürlich bewußt, daß meine Vorstellungen von Glück und der Art und Weise, wie es sich äußern würde, alles andere als allgemeingültig waren. Doch Ricarda machte auf mich den Eindruck einer Frau, der es von vornherein müßig schien, Glück anzustreben. Vielleicht hatte sie die Brüchigkeit dieses Zustandes längst erkannt.

Erik war mißgelaunt bis in die Haarspitzen, als wir uns abends zum Essen in die Küche setzten. Er war nachmittags beim Reiten gewesen, und sein Vater hatte ihn dort wieder abgeholt. Obwohl ich geflissentlich über sein mürrisches Gesicht hinwegsah und sogar das Nutella-Glas auf den Tisch stellte, das normalerweise nichts beim Abendbrot verloren hatte, würdigte er mich kaum eines Blickes.

„Also, was ist los?“ fragte ich schließlich. „Hattest du Ärger in der Schule?“

„Nee.“

„Im Hort oder beim Reiten?“

Er verdrehte entnervt die Augen. „Auch nicht. Ich hatte nirgendwo Ärger.“

„Wo drückt denn dann der Schuh?“ wollte ich wissen.

„Meine Schuhe drücken nicht“, erwiderte er verdrossen.

Ich lächelte ihm zu. „Da bin ich aber froh. Hast du sonst irgendeinen Kummer?“

Erik bohrte den Mittelfinger der rechten Hand in seine Brotscheibe und ließ sie über dem Teller kreisen. Normalerweise reagierte ich sehr ungehalten, wenn er mit dem Essen herumspielte oder mich auf diese Weise zu provozieren versuchte, aber diesmal unterdrückte ich meinen Unmut.

„Papa will wieder heiraten“, stieß er schließlich hervor.

Ich hielt kurz die Luft an. Das war zu erwarten gewesen. „Und das findest du nicht schön?“

Er blickte hoch. „Nee. Sie ist eine Plunschkuh.“

„Erik!“

„Ist sie aber doch“, beharrte er eigensinnig. „Und sie bekommt ein Baby. Jetzt weißt du's.“

Ich schwieg betroffen. Erik war aus dem Urlaub mit seinem Vater fröhlich und putzmunter zurückgekehrt. Es war offensichtlich, daß Jans Pläne ihn aus der Bahn warfen und er Angst vor neuerlichen Veränderungen hatte.

„Du bist und bleibst immer sein Sohn“, sagte ich schließlich und sparte mir die Empfehlung, sich doch auf ein kleines Schwesterchen oder Brüderchen zu freuen.

„Das hat Papa auch gesagt, aber die sind dann eine richtige Familie“, stellte er trotzig fest. „Und wir nicht.“

Ich blickte ihn fassungslos an und schluckte zweimal. „Wir sind auch eine Familie.“

„Sind wir nicht!“

„Katharina ...“

Erik sprang auf und stieß den Stuhl hinter sich um. „Katharina ist nicht da. Und außerdem ist sie eine Frau!“ brüllte er so laut, daß ich zusammenzuckte.

Ich stand auf und bückte mich nach dem Stuhl. „Hör auf zu brüllen“, sagte ich so ruhig, wie es mir möglich war, und setzte mich wieder, während Erik mit verschränkten Armen stehenblieb. „Wir sind trotzdem eine Familie. Manchmal ...“

„Manchmal, manchmal“, äffte er mich nach, und ich spürte, daß ich nahe dran war, die Beherrschung zu verlieren.

„Setz dich wieder hin!“ knurrte ich.

Erik blickte mir eine Weile ungerührt in die Augen, dann entschloß er sich, der Aufforderung, wenn auch mit verkniffenem Mund, nachzukommen.

„Viele Familien leben so wie wir“, sagte ich einen Moment später leise.

„Aber ich will einen Papa.“

„Du hast einen Papa und wirst ihn immer haben. Mehr kann ich dir nicht bieten.“

Er schaute mich abwartend an. „Darf ich jetzt aufstehen?“

„Du hast noch nichts gegessen.“

„Hab keinen Hunger.“

Ich zuckte mit den Schultern. „Na schön.“

An der Tür drehte er sich noch mal um. „Ihr seid Lesben, nicht?“

Ich wandte ihm langsam den Kopf zu. „Woher kennst du dieses Wort?“

„Weiß nicht. Hab ich irgendwo gehört. Ist es ein schlimmes Wort?“

„Das kommt ganz darauf an, wie es benutzt wird. Es gibt Menschen, die es verächtlich und als Schimpfwort verwenden“, erklärte ich mit klopfendem Herzen. Wie alt war mein Sohn doch gleich? Sieben Jahre.

„Aha.“ Damit ging er hinaus.

Plötzlich fühlte ich mich völlig erschöpft. Ich hatte das dringende Bedürfnis, mit Katharina zu sprechen. Sie wird keine Zeit haben oder unterwegs sein oder mit ihren Gedanken ganz woanders sein, flüsterte eine Stimme in mir, aber ich griff dennoch zum Telefon. Pierre nahm nach zweimaligem Läuten ab und reichte den Hörer an Katharina weiter. Im Hintergrund hörte ich verschiedene Stimmen.

„Störe ich beim Essen?“ fragte ich behutsam.

„Nein, du störst nicht. Monique und Pierre kochen irgendein ominöses Fischgericht, und ich bin gar nicht so wild darauf, als erste zu probieren.“ Sie lachte kurz. „Gibt es etwas Besonderes?“

„Ach, ich hatte gerade ein paar aufregende Minuten mit Erik und wollte dich einfach mal kurz sprechen."

„Was hat er denn ausgefressen?"

Plötzlich hatte ich keine Lust mehr, das Problem mit ihr zu erörtern. Katharina hatte Besuch und würde sich ohnehin nicht darauf konzentrieren können. Wahrscheinlich war es am sinnvollsten, mit Jan darüber zu reden. Und mit Anna. Ich drehte die Telefonschnur um meinen Finger und schloß müde die Augen.

„Nur das Übliche", antwortete ich knapp. „Nicht der Rede wert."

„So? Na gut. Kann ich dich später noch mal anrufen?"

„Ich werde heute früh schlafen gehen."

„Dann melde ich mich in den nächsten Tagen, okay?"

„Klar. Mach's gut und viel Spaß noch."

Es klickte in der Leitung. Ich ging nach oben ins Kinderzimmer und las Erik seine Lieblingsgeschichte vor. Er hörte kommentarlos zu, aber seine Augen verrieten, daß er die abenteuerliche Reise der kleinen Wühlmaus Hubertus Kringelzahn wie immer gespannt verfolgte. Und als ich ihn später zudeckte, ließ er meine Umarmung und den dicken Kuß mit unbewegter Miene, aber ohne Protest über sich ergehen.

Am nächsten Nachmittag stürzte Bettina wutschnaubend in die Buchhandlung. Ihre Haare waren zerzaust, und als ich in ihr erregtes Gesicht schaute, dachte ich sofort an eine mittelprächtige Katastrophe. Da ich gerade eine Kundin bediente, wies ich mit dem Kopf in Richtung Büro, worin sie eilig entschwand, nicht ohne mir vorher noch einen bedeutungsschwangeren Blick zuzuwerfen. Markus, dachte ich, was sonst. Als ich zwei Minuten später zu ihr ging, stand sie am Fenster und schaute mit düsteren Augen hinaus. Ich unterdrückte ein Seufzen. Wahrscheinlich war der zweite Ehefrühling, der immerhin schon überraschend lange währte, einem Herbstgewitter gewichen.

„Was ist passiert?“ fragte ich so gleichmütig wie möglich.

Sie drehte sich langsam um und ballte die Hände zu Fäusten.

„Es gibt nur zwei Möglichkeiten“, bellte sie. „Entweder ich lasse mich scheiden oder ich bringe ihn um. Letzteres ist allerdings bedeutend befriedigender.“

Ich winkte ab. „Macht viel zu viele Umstände.“

Nebenan bimmelte die Türglocke.

„Du siehst, hier können wir nicht in Ruhe reden. Anna kommt gleich, dann kann ich Feierabend machen. Fahr doch schon mal vor nach Velstove. Hier ist mein Schlüssel. Den Schokovorrat für besondere Anlässe findest du an der gewohnten Stelle.“

Bettina nahm den Hausschlüssel und grinste grimmig. „Manchmal hast du ganz passable Ideen. Darf ich vorher noch mal telefonieren? Markus“, sie spie den Namen förmlich aus, „muß die Kinder vom Hort abholen.“

Meine Hoffnung, daß sich Bettinas Wutpegel beim genüßlichen Naschen nach unten bewegen würde, erfüllte sich nicht. Als ich eine Stunde später zu Hause eintraf, öffnete sie nur wortlos die Tür und tigerte anschließend wie eine hungrige Großkatze durch die Wohnküche. Der Tisch war übersät mit zerknülltem Silberpapier, und es roch nach starkem Kaffee. Ich schickte Erik und Tobias nach oben, stellte meinen Einkaufskorb ab und setzte ein munteres Lächeln auf.

„Magst du ein Stück Kuchen, oder ist dir der Appetit inzwischen vergangen?“ fragte ich und holte mir eine Tasse aus dem Schrank.

„Mir wird auch diesmal nicht der Appetit vergehen, das wäre ja noch schöner“, knurrte sie.

„Also – leg los! Was ist passiert?“ fragte ich, holte den Kuchen aus dem Korb und schnitt ein Stück Bienenstich für Bettina ab. Dann setzte ich mich.

„Willst du eine knappe Zusammenfassung oder lieber die lange Version?“

„Seit wann darf ich mir das aussuchen?“ stellte ich die Gegenfrage.

„Haha“, grummelte sie und setzte sich zu mir. „Markus hat seit einigen Wochen regelmäßig in Berlin zu tun, wie du weißt. Ein guter Bekannter hat ihm dort einen schönen Auftrag verschafft.“

Ich nickte. Markus' Architekturbüro florierte, und er war häufig unterwegs. Das war nichts Ungewöhnliches.

„Die letzten beiden Wochenenden ist er gar nicht erst nach Hause gekommen, weil zuviel zu tun war – angeblich“, fuhr Bettina fort und zerknüllte ein Stück Schokoladenpapier.

„Angeblich?“

„Ja, angeblich“, preßte sie hervor. „Gestern trudelte er dann am späten Abend ein und teilte mir bei einem Glas Wein mit, daß er eine ehemalige Studienkollegin wiedergetroffen habe und mit ihr im Bett gelandet sei. Tja, wie es im Leben manchmal eben so komme, fügte er freundlich lächelnd hinzu. Ich könne doch sicherlich Verständnis dafür aufbringen.“

Ich stellte meine Tasse ab und starrte Bettina mit offenem Mund an. „Das ist ein Witz, oder?“

„Ganz und gar nicht. Markus erklärte mir ungerührt, während ich übrigens damit beschäftigt war, die völlig unschuldigen Sofakissen zu verprügeln, daß er sich mittlerweile gut in meine Lage versetzen könne, was meine eigene Affäre anginge, und ich möge ihm doch bitte keine Szene machen.“

„Ich glaube ihm kein Wort“, erklärte ich und schüttelte den Kopf. „Der spielt dir Theater vor, Bettina, und zwar offensichtlich ziemlich gut.“

„Warum sollte er das denn tun – nach so vielen Monaten?“ blaffte sie zurück und biß ein großes Stück von ihrem Kuchen ab. „Und du hättest sein selbstgefälliges Grinsen sehen sollen. Absolut ätzend! Das ist eine einzige Retourkutsche.“ Sie kaute wütend.

„Ich glaube es trotzdem nicht“, beharrte ich.

„Ich denke, du bist den Umgang mit Männern nicht mehr gewöhnt. Die sind in ihrem verletzten Stolz wirklich zu allem fähig. Markus hat eben einfach abgewartet, bis sich eine gute Gelegenheit bot.“

Verletzter Stolz kann auch Frauen unberechenbar machen, dachte ich, behielt das aber lieber für mich.

„Und dann?“ fragte ich. „Wie ging's weiter?“

„Wie in den besten Fernsehserien. Ich habe ihn kurzerhand aus dem Schlafzimmer ausquartiert und ihm die Beulenpest an den Hals gewünscht – beziehungsweise an eine viel entscheidendere Stelle.“

„Was ist eigentlich inzwischen mit dir und Hardy?“

Sie blickte mich entrüstet an. „Was soll denn sein? Wir verstehen uns gut, und das war's dann auch schon. Willst du mir die alte Geschichte jetzt auch noch unter die Nase reiben?“

„Nein, es steht mir gar nicht zu, dir irgendwas unter die Nase zu reiben, aber vielleicht ist ja für Markus der Eindruck entstanden, daß ihr nach wie vor ...“

Sie tippte sich an die Stirn. „Unmöglich, das ist länger als ein halbes Jahr her, und zwischen mir und Markus war es in der Zwischenzeit ausgesprochen harmonisch. Der Gute schwingt sich schlicht und ergreifend zum späten Racheengel auf, selbst wenn er sich die Story, wie du annimmst, aus den Fingern saugt. Denn so oder so will er mir einen kräftigen Hieb verpassen, um sein Ego wieder aufzumöbeln.“

Sie riß das Papier von einem Schokoriegel und hieb die Zähne hinein. Ich mußte unweigerlich an den Matrosen aus der Werbung denken, der feststellt, daß seine Liebste nicht auf ihn gewartet hat, und sich, gestärkt mit eben diesem Leckerbissen, tapfer auf den Weg zur nächsten Frau auf seiner Liste macht. Ich behielt diesen Vergleich aber lieber für mich, denn ich traute Bettina in ihrer derzeitigen Verfassung durchaus zu, sich entweder umgehend mit Hardy zu trösten oder auf meine Bemühungen, sie aufheitern zu wollen, giftig zu reagieren.

„Nun – was schlägst du vor?“ fragte sie in grantigem Ton. „Scheidung nach allen Regeln der Kunst oder Gattenmord? Viagra scheint mir dafür ganz gut geeignet.“

Ich konnte mir ein Grinsen nicht verkneifen. „Das Zeug gibt's nur auf Rezept.“

Bettina blickte mich eindringlich an. Sie erwartete, daß ich klar und deutlich Stellung bezog, und das war gar nicht so einfach. Ich rieb mir die Nase.

„Nun sag schon, was dir durch den Kopf geht!“ knurrte sie. „Besonders erschüttert siehst du jedenfalls nicht aus. Findest du nicht, daß das ein starkes Stück ist?“

„Klar, nur ...“

„Ja?“

„Ob er es nun getan hat oder nicht“, sagte ich zögernd, „kannst auch du nicht mit absoluter Gewißheit sagen, selbst wenn er noch so überzeugend von seinem Seitensprung erzählt hat. Entscheidend ist doch, daß er dich mit seinem Geständnis provozieren will. Und das ist ihm offensichtlich gelungen.“

„Der Kleine möchte ein bißchen mehr Aufmerksamkeit“, höhnte Bettina und schüttelte den Kopf. „Dein Verständnis für ihn ist ja wirklich phänomenal! Als ich dir damals von Hardy erzählt habe, hast du wie eine Anstandsdame aus dem letzten Jahrhundert reagiert, und dein moralisch erhobener Zeigefinger ist auf Kürbisgröße angewachsen. Was ist denn plötzlich in dich gefahren? Hast du eine limitierte Gesamtausgabe von Oswalt Kolle geschenkt bekommen?“

Das saß, und es kostete mich Mühe, ruhig zu bleiben.

„Vergiß nicht, du hast den Reigen eröffnet“, gab ich gleichmütig zurück.

Bettina starrte mich an, als hätte sich mein Gesicht in Sekundenschnelle mit blühender Akne überzogen.

„Wenn ich dich richtig verstehe, willst du mir gerade sagen, daß ich Markus' Verhalten hinnehmen muß, weil ich selbst daran schuld bin", resümierte sie fast verblüfft. „Kann es sein, daß du gerade auch ein Eisen im Feuer hast und deswegen in Toleranz badest, als hättest du nie etwas anderes getan?"

Das war Seitenhieb Nummer zwei, und diesmal zuckte ich zusammen. Bettina sah es und hob sofort beschwichtigend die Hände. „Tut mir leid, Linda. Ich hab's nicht so gemeint, ich nehm's sofort zurück." Sie stützte den Kopf in die Hände, und plötzlich wirkte sie niedergeschlagen.

„Ich habe nicht nüchtern geplant, mit Hardy ins Bett zu gehen und mich damit für irgend etwas zu rächen. Es ist einfach passiert", erzählte sie müde und schaute mich mit traurigen Augen an. „Später hat sich dann gezeigt, daß Markus und ich miteinander reden und etwas für unsere Ehe tun mußten."

„Ich weiß", warf ich versöhnlich ein.

„Und nun stelle ich fest, daß Markus anscheinend überhaupt nichts kapiert hat", fuhr Bettina fort. „Was soll ich bloß tun?"

„Jedenfalls nicht das, worauf er spekuliert", antwortete ich.

„Nämlich?"

„Keine Szene, kein Nachspionieren. Dann wird sich sehr schnell herausstellen, was die ganze Geschichte soll. Du mußt die Ruhe in Person werden."

Bettina hob den Kopf und kicherte. „Du entwickelst ja richtig Humor, Linda. Wie soll denn das gehen?"

„Wie beim Theaterspielen. Schlüpf in eine Rolle. Oder willst du ihn wirklich verlassen?"

Sie brütete eine Weile vor sich hin. „Nee. Will ich nicht. Obwohl der Schuft es wirklich nicht besser verdient hätte."

Ich stand auf und sammelte die Papierreste ein. „Dein gelassenes Achselzucken wird ihn bestimmt völlig aus der Fassung bringen – entschädigt dich das nicht ein bißchen?"

Bettina nickte langsam. „Doch, ein bißchen schon."

Zwei Stunden später brach meine Freundin auf. Ihr Zorn war verraucht. Übrig blieb eine niedergeschlagene Bettina, die trotzdem entschlossen ihren Blick nach vorn richtete. Ob die Ehe der beiden zu kitten sein würde, konnte ich nicht einschätzen. Ich ließ das Gespräch im Geist noch einmal vor mir ablaufen und fragte mich, ob ich drei Monate zuvor genauso argumentiert hätte wie an diesem Abend, ohne eine endgültige Antwort darauf zu finden.

Katharinas Rückruf erfolgte erst drei Tage später, am Samstag. Ich war morgens mit Erik im Wellenbad gewesen und hatte nachmittags die Theaterfrauen zum Kaffeeklatsch eingeladen. Die Premiere unseres Stückes war für Ende Oktober vorgesehen, und da wir nicht mehr viel Zeit hatten, griff allmählich das Lampenfieber um sich. Selbst Renate, die so schnell nichts aus der Bahn werfen oder nervös machen konnte, unterstrich ihre Bemerkungen mit zunehmend fahrigen Bewegungen, und ihre Freundinnen Ulrike, Gaby und Martina hatten neuerdings immer einen leicht schrillen Unterton in der Stimme. Als die Frauen wieder aufbrachen, hatten wir die Szenenabfolge endgültig festgelegt, uns über die Kostüme geeinigt und den Artikel formuliert, den wir zwei Tageszeitungen als Terminankündigung schicken wollten. Und nebenbei einen Apfelkuchen bis auf den letzten Krümel verdrückt. Bettina wirkte nicht so beschwingt wie sonst, schien sich aber insgesamt gefaßt zu haben.

Das Telefon klingelte, als ich Erik ins Bett gebracht und gerade den Fernseher eingeschaltet hatte. Ich stellte den Ton leiser und nahm den Hörer ab.

„Ich habe es nicht eher geschafft", sagte Katharina nach der Begrüßung. „Und heute abend ist endlich mal ein bißchen Ruhe. Schläft Erik auch schon?"

„Glücklicherweise", antwortete ich und entschied mich nach kurzem Überlegen, die Probleme mit ihm nicht anzusprechen.

Erik und ich mußten das allein bewältigen, und da sich Jan ausgesprochen liebevoll um ihn bemühte, hoffte ich, daß mein Sohn sich über kurz oder lang wieder beruhigen würde. „Wie läuft die Ausstellung? Ist sie ein Erfolg?"

„Das kann man wohl sagen", entgegnete Katharina. „Es ist ein sehr guter Artikel in einer großen Tageszeitung über uns erschienen, in dem ich sogar namentlich erwähnt werde. Außerdem habe ich mittlerweile vier Bilder verkauft, und eine Galeristin interessiert sich für meine Arbeiten."

„Alle Achtung", staunte ich. „Da kannst du aber wirklich stolz sein. In Paris ist die Konkurrenz schließlich sehr groß."

„In der Tat."

In der Pause, die anschließend eintrat, spürte ich ein seltsames Unbehagen, das sich nicht allein damit erklären ließ, daß Katharina und ich kein glückliches Paar waren und uns schon lange nicht mehr gegenseitig versichert hatten, wie sehr wir einander vermißten. Der Enthusiasmus in Katharinas Stimme fehlte. Sie berichtete ganz sachlich über ihre künstlerische Anerkennung.

„Freust du dich nicht?" fragte ich schließlich. „Von einer solchen Entwicklung hast du doch immer geträumt."

„Natürlich freue ich mich. Manchmal kann ich kaum glauben, was alles geschieht. Nur ... ich habe hier etwas in Gang gesetzt und weiß noch gar nicht so genau, wo das hinführt", erwiderte sie zögernd.

„Na, wo soll denn das hinführen?" gab ich irritiert zurück. „Du hast noch ein Dreivierteljahr in Paris, machst dir einen Namen und kehrst als erfolgreiche Künstlerin zurück, um deine Arbeit hier fortzusetzen."

„Na ja, ganz so einfach ist es nicht", widersprach sie. „Die entscheidenden Anregungen erhalte ich von Jacqueline. Sie ist nur in einigen Bereichen wirklich zufrieden mit mir, und die Zeit fliegt nur so dahin. Weil ich so spät angefangen habe, muß ich sehr viel nachholen."

„Na ja, das kannst du doch auch."

„Du vergißt, daß ich jetzt auch unterrichte."

„Das vergesse ich ganz und gar nicht", entgegnete ich allmählich ungeduldig. „Du kannst doch nicht Tag und Nacht nur malen, und die Möglichkeit, am Austauschprogramm teilzunehmen, hat dich doch anfänglich begeistert – abgesehen davon, daß du mit dem Job deinen Lebensunterhalt verdienst. Warum bist du plötzlich so unzufrieden?"

„Unzufrieden? Wirke ich unzufrieden auf dich?"

„Ja. Auf einmal beschwerst du dich über die Lebensumstände, die dir noch vor einiger Zeit paradiesisch erschienen."

„Ich beschwere mich überhaupt nicht", wandte Katharina mit tonloser Stimme ein. „Ich stelle nur fest, daß ... daß mir die Zeit davonläuft. Mit Riesenschritten."

Plötzlich ging mir eine ganze Lichterkette auf, und mit ihr stiegen die altbekannten Gefühle hoch, die ich hilflos abzuwehren versuchte. Ich räusperte mich.

„Bist du es nicht gewesen, die mir vor einiger Zeit mal gesagt hat, ich könnte die Gegenwart nicht genießen, weil ich dauernd daran dächte, was ich morgen vermissen würde?" fragte ich mit sarkastischem Unterton. „Ich glaube, du machst jetzt etwas ganz ähnliches."

Ich hörte, daß Katharina tief einatmete. „Das denke ich nicht. Es geht nicht ums Vermissen, sondern ums Verpassen."

„Tu mir einen Gefallen, Katharina", bat ich sie kühl. „Sag einfach, was los ist. Laß uns nicht länger um den heißen Brei herumreden. Du hast keine Lust, wie geplant im nächsten Sommer zurückzukommen, habe ich recht?"

Ihr Schweigen sprach Bände.

„Es geht nicht um Lust", hob sie einen Moment später wieder an. „Ich habe nur schon jetzt das Gefühl, daß die Zeit nicht reichen wird, und ich mache mir so meine Gedanken, was danach kommt. Das ist alles."

„Das ist alles“, wiederholte ich stumpfsinnig. „Was würdest du tun, wenn es unsere Beziehung nicht gäbe?“ Oder das, was davon übriggeblieben ist, fügte ich im stillen hinzu.

„Das ist unsinnige Spekulation, Linda“, wehrte sie empört ab.

„Hör auf mit diesen Ausflüchten! Was würdest du tun? Ich will es wissen, jetzt und sofort!“

„Was ist denn in dich gefahren?“

„Antworte bitte, Katharina.“

„Na schön“, sagte sie dann. „Wie du willst. Ich würde mir überlegen, ob es eine Möglichkeit gäbe, noch ein Jahr länger in Paris zu bleiben.“

Wie hieß es immer so schön – das Maß war voll. Mein mühsam gewonnener Seelenfrieden bröckelte wie alter Putz, und ich schaute fassungslos zu. Aber die Zeit der Wut war auch vorüber.

„Und du wunderst dich ernsthaft darüber, daß du das Porträt von mir nicht malen kannst?“ fragte ich leise.

„Linda, bitte ...“

Ich legte den Hörer auf und hob auch nicht wieder ab, als das Telefon kurz darauf erneut klingelte. Ich blieb im Sessel sitzen und kaute an meinen Fingernägeln. Schließlich stand ich auf und ging nach oben. Ein einziger Gedanke ging mir unablässig durch den Kopf: Du kannst mich mal!

Am nächsten Morgen fuhr ich nach Mariental. Ricarda kam mir aus der Scheune entgegen, blieb stehen und schaute mir ins Gesicht, ohne ein Wort zu sagen. Ich wandte den Kopf ab, als ich ihren eindringlichen Blick nicht länger ertragen konnte.

„Sie sehnt sich schon jetzt danach, noch länger in Paris zu bleiben“, bemerkte ich schließlich unvermittelt. Weitere Erklärungen waren nicht nötig. Nicht bei Ricarda. „Sie braucht mich nicht. Ganz im Gegenteil – ich bin ihr nur im Weg.“

Ricarda hob die Hand und strich mir eine Locke aus der Stirn. „Das stimmt nicht. Und das weißt du auch.“

„So? Nun, soll sie machen, was sie für richtig hält. Ich werde nämlich ab sofort das gleiche tun."

Ricarda lächelte. „Das wird ja auch Zeit."

Ich stutzte. Dann lächelte ich zurück und ging mit Ricarda zusammen in die Scheune.

Ricarda

Ich verschloß den Schuppen und ging rasch ins Haus. Die herbstliche Luft schmeckte bereits nach bitterer Kälte. Ich holte mir einen heißen Tee aus der Küche und setzte mich in den Wintergarten. Obwohl ich geahnt hatte, daß ihr Schutzwall nicht undurchdringlich war, erstaunte es mich manchmal, wie bereitwillig Linda sich nach und nach mir gegenüber öffnete. Und wie leicht es mir selbst fiel, auf sie zuzugehen und allmählich Nähe entstehen zu lassen. Ihr Lachen konnte wunderschön sein, wenn sie sich ihm wirklich hingab. Die Frage nach meinem Vater hatte sie gestellt, obwohl ich ihr an der Nasenspitze angesehen hatte, daß sie fürchtete, zudringlich zu wirken. Als sie mir bei dem Treffen in Mariental am letzten Wochenende kurz davon erzählte, daß Katharina ihren Paris-Aufenthalt gern verlängern würde, spürte ich, wie aufgewühlt sie war. Ihr Gesicht spiegelte Trotz und Hoffnungslosigkeit zugleich, und sie tat nichts, um diese Regungen zu verschleiern. Wir betraten Seite an Seite die Scheune, und ich sah, daß Ruth uns verblüfft anblickte.

Als mein Vater Mitte Sechzig war, konnte ich ihn überreden, den Kiosk zu verkaufen und in eine komfortablere Wohnung umzuziehen. Seine kleine Rente reichte kaum aus, um seinen Lebensunterhalt zu bestreiten, und es stimmte ihn traurig, auf meine Unterstützung angewiesen zu sein. Doch ich hatte jetzt keine Möglichkeit mehr, ihm auf Umwegen zu helfen, und beteuerte immer wieder, daß schließlich er es gewesen wäre, der mir Schule und Studium ermöglicht hätte.

„Du hast das alles alleine hingekriegt“, brummte er dann immer. „Und ohne dich hätte ich schon vor zwanzig Jahren pleite gemacht.“

„Jetzt übertreibst du aber, Papa.“

Er zwinkerte mir zu und verbarg seine Rührung hinter einem lauten Räuspern.

Zwei Jahre später mußte er sich einer schweren Herzoperation unterziehen, und ich saß nächtelang an seinem Bett, während in Deutschland die Mauer gefallen war und die westlichen Geschäftsleute, einschließlich Vera, in den Osten strömten, um sich die Filetstücke der zusammengebrochenen DDR-Wirtschaft einzuverleiben. Mein Büro florierte, und ich mußte eine weitere Mitarbeiterin einstellen, um den Ansturm bewältigen zu können. Vera schäumte fast über vor Pioniergeist, aber von so manchem Joint Venture, das sie auf die Beine stellte, riet ich ihr ab, weil ich unwägbare Risiken befürchtete und außerdem prognostizierte, daß sie viel mehr Zeit investieren müßte, als ihr zur Verfügung stünde. Sie grinste dann regelmäßig und meinte ein wenig herablassend, daß ich zwar in steuerlichen Angelegenheiten spitze wäre, aber die Einschätzung langfristiger Entwicklungen ihr überlassen möge. Die Zeit gab ihr zweifelsohne recht, jedenfalls vom Standpunkt des Gewinns aus betrachtet. Einige der Firmen, an denen sie sich beteiligt hatte, kamen nur mühsam in Gang, und Vera zahlte die anderen Gesellschafter aus, um wenige Jahre später mit dem Verkauf der Unternehmen an westdeutsche Geschäftsleute, die lästige Konkurrenten ausschalten wollten, ein hübsches Geschäft zu machen. Sie erwarb Grundstücke und Immobilien, sobald dies möglich war, und verkaufte sie anschließend wieder. Woher sie so frühzeitig wußte, wann und wo zum Beispiel Bauland benötigt oder Straßen und Gewerbegebiete geplant waren, oder ob sie sich einfach nur auf ihren guten Riecher verließ, fragte ich lieber nicht. Einmal erzählte sie mir mit spitzbübischem Blick, daß es auch bei der Treuhand reizvolle Frauen gäbe, die nur zu gern darüber plauderten, was sie den lieben langen Tag machten. Doch bei allem Gewinnstreben gehörte sie zu den ersten, die in ihren neueröffneten Restaurants und Kneipen in Magdeburg, Haldensleben und Ostberlin nicht nur vernünftige Löhne zahlte, sondern auch ortsansässige Leute zu Geschäftsführern bestellte. Mehr als einmal beschwor sie mich, ein Büro im Osten zu eröffnen, doch ich hielt mich zurück. Ich hatte auch so schon genug zu tun, und die Sorge um meinen Vater dämpfte meinen ohnehin nicht besonders ausgeprägten Expansionsdrang.

„Du wirst nie richtig reich werden", stöhnte Vera dann jedesmal.

„Ich bin schon reich genug", erwiderte ich regelmäßig, doch das war ein Punkt zwischen uns, bei dem wir keine Einigkeit erzielen konnten. Vera verstand unter Reichtum die Möglichkeit, jedes sich bietende Geschäft gewinnbringend in Angriff nehmen zu können. Ich war zufrieden, das Leben führen zu können, das ich mir vorstellte. Ich hatte ein eigenes Büro, ein Haus, Angestellte, und die Arbeit machte mir Spaß. Ich konnte es mir leisten, regelmäßig zu verreisen und viele Stunden in meinem Schuppen zu verbringen. Vera hingegen war nie zufrieden.

Mein Vater erholte sich nur langsam, und selbst als er so weit genesen war, daß er seinen Rentneralltag wieder aufnehmen konnte, machte er einen kränkelnden Eindruck auf mich. Der behandelnde Arzt bestätigte mir indirekt, daß mein Vater höchstwahrscheinlich kein biblisches Alter erreichen würde. Manchmal holte ich ihn zu mir, und er werkelte ein bißchen im Garten herum, aber ich spürte, daß er sich in Grafhorst nicht wohl fühlte. Zu viele ungute Erinnerungen lasteten auf ihm. Erinnerungen, über die er nicht sprechen wollte. Einmal war er dabei, als Kolja mich besuchte, und die Tränen liefen ihm übers Gesicht, während er dem davonfliegenden Falken nachsah.

Knapp fünf Jahre nach seiner Operation rief er mich eines Morgens an, als ich gerade meine Post durchsah. Seine Stimme klang leise.

„Es geht mir nicht so gut, Püppchen", sagte er. „Kannst du heute abend mal vorbeikommen?"

Ich brach sofort auf, denn allein eine solche Bitte war ungewöhnlich für ihn. Als ich eintraf, lag mein Vater auf dem Sofa. Sein Gesicht war grau und schweißbedeckt, und ich sah, daß er Angst hatte.

„Wie schön, daß du da bist", preßte er mühsam heraus und wollte sich aufrichten.

„Bleib liegen. Ich rufe einen Krankenwagen", erwiderte ich knapp und nahm seine Hand, während ich telefonierte und seinen leisen Protest gar nicht beachtete.

Auf dem Weg ins Krankenhaus bekam er einen Herzinfarkt und verlor das Bewußtsein. Später erfuhr ich, daß er schon am frühen Morgen oder in der Nacht einen Infarkt gehabt hatte.

„Wie stehen seine Chancen?" fragte ich die Ärztin von der Intensivstation, nachdem mein Vater aufgenommen und versorgt worden war.

Sie blickte mir prüfend in die Augen. „Nicht gut."

„Kann ich bei ihm bleiben?"

Sie nickte. „Natürlich."

Ich setzte mich neben das Bett und schaute in sein altes und eingefallenes Gesicht. Wenn ich geglaubt oder befürchtet hatte, daß sein Sterben mit dramatischen Szenen einhergehen würde, so hatte ich mich gründlich getäuscht. Er schlug die Augen nicht mehr auf, und er sagte auch nichts mehr. Kein Lächeln, kein Angstschrei. Kein Flüstern und kein Kämpfen. Nur seine Hände verkrampften sich plötzlich, und im selben Moment vernahm ich ein langes, eindringliches Piepen, das erst verstummte, als eine

Schwester hereinkam und nach einem Blick auf meinen Vater einen Schalter an einem der Monitore betätigte. Sie rief nach der Ärztin, und ich saß immer noch neben dem Bett. Er war tot. Einfach gestorben. Ich stand auf, öffnete das Fenster und blickte hinaus. Auf einmal spürte ich die Ärztin hinter mir.

„Kann ich etwas für Sie tun?" fragte sie.

Ich drehte mich um. „Nein, vielen Dank. Es geht schon."

Sie griff in ihren Kittel und reichte mir ein Taschentuch. Ich nahm es und trocknete meine Tränen. Nun würde es niemals mehr eine Gelegenheit geben, über meine Mutter zu sprechen. Vielleicht war es besser so.

Ich machte mich sofort daran, alles Nötige in die Wege zu leiten. Judith blieb zwei Tage und zwei Nächte bei mir. Nach der Beerdigung verkroch ich mich tagelang in meinem Schuppen und verließ ihn nur, um zu essen, zu trinken und das Bad zu benutzen. Eines Abends stand Vera vor der Tür.

„Warum hast du nicht angerufen?" fragte sie mit traurigen Augen.

„Ich wußte doch, daß du sowieso nicht hättest kommen können", antwortete ich. „Und ich wollte allein sein."

Vera ging an mir vorbei ins Haus. „Du hättest trotzdem anrufen können."

Wir gingen nach hinten in den Wintergarten und setzten uns in die Korbsessel vor dem großen Terrassenfenster. Minutenlang schaute sie mich an, ohne ein Wort zu sagen. Ich wußte nicht, ob mein Gesicht den tiefen Schmerz widerspiegelte, den ich empfand; ich spürte nur, daß Vera nichts Falsches sagen wollte und auch an ihren eigenen Vater dachte, der zwölf Jahre zuvor gestorben war.

„Hat Judith es dir gesagt?" fragte ich schließlich.

Sie nickte. „Ich habe gestern angerufen, aber sie wollte dich nicht stören – um keinen Preis." Vera lächelte mild. „Sie ist wie eine Mutter zu dir."

„Stimmt", gab ich zurück.

Vera wartete einen Moment, um mir Gelegenheit zu geben, noch etwas hinzuzufügen, doch als ich schwieg, beugte sie sich vor und legte die Hand auf mein Knie. „Wie lange kennen wir uns jetzt, Herzchen? Zehn, zwölf Jahre?"

„Zwölf Jahre."

„Sag mir, was du möchtest. Soll ich ein paar Tage bei dir bleiben? Ich könnte mir freinehmen. Hast du Lust wegzufahren? Ein kleiner Urlaub in den Bergen würde dir sicherlich guttun."

Zum ersten Mal lächelte ich. „Das ist lieb von dir, Vera, aber ich muß zurück an den Schreibtisch. Es wäre schön, wenn du heute bleiben würdest."

Vera schüttelte ungläubig den Kopf. „Was bist du doch für eine Einzelkämpferin! Aber das weiß ich ja seit langem. Versprich mir etwas."

„Wenn es mir möglich ist."

„Sollte so was noch mal passieren, meldest du dich bei mir, egal, wo ich gerade aus welchem Grund bin, ja?"

„So was kann nicht noch mal passieren", erwiderte ich leise. „Ich bin die einzige, die noch von meiner Familie übriggeblieben ist."

Darauf sagte sie nichts mehr. Wir saßen einfach nur da und schauten in den Abendhimmel. Hin und wieder drückte sie meine Hand, und später gingen wir in die Küche, um eine Kleinigkeit zu essen. Schweigend und ohne großen Appetit.

Ich fand den Brief, als ich die letzten Habseligkeiten aus der Wohnung räumte. Er lag in einem Schuhkarton zwischen einigen vergilbten Fotos und einem Reiseprospekt über Südtirol. Mein Vater hatte als junger Mann immer davon geträumt, dort Urlaub zu machen, es später aber rigoros abgelehnt, sich eine Reise von mir schenken zu lassen. In einem grauen Umschlag, auf dem in sorgfältigen Buchstaben mein Name geschrieben stand, steckten mehrere engbeschriebene Seiten. Einen Moment lang war ich versucht, den Brief zu zerreißen, denn ich wollte keine späten Wahrheiten erfahren, über die ich nicht mehr mit ihm reden konnte. Doch andererseits war mir klar, daß es sein inniger Wunsch gewesen war, mich auf diesem Weg noch einmal zu erreichen. Mein Vater war nie ein großer Schreiber gewesen – abgesehen von einigen Grußworten und Glückwünschen hatte ich ihn privat nie zum Stift greifen sehen. An wen hätte er auch schreiben sollen? Es mußte also schon einen triftigen Grund geben, wenn er sich die Mühe gemacht hatte, Blatt um Blatt zu füllen.

Ich verstaute den Karton, einige Putzlappen, zwei Gläser und ein paar Zeitungen in einem Korb und ging ein letztes Mal prüfend durch die Räume, bevor ich abschloß und den Schlüssel bei der Wohnungsgesellschaft abgab. Es war früh am Abend, als ich wieder in Grafhorst eintraf. Ich nahm den Brief und setzte mich nach oben ins Wohnzimmer. Mein Vater hatte ihn in den letzten Wochen vor seinem Tod geschrieben, und als meine Augen über das Papier glitten, regte sich eine Vielzahl von Gefühlen in mir – Erstaunen über seinen eingängigen Stil war nur eines davon.

Mein liebes Püppchen, stand akkurat unterstrichen in der ersten Zeile, *Du weißt ebenso wie ich, daß mein Herz nicht mehr lange mitmachen wird. Es ist nicht uralt, aber ziemlich schwach, und wenn Du diesen Brief findest, liege ich schon unter der Erde. So wäre es mir jedenfalls am liebsten. Wir beide haben uns immer gut verstanden – ohne viele Worte –, aber oft denke ich jetzt, daß es nicht gut war, sich nur auf stummes Verstehen zu verlassen. Manchmal sind Worte nötiger als alles andere. Darum schreibe ich Dir. Um Dir einiges aus meinem Leben zu erklären und vielleicht ein paar all der Fragen, die Du bestimmt irgendwo in Dir vergraben hast, im nachhinein zu beantworten.*

Mein Leben war hauptsächlich ein Leben mit Dir, auch wenn ich mir beileibe nicht einbilde, Dich besonders gut zu kennen. Ich habe Gott jeden Tag dafür gedankt, daß es Dich gibt, und ich habe gespürt, daß Du auf Deine Weise ähnlich empfunden hast. Ich werde niemals den Tag vergessen, an dem Du geboren wurdest, und auch nicht den, als ich Dir sagte, daß Deine Mutter für immer fortgegangen ist. Du hast mich mit Deinen aufmerksamen und klugen Augen angeschaut und genickt. Dein Vertrauen in mich war riesig, und ich habe mir geschworen, immer behutsam damit umzugehen, so wie ich es Deiner Mutter versprochen hatte, sie ohne Aufhebens ziehen zu lassen, wenn es eines Tages soweit sein sollte.

In meinen Augen war Anita die schönste Frau, die mir je begegnet ist. Sie war zart und hatte die gleichen Augen wie Du, und sie konnte zauberhaft lächeln. Aber sie war immer ein unruhiger Geist, und ich habe vom ersten bis zum letzten Moment unseres Zusammenseins nie gewußt, woran ich mit ihr war, und ich habe nie darum gekämpft, hinter ihr Geheimnis zu kommen. Manchmal schien es mir, als wäre sie von zwei grundverschiedenen Seelen beherrscht – eine fröhliche, lebenslustige und eine dunkle, schwermütige. Mir war immer klar, daß sie nicht bei mir, bei uns bleiben würde, aber die fünf gemeinsamen Jahre waren ein großes Geschenk für mich.

Als wir uns das erste Mal trafen, war ich gerade dabei, mein kleines Geschäft zu eröffnen. Einen ordentlichen Beruf hatte ich nie erlernt, sondern mich immer als Hilfsarbeiter durchs Leben geschlagen. Auch als Soldat hatte ich nicht getaugt. 1943 schickten sie mich als Zwanzigjährigen an die Ostfront. Dort habe ich mir von einem Kameraden ins Bein schießen lassen und hatte das große Glück, nach Hause zu kommen, bevor das ganz große Abschlachten begann und niemand mehr herauskam aus Rußland. Du kannst Dir sicher denken, wie Dein Großvater auf diese Geschichte reagiert hat. Für ihn war ich immer ein Feigling und Versager, ein Drückeberger und Nichtsnutz und daß seine Tochter es wagte, ausgerechnet mich zu heiraten, hat er uns beiden nie verziehen. Sein Verhalten war mir nicht egal, aber ich setzte mich darüber hinweg. Allerdings – als damals das Jugendamt vor der Tür stand und Dich abholte, haben Deine Großeltern dafür gesorgt, daß Du zu mir zurückkehren konntest, und ich war beiden dankbar dafür.

Mein Püppchen, das Leben geht manchmal seltsame Wege. Ich habe Dich immer angehalten, nicht schlecht über Deine Mutter zu reden, und ich weiß, daß Du es nicht getan hast. Ich bitte Dich auch jetzt, Deine Meinung nicht zu ändern. Ich weiß nicht, wohin Anita gegangen ist und was sie getrieben hat, wie groß ihr Kummer war, Dich nicht mitnehmen zu können. Ich weiß nicht mal, ob sie überhaupt noch lebt. Vielleicht hat sie damals, als wir uns begegneten, ein Zuhause für Dich gesucht und ist sogar länger geblieben, als sie ursprünglich vorhatte.

Ja – sie war bereits schwanger. Ich habe es von Anfang an geahnt, aber sie nie darauf angesprochen. Du warst für mich meine Tochter, und obwohl ich über die Jahre immer mal wieder daran gedacht habe, Dir das zu erzählen, habe ich jedesmal im letzten Moment doch geschwiegen. Vielleicht hältst Du es für feige, daß ich erst jetzt mit dieser Wahrheit herausrücke, wo Du mich nichts mehr fragen kannst, vielleicht verstehst Du aber auch, wie schmerzlich es für mich gewesen wäre, Dir zu sagen, daß ich nicht Dein leiblicher Vater bin. Denn Dein Vater, Dein Papa war ich allemal.

Verzeih mir, Ricarda, Du hast ein Recht, das zu erfahren – und besser spät, als gar nicht. Ich denke mit großer Liebe an Dich.

Dein Vater

Ich ließ die Blätter sinken und steckte sie behutsam in den Umschlag zurück. Die Nachricht schockierte mich nicht, aber sie wühlte mich natürlich auf, und ich fragte mich, warum ich nicht selbst schon auf diesen eigentlich naheliegenden Gedanken gekommen war. Nach allem, was man über meine Mutter gemunkelt hatte, nach all den spitzen Bemerkungen meiner Großeltern über meine mangelnde Ähnlichkeit mit meinem Vater. Wahrscheinlich hatte ich es nicht sehen wollen, und mein Leben hätte sich durch dieses Wissen ohnehin nicht verändert. Mein Mutter war und blieb ein Geheimnis, dem ich nicht auf den Grund gehen konnte. Sie hatte mich zur Welt gebracht und einem liebevollen, vertrauenswürdigen Menschen in Obhut gegeben. Mehr hatte sie damals nicht leisten können.

Das Telefon riß mich aus meinen Gedanken. Ich stellte den Tee beiseite und nahm den Hörer ab.

„Entschuldige bitte, daß ich so spät noch anrufe. Ich hoffe sehr, daß ich dich nicht störe", vernahm ich Lindas unruhige Stimme, und ich brauchte einen Augenblick, um in die Gegenwart zurückzufinden. „Ich muß unbedingt mit dir reden."

„Was ist passiert?"

„Störe ich auch wirklich nicht?"

Ich lächelte. „Nein, wirklich nicht."

Sie seufzte leise. „Du erinnerst dich an meine Theatergruppe?"

„Selbstverständlich."

„Nächste Woche haben wir Premiere. Vor einer halben Stunde hat Bettina mich angerufen, um mir mitzuteilen, daß eine unserer Schauspielerinnen ausgefallen ist. Sie liegt mit einem komplizierten Beinbruch im Krankenhaus."

„Das tut mir leid."

„Ja, mir auch", fuhr Linda fort. „Dabei dachte ich zunächst, daß Bettina sich einen Scherz mit mir erlaubt."

„Wie kann man denn mit einer solchen Geschichte scherzen?"

„Ach, Bettina kennt da gar nichts. Außerdem ist die Frau beim Gardinenabnehmen von der Leiter gefallen, und das ist in der Tat etwas grotesk, zeichnet sich doch unsere Gruppe dadurch aus, daß für die meisten von uns die Hausarbeit eben nicht mehr im Vordergrund steht. Frei nach dem Motto – Putzlappen weg und auf zu neuen Ufern."

„Und nun?“ fragte ich interessiert nach.

„Nun soll ich eine Rolle übernehmen – in einer Szene, die ich zum größten Teil selbst geschrieben habe.“

„Der Vorschlag hört sich vernünftig an.“ Plötzlich begriff ich, daß Linda die Vorstellung, auf die Bühne zu gehen, regelrecht in Panik versetzte. Sonst hätte sie nicht um diese Zeit angerufen.

„Ricarda ... das kann ich nicht. Ich würde sterben vor Angst und sowieso kein Wort herausbekommen.“

„Das glaube ich nicht“, gab ich ruhig zurück. „Worum geht es denn in der Szene?“

„Um eine einsame alte Frau, die auf den Besuch ihrer Tochter wartet und dabei in einem langen Monolog den Eindruck erweckt, daß die beiden ein phantastisches Verhältnis zueinander haben und sich regelmäßig zu einer harmonischen Plauderstunde zusammensetzen.“

„Was aber überhaupt nicht der Realität entspricht“, riet ich.

„Nein, es ist die perfekte Illusion. Die Tochter kommt, gibt ein paar Belanglosigkeiten von sich und verschwindet wieder. Eine hoffnungslose, traurige Geschichte.“

Wie bezeichnend für Linda, dachte ich. Oder zumindest für die Linda, wie ich sie vor einigen Monaten erlebt hatte. „Und du sollst nun die alte Frau spielen?“

„Ja.“

„Und was möchtest du in dieser Sache von mir?“ fragte ich nach einer kleinen Pause, in der ich überlegte, wovor Linda mehr Angst hatte – vor der Hoffnungslosigkeit in dieser Szene oder den Parallelen, die sie dabei entdeckte.

„Keinen steuerlichen Rat“, erwiderte sie plötzlich trocken, und zu meiner eigenen Verwunderung mußte ich darüber lachen.

„Aber einen Rat?“ nahm ich den Faden wieder auf.

„Ja. Du ... du warst ziemlich begeistert, als ich dir von der Gruppe erzählt habe. Vielleicht magst du die Szene mal lesen.“

„Du wirst sie mir vorspielen“, sagte ich bestimmt. „Dann werde ich dir gerne etwas dazu sagen. Lerne den Text und melde dich wieder. Einverstanden?"

Sekundenlang war es still am anderen Ende, doch ich schwieg beharrlich. Linda atmete tief durch.

„Gut, ich werde es versuchen", sagte sie dann leise, und ich glaubte ermessen zu können, wie schwer ihr dieser Satz fiel. „Vielen Dank, Ricarda."

„Schlaf gut, Linda."

Ich blieb noch eine ganze Weile in meinem Sessel sitzen und wartete darauf, daß Lindas Aufregung in mir wieder verklang. Sie hatte sich wirklich auf den Weg gemacht. Fragte sich nur, warum. Um ihrer selbst willen oder um Katharina voller Trotz etwas entgegensetzen zu können? Falls beide Motive miteinander verwoben waren, so hoffte ich, daß ihr Interesse an sich selbst die Oberhand gewinnen würde. Und zwar bald.

Linda

Wenige Tage vor der Aufführung saßen wir im Theaterkeller zusammen, und alle Frauen hatten ihre Kostüme angezogen. Bettina grinste mich vergnügt an, und obwohl ich wußte, daß es keinen Sinn hatte, mich weiterhin darüber aufzuregen, nun doch auf der Bühne stehen und die Rolle der alten Frau spielen zu müssen, hätte ich meiner Freundin das Grinsen am liebsten aus dem Gesicht geschüttelt.

„Bleib doch ruhig, Linda", mahnte sie fröhlich und sah geflissentlich über meinen giftigen Blick hinweg. „Du hast nur eine einzige Rolle zu lernen, und schließlich kennst du doch deinen Text am allerbesten. Du wirst die Alte so hervorragend spielen, daß dir die Frauengruppe der hiesigen Grauen Panther den silbernen Dutt des Monats verleihen wird."

Renate und die anderen Mitstreiterinnen, Ulrike, Saskia und Martina, hatten die ganze Zeit über ein unschuldiges Lächeln aufgesetzt, doch nun machte ein unterdrücktes Kichern die Runde. Saskia, die Schneiderin, fummelte an dem mausgrauen Kleid herum, das ursprünglich für Gaby vorgesehen war, um es für mich zwei Nummern enger zu machen.

„Schon gut, Bettina", knurrte ich. „Auf den silbernen Dutt kann ich gut und gerne verzichten – ich hoffe einfach nur, daß ich da lebend wieder herunterkomme. Wie viele Zuschauerinnen erwarten wir eigentlich?"

Renate zuckte mit den Achseln und griff nach der eisgrauen Perücke, um sie mir aufzusetzen. „Sechzig, siebzig oder auch ein paar mehr."

Ich schaute mich in dem engen Raum um. „Und die wollen wir hier alle unterkriegen?"

„Klar. Notfalls richten wir Stehplätze ein", erklärte Bettina großspurig und zwinkerte mir zu. Seit ein paar Tagen war sie wieder vollkommen obenauf, was natürlich auch mit der Aufregung um die bevorstehende Premiere erklärt werden konnte. Ich vermutete jedoch, daß der Ballon, den Markus hatte steigen lassen, inzwischen geplatzt war und die beiden sich – mal wieder – zusammengerauft hatten.

„Zeig uns mal eine traurige Miene", forderte Renate mich auf und zupfte ein paar der Kunstlocken zurecht.

Ich zog die Mundwinkel herab und ließ eine steile Falte zwischen meinen Augenbrauen entstehen. Bettina schaute mir aufmerksam ins Gesicht und schlug sich dann auf die Oberschenkel.

„Meine Güte, mit dem sauertöpfischen Ausdruck kannst du dich in jedem Geschäft vordrängeln, und niemand wird es wagen, dich zurechtzuweisen. Fehlt nur noch der Regenschirm, mit dem du wild herumfuchtelst."

„Ja, viel zu zänkisch", meinte Renate zustimmend. „Denk an was richtig Trauriges."

Ich schluckte. Nichts einfacher als das. Ich glättete mein Gesicht, wandte den Kopf zur Seite und schaute versunken in die Ferne. Einen Moment herrschte Stille.

„Du brichst mir das Herz mit diesem kummervollen Blick", sagte Martina schließlich, und die anderen nickten. „Hast du an deinen letzten Steuerbescheid gedacht?"

Ich schüttelte den Kopf. Das nun gerade nicht. „Gut, ich nehme die Sachen mit und übe ein paar Tage für mich allein. Die Generalprobe ist am Freitag?"

„Freitag", bestätigte Renate und lächelte.

Ich packte meine Utensilien ein und brach nach einem eiligen Abschiedsgruß auf. Zu besprechen gab es ohnehin nichts mehr, und ich wollte noch mal in Ruhe meinen Text durchgehen, um wenigstens in diesem Punkt sicher zu sein, wenn Ricarda am folgenden Abend kam. Im Moment wagte ich noch nicht, mir die Gefühle auszumalen, die mich vermutlich beschleichen würden, wenn ihr ruhiger Blick auf mir lag. Wahrscheinlich würde ich sie mit ausgetrocknetem Gaumen anstarren und nur ein kleines Krächzen über die Lippen bringen. Seltsamerweise war ich davon überzeugt, meinem Bühnenauftritt bedeutend gelassener entgegenblicken zu können, wenn es mir gelänge, in meiner Rolle vor ihr zu bestehen. Vor einer Frau, die mir noch wenige Monate zuvor gänzlich fremd gewesen war und die alles andere als freundliche Empfindungen in mir ausgelöst hatte. Obwohl wir uns zweifellos näher gekommen waren, würde ich nicht behaupten, eine neue Freundin gewonnen zu haben – zumindest keine, mit der man sich zum Kaffeeklatsch traf oder Kuchenrezepte austauschte oder Beziehungsprobleme durchkaute. Das paßte zu Bettina, aber nicht zu Ricarda. Ricarda unterbrach plötzlich meinen Alltag und war verschwunden, kaum daß ich mich an sie gewöhnt hatte. Sie schaute mich immer direkt an und brachte die Dinge ohne Umschweife auf den Punkt. Ihr Schweigen löste inzwischen kaum noch Unbehagen in mir aus. Obwohl ich viel über Ricarda nachdachte, redete ich mit niemandem über sie oder unser auf einmal offeneres Verhältnis zueinander.

Vor zwei Tagen hatte Katharina angerufen – das erste Mal seit dem Gespräch, bei dem ich den Hörer aufgelegt hatte. Wir schlichen umeinander herum, als hätten wir beide Angst, jedes Wort zu viel oder zu wenig könnte unabsehbare Folgen nach sich ziehen. Sie erzählte, daß Pierre eine Wohnung gefunden hätte und sie in Kürze mit der Arbeit für eine eigene kleine Ausstellung beginnen würde. Ich hörte zu, als würde ich unter einer Glasglocke sitzen. Das Verlangen nach ihr überfiel mich so plötzlich, daß meine Beine weich wurden. Ich biß die Zähne zusammen. Nein, dachte ich, du bringst mich nicht schon wieder aus dem Gleichgewicht. Wir legten auf, und meine Hände waren kalt.

Als ich zu Hause eintraf, brachte ich das Kostüm in mein Arbeitszimmer und schaute nach Erik, der friedlich schlief. Ich stellte das Babyphone ab, nachdem ich einen kurzen Gruß für Tobias' Mutter hineingeflüstert hatte, und ging wieder nach unten. Der Anrufbeantworter blinkte, aber es war nicht Katharina, wie ich angenommen hatte, sondern mein Vater, der Erik am Wochenende holen wollte. Ich rief bei meinen Eltern an. Glücklicherweise ging mein Vater ans Telefon. Das Verhältnis zu meiner Mutter war zwar inzwischen etwas unverkrampfter – wir fragten hin und wieder freundlich nacheinander oder sahen uns ab und an mal bei Familientreffen –, aber als herzlich hätte ich es nach wie vor nicht bezeichnet. Elisabeths unterkühlte Art war nicht leicht zu ertragen.

„Grüß Mama von mir“, sagte ich daher rasch zu meinem Vater, nachdem wir vereinbart hatten, daß er Erik am Freitagnachmittag abholen würde.

„Das mache ich gerne“, erwiderte er. „Aber deine Mutter steht schon neben mir. Sie möchte kurz mit dir sprechen. Tschüs.“

Ich verdrehte die Augen und schwor, mir niemals ein Bildtelefon anzuschaffen.

„Hallo, Linda“, drang ihre Stimme an mein Ohr. „Ich hoffe, du hast noch eine Minute Zeit.“

„Na klar“, gab ich enthusiastischer zurück, als mir zumute war.

Sie räusperte sich, und ich stellte mir vor, wie sie sich das Haar zurückstrich und mit dem Zeigefinger prüfend über das Telefontischchen fuhr, um eventuell vorhandene Staubkörnchen umgehend aufzuspüren.

„Ich habe Bettina vor einigen Tagen in der Stadt getroffen“, hob sie an. „Sie hat mir von eurer Theatergruppe erzählt. Das hört sich ja sehr interessant an.“

Was um Gottes willen hat Bettina da wieder erzählt, dachte ich verblüfft.

„Ich würde gerne zur Premiere kommen“, fuhr meine Mutter fort. „Gibt es denn noch Karten?“

Ich nahm den Hörer vom Ohr und starrte ihn einen Moment fassungslos an, bevor ich ihn ans andere Ohr preßte.

„Ich denke schon“, antwortete ich schließlich zögernd. „Aber bist du sicher, daß diese Aufführung deinen Geschmack treffen wird? Wir sind eine Laiengruppe und zudem erst seit wenigen Monaten dabei. Hohe Schauspielkunst kannst du nicht von uns erwarten. Das Ganze hat eher Sketchcharakter. Außerdem ...“

„Willst du mich abwimmeln, Linda? Es interessiert mich – auch was du dort machst. Reicht das nicht? Und ich finde es sehr spannend, daß nur Frauen mitspielen.“

„Das findest du spannend?!“ Meine Stimme war hoch und spitz. Ich konnte es einfach nicht glauben.

Elisabeth lachte leise. „Und wie! Es gibt auch heute noch so viele Herrenabende, bei denen Frauen unerwünscht sind, daß ich euch zu eurer Entscheidung nur gratulieren kann.“

Sie hat an irgendeinem Selbsterfahrungskurs teilgenommen, überlegte ich, oder aus Versehen das falsche Buch gekauft und dann vor lauter Langeweile doch gelesen. Ich schüttelte den Kopf, und auf einmal fiel die Fassungslosigkeit von mir ab. Zurück blieb ein unangenehm heißes Schamgefühl. Du liebe Güte – warum unterstellte ich meiner Mutter eine durch nichts aufzuweichende Spießbürgerlichkeit und festigte mit meiner gehässigen Skepsis eine vollkommen unnötige Mauer zwischen uns? Warum freute ich mich nicht einfach über ihr Interesse, und zwar um so mehr, als es völlig unerwartet kam?

„Schön, daß du das so siehst“, nahm ich den Faden wieder auf. „Ich besorg dir eine Karte. Und hoffe, daß du dich gut amüsierst.“

„Das werde ich sicherlich.“

„Bis dann.“

Wir beendeten das Gespräch, und ich betrachtete noch einen Moment reglos das Telefon, bevor ich meinen Text hervorholte und die Rolle noch einmal durchging. Eine Rolle, die mir den Schweiß auf die Stirn trieb und Beklemmung auszulösen begann.

Ich war so nervös, daß ich beim Tischdecken zwei Gläser herunterstieß und wie von der Tarantel gestochen zusammenfuhr, als es klingelte. Mit dem Kehrblech in der Hand öffnete ich die Tür und begrüßte Ricarda, die mich einen Moment stumm musterte und dann ein winziges Lächeln auf ihr Gesicht zauberte.

„Alles in Ordnung?“ fragte sie beim Eintreten.

Ich winkte ab und nahm ihre Jacke entgegen. „Na ja, es geht so. Mir sind eben gerade ein paar Gläser zu Bruch gegangen.“

Es war eine schamlose Untertreibung, zu behaupten, ich wäre befangen. Wir setzten uns in die Wohnküche, und ich war heilfroh, daß Ricarda zunächst eine Tasse Kaffee trinken wollte. Allerdings nahm sie sich nicht viel Zeit dafür, und eine zweite Tasse lehnte sie ab. Ich seufzte leise.

„So“, sagte sie und klang sehr tatendurstig. „Wie hast du dir den weiteren Ablauf vorgestellt?“

„Nun, ich habe meinen Text gelernt und werde ihn dir vorsprechen“, erwiderte ich rasch. „Vielleicht fallen dir ja Brüche und Unstimmigkeiten auf.“

Sie nickte und griff nach den Blättern, die auf dem Tisch lagen. „Ich werde die Tochter spielen“, fügte sie einen Moment später hinzu.

„Ja, wenn du magst“, erwiderte ich gedehnt. „Das wäre sicherlich am besten.“

„Worauf wartest du noch?“

Ich blickte sie irritiert an. „Was meinst du?“

„Du mußt dich umziehen. Du kannst doch nicht ohne dein Kostüm proben.“

„Aber ...“ Ich verstummte. Dann stand ich ohne ein weiteres Wort auf und ging in mein Arbeitszimmer, um mich umzuziehen. Mausgraues Hemdblusenkleid, Pantoffeln, Perücke. So ausstaffiert, betrat ich erneut die Küche.

Ricarda ließ ihren Blick abschätzend über mich gleiten und winkte mich zu sich. Sie zog meinen Gürtel enger und krempelte mir die Ärmel zweimal um. Ihre Hände waren warm.

„Du bist eine hagere alte Frau“, sagte sie leise. „Du gehst etwas gebückt, aber der bevorstehende Besuch deiner Tochter gibt dir neue Kraft. Du deckst den Tisch und summst vor dich hin. Während du sprichst, wird deine Stimme allmählich lauter. Mach keine übertriebenen Gesten. Laß den Zuschauerinnen Zeit, dich kennenzulernen.“

Ich lauschte fasziniert ihrer Stimme, und während Ricarda mit ihrem Stuhl vom Tisch abrückte, um mir Platz zu machen, schlurfte ich zur Spüle und nahm einen Lappen. Hingebungsvoll wischte ich den Tisch ab. Aufgeregter Eifer und leise Melancholie mischten sich zu einer seltsam hohlen Stimmung. Ich freue mich, dachte ich, und ich möchte alles besonders schön vorbereiten. Gleichzeitig schlummert aber die uneingestandene Befürchtung in mir, daß wieder einmal nichts so sein wird, wie ich es mir erhoffe. Seit vielen Jahren. Ich stellte die Tassen zurecht, polierte die silbernen Kaffeelöffel noch einmal und hob den Kopf.

„Brigitte ist immer sehr pünktlich“, sagt die alte Frau. „So war sie schon als kleines Kind. Ich hatte nie all diesen Ärger mit ihr, von dem alle anderen klagten." Sie lächelt. „Nein, mein Brigittchen war anders. Und so ist es bis heute geblieben." Die alte Frau stellt eine Blumenvase auf den Tisch und bleibt hinter einem Stuhl stehen.

„Nicht so lässig", flüsterte Ricarda. „Ihr Körper ist viel älter als deiner."

Ich zog die Schultern nach vorn und wischte zwei imaginäre Krümel vom Tischtuch. „Sie besucht mich regelmäßig", sagt die alte Frau. „Und dann trinken wir gemeinsam Kaffee, essen Kuchen, und sie erzählt von ihrer Arbeit und den Kindern. Sie ist immer sehr besorgt, ob es mir auch wirklich gut geht." Sie setzt sich und stützt die Arme auf. „Wir verstehen uns wunderbar. Ich gehöre glücklicherweise nicht zu den alten Menschen, die eines Tages in irgendein Heim abgeschoben werden und um die sich niemand mehr kümmert." Sie schaut auf die Uhr und steht auf, um die Kaffeekanne auf den Tisch zu stellen. Es klopft.

Ricarda stand vor mir und gab mir zur Begrüßung kurz die Hand. „Hallo, Mutter. Ich bin sehr in Eile heute. Ist der Kaffee schon fertig?" Sie setzt sich und schlägt die Beine übereinander.

„Brigitte – schön dich zu sehen. Milch?" Die alte Frau hebt ein Kännchen und hält es ihrer Tochter hin.

„Mutter, ich trinke meinen Kaffee seit zwanzig Jahren schwarz." Naserümpfend beugt sie sich über den Tisch. „Und du könntest inzwischen wirklich wissen, daß ich keinen Kirschkuchen mag." Sie seufzt und lädt sich ein Stück auf den Teller.

Ein unsicheres Lächeln gleitet über das Gesicht der alten Frau. „Ach, ich dachte, du magst keinen Apfelkuchen." Sie setzt sich langsam und legt die Hände in den Schoß.

„Ich liebe Apfelkuchen. Kirschkuchen kann ich nicht ausstehen. Was macht deine Arthritis?" Brigitte ißt eilig und schaut ihre Mutter kaum an.

„Es geht schon, Brigittchen, es geht."

„Du sollst nicht immer Brigittchen zu mir sagen. Ich bin keine fünf mehr.“

„Entschuldige. Was machen die Kinder?“

„Was sollen sie schon machen? Sie sind laut und anstrengend wie immer. Ach“, sie schaut mit gerunzelter Stirn hoch, „du weißt ja, daß der Kleine nächste Woche Geburtstag hat. Es wird einen ziemlichen Trubel geben. Ich denke, es ist besser, du kommst mal an einem anderen Tag, und wir setzen uns dann ein bißchen zusammen.“

„Ich könnte dir doch helfen.“

„Laß mal, Mutter. Das ist viel zu hektisch für dich.“ Sie trinkt ihren Kaffee aus und steht auf. „Du, ich muß wieder los. Wir hören voneinander, ja?“ Sie drückt der alten Frau einen flüchtigen Kuß auf die Wange und geht.

Stille. Die alte Frau erhebt sich ächzend, schaut eine Weile auf die Tür, die hinter ihrer Tochter ins Schloß gefallen ist, und räumt schließlich das Kaffeegeschirr zusammen. Sie geht mit hängenden Schultern langsam zur Spüle. Dann dreht sie sich um. „Nächste Woche backe ich einen besonders schönen Kirschkuchen.“

Ich tauchte auf, blickte Ricarda an und schüttelte heftig den Kopf. „So geht das nicht! Das kann ich auf gar keinen Fall so spielen.“ Mir war heiß vor Empörung.

„Warum nicht?“

„Die Frau ergibt sich klaglos in ihr Schicksal und schwelgt in ihrer Illusion. Das ist ja furchtbar! Wie konnte ich nur so was schreiben?“

Ricarda schmunzelte. „Was würdest du denn jetzt anders machen?“

Ich drehte mich erneut zur Spüle, sammelte mich einen Moment und wandte mich dann wieder um. Das versonnene Lächeln verschwindet aus dem Gesicht der alten Frau. Sie wird nachdenklich und schürzt die Lippen. „Dann eben nicht“, sagt sie mit leiser, aber fester Stimme und hebt plötzlich trotzig das Kinn. „Wenn dir mein Kuchen nicht paßt, bring dir doch selbst welchen mit! Außerdem habe ich die Nase voll von deinen kurzen Pflichtbesuchen und diesem allgemeinen Palaver, das man kaum ein Gespräch nennen kann. Ich komme auch ohne dich klar. Bleib doch, wo du bist – ich lasse mich von niemandem mehr beiseiteschieben – auch nicht von dir!"

Ich ging auf Ricarda zu, die reglos stehengeblieben war. Ihre graugrünen Augen glänzten hell und neugierig.

„Na, so was in der Richtung. Ich muß es natürlich noch ausarbeiten", erklärte ich. Das Herz klopfte mir bis zum Hals. „Es kann nicht so hoffnungslos enden. Sie muß sich wehren."

Ricarda nahm mir die Perücke ab und strich mir die Locken aus der Stirn. „Ich verstehe, was du meinst." Ihre Hände blieben auf meinen Schultern liegen. „Aber ..."

„Aber was?" Ich spürte ihren Atem auf meinen Wangen.

„Trotz und Aufbegehren allein sind nicht sehr konstruktiv. Die alte Frau verletzt sich damit nur selbst und andere sowieso."

Ricarda nahm mein Gesicht in ihre Hände. Ich wagte ein kleines Lächeln, und ihre Finger strichen über meine Wangen. Sie schüttelte langsam den Kopf. „Das ist keine Lösung, Linda."

Ich senkte den Blick.

„Schau mich an!"

„Ändere den Schluß, aber mach dir noch mal genauer Gedanken", sagte sie eindringlich. Sie ließ die Hände sinken und wandte sich um. „Bis Samstag, Linda."

Ich stand mit glühendem Gesicht mitten in der Küche und schaute ihr hinterher. Meine Gedanken überschlugen sich und zogen einen ganzen Schweif an Gefühlen hinter sich her. Gefühle, die ich nicht benennen wollte. Die fremd und vertraut zugleich waren. Ich beobachtete mich selbst und sah gleichzeitig eine Frau, die rastlos und sehnsüchtig nach Antworten suchte, zu denen erst einmal die Fragen gestellt werden mußten.

Der Theaterkeller war proppenvoll. In dem kleinen Verschlag hinter der Bühne hatten wir unsere Garderobe eingerichtet. Ich saß mit klammen Fingern auf einem wackligen Stuhl und versuchte mich mit dem Gedanken zu trösten, daß es vor lauter Nervosität sogar Bettina die Sprache verschlagen hatte. Die italienische Putzfrau mußte als erste auf die Bühne, und niemand beneidete sie darum. Die Töchter von Renate und Martina fungierten als Beleuchterinnen, sorgten für Musik und sollten den Vorhang betätigen. Renate war in ihr kleines Schwarzes geschlüpft und ging die Notizen für ihre Eingangsmoderation noch einmal durch. Irgendwo in der ersten Reihe saß Gaby mit ihrem eingegipsten Bein und hielt uns die Daumen. Zwei Reihen dahinter harrte meine Mutter der Dinge, die da kommen sollten, und irgendwo war auch Ricarda. Leider hatte Anna nicht kommen können. Sie lag mit einer dicken Erkältung im Bett. Das geschäftige Summen erfüllte meinen Kopf, und ich zwang mich, wie beim Joggen, nur noch auf meinen Atem zu achten. Meine Szene war erst am Schluß dran, und ich hatte vor, das abgewandelte Ende zu spielen, ohne die anderen einzuweihen. Sollten mir im letzten Moment doch Bedenken kommen, konnte ich immer noch auf die alte Version zurückgreifen. Saskia spielte die Tochter Brigitte.

„Seid ihr soweit?“ Renate baute sich vor uns auf. „Nun heißt es: Augen auf und durch!“

Bettina seufzte. „Madonna mia – das letzte Mal hatte ich so die Hosen voll, als meine Führerscheinprüfung anstand.“

Saskia grinste. „Und? Hast du bestanden?“

„Klar. Der Prüfer hatte gerade Mittag gegessen und war so schläfrig, daß er gar nicht mitbekam, was ich da verzapfte.“

„Na bitte.“

Renate reckte sich und nickte ihrer Tochter zu, die die Musikanlage bediente. „Ich gehe jetzt rauf. Toi, toi, toi.“

Musik erklang, und kurz darauf erscholl freundlicher Applaus.

Während die ersten Sketche liefen, würde ich den anderen Frauen beim Umziehen und Schminken helfen. Sie hatten alle mehrere Rollen zu spielen und waren so aufgeregt, daß sie kaum ein vernünftiges Wort herausbekamen. Lautes Lachen erklang, als Bettina mit ihrem Staubwedel auf die Bühne schoß. Ich hörte, daß sie wie ein Irrwisch umherfegte und in italienisch gefärbtem Deutsch über die Höhen und Tiefen ihres Putzfrauendaseins schwadronierte. Sie war knallrot im Gesicht, als sie wieder nach hinten kam, und atmete so schwer, als hätte sie einen Zehn-Kilometer-Lauf absolviert.

„Meine Güte, Linda – das ist wirklich riesig“, schwärmte sie. „Die sitzen da unten wie Kinder, wenn's weihnachtet, und lachen sich schlapp.“

„Bei mir werden sie nicht viel zu lachen haben.“

Renate fächelte sich mit einem kleinen hellblauen Heftchen, das ihr für die Szene beim Frauenarzt als Mutterpaß dienen sollte, Luft zu und lächelte mir zu. „Das will ich doch hoffen. Es soll ja auch nicht komisch sein.“

Eine halbe Stunde später schlüpfte ich in meine Pantoffeln. Saskia zog das Kleid hinten glatt.

„Alles okay?“ flüsterte sie.

„Klar – jetzt weiß ich wenigstens, was es bedeutet, wenn jemand von schockgefroren redet.“

Saskia hielt sich die Hand vor den Mund und kicherte. Dann lauschten wir beide auf Renates Stimme. O Gott, flüsterte ich mit trockenem Gaumen, warum kann sich jetzt nicht der Boden vor mir auftun, und ich entschwinde in die zwölfte Dimension. Drei Sekunden später stand ich auf der Bühne. Ich bin die alte Frau, dachte ich. Ich bin nicht Linda. Ich schlurfte um den Tisch herum, und es war so still im Publikum, daß das Klirren der Tassen bis in die letzte Reihe zu hören sein mußte. Meine Angst, ich könnte den Text vergessen, erwies sich als vollkommen unbegründet. Er rollte sich vor meinem inneren Auge ab, während ich mich in die Sehnsucht der Frau fallen ließ und sie zu meiner eigenen machte. Ich durchlebte ihre quälenden Gefühle, als die Tochter bei ihr am Tisch saß und ihre Hoffnung auf liebevolle Zuwendung dahinschmolz. Ich empfand ihre uneingestandene Scham und den verzweifelten Wunsch, endlich einmal durch die häßliche Oberfläche hindurchstoßen zu können. Und ich spürte die Distanz zwischen Mutter und Tochter – ihre unterschiedlichen Welten und Erwartungen.

Als Brigitte gegangen ist, schaut die alte Frau ihr nach, und ihr plötzlich zorniger Blick wird von einem Moment zum nächsten wehmütig und offen.

„Wer macht hier eigentlich wem etwas vor? Und warum?" fragt sie mit leicht erhobener Stimme und beginnt dann langsam das Geschirr abzuräumen. Ihre Bewegungen sind müde. Als sie den Tisch abgewischt hat, umfaßt sie eine Stuhllehne. „Um ehrlich zu sein – diese Besuche können keiner von uns wirklich Spaß machen. Vielleicht sollte ich das einfach mal sagen." Sie schüttelt nachdenklich den Kopf. „Der falsche Kuchen und ein Haufen Illusionen. Es wird Zeit, etwas zu ändern. Höchste Zeit."

Ich blieb reglos stehen. Dann verlosch das Licht, und der Beifall hüllte mich ein. Als ich in die Garderobe kam, blickte Renate mich nur an, während die anderen wild durcheinander redeten und mir auf die Schulter klopften.

„Hübscher Einfall", kommentierte sie, als es wieder etwas ruhiger geworden war und Bettina den ersten Sektkorken knallen ließ. „War das eine spontane Idee von dir?"

„Nicht ganz spontan", gab ich zu.

Saskia unterbrach unserer Gespräch. „Nun laßt uns doch erst noch mal rausgehen, bevor wir irgendwelche Einzelheiten besprechen. Das Publikum schreit nach uns."

Das war etwas übertrieben, dennoch war der Beifall groß, als wir alle gemeinsam auf der Bühne standen und uns verbeugten. Vereinzelt wurde „*Zugabe!*" gerufen. Anschließend hatten Sandra und Stefanie alle Hände voll zu tun, um die vielen aufgekratzten Gäste im Café zu bewirten. Wir zogen uns um, packten unsere Kostüme weg, und als die anderen Frauen angeregt schnatternd die Garderobe verlassen hatten, wurde es plötzlich still. Ich wollte noch einen Moment allein bleiben, um die Anspannung abklingen zu lassen, und ließ meinen Blick über die beiden behelfsmäßig aufgestellten Spiegel und das kunterbunte Durcheinander der Schminkutensilien schweifen. Bettinas Staubwedel lag einsam in einer Ecke, neben Kopftüchern, Kitteln und sonstigem Zubehör. Ich schreckte hoch, als es klopfte und auf einmal meine Mutter vor mir stand.

„Linda", sagte sie, und ein verlegenes Lächeln umspielte ihren Mund. „Warum feierst du nicht mit den anderen?"

„Ich gehe gleich zu ihnen", antwortete ich und bot ihr einen Stuhl an.

Sie setzte sich, ohne zunächst die Sitzfläche skeptisch zu betrachten. „Das hat mir sehr gut gefallen. Wirklich", fügte sie mit Nachdruck hinzu. „Nicht nur die lustigen Sachen, obwohl Bettina wirklich umwerfend komisch ist."

„Das freut mich, Mama. Ich hätte nicht gedacht, daß du ... na ja ... an solchen Geschichten Spaß haben könntest."

„Du traust mir einiges nicht zu, Linda. Aber daran bin ich wohl selbst schuld."

Ich betrachtete sie neugierig von der Seite. „Trinkst du ein Glas Sekt mit mir?"

„Gerne."

Sie stand auf und strich sich den Rock glatt. Dann gingen wir gemeinsam nach oben. Der Lärm des Cafés quoll uns entgegen, und plötzlich konnte ich lachen und mich freuen. Wir hatten es geschafft!

Ich nahm den Arm meiner Mutter, und wir drängelten uns zum Tresen durch, wo Bettina für zwei Kolleginnen eine Sondereinlage zum besten gab. Als sie mich und Elisabeth sah, blieb ihr der Mund offen stehen, und ihr Gesichtsausdruck war nicht der intelligenteste.

„Es geschehen noch Zeichen und Wunder", krächzte sie schließlich und leerte ihr Glas in einem Zug.

Ich nickte mit unschuldiger Miene, prostete ihr und meiner Mutter zu und schaute mich in dem Getümmel um. Viele bekannte Gesichter. Aber Ricarda entdeckte ich nicht. Ich wußte, daß sie nur ungern viele Menschen um sich hatte, dennoch versetzte es mir einen Stich, nicht mal ein einziges Wort mit ihr gewechselt zu haben. Wenig später tippte Stefanie mir auf die Schulter und reichte mir einen Zettel. „Hier – wenn du Zeit und Lust hast, möchtest du mal anrufen."

Mein Herz machte einen Sprung. Das war Ricardas Telefonnummer.

„Heute abend noch?" fragte ich so beiläufig wie möglich.

Stefanie zuckte die Achseln. „Keine Ahnung. Sie kam gleich nach dem Ende der Vorstellung hoch und gab ihn mir."

Ich nickte, als Stefanie auf das schnurlose Telefon zeigte, und hielt Ausschau nach einer stillen Ecke. Schließlich ging ich nach unten ins Theater, zog die Tür fest hinter mir zu und wartete, bis mein Herzschlag sich halbwegs normalisiert hatte.

„Linda", sagte ich nur, als sie sich gemeldet hatte.

„Schön, daß du anrufst. Ich möchte dir gratulieren."

„Danke. Auch für deine Hilfe."

„Hast du Lust auf ein Glas Wein oder einen späten Kaffee?" fragte sie.

Ich hielt die Luft an. „Ja."

„Macht es dir etwas aus, zu mir zu kommen?"

„Nein. Ich bin in ungefähr einer halben Stunde da."

Elisabeth blickte auf, als ich wieder an den Tresen trat, und ich lächelte sie an.

„Ich fahre jetzt, Mama. Kann ich dich mitnehmen?"

„Ja, gerne."

Als ich vor meinem Elternhaus hielt, legte meine Mutter mir kurz die Hand auf den Arm. „Vielen Dank. Und laß dir Zeit, bevor du morgen Erik abholst. Wir kommen gut mit ihm klar."

Sie stieg aus und winkte, bevor sie sich umwandte und zur Haustür ging. Tatsächlich, dachte ich, es geschehen wirklich noch Zeichen und Wunder. Ich legte den Gang ein und gab Gas. Ich wollte nicht darüber nachdenken, ob ich wußte, was ich tat, und ob es nicht besser wäre, direkt nach Hause zu fahren. Ich wollte Ricarda sehen. Jetzt.

Ricarda

Sie spielte die alte Frau noch besser, als ich es ihr ohnehin schon zugetraut hatte, und der abgewandelte Schluß war sehr überzeugend. Ich saß in der vierten Reihe und hielt Linda die Daumen, bis meine Fingerknöchel weiß hervortraten. Nur einen Moment lang gestattete ich mir einen Funken Irritation über meine Anteilnahme, denn natürlich war mir längst klar, daß Linda zu den Menschen gehörte, die mich rührten und zeitweise in meine Zurückgezogenheit eindringen durften.

Eine halbe Stunde nach ihrem Anruf traf sie ein. Ich hatte inzwischen oben im Wohnzimmer Kaffee und Wein bereitgestellt und führte sie hinauf. In ihrem Gesicht verklang gerade die Aufregung und machte einer neuerlichen Anspannung Platz. Wie Licht und Schatten glitten ihre Empfindungen über ihre Züge, und ich versuchte, mir ihr Mienenspiel zu merken, um es später aus einem Stein herausholen zu können.

Sie schaute sich den Raum sehr genau an, registrierte das hohe Regal mit meinen Skulpturen und blickte einen Moment verträumt zum Fenster hinaus, bevor sie mir ihr Gesicht zuwandte.

„Was wirst du nun mit diesem Erfolg anfangen?“ fragte ich leise.

„Es werden weitere Aufführungen folgen, soviel kann ich heute abend schon versprechen. Und ich werde weiter schreiben.“

„Ist das alles?“

Linda war den Bruchteil einer Sekunde verwirrt, dann lächelte sie.

„Nein, das ist nicht alles“, antwortete sie. „Ich habe viel gelernt – mal schauen, was ich damit anfange.“

Ich nickte.

„Ricarda?“

„Ja?“

Sie stützte ihr Kinn in die Hand und blickte mir in die Augen. „Warum hast du mich heute abend hierher eingeladen?“

Ich lehnte mich zurück. Eine mutige Frage, die eine direkte Antwort verdiente.

„Zum einen wollte ich dir abseits dieses ganzen Trubels gratulieren“, sagte ich. „Ich wollte mit dir allein sein. Schauen, was sich verändert hat, und Nähe spüren.“

Ihr Mund zuckte. „Und zum anderen?“

„Möchte ich mich angemessen von dir verabschieden.“

„Warum?“

„Weil du dich auf den Weg gemacht hast.“

Sie hielt meinen Blick fest. Ihre dunklen Augen waren plötzlich feucht, und ich stand auf und ging zu ihr. Sie schaute zu mir hoch und erhob sich ebenfalls. Ein sanftes Ziehen erfaßte mein Herz, und ich spürte, wie warmes Begehren durch meinen Bauch kroch. Es wäre sicherlich wundervoll, mit ihr zu schlafen. Ihre Hitze zu entfachen, ihre Leidenschaft zu spüren und zu sehen und ihr atemloses Verlangen zu stillen. Wieder und wieder. Ich umfaßte ihr Gesicht, zeichnete ihre Augenbrauen nach und küßte sie zart auf den Mund. Dann zog ich sie in meine Arme und hielt sie fest umschlungen.

„Der Preis ist zu hoch“, flüsterte ich heiser. „Aber du sollst wissen, daß ich dich begehre. Sehr sogar.“

Einen Moment lang versteifte sich ihr Rücken, dann verstand sie und entspannte sich langsam wieder.

„Ich bin nicht die, die du suchst“, fuhr ich leise fort. „Und ich kann dir nicht das geben, was du brauchst.“

Ich ließ sie los, und wir setzten uns auf das Sofa. Linda rückte ganz nah an mich heran, und ihr Blick schien bis in mein Innerstes vorzudringen. Ich küßte sie noch einmal, und sie streichelte mein Gesicht. Ihre Fingerspitzen waren heiß, und ich fuhr ihr durch die Locken. Dann zog ich sie auf meinen Schoß, schlang die Arme um sie, und wir lehnten die Köpfe aneinander. Stumm. Mit neugierigen Augen.

„Und du willst mich wirklich nie wiedersehen?“ fragte sie plötzlich.

„Wir werden uns sicherlich bei der einen oder anderen Gelegenheit wiedersehen“, antwortete ich und ließ den Satz unvollendet.

Sie streichelte meinen Nacken. „Ja. Ich verstehe.“

Linda legte den Kopf an meine Schulter, und ihr Atem floß in sanften Wellen durch meine Arme und strömte in meinen Bauch. Die Zärtlichkeit hüllte uns wie eine Decke ein.

Ich wußte nicht, wieviel Zeit vergangen war, wie lange wir in die Wärme der anderen eingetaucht waren, als Linda plötzlich den Kopf hob und zum Regal hinüberblickte.

„Darf ich mir deine Figuren anschauen?“ fragte sie.

„Natürlich.“

Wir lösten uns voneinander und standen auf. Ein leises Frösteln überzog meine Haut. Linda nahm eine Figur nach der anderen in die Hände, ertastete ihre Konturen und betrachtete sie eingehend. Manchmal lächelte sie, manchmal staunte sie. Dann entdeckte sie die Linda-Plastik – die Frau mit dem erhobenen

Kinn, den sprühenden Augen und den Armen, die um die Körpermitte geschlungen waren. Sie wandte den Kopf und schaute mich an.

„Das bin ich? So siehst du mich?“

„So habe ich dich vor vielen Wochen gesehen. Das war nach unserem heftigen Gespräch bei dir zu Hause.“

Linda überlegte einen Moment. „Ja, ich erinnere mich. Wie würdest du mich heute darstellen?“

Ich trat dicht neben sie. „Das kann ich dir nicht genau sagen. Aber höchstwahrscheinlich würde ich dich ... ja, freier darstellen, beweglicher und mutiger.“

Sie nickte langsam und schloß plötzlich die Augen. Als sie sie wieder öffnete, waren sie schmerzerfüllt.

„Katharina versucht seit langem ein Bild von mir zu malen. Und es gelingt ihr nicht. Sie scheitert schon an den Skizzen“, erzählte sie stockend.

„Das kann ich mir denken“, erwiderte ich behutsam.

Linda betrachtete die Figur ein letztes Mal, dann stellte sie sie auf das Regal zurück. Wieder stand sie dicht vor mir. Die Sekunden verstrichen. Ich atmete leise, als wollte ich kein unnötiges Geräusch machen, daß diese erfüllte Stille zerreißen könnte.

„Fahr zu ihr“, sagte ich nach einer Weile.

Ihre Hände zitterten, und sie schaute mir unverwandt in die Augen.

„Meinst du wirklich?“ fragte sie und holte tief Luft.

„Ja. Und zwar so schnell wie möglich.“

Sie legte die Hände um meine Taille und küßte mich auf den Mund. Weich und zart. Ihre Lippen schmeckten nach Wein. Sie ließ mich los, und ihre Hände verharrten einen Moment in der Luft. Dann drehte sie sich um. Bevor sie aus der Tür ging, wandte sie sich noch einmal um, hauchte einen Kuß auf ihre Fingerspitzen und hob die Hand. „Das werde ich dir nie vergessen, Ricarda.“

Kurz darauf durchbrach das Aufheulen des Motors für einen Augenblick die nächtliche Stille. Ich öffnete das Fenster und blickte hinaus. Es war kalt und neblig, und die scharfe Sichel des Mondes war nur verschwommen zu erkennen. Ich reckte mich, atmete tief durch, schloß die Fensterflügel wieder und ging nach unten in den Trainingskeller. Eine Stunde lang ließ ich meinen Körper arbeiten, und der Schweiß strömte mir aus allen Poren. Nach der Dusche zog ich mich an und ging in den Schuppen. Zum Schlafen war es jetzt ohnehin zu spät. Als die Morgendämmerung durch das kleine Fenster drang, legte ich den Stein beiseite und ging hinaus. Kolja saß auf der Gartenmauer und begrüßte mich mit einem hellen Schrei.

Nach einem langen Mittagsschlaf rief ich Vera an, die zur Zeit in Berlin war.

„Herzchen, du bist es – das ist ja eine Überraschung! Geht es dir gut?“ rief sie fröhlich.

„Es geht mir gut, Vera. Ich habe eine Bitte.“

„Nur zu“, ermunterte sie mich.

„Ich möchte dich sehen. Bald. So bald wie möglich.“

Vera schwieg verblüfft. Dann räusperte sie sich. „So lange wir uns kennen, hast du das noch nie zu mir gesagt. Ist etwas passiert?“

„Ja und nein. Ich möchte dich einfach sehen“, gab ich zurück.

„Ich mache mich auf den Weg – heute abend noch. Reicht das?“

„Das reicht.“

Pierres Umzug war nicht besonders aufwendig, denn abgesehen von seinen Malutensilien gab es kaum etwas zu transportieren. Seine Wohnung war nur zwanzig Fahrradminuten von meiner entfernt, lag also für Pariser Verhältnisse quasi um die Ecke. Die Mansarde war alles andere als luxuriös, hatte aber zwei große Räume und ein schönes Badezimmer. Pierre besorgte sich auf dem Trödel ein paar Regale und einen Tisch, bekam von einem Freund einen alten Kleiderschrank, einen Schreibtisch und einige Stühle und ließ sich zur Einweihungsparty Lampen und Geschirr schenken. Er wirkte rundum zufrieden, was sicherlich auch damit zusammenhing, daß die Sache mit dem blonden Jüngling, mit dem Paul ihn erwischt hatte, mehr als ein einmaliges nächtliches Erlebnis zu sein schien.

Nadine und ich hatten uns an Pierres Anwesenheit gewöhnt – mehr noch: Wir hatten sie genossen. Als er von einem Tag auf den anderen plötzlich nicht mehr da war, spürte ich eine unangenehme Leere. Und dann tat ich etwas, was sonst eher Lindas Art gewesen wäre. Ich putzte und räumte auf, bis mein Rücken naß vor Schweiß war und Nadine mich dermaßen verwundert anstarrte, daß ich laut lachen mußte. Offensichtlich war ich ihr als putzwütige Hausfrau vollkommen fremd.

Die zarten künstlerischen Bande, die Françoise zu mir geknüpft hatte, wurden immer fester. Nach Grüßen, die sie mir über Jacqueline hatte ausrichten lassen, erfolgte eine Einladung in eine ihrer Pariser Galerien und das Angebot, Bilder von mir auszustellen. Das bedeutete nicht nur einen Erfolg, von dem ich noch einige Monate zuvor nicht zu träumen gewagt hätte, sondern auch eine weitere intensive Arbeitsphase und die Auseinandersetzung mit der immer drängender werdenden Frage, was ich im nächsten Sommer tun sollte. Paris oder Velstove? Hierbleiben und meine Chancen wahrnehmen oder zurückkehren? Linda ein weiteres Mal vor den Kopf stoßen und das Risiko eingehen, daß wir einander vollends verloren, oder mich auf ihre Erwartungen einlassen? Ich wußte es nicht, und diese Ungewißheit nagte an mir.

Jacqueline spürte meine Unruhe und hielt sich dankenswerter Weise mit ihrer sonst so harschen Kritik zurück. Einmal fragte sie nach dem Linda-Porträt, und als ich sie nur stumm anschaute, nickte sie lediglich und ließ es dabei bewenden.

Am ersten Wochenende im November beschlossen Nadine und ich, gleich nach dem Frühstück in aller Ruhe einkaufen zu gehen, Crêpes mit Sahne und Schokoladensauce zu schlemmen und mindestens zehn Postkarten nach Hause zu schreiben. Ihre begeistert aufleuchtenden Augen versetzten mir einen kleinen Stich. In letzter Zeit hatte ich mich nicht besonders viel um sie gekümmert.

Obwohl es morgens jetzt schon recht kalt war, begleitete uns strahlender Sonnenschein, als wir aufbrachen. Nadine hüpfte neben mir her wie eine aufgezogene Tanzpuppe, und ich atmete die frische Luft begierig ein. Wir kauften Salat, Käse und Baguette, Obst und Gemüse, und bald hatten wir schwer an unseren Taschen zu schleppen. Bei einem kleinen Abstecher über den Trödelmarkt ertappte ich mich dabei, wie ich nach Charlotte Ausschau hielt, jener Frau, die Linda so unglaublich ähnlich sah. Es wäre schön gewesen, einen Blick in dieses vertraute und doch fremde Gesicht zu werfen und die damit aufsteigenden Gefühle zu spüren. Aber natürlich sah ich sie nicht wieder.

Wir kehrten am frühen Nachmittag nach Hause zurück, aßen üppig belegtes Baguette und tranken dazu heiße Schokolade. Anschließend setzte ich mich an meinen Skizzenblock, während Nadine sich vor den Fernseher lümmelte. Es war friedlich und still, und ich hätte glücklich sein können. Vor mehr als einem Jahr war ein Wunsch, eine Idee in mir gereift, die ich nun seit vielen Monaten lebte. Ich hatte neue Freundinnen und Freunde gewonnen, ungemein viel gelernt, und Paris war mir vertraut geworden. Ich malte, ich unterrichtete französische Kinder, und ich bereitete mich auf meine erste eigene Ausstellung vor.

Ich legte den Kohlestift beiseite und holte die Skizzen von Linda hervor. Sie waren steif und ungelenk, wie von einer blutigen Anfängerin oder einer Malerin, die das Gefühl für Harmonie verloren hatte – die sich selbst im Weg stand und nicht wußte, wohin sie gehen sollte. Ich erhob mich und öffnete das Fenster. Mein Atem hing zitternd in der Luft.

Nadine ging zeitig ins Bett. Ich kuschelte mich mit einem Buch aufs Sofa und war fast eingenickt, als es klingelte. Pierre, war mein erster Gedanke, er hat sicherlich irgend etwas vergessen. Ich lief nach unten und schloß auf. Und mein Herz bekam Flügel. Sie sah mich an und lächelte. Ein zauberhaftes Lächeln.

„Hallo, Katharina", sagte sie. „Ich möchte dir Modell stehen."

Ich zog Linda in meine Arme, und so blieben wir eine kleine Ewigkeit engumschlungen stehen.

Später saß sie nackt auf einem kleinen Hocker vor dem Fenster, und ich malte sie – hitzig, sehnsüchtig, neugierig. Wir redeten – über Gott und die Welt. Ohne Angst vor falschen oder wahren Worten. Ich breitete meine Gefühle und Gedanken vor ihr aus, und Linda sah mich an und hörte zu. Und als ich schwieg, erzählte sie von sich, als hätten wir einander gerade erst kennengelernt.

Kuck, Manuela:
Lindas Ankunft / Roman
ISBN 3-930041-48-0

Lektorat: Andrea Krug, Berlin
Gestaltung und Satz: Grafikbüro Schadenberg, Berlin
Coverfoto: © Getty Images / Mel Curtis
Druck: Clausen & Bosse, Leck

Wir schicken Ihnen gern unser kostenloses Gesamtverzeichnis:
Verlag Krug & Schadenberg, Arndtstr. 34, 10965 Berlin
Tel. (030) 61 62 57 52, Fax (030) 61 62 57 51
info@krugschadenberg.de, www.krugschadenberg.de

Die Trilogie um lesbisches Leben und Lieben in Wolfsburg

„Ein kluger und witziger Roman über den Ausbruch aus heterosexuellen Lebensentwürfen.“

XTRA!

Manuela Kuck
Lindas Entscheidung
ISBN 3-930041-11-1

„Ein sensibel geschriebener Roman über Höhen und Tiefen einer Frauenbeziehung und die schwierige Kunst, den Alltag miteinander zu leben.“

WEIBERDIWAN

Manuela Kuck
Neue Zeiten für Linda
Broschur, ISBN 3-930041-44-8

„Manuela Kuck schreibt verblüffend lebensnah, klug und unprätentiös. *Lindenstraße* auf die wahrhaft damenhafte Art.“

LESPRESS

Manuela Kuck
Lindas Ankunft
Broschur, ISBN 3-930041-48-0

www.krugschadenberg.de